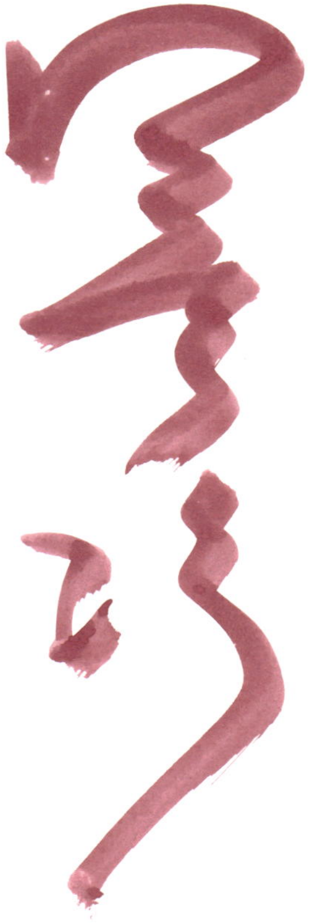

擎星降临 6

墨泠 —— 著

江苏凤凰文艺出版社

图书在版编目（CIP）数据

繁星降临 . 6 / 墨泠著 . -- 南京：江苏凤凰文艺出版社，2024.2
ISBN 978-7-5594-8189-4

Ⅰ.①繁… Ⅱ.①墨… Ⅲ.①长篇小说－中国－当代 Ⅳ.① I247.5

中国国家版本馆 CIP 数据核字 (2024) 第 008101 号

繁星降临 . 6

墨泠 著

责任编辑	张　倩
出版统筹	曾英姿
特约编辑	叉　叉
封面设计	殷　舍
出版发行	江苏凤凰文艺出版社
	南京市中央路 165 号，邮编：210009
网　　址	http://www.jswenyi.com
印　　刷	湖南天闻新华印务有限公司
开　　本	710mm×1000mm　1/16
印　　张	20
字　　数	487 千字
版　　次	2024 年 2 月第 1 版
印　　次	2024 年 2 月第 1 次印刷
书　　号	ISBN 978-7-5594-8189-4
定　　价	52.80 元

江苏凤凰文艺版图书凡印刷、装订错误，可向出版社调换，联系电话 025－83280257

目 录
CONTENTS

卷一 将门权后

第一章 未知生物 /002

第二章 流言四起 /023

第三章 旧识重逢 /042

第四章 无路可退 /062

第五章 釜底抽薪 /082

第六章 悠然江湖 /102

卷二 仙门卧底

第七章 反擒妖灵 /117

第八章 仙尊出关 /134

第九章 封印松动 /156

第十章 定情信物 /174

第十一章 死生契阔 /192

第十二章 寄居阴谋 /214

卷三 天外来客

第十三章 倒带 /226

第十四章 寄生虫 /246

第十五章 能源晶 /266

第十六章 奇怪的黏液 /285

第十七章 星际航行 /299

卷一

将门权后

FAN XING JIANG LIN

第一章
未知生物

初筝醒过来的时候还在那个房间。

她先查看了一下时间,马上就是她的下班时间了……所以王者号还挺识趣的?

初筝头疼地揉了一下眉心,余光扫到搁置在游戏舱上的手环。

没用,摘下来也没用,王者号还是可以将她弄进去。

难道是她想错了?

还是……

初筝把手环拿回来,她思索了一下,最后戴回手上。

不管怎么说,这手环都有重大嫌疑。

初筝看了一眼游戏舱,起身离开。

胡硕不在别墅,其余人见初筝下来,都没敢拦,瞅着她踩着人字拖,晃着大裤衩,招摇地离开。

初筝回到问仙路,正好问仙路的店铺准备营业,各家店铺都在陆续开门。初筝走到问仙路13号,星桥一个人捧着脸坐在店门口,似有些茫然地看着忙碌起来的问仙路。

柳重不在星桥身边,估计是忙别的事情去了。

初筝想了一下,慢慢地踱步过去:"还适应吗?"

星桥抬眸看向初筝,立即站起来,冷酷地回答:"还好。"

初筝看了一眼里面冷冷清清,什么都没有的店铺:"你把门关了,先到我那里去。"

"为何?"

初筝负着手,履行引路人的职责:"问仙路的客户群基本是未知生物,你开着门没有东西,会惹麻烦。"

有些未知生物简直有毛病,这种纠纷处理起来很麻烦。

星桥愣了一下:"来这里的……都不是人?"

"有人,"初筝解释道,"但更多的是寄居的未知生物。"

星桥表情微微有些变化，不过很快就平静下来。

他将门关上，跟着初筝回去。

初筝推开门进去，也没见她做什么，里面的灯就自动亮起来。

星桥最先瞧见的就是立在柜台那里的纸扎人，它冲着门口笑得诡异。如果不看它的脸，很像一个迎客的店员。

星桥莫名觉得这里面有些阴气森森，处处都透着诡异。

星桥深呼吸一口气，小步走进去，视线不断扫过四周观察。

除了那个纸扎人和那些架子上的香蜡纸烛，倒没其他奇怪的东西。

"吃了吗？"初筝问星桥。

"……没。"

"我也没。"初筝拖开椅子坐下，指挥他做事，"你去隔壁端两碗面回来。"

星桥很听话地转身，去隔壁端面。

柳重不在，不过伙计在。听是初筝要的面，对方很快就弄好，直接帮星桥送到门口。

对方不肯进去，星桥只能一碗一碗地端进来。

星桥扫到柜台，刚才那个纸扎人不在那里……在初筝旁边坐着。纸扎人双手搁在桌子上，咧着大红唇冲他笑，就等着开饭似的。

星桥僵在那里。

这纸扎人……

初筝坐在旁边，正对着虚拟屏随意地划着，似乎没注意到纸扎人。

星桥咽了咽口水，强迫自己镇定地走过去，将面碗放在桌子上。

初筝将虚拟屏关掉，也不理那纸扎人，将面碗拿过来开始吃。

星桥端着自己那碗面，放在纸扎人对面。

他可不敢坐旁边："你……旁边那个……"

"别管它。"初筝随意地说道。

星桥心想：那应该没危险。

这么想着，星桥就放松不少。

"你对你父母意外去世的事，了解多少？"

提到自己父母，星桥冷酷的表情就是一软："我……知道得不多。"

毕竟他只是个小孩子，这些事，他们都不会跟他讲。

星桥想了想，说道："我爸爸出事那段时间很不安，我能感觉到。"

"还有什么？"

星桥想了想，摇头。

初筝没问出什么有用的东西，示意星桥赶紧吃东西。

星桥还没吃完，突然感觉到身上的通行证有些烫。

他把那张通行证取出来，通行证上的图案正发着光。

星桥下意识地看向初筝。

初筝单手支着下巴，慢条斯理地说："有情况需要你处理。"

星桥是两眼抓瞎，根本不知道怎么处理。

初筝在心底叹了口气，去隔壁找柳重。结果被伙计告知柳重出去了，现在还没回来。

003

初筝站在门口，踩着门槛，思考了会儿，又让星桥出来。

柳重不在，这小孩一次任务都没做过，她要是不带着，他就会被淘汰了。

然后她还得去找下一个继任者。

这很麻烦的！

星桥从里面出来，就这么一会儿工夫，刚才还冷清的街道陆陆续续有了人，一眼看上去，和正常的夜市没什么区别，喧嚣、热闹、繁华……

可星桥能看见那些寄居在身体里的东西。

星桥绷着小脸出门。

初筝也没关门，任由门开着，带着他往13号走。

星桥刷卡进去，初筝将他带到那面镜子前，她用脚踹踹镜子："传送。"

镜子上浮现一个巨大的红色感叹号，随后是一个生气的颜文字。

"快点。"初筝又踹一脚。

镜子刷了好几页颜文字抗议，初筝无动于衷，并抬脚想继续踹，镜面这才有了变化。透明的镜面忽然泛起涟漪，一圈一圈地往外扩散，直到扩散到整个镜面。

初筝粗鲁地拎着星桥的衣领，将他往镜子里一塞。

星桥下意识地闭上眼。

然而他并没撞上镜子，只感到一阵失重感，接着不同于问仙路的新鲜空气涌入肺腑，细密的小雨飘落下来。

星桥睁开眼，发现自己被人拎着，正缓慢地落在地上。

这里应该是一处公园，因为下雨，即便时间尚早，也看不见一个人。

他就……这么到了另外一个地方？

"看你的通行证。"初筝一只手撑着伞，另一只手随意地插在兜里，声音透着几分凉意。

即便是经历这样的事，星桥都还算冷静。

他查看自己的通行证，图案上有一个红点在闪烁。他很快就通过调整自己的方向确定，通行证可以当地图用。

初筝垂眸看着星桥。

星桥已经辨别好方向，迈着小短腿往那边走。

小小的身影，此时看上去有几分孤勇。

初筝眸子微微眯了一下，撑着伞慢吞吞地跟上去。

细雨绵绵，打在伞面沙沙地响着。

公园本该有路灯，可此时没有一盏灯亮着，黑沉沉，阴森森。

风声呜咽，树冠更像怪物，张牙舞爪地矗立在两侧。

星桥慢慢地往前走着，冷酷的小脸绷得紧紧的，垂在身侧的手紧握成拳，证明此时他是害怕的。

只是想到后面的初筝，他又没那么害怕了。

星桥心想：她应该不会让自己有事。

离通行证上的红点越来越近时，他听见雨声中有女子的哭泣声传来。那声音很微弱，像是被人掐住脖子，十分困难发出来的声音。

"呜……"

星桥唇瓣抖了一下，猛地咬住唇。前方不远处，一个奇怪的人站在那里。

说他奇怪，是因为躯干看上去像人，但四肢不是。

他的手和脚，都是树枝。

发出呜咽声的，正是被他树枝化的"手"掐着，举到半空中的女子。

星桥看见这样的场面，却表现得十分冷静。

初筝若有所思地看着他，也不知道在想什么。

"嘀……"

星桥手中的通行证发出声音，虚拟屏自动投到绵绵细雨中。

"检测到未知生物C276。"

电子音响起，星桥略显错愕地看向虚空中的屏幕，上面只显示一个巨大的红色感叹号。

"调档。"初筝的声音穿过雨夜，显得更幽寂。

"档案调取中……"

档案在屏幕上刷出来——

未知生物编号：C276·23

未知生物命名：无

等级：7

灵值波动：523

生存能力：一般

备注1：注意它的树枝，拥有腐蚀性，被它缠上你就毁容了，一定要注意自己的小脸蛋！不过不用担心，用火烧就行。C276脾气不太好，能动手就别说话！

备注2：C276对火有一定的畏惧，但并不能完全对付它。

备注3：不好对付。

备注4：楼上说得都对。

一共四条备注，这备注更像是不同的人的留言。

星桥正疑惑，就听初筝的声音响起："档案是通用的，监管者都可以更改有权限的档案。"

有些档案只能查看，不能更改。如果要更改，只能通过初筝。

还有些档案，监管人没有查看权限。

这个备注一般只有第一条有用，后面有人无聊盖了不少楼，不是吐槽就是骂未知生物。C276是这个物种总称，23则是发现的第23个。

星桥看过未知生物图谱，知道未知生物的编号是按照危险等级分的，可是他没想到，上次看见的那棵草，竟然比这个看上去块头很大的家伙还要厉害……

初筝语气有些冷漠："你的任务是处理掉C276，它违反了未知生物刑法。"

星桥微微错愕："怎么……处理？"

没人教过他啊。

"用火烧。"初筝补充道，"有人处理过的话，备注上都有解决办法，没有的话就只能靠自己。这个世界上的未知生物还有很多没归档，所以遇上了要怎么解决，得自己想办法。"

此时下着雨，星桥完全不知道自己要去哪里弄火。

C276看上去比之前似乎更高大一些。

初筝后知后觉地想起，柳重应该还没教过星桥如何使用自己觉醒的力量。

头疼。柳重干什么去了！

"我教你一遍。"初筝道，"这是灵能觉醒者的力量，就在你身体里。"

星桥仰头看着她。

初筝把伞收起来，雨水落下，但并没有砸在她身上，仿佛有无形的力量将她包裹了起来。

她踩着雨水往前走了两步，身上的衣服瞬间变换。华丽的衣袍凭空出现在她身上，轻轻地往后扬起。

这是签契约时的那身白色祭袍……

袖边镶着银丝，衣服上交织着大片的银色图案，繁复古典。

"手。"

初筝朝着星桥伸出手。

星桥小心地将手递上去，初筝轻轻托住他手背，手心朝上。

那瞬间不知哪里吹来的风，白色祭袍猎猎作响。

星桥感觉到身体里有东西在涌动，不断朝着他手掌汇聚。

初筝的声音不紧不慢："这些力量就在你身体里，你要做的就是将它们汇聚起来……想象火。"

初筝的声音落在星桥耳畔。

火……

唰——一簇幽蓝的火焰凭空出现。

空气静了几秒。

"你的火为什么是蓝色的？"初筝没见过哪个监管者的火焰是蓝色的。

这是变异了吗？

星桥摇头："不知道。"

"算了，都一样。"初筝让他看C276，"看好目标，用火焰攻击它。"

星桥："啊？"

教学就完了？

教的什么啊？

初筝松开星桥的手，那簇幽蓝的火焰跳跃，隐隐有熄灭的趋势。

初筝在旁边给他鼓劲加油："稳住，你可以。"

星桥立即用另一只手托住手背，可火焰还是以肉眼可见的速度弱下去。

星桥想着初筝刚才说的，努力将身体里的力量汇聚到手上，快要熄灭的火焰，唰一下高涨。

星桥被惊得失了方寸，后退几步，摔在地上。

他盯着浮在面前的幽蓝色火焰，呼吸有些急促。

而这边的动静惊动了那边的C276，它抽动树枝，极快地朝着这边掠过来。

它的树枝在地面爬行，窸窸窣窣的声音，像某种细小的针，刺着人的头皮，让人阵阵发麻、发凉。

星桥到底没经历过这种事，下意识地看向初筝，后者不知何时已经退到老远的地方。

星桥有些无语。

眼看 C276 越来越近，星桥只能凭借自己的想法去做。

那团火焰就浮在那里，并没有因为他的动作消失，他应该还能控制它。

星桥无师自通地抬手，努力去控制那团火焰。

唰——火焰如炮弹一般，朝着 C276 飞射过去。

C276 本能地畏惧火焰，伸出来的树枝，唰唰地往后退。

星桥努力控制住那团火焰，将它往 C276 身上撞。

火焰撞上 C276，碰撞出火星子，落在地面也没有熄灭，反而燃烧起来。

C276 被激怒，发出近似动物咆哮的声音，树枝以肉眼可见的速度生长。

C276 将树枝疯狂地撞向火焰。

火焰渐渐熄灭，地面的树枝窸窸窣窣地往星桥那边爬，从四面八方将他包围。

星桥有些着急，然而火焰已经消失，他身体里的力量也像是耗尽一般，此时怎么都无法再汇聚起新的火焰。

树枝越来越近，已经爬到他脚边。星桥仿佛能感觉到那树枝的黏稠感，有点恶心。

他要死了吗？

不！

星桥紧咬后槽牙。

面对危险时爆发出来的本能，令星桥再次打出一团火焰。

火焰落在树枝上，树枝被火焰点燃，猛地往后退，不断摔在地上，试图将火焰扑灭。

可那不是普通的火焰。

火焰燃烧速度非常快，几乎转眼的工夫，便烧到其他的树枝，并迅速朝着躯体蔓延上去。

星桥撑着地面喘气。

他现在感觉自己一点力气都没有，眼前阵阵发黑，面前的景色越发模糊。

初筝若有所思地看着星桥，余光偶尔分一点给 C276。

这个星桥……有点特别啊。

C276 被烧得失去理智，也不扑灭身上的火焰了。它不顾一切地冲向星桥，大有一副同归于尽的架势。

星桥撑着地面往后退。

可是他没力气，起不来，跑不了……

在他眸子里，幽蓝的火焰迅速逼近，浑身的血液仿佛都被冻住，他感觉不到任何温度。

死亡的钟声在心底敲响。

幽蓝的光越来越盛，眼前已经看不见其他东西。

星桥抬手挡在身前，闭上眼。

沙沙沙——浸润了夜里湿冷的细雨落在他裸露在外的皮肤上。

凉意顺着脊髓，一点一点地从骨头缝往身体里渗。

星桥呼吸急促，可是耳边除了沙沙沙的声音，再无其他。

他死了吗？

星桥缓慢放下手，睁开一只眼往四周看。

草地上散落着幽幽燃烧的火焰，C276不见踪影。

他眼前微微一晃，白色的祭袍出现在视野里。

少女撑着伞，为他挡住绵绵细雨："起来吧。"

星桥咽了咽口水："它呢？"

少女漫不经心地说道："死了。"

死了？

星桥看向旁边的虚拟屏——

未知生物编号：C276·23（死亡）

未知生物命名：无

等级：7

灵值波动：523

生存能力：一般

…………

"是否封档。"平静的电子音响起。

星桥不明所以地看向初筝。

后者低垂着眉眼，唇瓣轻启："封档。"

"封档中……封档成功，已更新至总数据库，修改权限已更正。"

星桥再看屏幕，发现档案的颜色变了，最下面显示着一排小字。

"档案不可更改，若有需要请联系黄泉路主人。"

星桥吐出一口气，从地上爬起来："它是你杀的吗？"

"不然还能是你吗？"

星桥将情绪收敛，又恢复成了之前那个冷酷的小帅哥。

初筝朝着远处看去："去看看那个人还活着没。"

星桥指了一下自己。

"这里有别人？"

星桥有些无奈，但还是摇摇晃晃地走过去。

女子晕过去了，脸色苍白，像是失血过多。

但星桥没看见她身上有伤口。

就在此时，虚拟屏幕落下一道光，从女子头顶扫到脚底。

虚拟屏上有数据显示出来——

物种：人类

性别：女

年龄：25

…………

是否存活：是
是否需要清除记忆：是

屏幕跳出一个弹框。
"清除记忆"
"是 / 否"
"如果有人类卷进来，需要清除他们的记忆。"初筝不知何时站在星桥后面，继续给他上课。
"清除完，她就什么都不记得了？"
"准确来说，会给她构造一段符合逻辑的记忆。"
星桥错愕，这技术……现在的科技绝对做不到。
当然就他现在面对的一切，科技也根本解释不了。
"那会对她有什么伤害吗？"
"不会。"
星桥点了"是"，然后帮女子拨打了急救电话。
初筝站在旁边看着，神情很淡漠，好像现在发生的一切，都跟她没有关系。
就在星桥挂断电话的瞬间，初筝眸子一眯，猛地伸手，拎着星桥的后衣领，身体朝着后面退开，几个纵跃，落在旁边的树冠上。
星桥心跳忽上忽下，脑子一片空白。
发生了什么？
"嘀！检测到未知生物C276……"
星桥稍微熟悉一点的那个电子音还没说完，就被一道奶声奶气的声音接下："主人，检测到未知生物十七个，最近的一个，距离你二十七米。
"灵值波动最高值967，编号C276·7。"
初筝抿了一下嘴角。
灵值最高的有九百多，这得是9级的未知生物了。
还有，未知生物什么时候改群居了？竟然同时出现这么多……啧。
初筝语调依然平缓冷静："捕获行动轨迹。"
"捕获成功。"
"获取区域地图。"
"获取成功。"
"构建未知生物行动轨迹图。"
星桥看到初筝面前展开的虚拟屏，上面显示着公园地图，地图上标注着许多红色的点。
红点正在移动，在地图上拉出一条条红色的线。每一个移动的红点上都标注着数字，应该是每个未知生物的编码，但也有的没有……
"检测到物管局，距离你一百米。"奶声奶气的声音带着点抱怨，"又来了，又来了！"
地图上显示出一片绿色的点。
那片绿色正快速朝着这里接近。
初筝再次一跃，朝着更后面退开。

"主人啊，人家怕高！"奶声奶气的声音号叫着。

初筝眉心抽了抽："再吵把你扔下去！"

"讨厌，你这样会失去你的小心心的。"

"闭嘴！"

"人家不要。"

星桥目光有些奇异，这声音明显和他那个不一样……有自己的情绪，有自己的想法。

星桥很快就压下心底的疑惑。

"那个人……"他指着还躺在地上的那个女子。

初筝抬手，星桥眼前闪过一缕银光，接着那个女子朝着公园外面飞去，转眼就不见了。

几乎是同时，公园地面有东西破土而出。

星桥看见无数个C276从地下钻出来，它们的树枝抽长变得像树藤一般，缠绕住四周的树木。树木以肉眼可见的速度枯萎，刚才还郁郁葱葱的公园，此时一片枯败，就连地面的小草都枯萎了。

没有树叶的遮挡，视野更加开阔。星桥已经看见地图上那片绿点，那是一群人。

这应该就是刚刚那个声音提到的物管局……不过物管局的人，怎么会和这些东西扯上关系？

星桥一头雾水。

"物管局的人这次好快啊，主人，他们是不是换装备了？"机器人从初筝兜里爬出去，抓着初筝的衣服，爬到她肩膀上坐下。

星桥这才发现说话的是这个看上去非常可爱的机器人。

机器人看上去也就巴掌大小……材料很奇特，像某种玻璃。

可是哪有玻璃做的机器人？

机器人继续问："主人，你什么时候给我换个高大威猛的身体呀？"

机器人做了个打拳的动作。

因为太小，所以这个动作看起来一点气势都没有，反而更像是在卖萌。

"你给我换一个，我可以帮你打架啊！"

初筝冷飕飕地说："等你不说话的时候。"

机器人惊恐："那我不就完蛋了吗？你怎么这么狠心？"

"你第一天认识我？"

"嘤……你虐待机器人！"

机器人呜呜咽咽地哭诉起来。

星桥腹诽：这种时候，你们还有心情聊天？

底下那群物管局的人已经和C276打了起来。

星桥看见很多奇怪的装备。

初筝并没有要下去帮忙的意思，只是站在高处看着他们打。

那么多未知生物，底下的人处理起来有些慢，而且好几个人都受了伤，被迫退出战场。

初筝看着地图，灵值最高的那个还没出现……

轰隆隆——地面毫无征兆地晃动起来。

地面枯萎的树木同时往地下沉去，手臂粗的树藤从缝隙中钻出来，以横扫千军的架势，很快占据战场上风。

初筝落到地面，将机器人放在星桥脑袋上："看着他。"

"主人……"机器人拒绝道，"人家不要看孩子！"

初筝懒得搭理机器人，几步掠出去。

有一个人被树藤扫飞，朝着初筝这边撞过来。初筝一掌拍在他肩膀上，那人掉转方向，朝着旁边的泥土跌去。

初筝突然加入战场，物管局的人都不知道从哪儿冒出来这么一个人，不过看她是站在他们这边的，所以也没时间纠结，配合初筝对付这只未知生物。

"它不出来，怎么办？"

"小心它的树藤，有腐蚀性。别过去——"

一声大叫。

可惜已经晚了，那个人一脚踩空，身体猛地朝缝隙下落，半个身子卡在缝隙里。

他抓着地面，没让自己继续下落。

"救他！"

初筝离那个人最近，可她无动于衷，反而朝着相反的方向掠去。

"啊——"

树藤缠绕上那人，将他往地下拖拽。前后不过两秒时间，那人就消失在缝隙里。

场面有瞬间的寂静。

在这些人心底发凉的时候，初筝落在边缘，她避开扫过来的树藤，手掌按在潮湿的地面上。

"去！"

银线自她手腕上落下，钻进泥土里。

轰隆隆——地面一阵摇晃，巨大的树状生物冲天而起，它身上携带着银色的火焰。

四周飞旋着月弧状的银芒，正不断往未知生物身上撞。每撞一下，未知生物身上就多出一道银色火焰。

它抽出泥土下的树藤，疯狂地扭动抽打。地面裂开一条条缝隙，整个地面都在震动。

地面上的人躲避它的树藤，可还是有人不小心被抽中，横飞出去。

初筝抬起手，掌心向上，缓慢地握拳。

未知生物发出一声低吼，轰然倒地。

整个空间猛地安静下来，只剩下绵绵的细雨声。

灵魄从死去的未知生物身体里溢出来，散落在空气里，如飘浮在虚空的五颜六色的萤火虫。

初筝摸出瓷瓶，用银线将最后倒地的那只未知生物的灵魄裹住，装进瓷瓶中。

"你是谁？"缓过来的人警惕地看着初筝。

刚才她见死不救……最后还能一个人对付未知生物……

她是谁？他们局里绝对没有这么一号人。

"苏缇月没来？"初筝盖上瓶盖，问得随意。

"你认识苏先生？"问话的那人皱眉，视线在她身上打转。

少女身上穿着奇怪的白色袍子，站在起起伏伏的灵魄中，光芒将她的脸映衬得格外绮丽清绝。她姿态随意，可举手投足间都带着清雅矜贵，让人望而生畏。

初筝晃了下手里的瓷瓶，慢条斯理地说："算吧。"

那人立即和身边的人道："快通知苏先生。"

"刚才已经通知了，苏先生正赶过来。"

说曹操曹操就到。

"苏先生。"

"苏先生……"

苏缇月面色沉凝，带着几个人，匆匆而来。

苏缇月瞥见站在对面的初筝，眸光微微一暗。

其余人被苏缇月吸引注意力，再一转头，发现刚才还穿得跟要上台表演似的少女，此时已经换了一身衣服——简单的T恤，套着一条大裤衩。

"苏先生，事情是这样的……"

苏缇月听完事情的经过，上前两步，温和有礼地打招呼："初筝小姐。"

"你们怎么会到这里来？"初筝把瓷瓶揣回兜里。

"检测到这里有奇怪的波动，就派人过来看看。"苏缇月手指推了一下镜框，"没想到会撞上初筝小姐。"

"只是巧合？"

苏缇月点头，示意后面的人先收拾现场。

初筝没说话，在考虑自己要不要趁机抢几个灵魄。

不过苏缇月正看着自己，初筝不太好操作，只好双手插兜，镇定地站着。

未知生物管理局的全称太长，所以机器人给它取了个简易的"物管局"简称。

物管局里有检测灵值的办法，如果出现大量异常波动，也会派人前去查看。

初筝刚过来的时候，并没发现这里有太多的灵值波动。

苏缇月神情有些凝重："它们怎么会同时出现这么多？初筝小姐，这些未知生物很不对劲。"

"它们就没对劲过。"

初筝虽然撑苏缇月，但心底却也知道苏缇月提出的问题正是关键。

未知生物为什么会同时出现？

这不符合未知生物生存的规则。

即便是同一个物种，它们都很少会同时出现。

现在却同时出现这么多……

未知生物想干什么啊？

造反吗？

"苏先生，我们发现了这个。"物管局的人拿着一个东西过来给苏缇月过目。

一块三角形的金属片。

又是这个东西,这东西初筝不止一次见过。

这就能解释为什么她刚到这里时,没有发现还有别的未知生物。

"初筝小姐,你觉得这件事现在还简单吗?"苏缇月指尖夹着金属片,语气温和地问初筝。

为什么这些未知生物体内,也会有这样的金属片?

和上次在星家庄园抓住的那只,是不是同一个"人"所为?

初筝双手环着胸,神色淡淡的,没应声。

苏缇月说道:"初筝小姐,我觉得咱们可以合作,这件事恐怕没有那么简单。"

初筝眉梢微不可察地抬了一下:"我不需要拖后腿的。"

苏缇月感觉心脏被扎了一刀。

他们未知生物管理局没那么弱好吧!

苏缇月:"初筝小姐,我觉得你可以好好考虑下,我们可以消息共享。"

初筝:"你想占我便宜?"

问仙路的消息,比他这破物管局多得多,这不是占便宜是什么?

想得还挺美的。

苏缇月语塞。

他到底哪里得罪她了?

苏缇月提出的好几个建议,都被初筝一口否决。

她抄着手,走到最后倒下的那只未知生物跟前检查。

刚才那块金属片就是从它这里发现的,其他的未知生物身上没有这种金属片。

另一边,物管局的人好奇地凑到苏缇月身边询问:"苏先生,她是谁啊?"

"这件事少问。"苏缇月警告他们,"把现场收拾干净,灵魄都收集起来了?"

几个人面面相觑,更好奇初筝的身份。

但好奇归好奇,再打听是不敢的。做他们这行的,最重要的就是控制自己的好奇心,不然怎么死的都不知道。

有人小声地说道:"最后那个在她手里……"

苏缇月领首,表示知道了。

最后那个是初筝杀的,灵魄归她也没毛病。她没把其他灵魄都占为己有,已经表现出大度风范。

苏缇月有条不紊地指挥现场的人。

公园里突然秃了这么多,这件事还得处理,不然会引起不必要的麻烦。

苏缇月部署完,走到初筝那边:"初筝小姐,看出什么了?"

初筝拍了下手上的泥土,站起身来:"吃太好了。"

"嗯?"

初筝没有要解释的意思。

旁边的人心惊胆战地看着。

刚才这姑娘可是用手直接触碰这些东西,对未知生物谁敢直接上手?

更别说这玩意儿还带有腐蚀性。

"初筝小姐是什么意思？"初筝不说，苏缇月就不耻下问。

眼前这位她要是不说，你也不问，那就基本没什么后续了。但你要是问了，她心情若是好，说不定还能得到答案。

"没什么意思。"显然此时初筝心情并不算好。

"主人。"机器人咔嗒咔嗒地跑过来，小小的一团，跑得飞快。

物管局的人都被吓一跳。

"什么东西！"

"怎么还有个小孩？"

"拦住他们！"

星桥跟在机器人后面。

"苏叔叔。"星桥礼貌地叫了一声。

苏缇月错愕："小桥，你怎么在这里？没事，让他们过来。"

后面一句话是对打算拦住他们的同事说的。

"你怎么在这里啊？"苏缇月走到星桥身边，蹲下身，脸上的担心不似作假。

星桥看向初筝。

他没想到苏缇月会是物管局的人……

苏缇月扭头看初筝，电光石火间，他似乎想明白了什么。

他知道问仙路还有很多人，和初筝做着同样的事。

他以前也遇见过。

只是他没想到，有一天自己熟悉的人会被招进那个地方。

他猛地站起来，将星桥挡在身后："初筝小姐，星桥才多大，你怎么能让他卷入这些事里？"

"这不是我想不想，规则如此。"初筝说完，又在心里腹诽：他就是候选人，我能咋办？

"问仙路的人不是你招的吗？"苏缇月皱着眉，"他能做什么？他就是个孩子……"

"他比你们物管局的废物厉害。"

未知生物管理局成员，每一个都是精挑细选的，怎么可能是废物！

苏缇月深呼吸一口气："我不同意。"

"你凭什么不同意？"你不同意有什么用，契约都签了。

"你应当知道星桥是什么人，他父亲和星绝我都认识，现在他们都不能替他做决定，他叫我一声叔叔，我就得为他负责。"

苏缇月说得有理有据。

和未知生物打交道，苏缇月深有体会，知道这件事有多危险。

星桥确实和别的孩子有些不一样，聪慧、理智，可他依然只是个孩子。

"初筝小姐，星桥才八岁，根本不能替自己做主，你不能骗小孩吧！"

初筝无所畏惧："行啊，但是契约已经签订了。"

契约已经完成，除非星桥死了，不然这期间不可能解除契约。

初筝还很大方地做了一个"请"的手势。

苏缇月十分无语。

"苏叔叔，"星桥拉了下苏缇月的衣摆，"我知道自己在做什么，这件事是我自愿的。"
"小桥！"
苏缇月低呵一声，温润的眉眼都沉了下来。
星桥一字一顿道："苏叔叔，我明白的。"
苏缇月看了一眼后面的初筝，拉着星桥去旁边。

星桥和苏缇月说了什么，初筝没听见。
两人一前一后回来，看上去已经达成协议。
苏缇月："初筝小姐，星桥就拜托你照顾了。"
初筝本想说没有人能照顾他。
但是一看星桥孤零零地站在细雨中，一脸冷酷的模样，她烦躁地点了一下头。
苏缇月心情沉重。
星桥的父亲没了，星绝又是如今这样。
星桥要是再出事，苏缇月都不知道等星绝醒来的时候，自己该怎么面对他。

现场还没处理干净，公园外忽地响起警笛声。
现场的人都是一愣，谁报警了？
"快！"
"把那边的东西收拾下。"
"别踩我！"
"这个赶紧抬走。"
现场乱成一团。
初筝拎着星桥的衣领："走了。"
苏缇月叫住初筝："初筝小姐，一起出去吧。"
初筝拒绝："不用。"
"这就算解决了吗？"星桥看着满地狼藉。
这么多痕迹，真的没问题吗？
"他们会收拾。"
星桥看着忙碌的众人，觉得自己有必要好好了解一下这方面的知识。
"主人，庄园出事了。"机器人忽然出声。
几乎是同时，苏缇月也接到胡硕的电话："苏教授，出事了！"

星家庄园着火了。
初筝还在想这些未知生物同时出现这么多，是为什么。
敢情是为了调虎离山。
那么多的未知生物，就算她没去，处理这件事的人也会上报给她，让她过去。
只是很巧合的是，这个区域刚换人，负责的还是星桥，所以初筝直接就过来了……
对方还怕物管局的人坏事，把他们都给调离了。
这背后的人玩得一手好阴谋啊！

初筝赶到庄园时，火已经灭了。

这火起得突然，而且烧得非常快，几乎转眼的工夫，星绝所在的那栋楼就被火海包围。胡硕启动安全程序，关闭所有通道，阻止火势蔓延。现在里面什么情况，谁也不清楚。

胡硕脸色煞白地站在门口，正哆嗦着手，在烧得黑漆漆的门上操作。

安全程序不知道为什么突然启动不了，现在他只能手动打开。

先生要是有什么事，可怎么办啊！

胡硕慌得不行，手指发抖，半天也没把安全门弄开。

初筝上前把胡硕拉开，抬脚就踹。

"初……初筝小姐，这门……"

砰！

门应声而倒，胡硕眼睛微微瞪大。不过此时也顾不上了，胡硕赶紧跟着初筝进去。

所有的安全门都紧闭着，初筝一路踹过去。

好在游戏舱那个房间没有被烧到，游戏舱正常运转着。

胡硕检查一遍，确定里面的人没事，整个人虚脱地坐到地上。

苏缇月后一步赶到，他喘着气，问："没事吧？"

胡硕道："先生没事。"

苏缇月松了口气，神情却没松懈下来："怎么会着火？"

整个庄园用的是最先进的消防系统，就算不小心着火，很快就会被扑灭，怎么会烧起来？

"消防系统启动不了。"胡硕抹一把脸。

"人为？"

"不清楚，得检查才知道。"胡硕心底沉甸甸的，事故的可能性极低，消防系统每天都会检查。

而且这火也很诡异，庄园里的易燃物不多，哪会烧得那么快？

初筝转出去，在走廊上看了看。她伸手摸了一下，有黑色的物质黏在手指上。

初筝把玻璃球摸出来扔到地上："检测下成分。"

"就知道让人家做事。"

玻璃球展开，短胳膊短腿伸出来，机器人从地上爬起来，一边气呼呼地抱怨，一边扫描整个走廊。

机器人在走廊上溜达，刚才只有几个脚印，现在已经滑出不少印子。

"咔嗒咔嗒咔嗒……洗刷刷洗刷刷……"机器人嘴里念念叨叨的，溜达得非常有节奏。

初筝：想换掉它。

机器人完全不知道初筝在想这么可怕的事，溜达得非常欢快。

"你快点！"初筝催促机器人。

机器人骨碌碌地翻到旁边，空气里投出虚拟屏，上面滚动着各种奇怪的符号，滚动速度渐渐慢下来，最后停下，一行字被放大。

"检测到未知生物A·E19分泌物"

初筝有些憋闷。

居然都出现A类的未知生物了！

"调档。"

未知生物编号：A·E19（已灭绝）
未知生物命名：火娃
等级：12
灵值波动：2500
生存能力：强
…………
备注1：我十分怀疑A19的弱点是它脑袋上长的那朵花，拔下来你就赢了！加油！
备注2：开什么玩笑，那玩意儿能拔？我差点被烧死。
备注3：补充备注1，拔的时候，一定要找个水娃什么的，这样就不会被烧。
备注4：你是不是故意的！
…………

初筝被命名雷到了。
火娃是什么玩意儿？还有水娃？
葫芦娃吗？
初筝往下翻到图片资料。
资料上是一个小娃娃，脑袋顶着一朵开得艳丽的……牡丹？
不管是什么，这花几乎和它脑袋差不多大。
小娃娃手腕和脚踝都缠绕着一圈火焰，白白嫩嫩的，格外可爱。
如果不是它脑袋上有朵花儿，这和人类的小崽子没什么区别。
这玩意儿早就被标注为灭绝，现在怎么又冒出来了？
"主人，也不一定是它呢，这只是它的分泌物啦，说不定是谁储存的呢？"机器人奶声奶气地说道。
初筝想想也是，分泌物不代表它还活着，所以她也没更新档案。
分泌物……
等等！
A19的分泌物好像是……
初筝赶紧去洗手，反反复复洗了好几次才算好。
"初筝小姐。"
苏缇月的声音从外面响起，初筝立即恢复正常，镇定地走出去。
"初筝小姐，你发现什么了？"
"没有。"
苏缇月也将四周查看了一遍，没有发现什么异常，所有机器检测后，都显示正常。
但是按照胡硕说的，那火就未免烧得太奇怪。
什么火能穿过重重金属门，直接烧到星绝所在的那个房间外？
苏缇月总觉得初筝知道些什么，可是她不说，自己也毫无办法。
"初筝小姐，你拿了报酬保护星绝。"苏缇月努力套话，"现在我们是为同一个目标，我没有别的意思，他是我朋友，我也想保护他，抓到背后真凶。"

初筝双手插兜，精致的眉眼犹如凝着冰霜："不然你以为火都烧到门口，他为什么还好好的。"

苏缇月看了下四周被烧得焦黑的走廊，所有的痕迹，在抵达星绝所在的那个房间时就戛然而止。

"说到报酬……"

初筝嘀咕一声，气势汹汹地进了房间。

"胡先生。"

"初筝小姐。"胡硕立即转身，态度恭谨。

"我要加价。"

胡硕有点手足无措。

怎么就要加价了？

"你给我的报酬，不足以支付如今需要应付的事。"初筝腹诽：我亏大发了！她又说道，"如果你觉得不合适，明天到我店里来解契。"

"初筝小姐，这……"随便一个项目都是几亿的胡总，此时茫然无措得像一个刚入职的小白，"你之前没说过要中途加价。"

"我也没说过不加。"初筝理直气壮，"你觉得你给我的报酬，足够让我替你解决如此麻烦的事吗？"

胡硕心想：他都不知道苏教授承诺的是什么。

如果是钱，他可以一口答应。

可明显这位不是要钱啊……

"我给吧。"苏缇月说道，"不过得过几天，我手里现在没有。"

未知生物管理局得到的灵魄都要归档。对于初筝来说就是杀几个未知生物的事，可对他们来说，那玩意儿比较难弄。

初筝扫他一眼："行。"

胡硕满脸感激："苏教授，谢谢你啊。"

苏缇月摆摆手："看看监控还有效吗？先解决眼前的事吧。"

胡硕应下，去把监控调出来。

然而监控在火烧起来之前就已陷入黑暗中，什么都看不见。

初筝看了一眼就走了，等她回来，手里拿着几块金属物。

初筝把金属物给机器人。

机器人嘀嘀咕咕地将金属物放进胳膊里，四周画面顿时一转。

这是庄园的大厅，家政机器人正在收拾大厅，到大火烧起来，都没什么异常。

初筝换了一块，这次是走廊，用人正在打理走廊上的盆栽。

初筝把所有画面都看完，大火前一切正常，大火烧起来的速度确实很快，像是空气里有什么燃烧物似的，一下就着了。

如果是空气里有易燃物，确实可以穿过金属门。

易燃物初筝暂时可以断定是A19的分泌物。

她在庄园四周都放了监控器，不可能是未知生物，就算是佩戴有那个金属片，进来也会触发警报。

那就是人……

人不归她管！

初筝愉快地将"锅"给了胡硕："你自己查查这段时间的监控，看看有没有行为异常的人，有的就抓住。"

胡硕："然后呢？"

"我不管人，"初筝说道，"你自己想。"

胡硕被噎住。

初筝要回去研究下 A19 的资料，不打算继续待了。

反正待着也没什么用。

初筝要走，胡硕忧心忡忡："初筝小姐，这……"

"放心，这次没弄死你家先生，对方至少会沉寂一段时间。"初筝不在意地挥挥手，"就算来了也别担心，伤不到他。"

胡硕心里苦：我担心得要死啊！

"苏缇月，记得我的报酬。"

苏缇月追上初筝："初筝小姐，我送你。"

"不必。"

"我去看看小桥，"苏缇月理由正当，"他一个人在那里，我不放心。"

苏缇月把车开过来，初筝上车，他点了自动驾驶。

"初筝小姐，你觉得这背后的人到底想做什么？"

"我怎么知道？我又没那么多想法。"

苏缇月一口气噎得上不上下不下的。

苏缇月推了下镜框："今天的事，应该是有人故意将我们引开，好对星绝下手……只是我想不通，他是怎么驱使那些未知生物的？据我所知，未知生物中并没有等级的概念。"

这是未知生物管理局研究这么多年的结果。

未知生物从不拉帮结派，也没见过哪种未知生物驱使别的未知生物，它们喜欢自己单干。

如果它们拉帮结派，估计人类早就完蛋了。

初筝支着下巴："说不定它们现在发现拉帮结派的好处了。"

苏缇月语塞。

你就不能说点好的吗？

初筝对苏缇月的话不感兴趣，后面都没搭话。

苏缇月见此，识趣地不再开口，低下头和局里的人联系。

此时天色渐亮，蛰伏一晚上的城市正在苏醒，问仙路却逐渐安静下来。

初筝让苏缇月把车停在问仙路 13 号："星桥就住这里。"

苏缇月并不是找借口，他确实是想来看看星桥。

他站在问仙路 13 号外面，看着初筝慢吞吞地迎着朝阳走去，金色的光芒在她周身镀上一层浅淡的光晕。

初筝回到黄泉路，隔壁店也在收拾，准备打烊，柳重似乎还没回来。

初筝拉开椅子坐下，指尖在桌子上敲了敲。

星绝到底得罪了谁？非得置他于死地？

真惨！

他都快成植物人了，还被人惦记。

机器人背着手，在桌子上溜达过去，溜达过来，晃得初筝眼睛花。

她伸手把机器人按在桌子上："把A19的所有资料都调出来。"

"你放开我！"机器人气呼呼的。

"办事。"

"你先放开我！"

"先办事。"

初筝松开机器人，将它拎起来，作势要往门外扔。

"啊——我恐高！"机器人求生欲极强，唰一下在空气里投出大片的资料。

A19从编号看就知道是最早的那批，出现得早，灭绝得也早。

从第一个记录到最后灭绝，一共出现过五个，前后时间线不超过十年。

这玩意儿一出现就会发生火灾，走哪儿点哪儿，十分危险。

A19的长相是一个小孩子的模样，白白嫩嫩的，可爱得不行，很容易迷惑人。它的分泌物挥发到空气里，可以变成易燃物。

初筝啪地拍在桌子上。

A19、K6这些都是灭绝的未知生物。

它们怎么又忽然出现了？

初筝又看了一遍公园的监控录像回放，整理下该归档的归档，该更新的更新，弄完已经快中午，柳重还没回来。

初筝眉头轻蹙。

等到下午柳重还没回来，初筝也联系不上他，便把梅姬叫了过来。

"您叫我？"梅姬抱着她的兔子进门，乖巧地站在初筝面前。

"柳重去哪儿了？"

"唔……"梅姬歪着头想了想，兔子耳朵一竖，"他好像去查万飞死亡的事了。"

"有线索了？"

"嗯。"

"柳重说他去哪儿了吗？"

梅姬用兔子耳朵摇了摇："没有哎。"

"让人去找下他，"初筝指尖在桌子上有规律地敲着，"尽快找到人。"

梅姬好奇地问："出什么事了吗？"

初筝腹诽：我要是知道出什么事，就不用去找人了！

柳重联系不上，这样的情况很少见。

"快去。"

梅姬拎着兔子出门。

眼看天色暗了下来，柳重还没消息。初筝叉着腰，在店里烦躁地走来走去。

机器人背着手，像小老头似的，跟着初筝咔嗒咔嗒地走。

"初筝小姐。"有人跑过来，站在门口，没敢进门。

他指着外面："柳叔回来了。"

初筝几步出去，柳重被人扶进隔壁店铺，初筝立即跟进去。

"初筝小姐。"

"初筝小姐……"

初筝示意他们先出去，空间瞬间空旷下来。

夜月梨正给柳重处理身上的伤，血腥气弥漫在空气里，连同在场的所有人心情都有些压抑。

初筝盯着昏迷的柳重，眸子里一片寒芒："怎么回事？"

梅姬道："我在外面遇上柳叔，他当时就这样了，遇见我就晕过去了。"

所以具体发生了什么，还得等柳重醒过来。

夜月梨苍白的手指速度极快地清理伤口，再用喷雾一喷，不深的伤口迅速结疤脱落，变成一道浅浅的伤痕。

在大家的注视下，夜月梨给出诊断结论："没什么大碍，力量枯竭导致的昏迷。"

柳重昏迷到第二天晚上才醒。

初筝还在旁边，见他醒来，踹了一下旁边睡着的谢时。

谢时一个激灵从地上跳起来，扶了扶自己歪到一边的小丑帽，迷迷糊糊地看向柳重："柳叔，你醒了。"

他打着哈欠上前，将柳重扶起来："你可吓死我们了。"

"我没事。"

谢时说道："你那叫没事吗？我看见的时候，差点以为就要参加你的葬礼了。"

柳重气得吹胡子瞪眼："你个臭小子，能不能说点好的。"

"我们不忌生死，这有什么，我都想好我的葬礼要怎么举办了……"

柳重嘴角一抽："你就这么想我死？"

谢时嘻嘻哈哈的："没有没有，我怎么会有那种想法。"

两人说笑一阵，气氛反而轻松下来。

初筝等柳重缓了缓，这才出声："怎么弄的？"

柳重面色也跟着严肃下来："我不是去查万飞那件事了吗？"

万飞死亡之前去见了两个朋友，柳重就去找这两个人，问万飞最后跟他们说了什么。

从一个人那里打听到，万飞特意去找他，是为打听他以前工作的那间殡仪馆的事。

万飞朋友不知道他打听这个做什么，所以柳重就去殡仪馆查看。

最后也是在殡仪馆里面出了事——他受到了攻击。

谢时惊诧："柳叔，你的实力还有打不过的？"

柳重："双拳难敌四手没听过？"

他在殡仪馆遇见了攻击力很强的未知生物，而且不止一只。

黑灯瞎火的，他又没准备。

柳重看向初筝，说出自己的猜测："我怀疑有人利用殡仪馆，让未知生物批量寄居。"

谢时吓得小丑帽都快掉了，好半晌才找回自己的声音："柳叔，你没开玩笑吧？"

柳重没好气地说道："你看我这样子像开玩笑？"

谢时："寄居在死人身上，没什么用吧？"

最好的寄居时间是人类刚死亡的时候，这样才能保证身体的鲜活。

如果已经送到殡仪馆，那就是个死物。寄居了也跟个行尸走肉似的，而且还会随着时间流逝而腐烂，走在外面很快就会被人举报，拉到研究中心去。

除非是丧心病狂的未知生物，不然没有哪个未知生物会选择寄居到尸体上。

不过上面的也只是柳重的猜测。

柳重进殡仪馆没多久就遇见未知生物攻击，所以里面的情况，他其实也没了解全面。

"万飞肯定也去了那家殡仪馆，他的死一定和这间殡仪馆有关系。"柳重对这一点倒是挺笃定的。

他查到万飞最后出现的监控器范围，就是前往那家殡仪馆的路线。

柳重："丫头，如果真的是我想的那样，这件事可不小。"

初筝若有所思地点头。

她问柳重要了殡仪馆的地址，叮嘱柳重好好养伤，便冷着脸离开店铺。

"小姐姐，准备好哦，我要传送了。"

初筝语塞。

她事情还没办完！

"小姐姐，你现在回去还来得及，不然你就只能倒在这里了。"王者号不为所动。

初筝咬牙，把谢时叫出来："没有我的允许，谁也不许私自去查。"

初筝扔下这句话，匆匆回到黄泉路。

"王者号你是个奸细吧！"

"小姐姐，我是个正经的败家系统呢。"

呵呵。

第二章
流言四起

"感谢卡合成中……"

"感谢卡合成成功,当前进度9%。"

进度达到百分之十就能得到身份碎片线索……

初筝调整好心态,睁开眼。

入目的是金碧辉煌、雕梁画栋的宫殿。

空空旷旷,冷冷清清。

一个地方真的会给人一种气场,此时这座宫殿,给初筝的感觉就是死一般的寂静感。

初筝从躺的地方坐起来,身上穿着很复杂的衣服,那种感觉就像是在身上裹了好几层毯子,又热又难受。

这装扮……地位应该不低。

初筝猜得没错,她这身份确实不低,一国太后。

不但不低,还算得上尊贵无双。

原主姓聂,刚被送进宫封后,皇帝就一命呜呼。

原主皇后位置还没坐热乎,直接晋升太后,带着先皇留下的唯一血脉——年仅九岁的太子殿下,坐到了金銮殿上,垂帘听政。

说是垂帘听政,其实原主什么都不懂。她学的是琴棋书画,不是国家大事。

当然小皇帝也听不懂。

于是两人大多时候都是大眼瞪小眼,听着下面的朝臣说天书。等他们说完,两个差着辈的太后和皇帝,就手牵手去御花园抓蛐蛐了。

先皇死的时候,还留下一道诏书,是封先皇弟弟为摄政王。

这道诏书被人质疑真假,不过小皇帝和太后都不懂其中的门道。

摄政王以前是个很谦和的人,没有任何野心,大家觉得他做摄政王没什么问题。

然而当摄政王走马上任后,朝臣们发现并不是那么回事。

朝堂上的事，很快都由摄政王过问，他的党羽逐渐增多。

摄政王把持朝政，居心不良。

原主不喜欢这个摄政王，他看自己的眼神，透着几分诡异。而且他还总是动手动脚，要不是原主机灵，不知道被占多少便宜。

原主怕摄政王，所以除了睡觉，每天都和小皇帝待在一块儿。

但是呢，摄政王想了个幺蛾子——

给小皇帝寻了一个妃子。

妃子年纪也不大，和原主差不多的年纪。

但是比起小皇帝来，那就大太多。

当然这种事历史上也有，所以在摄政王的坚持下，也没人敢反对。

这样原主就不能时时刻刻和小皇帝待在一起了。

摄政王的势力越来越大，他也越来越放肆，肆意地在宫中行走，明目张胆地拦着原主戏弄。

原主家里人的命都被摄政王揣着，除了躲，原主不敢有任何反击。

而小皇帝那位妃子也不是个省油的灯，带着小皇帝整天不学好。

原主是喜欢小皇帝的，想要他做个好皇帝。然而有那个妃子在小皇帝身边挑拨离间，并长时间占用小皇帝的时间，导致小皇帝开始疏离原主。

一次宫宴，摄政王突然闯进原主寝宫。

原主让人去叫小皇帝过来，小皇帝却被那妃子缠着。

等小皇帝想起来，到了原主寝宫，看见的就是一具冷冰冰的尸体。

初筝揉了揉眉心，整理下所有记忆。

原主进宫得很突然，而且是直接被封为皇后。

原主的爷爷是太傅，这个世界太傅没有实权，只不过是职位比较高的虚职，不知道先皇为什么要太傅的孙女进宫……

难道就是看她无权无势，好拿捏？不会出现后宫干政的情况？

初筝觉得有这个可能。

先皇留下两道诏书，一道是封他弟弟为摄政王——这道诏书存疑，不清楚到底是不是先皇留下的。

还有一道就是赐死所有后宫嫔妃为他殉葬——除了原主这个娶进来没两天的皇后。

小皇帝今年才九岁，要是被其他女人抚养长大，谁知道最后这天下是谁的？

然而先皇打死也没想到的是，他那位弟弟，平时表现得不争不抢，结果却是隐藏得最深的人。

他尸体都还没下皇陵，摄政王的本性就暴露了出来。

这就是螳螂捕蝉，黄雀在后。

现在的时间线已经是原主死亡当天，摄政王估计一会儿就杀到了。

初筝盘腿坐在床榻上，撑着下巴，又觉得太热，把身上层层叠叠的衣服脱掉两层。

原主刚从宫宴上回来，这是参加宫宴的宫装，原主都还没来得换下来。

"来人。"初筝叫了一声。

空旷的大殿里都是她声音的回音。

大殿的门被人推开，贴身伺候原主的宫女素雪迈着小碎步跑进来。

"太后。"

"给我找一件薄的衣服。"初筝说道。

"是。"

素雪去拿了衣服过来，伺候初筝换下那厚重的宫装。

初筝刚换好，就听外边有声音。

素雪竖起耳朵听了一下，脸色微变："太后，是摄政王。"

"来得正好。"初筝坐在铜镜前，神色冷淡，"你先出去，一会儿听见什么都不要进来。"

素雪表情一僵："太后，您……"

素雪是原主从家里带来的，和原主一起长大。

此时她是发自内心地担心。

那位摄政王……

初筝眉眼冷淡，随意挥下手："我不会有事，你下去吧。"

"小姐，您不要做傻事，活着才是最重要的。"素雪没有叫她太后，而是用了以前的称呼。

"我当然要活着。"

初筝语气听不出起伏，但并没有任何消极态度，也不似之前那般，吓得面色全无，六神无主。

素雪迟疑这会儿，那边摄政王已经到大殿门口。

摄政王面容俊逸，穿着正装，器宇轩昂地从外面进来。

单从面貌上看，摄政王是好看的。不过这年纪，做她父亲完全没问题。

初筝示意素雪下去。

素雪咬咬牙，福了福身，离开大殿。

大殿的门被人关上，摄政王负手站定，瞧着坐在铜镜前的小姑娘："太后，本王看你早早离席，怕是不舒服，特意过来瞧瞧你。"

初筝转过身，她发间的金钗都已经取下，一头乌黑的长发随意地散在脑后，衬得她肤色雪白。身上的衣服不华丽，却端庄，裙摆逶迤在地面，贵气逼人。

摄政王瞧着她这模样，喉头一紧。

他那个皇兄，临死都还要将这样的美人收进自己后宫。

皇兄没福气享用，还让别人也碰不到摸不着。

不过……这样更刺激。

摄政王嘴角勾起一丝笑意："太后今天穿成这个样子，是想通了吗？"

"想通什么？"

端坐在那边的女子，慢条斯理地问出声。

摄政王打量的眸光不加掩饰地落在她身上："太后，你知道本王在说什么。"

初筝不说话，清冷的眸子平静地看着他。

摄政王蓦地对上初筝的视线，有瞬间的错愕。

这么长时间以来，她每次看见自己，不是闪躲就是畏惧，何时敢用这样的眼神看自己？

不过……摄政王眸子微微眯起。

"太后，今天陛下很开心，估计是顾不上你，你说……"摄政王故意拖长音，眸子里藏着危险和更晦涩的情绪。

"所以呢？"初筝镇定地反问。

"所以……"摄政王朝着初筝走去，嘴角噙着三分笑意，"太后，你不如识趣一点。"

初筝缓慢地站起来，眉目间的冷意蔓延："摄政王给我示范下，何为识趣。"

摄政王眉头轻蹙一下。

这小丫头怎么回事？

难不成以为装出这样的气势，就能吓到自己？

那她未免也太天真了。

不过……能在这么短时间爆发出这样的气势，也是难为她了。

摄政王舒展开眉头，轻声哄她："你只要听我的话，我保证，你想要什么，就有什么。"

初筝沉默着没搭话。

"太后，怎么样？"

初筝按着手腕："不怎么样。"

摄政王已经习惯她的拒绝，所以也没生气，反而似无奈地摇头："你这性子怎么就这么倔。你瞧瞧现在的朝堂，你觉得和本王作对，会有好下场吗？"

"和我作对也没好下场。"

摄政王被初筝这句话噎住，后面的话没能说出来。

摄政王像是没听清一般："太后你说什么？"

初筝冷眼看他，字字冰凉："你耳朵不好使？"听个话都听不明白！

摄政王心底忽地狂跳几下，一股凉气从脚底蹿上来，直冲脑门，头皮发麻。

他面前的不过是个小丫头……他在怕什么？

摄政王这么一想，刚才那些乱七八糟的感觉瞬间从身体里退去。

"太后你……"

"恭喜小姐姐完成本位面第一次倒带，读档中……"

初筝看着面前完好无损的摄政王，嘴角微不可察地抽搐下。

没关系。

我还有别的方案。

"太后你觉得这个宫里，还有谁能保护你？"摄政王自信地负手站在初筝面前，完全不知道他在初筝那里，已经出局了一次。

初筝把袖子里的刀扔回空间，随口答了一句："我。"

我堂堂一个大佬，何须别人保护！

当然是我自己保护自己！

"什么？"

初筝就说了一个字，摄政王没太听明白。

初筝正儿八经地叫他："摄政王。"

摄政王挑眉："嗯？"

初筝抬手，青葱白玉般的指尖从袖子里探出。摄政王的视线随着她手指移动。

她整只手都已经探出袖子，露出雪白纤细的手腕。

摄政王眸子缓慢地眯起，想要顺着手腕，看见更多的风光，然而层层叠叠的衣衫挡住了他的视线。

就在摄政王想着那衣衫下是何等风光的时候，眼前忽地一晃，整个人天旋地转。

他还没弄清楚怎么回事，意识就陷入黑暗里。

初筝踹了一脚倒在地上的摄政王，又弯腰去拖摄政王，虽然她已经换下那繁复的宫装，可现在穿得也是层层叠叠，衣袖裙摆宽大。

初筝把人扔下，随意地将袖子扎起来，然后拽着摄政王从窗户离开。

摄政王一米八几的个儿，对于原主这个大家闺秀拎个小篮子都觉得累的身体来说，着实是个消耗体力的活。

初筝用银线拽着，都觉得累，更别说还要躲避宫里的巡逻禁军和宫女太监们。

要是让他们看见太后这么拖着摄政王，那还不得吓疯了？

摄政王在地上磕得砰砰作响，不时还能看见地面上遗留下来的血迹。

初筝好不容易将人拽到赴宴朝臣们离开的必经之路上。

此时是晚上，黑灯瞎火，大家都还在宴会上，这条路上一个人都没有。

初筝先探头观察了一下，选好地方后，把摄政王扒了个精光，拖出去挂在树上。

此时，摄政王脑袋向下，像一条咸鱼，随风左右晃动。

初筝在空间翻出笔，慢条斯理地在他背上和胸前都写上字。

"咳……"

黑暗里有人轻声咳嗽，接着传来朝臣们的交谈声和脚步声。

初筝把最后一笔写好，收了东西，闪进旁边的灌木丛里。

初筝远远地看见有一群人，由太监们拎着宫灯领着往这边走。

那群人走到挂摄政王的地方，远远地看见有个东西在晃，瞬间发出惊慌的叫声。

"那……是什么啊？"

"是人是鬼！"

"过去看看……"

太监们就算害怕，此时也得硬着头皮去看。

宫灯离得近了，光亮将那"东西"照出来，一张熟悉的脸出现在太监视线里。

"摄……摄政王！是摄政王！"太监指着大叫一声。

后面的朝臣一听，有几个迅速上前："摄政王？"

"还活着。"

"快，把人放下来。"

初筝系的结扣不好解，几人折腾半天也没弄开。有人拿刀砍绳子，结果绳子的结实程度也出乎他们的预料。

离宫的朝臣越来越多，很快就在这里被堵下来。

所有朝臣都知道，摄政王不知道被谁扒光，吊在这里。

他后背和胸前分别写着——我无耻。

摄政王被这么折腾都没醒，大家就想着，赶紧把他身上的字给洗掉，免得摄政王看见。

027

帮凶手？

不！

他们是在帮自己。

要是摄政王知道他们都看见了，那他们也吃不了兜着走。

然而那字却洗不掉，像是长在皮肤上似的，把一群朝臣急得直想哭。

初筝藏在灌木丛里，深藏功与名。

好不容易写上去的，怎么可能这么容易被洗掉！

今天也在努力做好人呢！

"这事谁干的？"

"不知道……这胆子也太大了。"

"这哪里是胆子大？这是找死。"

"可惜……"

"嘘！别乱说话！"

摄政王终于被这群人折腾醒了，然而他还挂在树上。

一群人面面相觑，大气都不敢喘，甚至有点想集体隐身。

安静的环境里，此时只能听见草丛里的虫鸣声，聒噪刺耳。

"怎么回事？"摄政王被吊了太长时间，说话声音都有些不对劲。

他怎么会被吊在这里！还这么多人……谁干的？

"摄政王，我……我们也不知道怎么回事。"一个摄政王党派的大臣，大着胆子回答。

他们来的时候，摄政王就吊在这里了。

摄政王混乱的思维，很快清晰起来。

他最后的记忆是在安宁宫。

是……太后干的？

摄政王心底存疑，不过这件事肯定不能说出来。

"还不把本王弄下来！"摄政王身上已经被人裹上衣服，所以他此时还不知道自己之前是光着的。

众人面露苦涩。

他们也想啊！可是不行啊！

绳子太结实，结扣也太难解了！

"愣着做什么？"摄政王不知道这些，火大地呵斥，"赶紧把本王放下来！"

摄政王吼完就觉得大脑缺氧，赶紧喘两口气。

旁边的人也不敢就这么干站着，赶紧动起来。

然而半天都没有任何效果，摄政王的脸色越来越难看："你们在干什么？"

"王爷……这绳子解不开。"

摄政王近似咆哮："解不开不知道直接弄断？你们是猪脑子吗？"

猪脑子们已经试过了！

摄政王脸色由青转红——憋的。

倒吊太难受了。

"容将军。"

"容将军……"

后面的人群忽地自动分开,有人影从黑暗中走过来。大臣们似乎很怕这个人,纷纷弯腰行礼,并往后退开一段距离。

那人并没走到宫灯所及之处,就站在阴影里,只有一个颀长挺拔的模糊轮廓。

那人冷声问:"你们不出宫,聚在这里做什么?"

"容将军……这……"

大臣们不好说,只能让容将军自己看。

容将军顺着大家指的方向看过去,瞧见了被人托着、形象堪称狼狈的摄政王。宫灯的光照得摄政王神情扭曲,看上去颇为骇人。

阴影里的人缓步走出来。

男人穿着墨青色的便装,头发一丝不苟地绾起,用一个玉冠固定。

宫灯柔和的光缓慢地将男人的轮廓照得清晰起来。

男人年纪并不大,身姿挺拔,眉目疏朗,神情冷峻。他身上有一股杀伐果决的冷肃气势,让人自然而然地对他肃然起敬,不敢逾越。

男人右手拿着一把佩剑,踩着地上的碎影,走到摄政王跟前。

摄政王对上容将军的视线,表情更加难看。容将军却恍若未觉:"摄政王好兴致。"

摄政王:"……容弑!"

摄政王直呼其名,大臣们纷纷垂下头,降低存在感。

如果说如今摄政王还忌惮谁的话,那就只剩下这位年纪轻轻就战功赫赫的容弑容将军。

半个月前,容将军赢了打了三年多的仗,班师回朝。

朝堂本来快要是摄政王的一言堂,容将军回来后,局势便变得诡异起来。

这位容将军手握重兵,摄政王暂时不敢惹他。

容弑微微弯腰,对上摄政王的视线。

草丛里的虫鸣声越发起劲,像是在为这场无声的硝烟呐喊助威。

容弑忽地起身,退后一步,腰间环佩丁零。

唰——泛着寒光的剑对着摄政王的鼻尖,摄政王呼吸一滞,瞪着距离自己只有一指甲盖的剑。

大臣们同时抽了一口凉气。

紧张、压抑的气氛无声无息蔓延到所有人心头。

容弑却像是没感觉到,长剑缓慢上移,在摄政王快要皱成死结的眉头和杀人般的视线中,向上一划。

扑通——摄政王摔在地上,裹在摄政王身上的衣服瞬间散开,露出他身上的字。

容弑的目光落在上面,几息之后,他缓声说道:"王爷果然兴致好。"

摄政王:"嗯?"

容弑手腕一转,长剑入鞘,越过摄政王往宫外走,声音遥遥传来:"散了吧。"

众大臣:差点以为容将军要在这里干掉摄政王。

摄政王在容弑离开的时候,低头去看自己的身上。

字迹明晰。

端正大气。

摄政王脸上一阵青白,怒火在胸腔里燃烧,几乎快要从眼睛里喷出来。

很快,摄政王在知道自己刚才是全光的时候,气得更厉害了。

容弑走得快,后面的动静很快就听不见了。

一道人影从暗处走出来,跟上他:"将军,您之前为什么出声提醒她有人来了?"

容弑目不斜视地看着前方的黑暗:"怎么说她也是我老师的孙女,对吧。"

"对吧"两个字,在停影听来带着几分古怪的凉意。

"明天去看看老师。"容弑说道,"备好礼物。"

停影提醒:"将军,这个时候上太傅府中,摄政王那边……"

太傅的孙女刚将摄政王搞成那个样子,他们就到太傅府上去……摄政王会怎么想?

容弑并不打算改变自己的想法:"我什么都不做,他依然不会放心,那我不如做点什么。"

停影:"……是。"

初筝回到寝殿,叫素雪进来。

素雪环顾寝宫:"太后……摄政王什么时候离开的?"她就守在门外,怎么没看见人?

"刚才。"初筝随口道,"准备热水,沐浴。"

素雪心头一跳,上下打量初筝。

然而初筝身上的衣服规规整整,并不显得凌乱,就连床榻上也是干干净净的。

应该……没有发生过什么吧?

素雪福身应下,去将沐浴的东西准备好。

直到初筝洗完澡,素雪伺候初筝睡下,提着的心才落下去。

素雪将寝殿的烛火灭掉,只留下外边的一盏,然后退出寝宫。

关上寝宫殿门,素雪疑惑地扭头,问旁边的小宫女:"你们刚才瞧见摄政王何时离开的?"

小宫女们纷纷摇头:"没瞧见。"

奇了怪了。

摄政王总不能翻窗离开的吧?

素雪敛下心底的疑惑,吩咐小宫女们:"今天摄政王来过的事,谁也不许往外说。"

小宫女们纷纷应下:"是。"

摄政王的事第二天就在宫里传开了。

当天那么多大臣、太监看见,就算摄政王让人不许传,私底下还是有人会讲出去。

初筝以为摄政王会来找麻烦,她已经做好万全准备,就等他来了。

然而她想错了,摄政王并没有来。

这还怎么玩?

摄政王当然不敢找来,他现在还没有到一手遮天的地步。

若是让人知道他跑到安宁宫里调戏太后,那还得了!

太后是什么人?那是先皇的皇后,是他的皇嫂。

尊卑有序,伦理道德,那些还没归顺他的人必定会拿这些事做文章,甚至上朝堂弹劾他。

摄政王当然不敢在这个时候找上门。

"主线任务：请在五天内，花掉三万两白银。"
请问我一个深宫小可怜，要去哪里花掉三万两白银？
梦里吗？
"小姐姐，只要你想，就可以的哟！"王者号给初筝打气。
初筝不想说话。
"太后，您醒了吗？"素雪的声音从外面响起。
初筝往窗外看一眼，外面还是黑漆漆的，她想再睡一觉。
结果，素雪并不给她这个机会，带着宫女鱼贯而入，叫她起床。
"这么早，干什么？"我是太后好吗！
"太后……上朝呢。"素雪道。
初筝觉得自己身为太后没必要上朝。
外面天都没亮她就要起来，这比上班还可怕。
可是素雪"压"着她，给她换衣服打扮，一路劝到金銮殿："太后，您忍忍，殿下还等着您呢，您想想殿下。"
初筝回给素雪一个冷漠的表情。
便宜儿子有什么好想的。
我还是个孩子呢！
再说就那熊孩子，听信别人挑拨，原主派人去向他求救他都见死不救。
"小姐姐，你能别这么凶残吗？小皇帝正处于喜欢玩闹，容易被人教坏的年纪，原主又整天念叨让他学习，他能不疏远原主吗？"
初筝在心底翻了一个冷漠的白眼。
前面就是金銮殿，初筝远远瞧见小皇帝带着一群太监宫女站在那边。
初筝内心恨不得把一步迈成莲花小碎步，然而实际却是镇定从容地走到小皇帝跟前。
"儿臣给母后请安。"小皇帝规规矩矩地行礼。
"起来吧。"
"谢母后。"
小皇帝如今已经被挑拨得和原主生疏，所以小皇帝此时的礼节显得有些官方，并没有亲近之意。
好在小皇帝看原主的眼神还没什么厌恶之感，估计只是不想靠近她。
"进去。"初筝也懒得搭理他。
皇帝是九五之尊，他得走在前边，所以初筝示意他先走。
小皇帝偷偷摸摸地看她一眼，突然哼了一声，背着小手，埋头往里面走。
初筝腹诽：你哼什么哼！你是猪吗？
我又没招惹你！
别以为你是小孩我就要让着你！
金銮殿上，大臣们都已经就位，就等初筝和小皇帝进场。
"陛下万岁万岁万万岁。"

"太后千岁千岁千千岁。"

小皇帝坐在比他大很多的龙椅上，稚嫩地喊着："平身，免礼。"

初筝面前挂了帘子和轻纱，她看人有些模糊。

平时摄政王站着的位置此时空着。

可惜了，他竟然不来。

"摄政王为何没来？"初筝问了一声。

先前原主上朝几乎就是个隐形人，初筝突然出声，底下的朝臣们都显得惊讶。

就连小皇帝都扭头朝着她这边看过来。

初筝坐在帘子后边，并不端正的坐姿，半个身子倚在扶手上，一只手支着下巴。

不知道是不是隔着帘子和轻纱，看上去竟然显得随意大气。

"禀太后，摄政王生病了。"有大臣站出来禀报。

摄政王哪里是生病，压根儿是不想来上朝。他全身光着挂在树上，被大臣们围观了个遍，短时间内，估计摄政王都不会露面。

"生病得吃药。"初筝意味不明地说了这么一句。

大臣们不知道该怎么接，但初筝也没继续解释的意思。

金銮殿上气氛显得有些诡异。

小皇帝回过神来，道："有事启奏，无事退朝……"

太监在旁边拖着嗓子又喊了一遍。

"臣有事禀报。"有一位大臣站出来，"近日京城流言四起，说是有妖吃人，已有五人遇害，城里百姓人心惶惶，请陛下彻查此事！"

大臣的话一出，底下的人立即讨论起来："陛下，此事已经在查了，很快就会有结论，没必要再节外生枝，引起更大的恐慌。"

"有结论？现在都死了五个人了，连凶手的影都没见到。陛下，微臣认为应彻查此事。"

"陛下……"

左一句陛下，右一句陛下。

摄政王不在，小皇帝不知道该怎么办。

他下意识地看向初筝那边。

初筝压根儿没听下面的人说什么，她刚想打个哈欠，突然对上小皇帝的视线，哈欠被她一口吞回去。

干什么？

小皇帝愁眉苦脸，稚气未脱的眸子里满是求救。

到底是个孩子，他最初是和初筝待在一块儿，两个人上朝时的无奈感受是一致的。

所以他在没有人可以依靠的时候，会下意识选择初筝。

小皇帝还看着她。

初筝招手，素雪弯腰过来。

"刚才说了什么？"

素雪嘴角抽搐一下，刚才太后听得那么认真，却一个字都没听进去吗？

素雪不敢问，将刚才的事给初筝复述了一遍。

初筝眸子转了一圈，似乎想到什么。

初筝扫一眼下方快要吵起来的众位大臣，一拍扶手："安静。"
朝堂瞬间鸦雀无声。
"一点小事都办不好，养你们有什么用。"初筝的声音透过珠帘传出来。
众大臣蒙了。
太后今天的画风好像有点不对。

初筝摸出王者号新发的银票，递给素雪，让素雪拿出去。
素雪疑惑：太后什么时候塞了这么多银票在身上的？
不对……她们什么时候有这么多银票？
身为安宁宫总管的素雪满头雾水地捧着银票出去。
众位大臣正疑惑，就听初筝的声音响起："五天内，谁要是抓到凶手，这三万两就是谁的。"
王者号刚出炉的任务！不就是为这个时候准备的吗？
简直完美！
"……并不是，谢谢！"王者号表示头疼，想下线缓缓。
而底下的朝臣们已经被震在原地。
三万两！
对于俸禄一个月平均一百五十两的大臣们来说，三万两可是笔巨款。
现在只要抓到凶手，这三万两就是谁的？
小皇帝半个身子都扭着，震惊地看着他的"母后"，这么多钱？
"诸位大人有意见吗？"初筝无视小皇帝，扬声问他们。
意见？他们能有什么意见。
太后给钱让抓凶手。
这朝堂上，不喜欢钱的不多，喜欢钱的却是极多的。

摄政王府，书房。
摄政王站在鸟笼前逗鸟，鸟儿羽翼丰满漂亮，正叽叽喳喳地叫着，声音明亮清脆，很是悦耳。
摄政王兴致不错地逗着鸟："你说太后让人去查案了？"
"是的，太后开出三万两的悬赏，说……五天内谁查到凶手，那三万两就是谁的。"
"然后呢？"
"……没有然后了。"
城里关于有妖害人的流言蜚语之前就开始传了。
不过摄政王一直压着，没放在朝堂上说。
但今天他没去上朝，与他不对付的官员便立即向上禀报了。
摄政王本以为小皇帝和太后不会有什么决策，没想到，他们还给了自己一个惊喜。
摄政王想到之前的事，眸光又是一暗。
摄政王关上鸟笼："她哪儿来这么多银两？"
回禀的人想了一下，摇头，不清楚。
太傅就算是个有名无权的虚职，三万两存款应该还是有的。

许是留给太后应急用的。
没想到她会拿出来让人去查凶手。
摄政王看向笼子里跳来跳去的小家伙，嘴角缓缓弯出一个笑容来。
养在笼子的鸟儿开始伸爪子了吗？
那可就有意思了。
摄政王问："容弑有什么动静？"
"他一大早就去了太傅府上，现在还没离开。"
"去太傅府上了……"
容弑这个时候，去太傅府做什么？
容弑都回来半个月了，想要去看太傅什么时候不行，偏偏挑在和他对上之后。
容弑什么意思？
而且太傅府……
摄政王觉得这个容弑比皇兄还要藏得深，让人捉摸不透："密切关注他的行动。"
"是。"

另一边。
初筝下朝回宫，小皇帝屁颠屁颠地跑出来："母后。"
初筝袖子里的手握紧，镇定地摆上"母后"应有的威严。
"母后……"小皇帝跑近了，声音反而弱下来。
初筝见他不说，只好问："什么事？"
你娘我要回去睡觉！没事就别挡着！
小皇帝瞧见初筝冷漠的表情，脸上竟然露出几分受伤的神色："母后，您哪里来那么多银两？"
"私房钱我还要和你报备？"好歹我是一国太后，三万两就多了？
这太后也当得太没意思！
小皇帝被噎住。
初筝不太耐烦地问："还有事没？"
小皇帝扭扭捏捏的，到底是个孩子："母后，儿臣想和您一起吃饭。"
之前他不搭理原主，原主巴巴地凑上去。现在初筝不搭理他，小孩子就忍不住了。
初筝沉默了一下："你折子批完了？"
小皇帝的脸瞬间垮下来。
转而，他眸子一亮："儿臣可以带到母后宫里去批。"
初筝腹诽：我看你是想找个人给你批折子！
"你这段时间不都不理我？"
"……儿臣知道错了。"小皇帝迅速道歉。

宫里的太监总管阳德公公带着折子，一路将小皇帝送到安宁宫。
小皇帝并不讨厌这个母后。
父皇走了，他突然被推上这个位置，是她一直陪着自己。从最初的安慰自己，到后面陪着他上朝，处理那些他完全不懂的朝事。

可是前段时间他们因为学业的事吵了一架，导致关系僵硬。

之前她看见自己，都是轻言细语的，生怕自己还在生气。

可今天……她太冷漠了。

小皇帝这才慌了。

小皇帝盯着初筝的背影，总觉得母后有些不一样了。

可是哪里不一样，他又说不上来。

"母后，您这里为何这么热？"小皇帝一进殿内，就感觉一股闷热之气袭来。

"我也觉得热。"要不是时代限制，她只想穿个背心和裤衩。

等没人的时候她偷偷穿！

小皇帝皱眉道："没有人送冰鉴过来吗？"

初筝心道：还有这玩意儿？

古代人的智慧不容小觑，这么热的天，肯定有降温的东西。只是初筝刚过来，好些事都还没来得及细想。

小皇帝突然转身，质问阳德公公："内官监怎么办事的？"

阳德公公也有好长时间没来安宁宫，此时不知内情，只能谨慎地回答："陛下，奴才这就去问。"

"去把内官监的管事人叫来。"小皇帝做了一段时间皇帝，帝王的威仪倒是有了几分。

阳德公公应了一声，赶紧叫人去喊内官监的掌印太监过来。

内官监很快来了人，那人一进来就跪下行礼，诚惶诚恐的模样，不知道的还以为面前坐着的一小一少，是吃人的恶魔。

"你是谁？"皇帝年纪虽小，可记忆不差。

他记得内官监的掌印太监不是这个人。

"禀陛下，奴才是内官监的少监。"

小皇帝小脸一沉，稚气未脱的声音拔高："掌印太监呢？朕叫的是他，你来干什么！"

那人额头冷汗直冒，似乎不知道怎么回答。

"问你话，愣着作甚，"阳德公公踹了他一脚，"回答陛下。"

少监被踹得一歪，对上小皇帝的视线，猛地磕头："陛下恕罪，常公公被宣贵妃叫去了。"

宣贵妃，摄政王塞给小皇帝的妃子。

说是妃子，其实也就是照顾下小皇帝的起居，陪着小皇帝玩。

其他的事，这位宣贵妃暂时还都做不了。

宣贵妃出身也不差，不然摄政王就算再怎么力挺，也不可能让她进宫就是贵妃。

小皇帝听闻常公公是宣贵妃叫去了，便没了火气："朕问你，母后宫里，为何没有送冰鉴过来降温？"

少监心底直叫苦。

为什么这个时候常公公要去宣贵妃那里？

少监硬着头皮回答："禀陛下，宣贵妃……那边说热，本来要送到安宁宫的冰鉴，都……送过去了。"

每个宫的配额都有数。

冰鉴这样的器皿原本有多余的备用,可是宣贵妃怕热,每个宫殿都得摆上,备用的都拿去了还不够,本来要送往安宁宫的,也被宣贵妃半道上劫走。

这段时间小皇帝不来安宁宫,天天往宣贵妃那里跑,太后又是个无权无势的,下面的人也见风使舵,自然要讨好宣贵妃,这事就压下了,准备等新的做出来再送过来。

谁知道这还没送过来,小皇帝先过问了。

小皇帝没想到是这样,表情有些尴尬,只好呵斥底下的少监:"你们怎么就让她要去了?"

要去了也不知道赶紧送新的过来!

少监惶恐道:"陛下,是宣贵妃一定要……派人直接来取的。"

不管宣贵妃是个什么样的存在,她现在都是皇帝的女人,也是皇帝唯一的妃子。

皇帝对她还那么好,他们哪里敢拦啊?

小皇帝小心地觑了初筝一眼:"母后,宣姐……"

阳德公公咳嗽一声。

小皇帝抿了下唇,改了口:"母后,您别生气,儿臣这就让人把朕宫里的冰鉴搬来。"

他小心觑着初筝。

他母后好像不是很喜欢宣贵妃……

每次她们撞上,本来平易近人的母后,就会变得很奇怪,而且最后她们都会不欢而散。

初筝面上毫无生气的迹象,语气冷淡随意:"皇帝,你要明白一个道理。"

小皇帝不太喜欢听道理。

他从坐到皇位上开始,身边的人总是在给他讲道理。

可他不想听。

没有人问他愿不愿意坐这个位置。

小皇帝扭了下屁股,没有叛逆:"母后,什么道理?"

"不该是她的东西,就不能拿。"初筝语气平静道,"你是皇帝,这宫里的所有东西都是你的,但不是她的。"

"可是宣贵妃管理后宫……"

初筝漫不经心地扫他一眼。

小皇帝后面的话,莫名地没敢说出来。

初筝这才继续往下说:"那她更不能徇私枉法,只顾自己。管理后宫,要兼顾整个后宫,她连我这里都敢不送过来,长幼尊卑都没弄清楚,你觉得她能替你掌管后宫?"

阳德公公有些诧异地看向初筝。

少女倚在椅子里,奢华的宫装衬得少女面容精致漂亮,举手投足间自带贵气。

那已经不是从高门宅院出来的优雅贵气,而是一种睥睨天下的矜贵之气。

这情况,完全不用吵,太后完胜啊!

阳德公公一看小皇帝,小皇帝果然被初筝说得反驳不出话来。

长幼尊卑,这是基本的礼仪。面前这个女子,年纪即便和宣贵妃一般大,可她也是太后,是长辈。

"母后,儿臣知道了。儿臣会让宣贵妃过来和母后赔罪。"

小皇帝顿了一下,又转头吩咐:"让人去宣……贵妃那里,把属于母后宫里的冰鉴都拿回来。"

阳德公公立即差人去办。

小皇帝："母后，您看这样可以吗？"

初筝随意点了下头，并没追究的意思："准备膳食。"

小皇帝还想替宣贵妃解释两句，初筝却不打算听了。

这让小皇帝一口气憋了回去。

阳德公公还以为太后会趁机整治宣贵妃，然后又和陛下闹起来，没想到她什么行动都没有。

不仅气势变了，人也变了。

阳德公公回过神，示意跪着的少监下去，他也跟着出去准备膳食。

小皇帝看看初筝，初筝自己拿了把团扇摇着，有些随意地翻着一本书。

小皇帝坐了会儿，去把折子抱来，在旁边看。

"母后，您觉得这个，我应该怎么批？"

"自己批。"初筝腹诽：我就知道你是来找人给你批折子的！天真，我才不会帮你！

"我不懂……"

"不懂就学。"成熟的皇帝都是自己批折子！

小皇帝坐回去，拿着笔抵着眉心，一副生无可恋的样子。

要是宣姐姐……

小皇帝刚想了这么几个字，旁边伸出来一只手，将他压着的折子抽走了。

"母……后？"

初筝随意地扫了一下折子上的内容。

就是一个大臣状告另外一个大臣，然而并不是什么大事，就是两家距离近，所以各种扯皮。

现在这皮都扯到皇帝面前来了。

"这种鸡毛蒜皮的事，也要你一个皇帝过问？"初筝拎着折子砸回去，"让两个大臣写检讨，不能少于两千字。"

"啊……"这样也行？

"他们要问你为什么，你就说影响同僚感情，要友好相处。"

初筝张口就胡说八道，小皇帝听得一愣一愣的，好半晌才提笔按照初筝说的写。

初筝看了几个折子，发现都是一些鸡毛蒜皮的小事。

不过想想，就算真有国家大事摆上桌，估计这孩子也不知道怎么处理。

这些折子，应该都是摄政王精挑细选送上来的。

他要的就是一个废物皇帝，不需要小皇帝处理真正的朝政。

简直用心险恶！

"母后，这个……"

"砍头。"

"……会不会太凶残了？"

"那就发配边疆。"

素雪往初筝和小皇帝那边瞄。

037

小皇帝愁眉苦脸地奋笔疾书，初筝气定神闲地在旁边指点江山。
素雪很久没看见两人这样待在一起了。
可是对话让素雪有点心惊肉跳。
这又是砍头，又是发配边疆的，到底犯什么事了？
后来素雪收拾的时候才知道，就是一条狗……

怡然宫。
偌大的宫殿透着凉气，丝毫感觉不到外面的闷热。
身着华丽宫装的少女娉娉婷婷地立在殿内，正摆弄一盆花。
"春秀，这花怎么要死了？"少女声音娇俏。
"奴婢也不知道……"伺候的宫女摇头，"不然奴婢拿去给王爷瞧瞧？"
宣贵妃想了会儿，目露嫌弃："不要了，换一盆吧。"
春秀："是。"
"今天那小傻瓜怎么没到我这里来？"
"娘娘，您小心隔墙有耳。"春秀提醒她，"陛下今天去安宁宫了。"
宣贵妃撇嘴："陛下好些日子没去了，今天怎么又去了？"
春秀还没回答，外面忽地有人进来："娘娘，陛下那边派人来，要将安宁宫的冰鉴都取回去。"
宣贵妃先是一愣，随后不可置信地问道："你说什么？"
宫人只能重复一遍。
宣贵妃脸色顿时一沉："呵，厉害啊，那女的就这么一会儿的工夫，就将那小傻瓜哄得团团转了！"
春秀在旁边提醒宣贵妃注意言语。
宣贵妃平时除了在小皇帝面前装装样子，其余时候压根儿不会顾忌太多。
其一是小皇帝还什么都不太懂，很好糊弄。
其二就是摄政王给她撑腰。
"本宫就是不给。"她倒要看看，是谁更得那个小屁孩的喜欢！她这么久的努力，总不能白费了吧？
那个女人……
太后有什么用，还不是无权无势，任人欺凌。
"娘娘……"
"滚！"
宫人见宣贵妃发了火，赶紧灰溜溜地出去。
没有取到冰鉴，那边直接报给阳德公公。
阳德公公亲自过来。
阳德公公以前就是先皇身边的人，现在遵循先皇遗愿，照顾小皇帝，他在宫中地位极高。
宣贵妃再怎么恃宠而骄，此时也不敢过于放肆。
"阳德公公，陛下答应本宫的，现在怎么能取走呢？这么热的天儿，本宫要是中暑了怎么办？"

"贵妃娘娘，陛下让您掌管后宫，您就得做好后宫表率，照顾好太后，您说呢？"阳德公公皮笑肉不笑的。

"太后要用，让内官监再送去就好了。"宣贵妃道。

阳德公公还是笑呵呵的："贵妃娘娘，这是陛下的命令，希望贵妃娘娘不要惹陛下生气。

"陛下年纪虽小，可长幼尊卑的礼仪是懂的，贵妃娘娘出身名门，这些道理应该懂的，太后是您的长辈。"

宣贵妃想到安宁宫那个，明明年纪和自己差不多大，辈分却比自己高一截，心底就直泛酸。

但是想想那人现在的处境，宣贵妃心底又好受一些。

宣贵妃让阳德公公将东西拿走。

但是阳德公公临走的时候，又让她上安宁宫去请罪。

阳德公公话传到，并不管她反应如何，带着人取走本该属于安宁宫的冰鉴。

"你听见了？春秀，听见没，那小傻瓜竟然让我去给安宁宫的请罪！"

"娘娘，她是太后……"

"什么太后，先皇也不知道为什么临死的时候还要把她弄进宫，不过是运气好。"

"娘娘，您少说两句吧。"春秀担忧地提醒。

怡然宫虽然都是自己人，可保不齐被有心人听见。

"娘娘，请罪的事……"

"我不去。"

她就不信现在对自己言听计从的小傻瓜能把自己怎么样。

初筝没等来宣贵妃的请罪，也没说什么。

只是素雪有些抱怨："太后，那宣贵妃胆子未免太大了，陛下的命令都敢违抗。"

初筝不甚在意地说道："胆子不大，怎么敢给一个小孩当贵妃。"

素雪观察了初筝好一会儿："太后，您不生气呀？"

"生气什么？"

"宣贵妃这么过分……"素雪委屈道，"就欺负咱们后面没人……"

太傅只有个虚职，无权无势的。以前陛下亲近太后还稍微好一点，前段时间陛下不来，宫里的人就开始踩低捧高。

初筝说道："以后有什么问题直接和我说。"

"太后……"

"你去帮我办件事。"初筝冲素雪勾了下手指。

素雪凑过去，初筝在她耳边说了几句。

"太后，这……"

"去办。"

初筝挥了下手。

素雪欲言又止，最后叹了口气，离开宫殿。

素雪按照初筝吩咐的，将东西送到摄政王府。

摄政王听闻是太后送来的，神情莫名地让人将东西呈上来。

很大的一个箱子，摄政王挑眉，亲自将箱子打开，浓郁的药草味扑鼻而来。

箱子里全是药。

摄政王轻呵一声，挑出一包药，问旁边的下人："什么意思？"

下人心道：我哪儿知道什么意思。

"王爷，宫里来人宣旨了。"

摄政王眸光闪了闪，拖长了音："哦？皇帝派来的？"

"不是，是太后。"

来宣旨的是大理寺卿。

一个掌刑狱案件的，跑来给他宣旨，这是什么意思？

摄政王不觉得生气，反而觉得新奇。

太后的懿旨内容很简单，督促他好好喝药，早日回去上朝，处理政事。

"王爷，您可要保重身体，现在朝堂上没有您不行。"大理寺卿一脸耿直地说道，"太后让我监督您好好喝药，希望您早日康复。"

"监督？"摄政王听出一点不对劲。

"是啊。"大理寺卿虽然也不知道为什么自己只是路过，就被太后撞上，然后被叫来宣旨。

不过既然是太后的旨意，那就要好好完成。

所以大理寺卿一天三次，天天往摄政王府跑。摄政王不喝药，他就不走。

大理寺卿是多么固执的一个人，整个朝野都知道。

偏偏这人还不是摄政王的人，而摄政王暂时还不能随便得罪。

摄政王让人看过初笋送来的药，不是什么毒药，就是普通补气提神的。

可是那药不知道怎么回事，苦得要命。

摄政王喝得怀疑人生。

他倒是有办法不喝，然而像是有眼线一般，第二天大门口就会出现一箱子药，里面附赠了一封信——

摄政王好好喝药，别辜负我的心意。你倒一碗我就送你一箱，直到你把药喝完。摄政王最好别抗旨，我有的是办法让人监督你喝药。

端正字体里透着几分张狂。

像极了他身上那几个还没洗掉的字。

摄政王第二天看见跪在门口请他好好喝药的百姓，嘴角一阵抽搐。

摄政王以前是个"为民着想"的王爷，现在虽然把持朝堂，可百姓们并不是很清楚这些，依然觉得摄政王是个好王爷。

现在他们纷纷担心摄政王身体，要看着他喝药。

摄政王还想维持这个形象，更何况这么多人，就算是古代，也是法不责众，所以摄政王每天都被逼着喝药。

他有苦说不出。

摄政王将碗摔在地上,气得咬牙:"太后好本事啊!"
"王爷,不如我们换掉药?"
摄政王点头示意他去办。
结果第二天,百姓们自带药上门。
为了让摄政王好好喝药,百姓们操碎了心。
摄政王怀疑自己府里有初筝的眼线。
不然怎么他想换药、不喝药,她都能知道?
摄政王府掀起抓内奸运动,然而查出不少别人塞进来的,就是没查到初筝的眼线。
摄政王差点气得崩溃。

第三章
旧识重逢

初筝在宫里过得悠闲，若小皇帝不过来就更好了。

小皇帝每次来都抱着折子，一看就是让她工作的！

她明明是来当个咸鱼后娘的，为什么现在要上班？

"太后，宣贵妃来请安，您看？"素雪匆匆从殿外进来。

宣贵妃……她那个便宜儿子的妃子。

初筝坐在摇椅上，挪开盖在脸上的团扇，望望窗外刺眼的阳光。

初筝把团扇盖回去，语调冷淡："日上三竿，请什么安？不见。"

素雪还以为初筝不见宣贵妃。

谁知道初筝幽幽出声："让她在外边候着。"

报仇的时候到了！

宣贵妃听闻此事，整个人都蒙了，接着怒火噌噌往上冒。

要不是春秀在旁边拦着，估计宣贵妃都要冲进殿内。

宣贵妃负气欲走。

"贵妃娘娘，太后没让您离开。"素雪带着人拦住她，轻言细语地提醒，"您现在离开，就是抗旨。"

宣贵妃娇呵："让开！"

素雪福福身："贵妃娘娘，奴婢不敢。"

宣贵妃美眸瞪圆，指着素雪，气得唇瓣哆嗦。

"娘娘，忍一忍，这是安宁宫。"春秀安抚宣贵妃。

宣贵妃看一眼素雪身后的人，那都是宫中的禁卫军。她带来的这些人，哪里是禁卫军的对手。

太后是打定主意要让她留在这里。

春秀对着素雪道："素雪姐姐，这么大的太阳，你看，要不让娘娘进去请安？"

素雪温柔地笑笑："太后正休息，贵妃娘娘还是等一等吧。"

按照规矩，嫔妃每日都得来给太后请安，之前这位就进宫那两天来过，后面一直没来，太后也没追究。

现在都快中午才来请安，太后罚她站，也是活该。

在怡然宫宣贵妃说什么都可以，可在外面，话可不能乱说。

春秀死命地安抚好宣贵妃，让人去请小皇帝。

违背太后的命令，太后一定要惩治的话，小皇帝再怎么闹都没用的。

阳光毒辣，宣贵妃娇生惯养的，何时被这么晒过，不过一会儿就有些受不住。

"陛下怎么还没到？"宣贵妃烦躁地问春秀。

"陛下应该在御书房，过来需要时间，娘娘您坚持住。"春秀小声回答，"陛下会给您做主的。"

宣贵妃气得咬牙，美眸里满是怨恨："我怎么忍？"

宣贵妃头疼欲裂，汗水顺着脸颊往下流淌。精致华丽的宫装裹在身上，热气蒸腾，浑身都像是泡在水里。

这是她进宫以来，第一次真切感受到太后在宫中的地位。

禁卫军可以不听她的，却不敢不听太后的。

"贵妃娘娘，太后请您进去。"不知道过了多久，素雪从里面出来，请宣贵妃进去。

宣贵妃现在只想远离太阳，让春秀扶着自己进殿内。

殿内一片凉意，宣贵妃仿佛整个人得到救赎，重重地松口气。

"贵妃娘娘先休息下，"素雪恭恭敬敬地说道，"奴婢去请太后。"

宣贵妃此时只想凉快凉快，没在意素雪说什么。

素雪离开后，许久都没人来。

宣贵妃已经没那么热了，她问春秀："怎么还没来？"

春秀也不知道，她走到门口，被门口的人拦住。

宣贵妃越等越烦躁，还头疼得厉害："她故意的是不是？"

"娘娘……"

这么明显，肯定是故意的。

"不等了，我要回去。"宣贵妃难受得紧，让春秀扶自己回去。

"娘娘，外面有人守着。"春秀道，"今天我们恐怕没那么容易离开。"

不能离开，宣贵妃越待越觉得冷。

就在宣贵妃快要爆炸的时候，小皇帝来了。

"陛下驾到——"

小皇帝带着阳德公公，从殿外进来。

"陛下。"宣贵妃立即伸出手，虚弱地叫小皇帝。

"宣姐姐。"小皇帝跑过去，紧张兮兮的，"你怎么了？"

"母后罚我……"宣贵妃立即向小皇帝告状，眼泪唰唰地往下掉，"臣妾哪里做错了？母后要这么罚我……"

"宣姐……"

"陛下。"阳德公公打断小皇帝。

043

身为帝王,哪有叫一个嫔妃姐姐的。

至少在外面不能这么叫。

小皇帝老气横秋地说道:"你别生气,朕这就问问母后为什么。"

"陛下,母后就是故意的。"宣贵妃低头抹眼泪,身体发着抖。

"母后不是不讲理的人。"小皇帝扭头问,"母后呢?"

话音刚落,就见殿内的帘子被人挑开,初筝从里面出来。

少女一袭深色的宫装,这样的颜色,对于她这个年纪来说,过于深沉,掩盖住了本来的姿容。

然而面前的少女依然漂亮得让人移不开眼。任何颜色,似乎都只能沦为她的衬托。

小皇帝见初筝出来,立即站起来,有些不满地问:"母后,您为何罚宣贵妃?"

初筝走到主位边坐下,神色冷淡:"我何时罚她了?"

"母后让我站在外面,那么大太阳,难道不是惩罚?"宣贵妃柔柔弱弱地说道。

"你来做什么的?"

初筝突然冒出这么个问题,让宣贵妃卡了壳。

好一会儿,她才略带迟疑地回答:"请安。"

"请问阳德公公,跟我请安该是什么时候?"

阳德公公被点名,赶紧回答:"按照规矩是卯时,不过因为太后需垂帘听政,遂后延到辰时。"

初筝点了下头,又问宣贵妃:"你来的时候是什么时辰?"

宣贵妃此时有点不安起来。

然而太后和小皇帝都在,她又不得不答:"午时。"

初筝手肘撑着桌边,以手托着下巴,凉飕飕地问:"所以,我为何要在这个时候见你?"

宣贵妃咬牙道:"既然您不愿意见臣妾,为何不让臣妾走?"

宣贵妃后悔得要死。

要不是想着来炫耀下小皇帝给她的东西,今天她也不会来。

谁知道东西没炫耀成,自己反而被惩治一番。

初筝认真地问:"我何时不让你走?"

宣贵妃怒道:"您让人拦着臣妾,不许臣妾离开。"

初筝眉梢微微一抬,语调轻缓:"哦,你有证据吗?"

宣贵妃立即道:"外面的禁卫军都是证人。"

"是吗?那叫进来问问。"禁卫军能听你的吗?天真!

宣贵妃还没明白初筝怎么这个态度,等禁卫军进来,纷纷表示没有拦过她,宣贵妃才反应过来。

这些禁卫军当然是听太后的。

小皇帝疑惑地看向宣贵妃:"母后没有拦着你,你为什么要说母后拦着你?"

而且他来的时候,宣贵妃也不是在外面站着,而是在殿内坐着。

"臣妾没有说谎,陛下,臣妾何时骗过您,是母后……春秀她们都能证明。"宣贵妃指向自己的人。

禁卫军能给太后做证,她的人也能给自己做证。

春秀低着头答:"是……是太后拦着,不许娘娘离开。"
初筝:"她是你的人,想怎么说,还不是你示意。"
宣贵妃脱口而出:"禁卫军不也是母后的人。"
初筝:"这话你可说错了,禁卫军只听陛下的,怎么会是我的人?"
宣贵妃把这件事给忘了。
禁卫军怎么会是安宁宫的人,他们属于陛下。
那为什么这些禁卫军会撒谎?
"宣……贵妃?"小皇帝算是听明白了。
禁卫军不会撒谎,那就只有宣贵妃的人撒谎。
"陛下,我没有……"
宣贵妃还想解释,初筝突然道:"你的大臣不听你命令,你应该怎么做?"
小皇帝被这突如其来的问题问蒙了:"母后?"
"回答我的问题。"
许是初筝表情过于冷峻,小皇帝一时语塞。
他看一眼阳德公公,阳德公公垂着头,眼观鼻鼻观心。
小皇帝只好自己回答:"……罚?"
初筝漫不经心地点了下桌沿:"所以后宫嫔妃做错事,是不是该罚?"
"……是。"
"冰鉴一事,你让宣贵妃来给我道歉,宣贵妃可没来,违抗你的命令,皇帝你觉得该如何处置?"
宣贵妃瞪大眼,不可置信地看向初筝。
这件事小皇帝确实派人说过,可就是口头上的传话,宣贵妃压根儿没放在心上。
小皇帝估计也没过问,这两天不也没出什么问题。
谁知道今天太后会当着小皇帝的面提出来。
她还不是以自己的名义,而是以小皇帝的名义,宣贵妃违背的是皇帝的命令。
小皇帝疑惑道:"宣贵妃为何不来给母后请罪,你确实做得不对。"
宣贵妃咬咬牙,没有再继续反驳。
陛下都开口了,宣贵妃也不敢当着这么多人的面和小皇帝杠上。
她从椅子上起来,直接跪在地上:"陛下,臣妾知错……"
小皇帝:"你应该给母后道歉。"
宣贵妃深吸一口气,转个方向,盈盈一拜:"母后,臣妾知道错了,请母后原谅。"
初筝还没开口,宣贵妃忽然软软地倒在地上。
"宣姐姐。"小皇帝紧张地叫了一声,连规矩都忘了。
宣贵妃晒了那么久太阳,又被放在这凉气逼人的殿内,此时倒不是装的,是真晕。
小皇帝赶紧让人将宣贵妃抬回宫里,请太医来瞧。
小皇帝没跟着去,反而留在安宁宫。他小心地觑着初筝:"母后,您还生气吗?"
"我生什么气?"
"宣贵妃……"
"我不和小辈计较。"

听初筝这么说，小皇帝松了口气。

小皇帝抠着手指问："母后，您不喜欢宣贵妃吗？"

宣姐姐总会给他讲很多好玩的故事，还会带他玩。

不像宫里这些人，死气沉沉的。

每个人都在教他要循规蹈矩。

当所有人都在严格要求小皇帝的时候，小皇帝喜欢能让他摆脱这些的宣贵妃，也就没什么奇怪的。

"你会喜欢一个故意扣你冰鉴的人？"初筝反问。

小皇帝到的地方，都是凉意十足。

但偶尔也会待在有些闷热的地方，那个时候小皇帝就会觉得如坐针毡，烦得不行。

小皇帝突然觉得宣贵妃是有点可恶。

宣贵妃病了，还挺严重。不过并不要命，只是会卧床一段时间。

怡然宫闭宫谢客，听说小皇帝去时，都被以病气传染给拒绝了。

初筝对此不发表任何看法，该做什么就做什么。

唯一让她不满的就是上早朝。

今天早朝有点不一样，摄政王来上朝了。摄政王不避讳眼神，直接朝着珠帘这边看过来，他嘴角弯了一下，露出一个不怀好意的笑。

一大把年纪，还笑得这么骚包。

可不得了啊！

真的好想……请他去和先皇喝茶。

摄政王很快收回视线，低眉垂眼地站在首位，听着众位大臣禀报各种事情。

初筝坐在后面，恍恍惚惚想起来一件事。

今天是上次人命案的最后截止期限。

她正想着，下面官员就有人出列："陛下，京城谣传有妖害人一案，已将凶手捉拿归案。"

"哦，那……皇叔，你觉得该怎么处置？"小皇帝问摄政王。

摄政王笑着道："陛下，这件事您可以自己做主。"

小皇帝茫然地看着下方的朝臣，完全不知道该怎么拿主意。

就在小皇帝踌躇的时候，阳德公公将一张字条塞到小皇帝手里。

小皇帝展开看了一眼，立即昂首挺胸，稚嫩的声音掷地有声："既然凶手已抓到，本案就交给大理寺卿审理。另命都察院孙大人澄清谣言，若谁再乱传，按律惩戒。"

摄政王往帘子后面看一眼，没有反驳小皇帝的话，明显是认同的。

大理寺和都察院两位大人纷纷领命。

最后小皇帝将初筝的三万两白银，发给抓住凶手的人。

退朝之后，小皇帝和初筝一同出去。

"母后，您好厉害。"

初筝不置可否。

这算什么厉害？不过是下个命令。

你还没见识过我真正的厉害！

初筝睨着小皇帝:"这本是你的职责,现在我来替你承担,你对得起你母后吗?"

"……母后,对不起。"

"好好学。"

小皇帝垮着脸:"可是好难。而且不是还有皇叔吗?"

"你想当个傀儡被他操控,就乖乖听他的话。"

初筝说这话没什么掩饰。

阳德公公在后边听得心惊胆战,他赶紧挥手,让四周的人都退开一些。

摄政王的野心,在先皇死后,他拿着那道圣旨出现,就暴露无遗了。

小皇帝却觉得摄政王是在帮他。

阳德公公提醒过小皇帝几次,可没敢说太明白,怕小皇帝面对摄政王的时候不自然。

没想到他隐晦地提醒,小皇帝一点都没领悟到。

小皇帝疑惑地看着初筝:"母后?"

皇叔明明对他那么好。

平时他不懂的,也是皇叔替他解决。

"你皇叔可没安什么好心,他要让你成为废物,傀儡皇帝。阳德公公。"

阳德公公上前两步:"太后。"

"给他找点史书看看。"

"……是。"

初筝打发小皇帝去看史书,随后便带着素雪往安宁宫走。

小皇帝被勒令看书,好些天都没露面。

这天傍晚,初筝从殿内出来,一抬头就看见坐在殿门外的弱小身影。

金乌西沉,小皇帝形单影只的模样,惹人怜惜。

初筝走到他后面:"你坐我门口做什么?"

"母后。"

小皇帝回过头来,脸色憔悴,眼睑下全是青黑色。

小皇帝这些天,都在看阳德公公给他找的书。

阳德公公领悟到初筝的用意,给他看的,都是关于傀儡皇帝的历史事件。

小皇帝倒不是看书看的,是他自己睡不着。

"皇叔对我那么好,他怎么会……"

初筝在滚烫的地面坐下和拎小皇帝进去之间徘徊了一会儿,最后果断选择将他拎进去。

小皇帝忘了忧伤,震惊地看着初筝:"母后,您力气好大。"

初筝将他扔在椅子上,坐到旁边:"你很喜欢他?"

小皇帝眨巴一下眼:"皇叔吗?他对我很好啊,以前小时候,父皇忙,就是皇叔带我去玩。"

你这喜欢也太廉价了。

"皇叔真的会……"

"他会。"初筝冷漠地说道,"如果不是杀了你名不正言不顺,你早就死了。"

小皇帝哆嗦一下。

他实在无法想象,皇叔会做这种事:"可……他是我皇叔啊。"

"皇位面前，亲兄弟、亲父子都能动手。"

史书上这样的记载并不少，小皇帝也看见过。

可是……小皇帝还处于相信亲情，相信一切的年纪。

"你不想当这个皇帝，可以退位给他，省事。"

小皇帝愣了一下，有点向往："……可以这样？"

初筝幽幽地补充一句："你不怕你爹打死你的话。"

初筝拍了下小皇帝的肩膀："你自己观察观察，看看现在朝堂上，有多少他的人。"

小皇帝按照初筝说的，上朝的时候观察下面的朝臣。

正常情况，大臣们都会畅所欲言。可是一旦遇上大事，有一部分就会缄默不言。等摄政王出声后，这群人才会出声。

而小皇帝还发现，自己身边的人，也有些不太对劲起来……好像在偷偷监视他。

"陛下？陛下！"

小皇帝回过神，看向叫自己的摄政王。

这个他很喜欢、敬仰的皇叔……想的却是如何养废自己，或者置自己于死地。

想到这里，小皇帝就不免打了个寒战。

摄政王面露担忧："陛下，近来可是没休息好？"

小皇帝对上摄政王的视线，他抿了下唇，冒出一句："玩得太晚了。"

摄政王没有怀疑，似无奈地摇头："您可不能这样。"

小皇帝应了两声，让人继续刚才的话题。

下朝之后，小皇帝估计是怕面对摄政王，竟然一个人先走了。

初筝离开金銮殿，还没走多远，就被摄政王叫住："太后。"

素雪扶着初筝胳膊的手颤抖一下："太后，摄政王……"

"听见了。"

初筝转身看去，摄政王一个人负手从旁边的小道上过来。

"太后。"他拱手行了个礼。

就这么看这个人，其实也算中年男人中很有范的那种，就是做的事有点禽兽不如，斯文败类的真实写照。

初筝双手拢在袖子里："王爷，药还没喝够？"

她还敢跟自己说这个！

摄政王感觉自己身上都是一股苦味。

这辈子他都不想喝药了！

摄政王冷静地冲素雪挥了下手："你们先下去，本王和太后说点事。"

"那……"初筝顿了一下，改口，"你们先下去。"

"太后……"

"没事。"初筝自信满满。

对付一个摄政王，哀家搞得定！

素雪一步三回头，十分不放心地离开。

摄政王轻喷一声，视线在初筝身上打转："你这么长时间，装给我看，现在终于要忍不住露出真面目了？"

初筝意味不明地说道："我的真面目？"

摄政王眸底带笑："我对这样的你，更感兴趣呢，太后。"

初筝袖子底下的手捏紧手腕："你对我一无所知。"

摄政王抬手，想要摸初筝的脸颊："那太后给本王一个机会，让本王好好了解了解。"

初筝偏头避开，嘴上却说道："好啊。"

摄政王手中落空，听见初筝说的这两个字，也不生气，眼底浮现几分愉悦。

下一秒，对面的少女忽地抬脚踢过来。

摄政王没有防备，正中要害。

摄政王捂住裤裆，脸色惨白，然后涨红，一路蔓延到脖颈，额头青筋暴起，形容恐怖。

痛……

好痛……

摄政王痛得失了声，完全叫不出来。

初筝镇定地补了一脚，直接将摄政王踹进旁边的花丛里。

初筝弯腰和草丛里的人对视："王爷，你知道你错在哪里吗？"

摄政王痛得还没缓过来，此时只能咬牙切齿地瞪着初筝。

"不应该一个人来找我。"初筝慢条斯理地解释道。

"不过我喜欢你一个人来找我。"明明是一句有点奇怪的话，被初筝一说，字里行间都是嚣张。

摄政王只能看着初筝扬长而去。

不得不说，摄政王轻敌了。

当然潜意识里，他也觉得初筝身为太后，不会在大白天做出什么出格的事来。

好样的！

聂初筝，我们走着瞧。

"王爷好兴致。"

摄政王面前忽地一暗。

容弑不知何时站在外面，正看着他。

摄政王眉心一跳，不用看也知道他此时多狼狈。他下意识地想要爬起来，然而试了两次，都跌了回去。

容弑也没搭把手的意思，就居高临下地看着他。

容弑脸上没什么表情，但摄政王无论怎么看，都觉得他像是在嘲讽自己。

"容弑……"

"王爷慢慢赏花。"容弑扔下这句话，从另一个方向离开。他腰间的环佩随着他走动碰撞出清脆的响声。

赏花，他赏什么花。

气死他了。

被那小丫头踢了就算了，现在还碰上容弑，让他看见自己这个样子。

摄政王气得脸色铁青。

摄政王好不容易从花丛里面爬出来,一群宫女太监突然出现,正好撞上他这狼狈的样子。
"看什么!"摄政王沉下脸。
宫女太监们纷纷垂下头离开。
摄政王等宫女太监们一走,立即弯了弯腰,神色一阵扭曲。
"容弑在宫里做什么?"
摄政王忽地扭头往容弑来的方向看,那边是……漪兰宫。

皇家的人大概生来就是演员和阴谋家。
小皇帝在初筝很不负责的教导下,认识了摄政王的真面目,竟然在极短的时间内,学会了如何和摄政王相处。
初筝教学虽然粗暴,但小皇帝反倒听得进去,比阳德公公那温水煮青蛙的效果好太多。
就是小皇帝突然对宣贵妃不热衷,老往初筝这里跑,让初筝很恼火。
"太后,玉蝶公主求见。"
初筝瘫在贵妃椅上,摇摇晃晃的,好一会儿才出声:"谁?"
小皇帝不来,好不容易清静下。
这又是哪个犄角旮旯冒出来的。
"玉蝶公主,漪兰宫的。"素雪提醒。
"我认识?"
什么玉蝶、玉兰的。
素雪微笑:"太后,您见过的,她之前来给您请过安,您仔细想想。"
初筝在原主的记忆里搜寻一遍,好不容易找到一个对上号的。
先皇只有一个皇子,这公主却有好几个。
最大的已经嫁人,最小的比小皇帝还要小两岁。
嫔妃们都被先皇弄去殉葬,所以现在那些还未出阁的公主都是自己生活在宫里。
这些公主,也就刚开始来打了个照面。
原主不愿意被与自己差不多年纪的小姑娘们叫母后,那群小姑娘刚失去母妃,也不愿意见到原主。所以这群公主,基本不会来请安。
反正原主见她们的次数屈指可数。
"她见我做什么?"
初筝心道:好端端的,她突然跑过来见自己……想害我吗?
素雪:"奴婢不知,您见吗?"
初筝坐起来,拿着扇子扇了扇风,沉吟片刻:"让她进来吧。"
玉蝶公主今年十四岁,已经到谈婚论嫁的年纪,出落得水灵漂亮。
"玉蝶见过母后。"小姑娘规规矩矩地行了大礼。
"起来,坐吧。"
"谢母后。"
玉蝶公主拘谨地坐下,脑袋始终垂着,不太敢看初筝。
原主记得这位玉蝶公主的母妃,并不是给先皇殉葬死的,好像是病死的……
原主进宫时间不长,这些宫中秘辛知道得不多。

初筝不说话，玉蝶公主也不吭声。

两人就这么沉默地坐着。

初筝叹了口气，开了金口："你找我有什么事吗？"

玉蝶公主仿佛受惊一般，先是小幅度地看她一眼，又飞快垂下眼。

她小心翼翼地从袖子里摸出一个檀木盒："玉蝶就是来看看母后，这是送给母后的……"

素雪上前将盒子递给初筝。

里面躺着一枚红色的玉镯，手感细腻，光泽莹润，漂亮大气，是不可多得的好玉。

"没别的事了？"

"没……没了。"玉蝶公主摇摇头，拘谨地站起来，"玉蝶告退了。"

初筝让素雪把玉蝶公主送出去。

等素雪回来，初筝拿着那枚镯子端详着。

"素雪。"

"太后。"

"这样的镯子，对于一个没有人庇佑的公主，能拿出来吗？"

素雪不好说，只能谨慎地猜测："许是玉蝶公主母妃的遗物。"

初筝将镯子放回盒子里："那她送给我做什么？"

这个素雪就真的不知道了。

初筝让素雪把镯子收起来，不管什么居心，收起来就对了。

第二天，玉蝶公主踩着请安时间出现，见初筝手腕上没戴那枚手镯，明显有些失望。

小姑娘情绪不懂收敛，几乎什么都写在脸上。

接下来几天，玉蝶公主每天报到，隔三岔五带上一点东西。

有时候是金银珠玉，有时候只是一盒小点心。

初筝观察几天，总算是看出来了。

她在努力讨好自己。

可是她讨好自己能做什么？

她这个太后……也没实权啊。

"母后。"小皇帝风风火火地从外面进来，阳德公公气喘吁吁地跟在后边。

玉蝶公主慌慌张张地起身，福身行礼。

小皇帝诧异："皇姐，你怎么在这里？"

玉蝶公主细声细气地说："我来给母后请安。"

"这样啊。"小皇帝对玉蝶公主并不怎么感兴趣，转头看向初筝，"母后，我给您带了好吃的，你吃不吃？"

初筝板着脸拒绝："不吃。"说不定有毒。

小皇帝招手，让后面的人将东西摆上来，并顺带奉送上几本折子。

初筝一震。

逆子！

我就知道有毒！

"我头晕，进去休息会儿。"初筝起身就要走。

小皇帝一把拉住初筝的袖子："母后，您试试，很好吃。"

初筝的视线在小皇帝身上转了两圈，似乎在考虑从哪里下手比较好。

小皇帝莫名打了一个寒战："母后，您这里是不是有些凉？"

初筝面无表情地说道："你心凉。"

小皇帝完全不知道自己在死亡边缘疯狂试探，拉着初筝让她吃东西，还邀请玉蝶公主一起来："皇姐，你也试试？"

玉蝶公主下意识地摇头："不……"

阳德公公温声道："玉蝶公主，陛下准备的东西有多的，您试试看？"

玉蝶公主对上阳德公公慈祥的笑容，沉默半晌，才点了点头。

玉蝶公主埋头吃东西，几乎不说话。小皇帝话倒是不少，不过都是废话。

等这两个小祖宗离开，初筝长长地松口气。

当太后好难。

当后娘更难。

我还是个孩子，为什么会有这么大的孩子！

"隐藏任务：请获得容弑好人卡一张，拯救黑化的好人卡。"

床榻上的人毫无反应。

"小姐姐，你的好人卡有危险哟。"

月亮的清辉从窗外倾泻进来，落在床榻附近，然而床榻上的人并没清醒的意思。

"小姐姐！"

"倒带了！"

初筝噌一下坐起来："你有病啊！"

非得挑大半夜，就不能选个别的时间？

我不需要睡觉吗？

上下班是有固定时间的！

"好人卡需要你呢，小姐姐快去哟！"

"不去。"初筝倒头睡下。

我倒要看看好人卡没有我，会不会挂掉。

王者号有些无语。

初筝这次是说不去就真的不去，王者号怎么号都没用。

第二天初筝起来，王者号已经不号了。

"死了吗？"

王者号不理初筝，初筝也懒得问，若无其事地上朝，用早膳。

等这些事做完，空闲下来，初筝才问素雪："容弑是谁？"

黑化的好人卡，王者号不提供资料。

素雪愣了一下："容将军啊。"

你这回答跟没回答有什么区别。

"就是前段时间，班师回朝的那位容将军。"素雪补充道，"对了，他的姑姑是玉蝶公主的母妃。"

初筝心道：孽缘。

容家历代都出文人，历史上数得出来的文人墨客不在少数。

唯独到容弑这里，他选择从军。

容弑年纪轻轻就进入军队，先皇还在的时候，已经战功赫赫。后来，他一直在边境带兵打仗，抵御外敌。

容弑生下来没多久，母亲就去世了。因为这件事，容弑也不得父亲待见。

在这样的时代，不受长辈待见的孩子，就算不受欺凌，待遇却也是令人唏嘘。

好在长他几岁的姑姑很疼他，几乎扮演了母亲的角色。两人年纪相差不大，感情极好。

至于容弑为何会黑化，从外面的资料无法得知。

容弑……她好像没在朝堂上看见过他。

第二天上早朝的时候，初筝问小皇帝。

小皇帝倒是记得："容将军带兵打仗，在外负了伤，所以儿臣允他在家休养两个月。"

小皇帝顿了一下，默默吐槽："其实是皇叔让我这么做的。母后，您问这个做什么？"

"随便问问。"

初筝从小皇帝那里出来，路过御花园的时候，远远瞧见几个人在凉亭那边说说笑笑，都是宫里的公主们。

初筝一开始没在意，等她走了一段距离，忽地听见凉亭那边传来极大的落水声。

"太后，水里的好像是玉蝶公主。"素雪踮着脚瞧了瞧，低声与她说。

玉蝶公主……

初筝琢磨了一会儿："过去看看。"

"是。"

素雪赶紧领着初筝往那边走。

凉亭外，玉蝶公主落在水里，狼狈地抓着凉亭边缘。

凉亭里的一个女孩子却用脚去踩玉蝶公主的手，嬉闹嘲笑声不断传开。

"太后到——"

凉亭里的嬉闹声忽地一静。

几位公主纷纷转身，面上带着几分慌张地行礼。

初筝的视线扫过她们，最后落在凉亭外，吩咐人："把人拉上来。"

玉蝶公主被人救上来，素雪拿了件衣裳披在玉蝶公主身上，将她扶起来后，走到初筝身边站着。

初筝问站着的那几个公主："你们在做什么？"

"回母后，儿臣们只是在玩闹，玉蝶妹妹不小心落了水，儿臣还没来得及救玉蝶妹妹，您就来了。"

说话的是站在中间的三公主。

比起她身边那几个，三公主就镇定得多，甚至敢直视初筝。

她们母妃是没了，可是母妃的家族还在，她们有靠山，有后台。

初筝就算身为太后，无权无势，也不过是个空架子。

所以三公主并不怕。

初筝视线一转，落在玉蝶公主身上："你说。"

玉蝶公主抱着胳膊发抖，脸色苍白如纸："是……是儿臣不小心落水。"

初筝眸色冷淡："你确定？"

玉蝶公主声音细若蚊蝇："是。"

初筝语气淡淡："那走吧。"

初筝并没有要给玉蝶公主讨回公道的意思。

若玉蝶公主说了，看在好人卡的分上，她替对方出头也不是不行。

可当事人自己都不敢说，她为什么要费劲去给对方讨回公道。

"恭送母后。"

三公主等人目送初筝离开。

等瞧不见初筝的影子，有人问："三姐姐，她不会向太后告状吧？"

三公主自信满满道："她不敢。再说，她就算说了又怎么样。"

太后不过是运气好，刚进宫先皇就没了，捡了便宜，当上太后。

算起来也不过是和她们年纪相仿的小丫头片子罢了。

如果不是身份摆在那里，压根儿不必把她放在眼里。

三公主都这么说了，其他几位公主也放心下来。

玉蝶公主在半道上晕了，初筝只好将她送回寝宫。

太医隔着帘子给玉蝶公主诊脉，初筝神色冷淡地站在一旁，浑身却透着令人畏惧的冰冷气质。

太医诊完脉，回身和初筝回禀："太后，玉蝶公主没有大碍，只不过……"

初筝眼皮微微掀了一下："什么。"

"玉蝶公主似有些营养不良，身体十分虚弱。"

"宫中锦衣玉食，怎会营养不良？"素雪心底大概能猜出来为什么，可这件事不能乱说，"大人，您可别乱说。"

太医赶紧道："微臣不敢。"

"求太后救救公主吧。"旁边一个宫女突然扑过来，声音哽咽，"再这么下去，公主会死的，求太后救救公主。"

太医心底一跳，只想当自己不存在。

"芝儿！"垂落的帘子被挑开，玉蝶公主轻声呵斥一声。

跪在地上的宫女立即手脚并用地爬过去："公主，您醒了。"

玉蝶公主脸色苍白难看，声音嘶哑："你胡说什么。"

"奴婢没有胡说……"

玉蝶公主低斥她。

芝儿红着眼眶，张了张嘴，却没敢再说话。

玉蝶公主挣扎着坐起来："劳烦母后，玉蝶没什么事……"

"公主，您别动。"素雪上前让她躺回去。

素雪也没敢说其他的，初筝没出声，她现在说什么都不对。

她语气温和地安抚玉蝶公主："先好好休息。"

玉蝶公主往初筝那边看去，后者漠然地看着她。
初筝转身离开里间，太医很识趣地跟着她出来。
"把那个芝儿叫出来。"

芝儿是玉蝶公主的贴身宫女。除了芝儿，漪兰宫就只剩一个丫鬟、一个太监。
偌大的漪兰宫，瞧着跟个冷宫似的。
芝儿跪在初筝面前，眼泪在眼眶里打转。
"说说，怎么回事？"
芝儿抹了一下眼泪，砰砰砰地磕了三个响头。
自从玉蝶公主的母妃去世后，漪兰宫的宫女太监们都自寻出路，想方设法地离开了这里。
最后就只剩下他们这么三个人伺候着。
可这不算什么。
最难的还是宫中对漪兰宫的态度，吃穿住行被克扣，冷了没有暖炉，热了也没冰鉴。送过来的膳食，永远都是冷冰冰的，甚至有时候还是馊的。
还有其他宫的公主们，隔三岔五便将玉蝶叫出去，以欺负她为乐。
玉蝶公主在宫中孤苦无依，所有委屈，都只能自己受着。
"求太后救救公主……"
自从先皇离开后，那些公主就越发过分。再这么下去，玉蝶公主迟早会死在她们手里。
"容将军，容将军……您不能进去。"
男人不顾阻拦，从门外大步进来。
后面跟进来的太监跪在地上，诚惶诚恐："太后，是容将军硬往里面闯，奴才们拦不住。"
容弑没想到殿内会有别人，他步履微微一顿，拱手行礼："容弑见过太后。"
容弑今天穿了一件藏蓝色的长衫，外罩一件纱衣，手里拿着一把佩剑。
进宫都不得带武器，即便是武将也不许带兵器入宫。
也不知道他哪里来的特权……
身姿挺拔的男人，微微垂着头，屋外的光线勾画出他冰冷坚毅的侧脸。
这个男人是从战场上走下来的，他身上的肃杀之气，掩不住藏不了。
容弑一出现，整个空间都仿佛进入另外一个维度。
但不得不承认，他长得格外好看。
"免礼。"
容弑扫了一眼还跪在地上的芝儿，沉声道："太后，可否容微臣先看一下玉蝶公主？"
初筝抬了下手，示意他随意。
容弑进了里间。
容弑行走如风，不像哪里有伤。
初筝摸着下巴琢磨，突然冲太医招下手。
"太后？"太医诚惶诚恐。
"你能看出容将军有什么问题吗？"
太医疑惑地心道：太后想看出什么问题？
太医哆哆嗦嗦说道："微臣愚钝，请太后明示。"

初筝给他指明:"他身体有没有什么毛病?"
太医满头雾水。
他连容将军的发丝都没碰到,就这么打个照面,怎么能看出来容将军身体有没有毛病?
太后这不是为难他吗?
太医十分谨慎:"太后……微臣还没有学会观人识病。"
初筝摸着下巴嘀咕:"我也没学会。"
这话让我怎么接!
太医从来没觉得职业生涯如此艰难。
初筝确定王者号就是大惊小怪。
看看人家好人卡不是好好的吗?
没有我,好人卡也可以很坚强的!

毕竟身为太后的初筝还在外面,容弑没在里面待多久,很快就出来了。
他往初筝那边看去。
少女一身奢华贵气的宫装,发饰却简单,但并不妨碍她那身矜贵清雅的气质。眉目间如有高山初雪,冷冷清清,疏离又冷漠。
她就那么随意地坐着,将身下普通的檀木软榻,坐出金堆银砌的王座感来。
容弑垂下眼睫,细密的阴影打在眼睑下,也挡住他眼底的所有情绪。
他缓步走到初筝对面:"微臣斗胆,想问一下玉蝶公主今天晕倒是何原因?"
男人嗓音低沉,带着冰凉的质感。
初筝言简意赅地回答:"落水。"
容弑追问:"为何落水?"
初筝抬手撑着额头,偏着头瞧他:"反正不是我推的。"
初筝这个答案,打得容弑措手不及。
不过很快他就调整好心态:"太后可否知道是何人所为?"
初筝好奇地问道:"怎么,你还想杀了她们?"
即便容弑心理素质再好,此时也有点接不上初筝的话。
容弑微微吸口气:"微臣只是想问清缘由。"
初筝本想说自己没义务回答,王者号咆哮着让她做个人。
初筝只好让素雪把事情给容弑说了一遍。
容弑听完并没多大反应,看不出他是关心玉蝶公主,还是不关心。
"太后,微臣有一事想问。"
初筝喝着素雪弄来的茶:"问。"
"玉蝶身为公主,难道这就是她身为公主的待遇?"容弑声音冷凝,细听之下,仿若质问。
"容将军,后宫之事,你无权过问。"初筝放下茶杯,"再则,我也不管事,管事的是宣贵妃。"

远在怡然宫的宣贵妃打了个喷嚏。
"娘娘,可是不舒服?"春秀关切地问。

宣贵妃摆摆手:"没事。"

她看看殿内又有一盆花草死了,心情烦闷:"那小傻瓜最近来过没有?"

"……没有。"春秀小声答道。

砰!桌子上的瓷杯被宣贵妃一股脑扫到地上。

她噌地站起来:"更衣。"

那个小傻瓜不是成年人,他就是个小孩。喜欢东西快,忘记东西也快。

她若是再待在这里,恐怕小皇帝都会忘了她。

宣贵妃打听到小皇帝在御书房,带着人拎着几样吃食,风风火火地抵达御书房。

通传的太监让宣贵妃稍等片刻。宣贵妃在外面等了近一炷香的时间,太监这才来领她进去。

宣贵妃收敛脸上的不耐烦,带着亲善的笑容走进去。

然而宣贵妃没想到,御书房还有别人。

宣贵妃看见容弑,眸底闪过一缕惊艳之色。

摄政王和面前这个人比起来,不仅年纪大,容貌也完全比不上。

他是谁?自己以前竟从没见过。

宣贵妃感觉心跳都加速了,她紧了紧手帕,强迫自己收回视线。

"陛下。"宣贵妃福了福身,余光却忍不住往容弑身上瞄。

然而容弑安静地站着,低眉垂眼,似乎压根儿没注意到她。

"宣贵妃,你来得正好。"小皇帝并不像以往那般笑意相迎,而是老气横秋地板着脸。

宣贵妃心底咯噔一下。

出什么事了?

宣贵妃余光扫过那身姿挺拔、容貌俊美的男人,轻言细语地问:"陛下,有什么事吗?"

小皇帝一板一眼地说:"是关于朕的皇姐,玉蝶公主。"

宣贵妃一时间没想起玉蝶公主是谁。

她见过的公主里,好像没有哪个叫玉蝶……

宣贵妃实在想不起来,只好含糊地问:"陛下,出什么事了?"

小皇帝看一眼阳德公公。阳德公公会意,将事情原原本本地说了一遍。

宫中这么大,即便是主子,不受宠,也会被欺负,宣贵妃不觉得奇怪。

她听完还没反应过来为什么要和她说这件事,只是面露惊讶:"还有这样的事,这些奴才胆子这么大?堂堂的公主,怎么能被如此对待,陛下可不能轻饶他们。"

阳德公公叹了口气。

这位宣贵妃有点心机,可惜年纪小,还停留在小女孩的想法上。任性妄为,处事也不够圆滑。若不是这后宫空空荡荡,宣贵妃这样的角色,在后宫剧里活不过一集。

摄政王挑这么个人进宫,也是看小皇帝年纪小好糊弄。

小皇帝皱眉道:"宣贵妃,你现在管理后宫,这些事,你都没发现吗?"

宣贵妃猛地一个激灵。

对,她把这件事忘了。

之前管理后宫的本来是太后,是她趁小皇帝和太后闹矛盾的时候,哄着小皇帝,将管理权抢过来了。

可是因为小皇帝没别的嫔妃，平时她就看看账本，其余的不需要她做什么。

说白了，她压根儿就没怎么管过。

宣贵妃连忙跪下："陛……陛下，这件事臣妾不知情。"

"那你是怎么管理后宫的！"

宣贵妃为自己开脱："陛下，宫中事务繁杂，臣妾刚接手，方方面面还顾不全。"

"既然顾不全，那还是劳烦母后管吧。"

小皇帝想了想以往他父皇的作风，板着小脸："你好好在宫里反省。"

"陛下……"

小皇帝挥手："你先下去。"

宣贵妃直到走出御书房都还是蒙的。

她干什么了？怎么就被剥夺权力了？

"娘娘……"春秀小心地叫了一声。

"最近小……陛下和那个……太后走得很近？"宣贵妃咬牙切齿地问。

春秀迟疑地说："听说陛下经常去太后那里。"

她之前就提醒过娘娘，可是没用。娘娘不听，觉得小皇帝很好哄，她晾晾他也没什么。

宣贵妃抓紧手帕，使劲地拧了拧："这件事肯定是她搞的鬼！"

宣贵妃直接将锅扣在初筝脑袋上。

陛下怎么就知道那什么玉蝶公主的事！肯定是她告的状。

"娘娘，咱们现在怎么办？"

"本宫能抢一次，就能抢第二次。"宣贵妃自信道，"怕什么，本宫还斗不过她？"

春秀没说话。

她觉得那位太后和以前不一样了。

"春秀，你帮本宫打听下，刚才御书房里的那个人是谁。"

春秀不知道宣贵妃打听这个做什么，不过还是很快将消息打听回来："是容将军。"

宣贵妃眸子一亮："就是之前打了胜仗，班师回朝的那个容将军？"

春秀点头："嗯。"

宣贵妃没见过那位容将军，可消息是听过的。

听闻他今年才二十六岁，年纪轻轻就有如此成就……最重要的是还长得那么英俊。

"娘娘，那位玉蝶公主的母妃，是容将军的姑姑。"

"什么？"

初筝听闻小皇帝要将后宫管理权还给自己，吓得差点抽死这个逆子。

你母后容易吗？你个不孝子！不仅要给你这个便宜儿子当娘，现在还要管整个后宫。

"不干。"

"为什么，母后？"小皇帝睁着大眼，无辜地问。

"哀家要颐养天年，不宜操劳。"初筝开始胡说八道。

"可是母后……您才只比儿臣大几岁而已啊。"小皇帝弱弱地说。

初筝瞪了小皇帝一眼，一本正经地说道："我心理年龄大。"

初筝拒绝管理后宫。

小皇帝愁眉苦脸地说道："那怎么办？儿臣都让宣贵妃把凤印还回来了。"
初筝沉吟片刻："不然再给你娶个皇后？"
孩儿大了，该娶妻了。
小皇帝惊恐："母后……儿臣不要。"
"为何？有了皇后，就有人替你管后宫。"
"……儿臣要自己娶皇后。"
小皇帝气鼓鼓的。
皇后是他的发妻，怎么能随便选？
初筝心底冷笑："你想得美。"
小皇帝："母后怎么这么说？我不能娶自己喜欢的吗？"
呵呵。
你见有几个皇帝，能娶自己想娶的？

小皇帝娶妻是不可能的，所以这后宫还得初筝这个太后管。
管理一个后宫，各种事情全往她这里堆。
她上完朝，还得开后宫大会。
凭什么别的太后能吃吃喝喝，她就这么苦？
都是太后，为什么差别这么大！
直到王者号给初筝发了任务，用钱打发完这些人，她这里才算安静下来。
"小姐姐，你看，有钱可以为所欲为。"
素雪有条不紊地给初筝摆上凉茶和点心，她小心地观察了一会儿初筝："太后，最近宣贵妃都往漪兰宫跑……"
初筝有气无力地抬了下眼皮："漪兰宫有金子捡？"
无事献殷勤，非奸即盗。
素雪想了想："宣贵妃被陛下收回管理后宫的权力，应该是悔过吧。"怎么也得做个样子不是？
"玉蝶公主怎么样了？"
"有太医照料着，她恢复得很好。"素雪道，"太后，那几位公主，您打算怎么办？"
"你问我？"
"……对啊，您现在管后宫。"
初筝腹诽：十分怀疑小皇帝是在害我！
这件事他就不能自己做主吗？
初筝言简意赅地给出方案："弄死。"
素雪心惊胆战地提醒："太后，那是公主。"
初筝琢磨了一会儿："去找几套佛经，让她们抄。"电视里都是这么演的。
素雪觉得这个惩罚没什么问题，准备去办。
初筝又道："过些天一起到我这里来默写，写错一个词罚抄一遍。"
素雪听得嘴角抽搐。
素雪去挑了几部佛经，让人分别送到几位公主宫里去。

"太后，您去哪儿？"素雪刚做完这些，见初筝打算出门，连忙小跑过来。

"漪兰宫。"去看看能不能遇见我的好人卡。

她在宫里和好人卡偶遇的机会太渺小，得自己想办法……

素雪只以为初筝去看玉蝶公主，也没多想，让人赶紧去拿点东西过来，拎着和初筝一起去漪兰宫。

这些天漪兰宫焕然一新，伺候的宫女太监也多了。

初筝不让人通报，自己进去。

"容将军，你来看玉蝶吗？"初筝远远地看见宣贵妃拦着容弑，巧笑倩兮地和他说话。

容弑背对着初筝，初筝看不见他的神情，只听他道："宣贵妃，有事吗？"

"没有就不能和容将军说话？"

"宣贵妃无事，微臣就先去看玉蝶了。"

"哎，你别走呀……"

容弑错开宣贵妃，朝着殿内走了。

宣贵妃瞪着容弑的背影，气了好一会儿，才跺了跺脚，气势汹汹地离开。

初筝抱着胳膊在走廊上看着："素雪。"

"太后。"

"宣贵妃是不是想给小皇帝戴绿帽子？"

"绿帽子？"素雪没听懂这话，疑惑地问，"宣贵妃为什么要给陛下戴绿帽子？"

"我哪儿知道。"

勾搭到我好人卡跟前了！

"表哥。"

容弑一进门，玉蝶公主眸子就是一亮，几步跑到容弑跟前。

容弑垂眸看着她："没大碍了？"

玉蝶公主摇头："没什么事了。"

容弑"嗯"了一声。

"表哥，我是不是给你添麻烦了？"

"我是你表哥，你的事，我不会不管。"容弑声音冷淡，但带着笃定的力量，让人信服，"姑姑不在了，我会替她照顾好你。以后你别再一个人憋着。"

容弑来看过玉蝶公主几次，玉蝶公主每次都表现得跟个没事人似的。

他是发现漪兰宫有些冷清，玉蝶公主说她喜静，将那些人都遣散了。

他没想到，她真正过的日子会是那样的。

容弑看完玉蝶公主，从殿内出来，一抬头就看见站在不远处的初筝，华丽端庄的宫装衬着她清雅冷冽的气质，让人移不开眼。

容弑有些放肆地打量初筝好几眼，才收回视线，冲她行礼："太后。"

"容将军来看玉蝶公主？"初筝随意抬了下手，示意他免礼。

"是。"

森严的规矩下，容弑礼节上没有问题。

"玉蝶，还请太后以后多多照拂。"

他进宫次数有限，时间也有限制，玉蝶的情况不可能时时能掌控。

唯有在宫里的人，才能照顾到玉蝶。

而面前这个人，就是最好的人选。

初筝："我有什么好处？"

容弑以为初筝就算不愿意，碍于身份面子，也会敷衍地应下。

没想到她会问出这么一个问题。

容弑镇定地问："太后想要什么好处？"

初筝漫不经心地说道："你想让我照拂玉蝶，就得拿出让我心动的筹码。容将军，这是你应该考虑的。"

容弑对上初筝的视线。

那双眸子清澈透亮，盛着清清冷冷的光泽。

容弑有瞬间的恍惚。

好像……

好像什么？

容弑脑中的念头像是突然被人从中掐断，怎么也连接不起来。

容弑很快压下那奇怪的感觉："难道这不是太后的职责吗？"

"是吧。可是我不想，你能把我怎么样？"

容弑总觉得初筝这话有点挑衅。

可是对面的小姑娘一脸严肃认真，完全看不出挑衅的样子。

从军多年，容弑心境磨炼得非比常人，已经许久没有人能让他产生太多的情绪。

但是面前这个人……

面对她的时候，容弑总觉得心绪难平。

"太后，如果你能照拂玉蝶，容弑就能替你照顾好太傅府。这个条件，太后觉得如何？"

太傅府……我不需要你照顾啊。

初筝把嘴边的话咽了回去，道："还算公平。"

容弑颔首："微臣告退。"

大庭广众，初筝不好拦。

容弑与初筝错身而过的时候，刻意压低声音："你变化挺大的。"

初筝心底疑惑。

好人卡以前认识原主？原主怎么不记得？

疑惑归疑惑，初筝面上却是一派镇定："你才看到多少，我变化的可不止这一点。"

容弑步子微微一顿，定定地瞧了她几秒

须臾，他拱了拱手，清清冷冷地说："微臣告退。"

初筝摸着下巴沉思。

好人卡看上去很正常嘛。

到底哪里黑化了？

第四章
无路可退

天气炎热，经过商议，小皇帝决定去避暑山庄避暑。

以前先皇每年都去，之前小皇帝还能忍受，所以一直没去。

但现在天气越发热，小皇帝都受不了了。

反正皇帝在哪儿办公都差不多，他又不用去现场。

去避暑山庄的名单很快拟定下来，小皇帝拿来给初筝过目。

"宣贵妃也去？"

小皇帝点点头："她不去，皇叔会怀疑。"

初筝看了小皇帝一眼。

不然怎么会说龙生龙，凤生凤，老鼠的儿子会打洞呢，这才多长时间，小毛孩都学会这些了。

初筝让素雪把笔拿过来，在末尾添上容弑。

"母后？"

"容将军与摄政王不和，你知道的吧？"

"……嗯。"小皇帝听阳德公公说过一点。

初筝瞎忽悠他："敌人的敌人是什么？"

小皇帝很上道："朋友？"

初筝愉快地把名单还给小皇帝。

"小姐姐你骗小孩，良心不会痛吗？"

不会，我没良心。

启程那天，初筝让素雪去把玉蝶公主接到她这里来。

绑架人质，好人卡才会送上门嘛。

玉蝶公主不敢违抗太后的命令，跟着素雪上了初筝的马车。

而其他人见玉蝶公主上了初筝的马车，心思各异。

摄政王骑着马，往初筝这边望了望。

车帘拉得严实，什么都看不见。

再往旁边看，是同样骑着马的容弑。

男子青衣玉冠，神情冷峻，眉目清俊，是那种让小姑娘看一眼就脸红心跳的存在。

摄政王打马过去，皮笑肉不笑地虚伪道："这一路上，麻烦容将军护驾。"

"这是我的职责，不劳烦王爷提醒。"

容弑扔下这句话，直接往前面走了。

摄政王一口气上不上，下不下。

初筝换了身比较随意的衣裳，不太像宫装，修身又方便行动，当然也不太像太后了，更像个出游的千金小姐。

这么一看，她身上的距离感似乎都削弱不少。

"玉蝶公主，您喝茶。"素雪递上一杯凉茶。

玉蝶公主回身，忐忑地接过："谢……谢谢。"

素雪微笑："奴婢应该做的，玉蝶公主客气了。"

马车往避暑山庄去，路程有些遥远。小皇帝半道上跑到初筝这驾马车上来，还不肯回去。

阳德公公没法子，只能让人将小皇帝的东西都搬过来。

宣贵妃在休息的时候也想过来，结果被小皇帝一脸无辜又乖巧地拒绝了。

宣贵妃一脸阴沉地回到自己马车那边。

"你最近怎么回事？"宣贵妃一挑开车帘，就见摄政王坐在里面。

宣贵妃吓了一跳，连忙上去："王爷。"

摄政王语气沉冷："最近你和陛下怎么回事？"

"都是那个聂初筝，几次三番坏我好事。"宣贵妃向摄政王告状。

如果不是她，小皇帝现在怎么会这么对自己？

宫里发生的事摄政王一清二楚，这几件事，要怪也只能怪宣贵妃做事不谨慎，还当自己是在府上当千金小姐的时候。

"本王警告过你，宫里不比外边，这几次的事，你长点记性。你赶紧想办法解决，别让本王失望。"

宣贵妃："王爷……"

摄政王不给宣贵妃说话的机会，直接掀开车帘离开。

容弑等小皇帝离开，这才出现。

"表哥。"玉蝶公主先看见他，语气雀跃地叫了一声，眸子都是亮晶晶的。

初筝的目光落在过来的男人身上。

容弑拎着个食盒，他走近，规规矩矩地行礼，然后将食盒放下："这里面有些冰镇的果脯，太后您试试看。"

玉蝶公主小心地看看初筝，见她没反对，立即将食盒打开。

食盒里有冰，果脯用盘子装着，就放在冰块上。

"母后。"玉蝶公主拿出一个小碟子，递给初筝。

初筝还没接，小皇帝不知从哪儿冲过来："母后，您怎么吃独食！"
逆子！
我还没吃呢！
小皇帝直接接过，先给初筝塞了一颗葡萄，然后剩下的全进了他嘴里。
"好凉快。"小皇帝满足极了，后知后觉地发现这里还有个人，"咦，容将军，你什么时候过来的？"
"臣一直在。"
"是吗？"小皇帝很随意挥挥手，"咱们在外边，就不讲究那么多，坐坐坐。"
容弑有些无语。
容弑本来打算送完东西就离开，谁知道小皇帝让他坐下。
皇命不可违，容弑只好跟着坐下。
食盒里的果脯都被拿了出来，初筝只吃了一点，小皇帝和玉蝶公主将剩下的瓜分了。
"这是容将军送来的？"
"是。"
"容将军还有没有？"
"还有一些。"
小皇帝眸子发亮："朕还想吃。"
野外不比宫里，即便已经是晚上，还是闷热得紧，冰冻过的果脯好吃又解暑。小皇帝又是个没有自控力的小孩，想一口气多吃一些也正常。
初筝打破小皇帝的幻想："大晚上吃那么多凉的干什么。"
"儿臣想吃。"
"奏折看完了？"
母后是魔鬼吗？
大晚上还要提折子！
小皇帝眼珠滴溜溜地转："母后，您累不累？要不要先去休息？"
"不累。"
小皇帝蔫了吧唧地趴在桌子上，指尖拨着食盒里的冰。
阳德公公在旁边道："陛下，时间不早了，不如回去歇着？"
"哦。"小皇帝不情不愿地起身离开。
容弑恭送小皇帝离开后，也和初筝告辞。
玉蝶公主晚上回了自己的马车休息，初筝在外边坐了会儿，慢吞吞地爬上马车。
她刚躺下，右边的车壁被人敲了一下。
初筝打开车窗往外看，外面站着一个士兵打扮的人。
他恭恭敬敬地说道："太后，将军让小的送过来的。"
容弑让人送来的也是个食盒，不过里面不是果脯，而是点心和一盏果茶。
初筝还以为好人卡突然讨好自己，是想干什么。
第二天才知道，他给玉蝶公主和小皇帝都送了。

抵达避暑山庄后，小皇帝由阳德公公带走，初筝则带着后宫众人去安置。

需要安置的也没多少人，就几个公主、宣贵妃和她自己。

被罚抄佛经并背诵全文的公主们，现在看见初筝都怕。

小皇帝现在拿她当母后，亲得不行，她就有了后台，这些公主也知道暂避锋芒。

宣贵妃这一路上碰了一鼻子灰，此时规规矩矩的，没敢作妖。知道自己在哪个宫殿后，她带着人直接就过去了。

避暑山庄确实凉快，总有凉风吹来，比冰鉴还好用。

初筝和小皇帝的宫殿是最凉爽的，其余的次之。

小皇帝就算出来避暑，也不能落下朝政，所以他依然很忙。

初筝每天就无所事事多了。

避暑山庄四周还没有可以败家的地方，王者号都没发挥余地。

但是初筝小看了王者号："你让我一个太后，溜出去？"

"小姐姐，这有什么，为败家我们应该拼尽全力！"王者号言辞诚恳，"小姐姐，只要你想，一切皆有可能！"

"呵呵！"

"小姐姐，你不去会倒带的哟。"王者号贱兮兮地提醒。

反正任务都发了，小姐姐不去就倒带吧。

初筝换了一身衣裳，素雪听说她要出去，表情十分难看。

可惜，谁也拦不住初筝。

而且初筝还不打算走正常路线出去，她打算爬墙……

素雪觉得自家太后疯了，大概被憋着循规蹈矩这么长时间，终于要爆发了。

避暑山庄的墙不算高，但架不住数量多。

翻了一堵又一堵，没完没了。

"母……母后，你们在干什么？"小皇帝震惊地看着墙上的初筝和素雪。

初筝心头一跳。

完了，被看见了！

初筝垂头往下面看。

只有小皇帝一个人，不知道他是偷溜出来的，还是他遣退了宫人。

初筝十分镇定："翻墙。"

小皇帝："翻墙做什么？不是有门吗？"

"出去。"

最后初筝捎带上了小皇帝。

三个人好不容易溜出避暑山庄。

避暑山庄在山上，他们还得走下去。小皇帝娇生惯养出来的，哪里能走远路。

最后只能让素雪背着他往山下走。

他们没有走来时的那条大道，走的另外一条小道，路上也有巡逻的禁卫军。

三个人避开这些禁卫军，很快就走到半山腰。

"你这禁卫军不行。"初筝点评。

这要是来个刺客，分分钟就攀顶了。

小皇帝不知懂没懂初筝的意思，跟着点头："母后说得对。"
"陛下，太后，你们去哪里？"
三个人的动作同时一僵。
草木丛窸窸窣窣地响起，高大挺秀的男人从旁边走出来，浑身都透着一股肃杀的冷意。
"母后，我们好像被发现了。"小皇帝小声说。
我已经听见了！
"容将军，"初筝镇定地转身，看着站在草木丛前的俊美男人，"下山，你去不去？"
容轼在附近查看地形，发现了偷溜出来的皇帝和太后。
现在太后还理直气壮地问他去不去。
容轼觉得自己应该将人带回去，堂堂一国皇帝和一国太后，怎么能就这么下山。
"太后，下山是有什么事吗？"
初筝理直气壮地说道："没事，就看看。"
"太后，为了您和陛下的安全……"
"所以你来不来？"
容轼没来得及回答。
初筝随手从地上捡了根木棒，那意思好像是他不去，就要打晕他，防止他叫人。
"臣护送陛下和太后。"
初筝扔掉木棒，这才对嘛。

容轼话不多，沉默谨慎地走在前面带路。
素雪背着小皇帝走中间，初筝落在最后。
这是小道，山路不好走，容轼稍微停下，往初筝那边看去："太后可需要休息？"
初筝手里捏着一根草晃来晃去，面上一派悠闲："不需要，赶紧走。"
这点路她还是可以的。
容轼让素雪把小皇帝交给他。
小皇帝有些怕容轼，这人给他的感觉……就像一把兵器，锋锐、冰冷、带着杀气。
"不劳烦容将军，朕自己走。"小皇帝拒绝了容轼。
这次换素雪走前面，小皇帝跟在后面，容轼落在小皇帝后面。
容轼放缓步子，余光不时扫过初筝。
本以为走了这么久，初筝总会有些不小心的时候，结果自始至终，她都走得稳稳当当，晃都没晃一下。
他完全没有发挥的余地。
下到山脚，还有一段路才能到最近的城池。
"陛下，太后，稍等臣片刻。"
初筝眸子微眯，危险地看着他："你去叫人？"这要是让人知道，她还能出去吗？
"……臣去找辆马车。"
山脚有驻扎的护卫军队，那里有马车。
容轼很快就把马车弄来，带着初筝他们进城。
进城第一件事，就是给小皇帝换身衣服。小皇帝就算穿的日常便服也十分显眼，上面绣的都是龙纹，这被人看见，那还得了。

小皇帝从出生到现在只出过宫几次，而且每次都是固定的地方，从没有像这样走在大街上过。他看什么都新奇，这里摸摸，那里瞧瞧，连个糖人也要看半天。

初筝在后面一路散财过去，小皇帝摸一下什么，她就买什么。

"母后，您怎么这么有钱？"小皇帝毫无帝王形象地舔着糖人。

"你猜。"

"猜不着。"小皇帝摇头，舔了两口糖人，问道，"父皇给母后的吗？"

初筝静默不语。

你觉得是就是吧，反正先皇都不能说话了。

"公子，您不要这么叫小姐，被人听见不太好。"素雪轻声提醒。

小皇帝歪了下头："那怎么叫？"

素雪让小皇帝按照普通百姓的叫法叫。

小皇帝点点头，表示自己明白了。

"前面在做什么？"小皇帝的注意力被前面围在一起的人群吸引，立即抛弃他母后，朝着那边跑过去。

"陛……公子！"容弑叫了一声。

素雪已经追了过去，容弑想过去，可初筝走得慢腾腾的，他又不能将初筝扔在这里。

"造孽哟。"

"可惜……"

"真是作孽，遇上这个恶霸。"

小皇帝仗着人小，挤到里面。

人群里，一个姑娘披麻戴孝地跪在地上，面前是用草席盖住的尸体。

旁边立着一块牌子——卖身葬父。

小皇帝瞳孔微微一缩。

素雪拉着小皇帝："公子，别看了。"

小皇帝被素雪拉出人群。

正好初筝和容弑走过来，见小皇帝表情不太对，初筝难得关心一句："看见什么了？"

"死……人。"小皇帝突然扑过来，抱住初筝，"母……娘。"

初筝把小皇帝的手掰开，严肃地教育他："像什么样子，一个死人而已。你手上握着所有人的生杀大权，以后你想杀谁就杀谁，有什么好怕的。"

小皇帝听得呆住。

容弑：总觉得太后的教育有问题。

先皇在的时候，小皇帝能听见谁谁被砍头，谁谁死了。

可是，他从来没见过尸体。

除了他父皇，这是小皇帝第一次如此近距离看见死人。

母后说得对，他是帝王，不能害怕。

小皇帝在心底给自己打气。

就在此时，人群里突然响起一声粗暴的呵斥："你跟着我有什么不好的，吃香的喝辣的，本公子还能好好安葬你父亲。"

"你们放开我，丁武，你不得好死！"

"放开她，放开她。今天我倒要看看，谁敢跟我作对，敢帮你。"

初筝看向素雪。

素雪立即道："是一个姑娘卖身葬父。"

"娘，她好可怜，咱们帮帮她？"小皇帝拉着初筝的袖子晃，脸上明晃晃地写着"朕很善良"四个大字。

初筝不愿意去。

小皇帝松开初筝，愁眉苦脸地在身上摸来摸去，最后摸到一块玉佩。

他拿着玉佩就要往里面走。

初筝很快就挤进人群，看见了那个姑娘。

长得确实好看，即便是一身粗布麻衣，也掩不住她精致柔美的眉眼。

她跪在那里，就如一株柔弱无依的小草，在风雨中飘摇，任何一个男人看了，都想好好怜惜安慰一番。

不过此时，"小草"面前站着一个锦衣华服的公子哥，旁边是他张牙舞爪的狗腿子。

"他是谁啊？"初筝随口问旁边的围观群众。

那人也没看初筝，盯着人群中间，说道："丁大人家的独苗苗丁武，出了名的恶霸。"

"很厉害？"

"当然厉害，他爹是知府大人，你说厉害不厉害。"那人唏嘘。

"厉害。"初筝很不走心地夸一句。

初筝刚想出去做个好人，手腕却被一双温热的大手握住。

"太……小姐，您想干什么？"容弑不知何时站在初筝旁边，越矩地拉住她手腕。

容弑也是见初筝打算出去，情急之下，这才拉住她。

"路见不平散点财，不行？"初筝也没挣扎，任由他握着。

容弑腹诽：听过路见不平拔刀相助，没听过路见不平散点财。

容弑看了下四周，微微靠近初筝，压低声音说话："小姐，您身份尊贵，不宜出面。您若是想帮她，微臣去办。"

两人靠得很近，初筝甚至能感觉到容弑说话时，落下来的热气拂过耳畔，撩起轻微的痒意。

初筝一抬眸就能看见容弑低垂的长睫，在他眼睑下落下细密的阴影，好看得让人移不开眼。

人群忽地拥挤起来，容弑连忙伸手护住初筝。

两人本来就靠得近，这下距离更近。

初筝几乎靠在容弑怀里，他能感受到少女娇软的身躯，和那股属于女孩子的淡淡的幽香。

容弑眸子微微一沉。

下一秒，容弑退开一些："小姐，您没事吧？"

"没事。"她能有什么事，就这点小场面。

初筝将容弑虚放在空中拦她的手推开，警告他："你在这里站着，不许过来，不然我打你。"

好人卡长这么好看，这要是过去，那还跑得掉吗？

容斌还没反应过来,初筝已经走出人群。

"小……"

初筝回头,凶巴巴地瞪他一眼。

容斌马上闭嘴。

初筝走出人群,围观群众瞬间安静下来。

不为别的,初筝长得太好看了。不管是容貌还是气质,都远胜地上跪着的那位。

丁武和他的狗腿子们,也发现了初筝。

丁武瞧见初筝,眸子就是一亮。

这个美人,看上去比这个清汤寡水的漂亮多了……

不过丁武是个有智慧的流氓。面前这少女绫罗绸缎加身,配饰不多,却样样精致,一看就不是普通物件,整个人的气质也非同一般。

这样的人,摸不清来路,再漂亮,也得谨慎行事。

"姑娘,你有事吗?"丁武目光带着些许轻佻,在她身上打转。

过过眼瘾也好。

初筝指了一下地上的牌子。

丁武顺着她指的方向看过去,没太明白她的意思:"姑娘什么意思?"

初筝从袖子里摸出一沓银票。

初筝看看那姑娘,只从里面抽出面额不大,却足够她安置父亲的一张,放在那姑娘面前。

姑娘瞳孔微微睁大,下一秒就红了眼眶。

她直接磕头道谢:"谢谢,谢谢您。"

丁武却不乐意了,面色一凶:"你要多管闲事?"

"我也有钱,我怎么不能帮她?"初筝语调冷冰冰的,可不知道为什么,总觉得有点欠扁的意思。

"我劝你赶紧走,别多管闲事。"丁武的狗腿子将银票抢回来。

丁武将银票递给初筝:"小姑娘,我看你面生,不和你计较这次,这地方不是你能随便撒野的。"

初筝冷着眉眼,两根手指夹住银票,将它再次放回那姑娘面前。

丁武给狗腿子使个眼色,狗腿子还想去抢,初筝突然一脚踹在那人身上。

由于踹的位置比较特别,那人闷哼一声,直接倒在地上。

另外几个狗腿子瞬间往后退了几步,裤裆都凉飕飕的。

丁武见自己的人被打,瞬间被激怒:"给我上!"

给脸不要脸!

容斌见初筝动手,第一时间冲进去。丁武那几个歪瓜裂枣的狗腿子,哪里是容斌的对手,几个照面就被容斌削在地上了。

容斌搞定这几个,立即回身:"小姐,没事吧?"

丁武没想到初筝有帮手,自己的人还被吊打,此时脸色难看地站在边缘。

初筝抬眸看向他。

丁武莫名哆嗦了一下，有股寒气从脚底板直往脑门上蹿。

"你……你们……你们给我等着！"

丁武喊出这句话，推开人群就跑。

地上的狗腿子们见自己主子跑了，也赶紧爬起来，跌跌撞撞地离开。

丁武跑了，围观群众大部分都幸灾乐祸。

这恶霸今天是踢到铁板了。

不过也有人提醒初筝："小姑娘哎，你们赶紧走吧，那丁武肯定回去叫人了。"

"对啊，赶紧离开这里。"

初筝表示没事，让大家散了。

人家正主都不担心，大家说了两句，也就散了。

"谢谢，谢谢你们。"那姑娘感激地给初筝磕头。

初筝看一眼容弑："走了。"

"姑娘……"那姑娘柔柔弱弱地叫住初筝，"等我安置好父亲，就去找您，我要去哪里找您？"

"不用。"初筝语气冷淡。

"那怎么行……"

"我说不用就不用。"初筝带着容弑离开。

直到初筝走出几百米，王者号的声音才慢悠悠地响起。

"恭喜小姐姐获得感谢卡×1"

初筝吐槽：王者号你是网速不好吗？

初筝与容弑走出一段距离，和小皇帝会合。

"母……娘，您好厉害！"刚才的事，小皇帝都瞧见了。

虽然后面的人都是容弑解决的，但前面初筝动手的时候，又快又准。

"嗯。"

"您能教我吗？"小皇帝说道，"我也想变得那么厉害。"

初筝看他一眼："好好批折子。"

小皇帝气闷，不说话了。

然而小孩子嘛，注意力很快就被街上稀奇古怪的玩意儿吸引。

素雪带着小皇帝到处看，容弑就跟在初筝身边。

他瞄了初筝好一会儿，压低声音道："您身手不错。"

"还行。"初筝挺谦虚的。

"可是臣记得，您并没学过任何武术。"

初筝冷漠地偏头："你认识我？"原主怎么就不记得认识他呢？

容弑目光对上她，也不移开，就这么静静地看了好几秒。

容弑睫羽微垂，淡声说道："如果您没有进宫，您现在……是臣的未婚妻。"

初筝有些震惊。

小皇帝玩得太晚，回去太危险，所以就在这里住下。

容弑估计是给那边传了消息,初筝也没拦他。

过夜不回去,还不传消息,避暑山庄那边还不得疯了。

等各自回房间后,初筝将素雪叫过来:"我没进宫之前,有婚约?"

素雪满头雾水地摇头:"应该没有吧,奴婢没听太傅大人提过。"

原主自己不知道,和她一起长大的素雪也不知道。

这个婚约是怎么回事?

初筝让素雪下去休息,她把原主的记忆全部再过一遍。

可是真的没有一点和容弑有关系的。

头疼。

初筝决定……去问问当事人。

容弑坐在房间里擦他那把剑,停影立在旁边,静默不语。

笃笃……

停影猛地抬头往窗户看去。

"将军……"停影没动,低声叫容弑。

容弑放下帕子,剑身寒光闪闪,他拎着剑起身,走到窗户边。

窗户同时被人从外面打开。

电光石火间,长剑朝着外面刺去。外面的人没想到迎接自己的是这样的武器,抓着窗台边缘的手一松,身体往后倒。她动作极快地钩住旁边,这才没掉下去。

初筝没好气地说道:"容将军,谋杀太后是死罪。"

"太后?"

容弑看清人后,剑一转,背在身后。

他哪里能料到,太后会大半夜爬他的窗!

初筝从窗外爬进来,刚想说话,见他房间里还有人。

停影正目瞪口呆地看着初筝,显然也被震惊到了。

"……这是要灭口吗?"初筝看着停影。

太后大半夜爬将军的窗,传出去可不行啊!

停影心道:不知道自己为什么就要被灭口了。

"我的人。"容弑低声说道,"您这是做什么?"

闻言,初筝目光从停影身上挪开:"有点事问你。"

停影很识趣地离开房间,容弑把窗户关上。

他转身看着已经自顾自坐下的初筝:"太后有何事非得现在问。"

初筝也不拐弯抹角:"你说我假如没进宫,现在就是你的未婚妻?"

容弑动作一顿,眸光敛了敛,半晌说道:"臣之前是胡言乱语,太后恕罪。"

胡言乱语?跟一国太后胡言乱语,他怕是疯了!

初筝:"我和你之前就有婚约?"

容弑垂着的手紧了紧:"太后,没有这件事,您慎言。"

"容弑",初筝连名带姓地叫他,有点不耐烦,"话是你说的,你现在又否认是什么意思?"

"难道先否认的不是太后您吗?"容弑这话说得有些急。

说完，他表情微微一僵，终究是没说别的。

"我否认什么？"初筝莫名其妙。

容弑深呼吸一口气："我和您的婚约。"

初筝："我根本不知道。"

"……您……不知道？"

太傅根本就没告诉过原主，她和人有婚约。

当初先皇的圣旨连夜送到太傅府，原主不想进宫，可有什么办法？抗旨就是死罪，说不定会连累整个太傅府。

容弑沉默了好一会儿："您真的不知道？"

初筝没好气道："骗你有什么好处。"

容弑接到消息的时候，他还在边境，那时候正好陷入困局。

这个消息传来，他也只听了个大概，只知道太傅府千金入宫为后。

容弑其实也只见过太傅府千金几面而已，那个时候她还是个小女孩，心底对她的印象早就模糊。回来半个月，他也没关注过她。

是那天她教训摄政王的时候，这个模糊的姑娘，才渐渐鲜活起来。

"可是，太傅与我说，您是自愿进宫的。"

"不然呢？"初筝挑眉看他，"抗旨，株连九族？"

别说原主不知道她有婚约在身。

就算知道，那样的情况下，为保全太傅府，她也只能入宫。

容弑仔细想想，太傅只说她自愿进宫，却没说别的。

"容将军，你是不是恨我？"

原主突然进宫，一跃成为皇后。这怎么看，都像是抛弃他这个不知何时会回来，甚至不知道回来是死是活的未婚夫。

如果容弑那个时候已经在黑化的边缘，那不管他们真实关系如何，这件事也许都会成为一个导火索，或者积压成他心里的黑暗。

容弑敛下一切情绪，垂着头，恭谨地回答："太后多虑，臣不敢。"

他又恢复成了平常进退有度的容将军。

"看着我。"

"臣不敢。"

"容弑。"

女孩子的声音清冷冷地落在他耳畔，他从来不知道有一个人叫他的名字，可以让他觉得这个名字这般好听。

容弑心尖颤了颤，缓慢地抬头。目光毫无防备地闯入初筝眼底，他清晰地看见自己的倒影。

"你是不是恨我？"

容弑定定地瞧了她好一会儿。

他嘴角忽地扬了一下，那瞬间，肆意的邪气流泻出来："是又怎样？"

这个婚约他并不在意。

当初定下的时候，他没反对，是因为那是他尊敬的老师。

后来……

她毁约入宫为后，成为尊贵的皇后，再一跃成为太后。

荣华富贵，权势地位，在短短的时间内，都拥有了。

"不怎样。"

初筝起身，几步逼近容弑。

容弑无意识地往后退一步。

容弑瞳孔里的人不断放大，直到与他面对面。唇瓣忽地一凉，接着是陌生的柔软。

容弑瞳眸微微瞪大。

不过是蜻蜓点水般的触碰，等容弑回过神，初筝已经踩着窗台翻出去："容将军，好好记住我。"

容弑看着初筝消失在夜色里。

这好像一场战争即将开始，突然传来对方将军认输一样。

令人猝不及防。

震惊又意外。

容弑一晚上没睡着，第二天天刚亮，就下了楼。

等初筝带着小皇帝下来，容弑把早餐都准备好了。他垂着眉眼，看上去和平常没什么区别。

初筝就更不用说，该吃吃，该喝喝，没有丝毫异常，使唤他也非常得心应手。

"容将军，你不吃吗？"小皇帝关心下自己的将军。

容弑站得远远的："微臣不饿。"

小皇帝"哦"了一声，低头继续吃自己的。

"母后，今天我们去哪儿玩？"小皇帝晃着腿儿，兴奋地问初筝，语气里充满期待。

"回去。"还想玩，回去阳德公公不打断你的腿！

远在避暑山庄的阳德公公：他不敢。

"啊……"小皇帝顿时拖长音。

小皇帝苦着脸央求初筝："不回去行不行？"

外面多好玩，回去干什么。

避暑山庄就那么大，看什么都一样，一点也不好玩。

"那你自己玩，我回去了。"初筝冷漠无情地给他提了个建议。

小皇帝琢磨了一下，还是算了。

他没钱。

吃完早饭，素雪把东西收拾下，放到外面的马车上。

小皇帝蔫蔫地往马车上爬，初筝和容弑落在后面。

路过容弑的时候，初筝将一个油纸包塞给他。

容弑微微一愣，等他抬眸看去，只看见初筝一晃而过的裙摆。

容弑打开看了一下，是店里打包的几样点心，还是温热的。

容弑疑惑地想着：她想干什么？

容斌觉得事情有点不对劲。

初筝他们的马车还没走多远,就被一群人给拦住了。
小皇帝很不端庄稳重地掀开帘子看了一眼,便兴冲冲地开口:"母后,是昨天那个人。"
初筝坐在后边闭目养神,闻言,挑了车帘往外面看去。
那边,丁武带着一群人将整条街都封了。
初筝觉得应该给他鼓鼓掌。
丁武身边站着一个男人,看相貌,与丁武有七八分像,应该是他爹。
丁父上前两步,并不是上来就抓人,而是挺礼貌地说道:"听说昨天,几位和我儿起了冲突?"
容斌牵着马,不动如山地站在前面。
"冲突算不上。"他淡声说道。
丁父不动声色地打量容斌。
这个年轻人,容貌俊美,气度不凡,身后的马车看上去倒略显普通……
丁父看了片刻后,笑呵呵地说道:"那肯定是误会,几位瞧着是面生,第一次来我们这里吧?犬子不懂事,丁某在这里赔个不是,不知几位方便与丁某吃个便饭吗?"
丁父不像是来找碴儿,这热情程度,倒像是来攀关系。
容斌眉峰微不可察地皱了一下,淡声拒绝:"不必。"
事出反常必有妖。
"有必要有必要的。"丁父道,"我这孽子,平时就是不学好,这不冲撞到几位,这饭一定要吃,不然丁某我实在是过意不去……"
丁父语气诚恳得让人挑不出问题来,好像真的是因为丁武来给他们道歉的。
丁武站在后面,低垂着头,并没任何表示。
不过他嘴角挂着一丝阴森森的笑。
容斌:"不用,丁大人,请你让开。"
初筝挑开帘子:"丁大人盛情相邀,去。"
容斌回头,两人的视线在空中交会。
不过片刻,容斌便错开视线:"太……小姐,我们要回去了。"
"不耽搁这一会儿。"
打个人而已,能用多长时间。

丁府。
初筝没见过这个世界别的知府府邸。但是这个丁府,绝对是大得离谱。
他们进去就走了好长一段路,府里摆放的东西,不是稀罕物就是值钱的。
容斌看见这些目不斜视,不打算发表任何看法。
"几位请坐。"丁大人可能知道初筝是做主的,此时殷勤地围着初筝转,"姑娘,来,您请。"
小皇帝被素雪牵着,转着小脑袋打量四周。
他去过丞相府,丞相府都没这么夸张……这个丁大人这么有钱?

肯定是个贪官！

小皇帝啪嗒啪嗒跑到初筝那边，丁大人见他是个孩子，还笑呵呵地夸他可爱。

"娘。"

丁大人直接僵在原地。

这小姑娘看上去才多大？

他以为这两人是姐弟，结果这小孩张口就叫娘？

"干什么？"

小皇帝凑到初筝耳边，嘀嘀咕咕说了半天。

丁大人不知道他们在说什么，心底越发觉得这群人瞧着诡异。

他定了定神，让人上茶："膳食还在准备，姑娘和小公子稍等片刻。"

小皇帝爬到初筝旁边的椅子坐下，乖巧又好奇地说道："丁大人，你这府邸很漂亮啊！"

"哈哈哈，小公子喜欢吗？"

小皇帝水汪汪的大眼睛眨了眨："喜欢呀，是不是很值钱啊？"

"还好，还好。"丁大人还挺谦虚，"也就平时没事的时候随便弄弄，不值什么钱。"

小皇帝仗着自己年纪小，东问问西问问。

丁大人见初筝都没说话的意思，只好和小皇帝周旋。

送上来的茶水，没一个人碰过。丁大人眸色沉了沉，面上却笑得更和蔼可亲。

时间一分一秒地过去，下人过来说膳食都准备好了。

丁大人立即引着他们过去。

"请坐，请坐……"

丁武也在，杵在旁边，不说话也没什么表情。

落座的只有初筝和小皇帝，素雪和容弑都站着。

丁大人："这……"

初筝扫了他们一眼："站着干什么，坐。"

有初筝发话，素雪和容弑不好再站着，纷纷落座。

丁大人立即拿出东道主的派头。即便是没人接他的话，他也能撑起一个场子。

"说来惭愧啊，我这孽子的娘走得早，我这平时也忙，就没时间管他，真是惭愧惭愧。"

"惭愧有什么用。"初筝冷不丁地接话。

丁大人僵了僵："是……是啊，以后我一定好好管教，不会再发生这种事。"

丁大人端起酒杯："丁某在这里敬几位一杯，给几位赔礼道歉。"

初筝抬手摸到酒杯。

丁大人看着她的动作。

然而下一秒，初筝就收回手："丁大人，你想做什么，不如直说。"

"丁某就是给几位赔礼道歉……"

"这话你信？"初筝的手搁在桌沿，指尖抵着那杯酒，"丁大人，你没这么大度吧。"

丁大人的表情有瞬间的僵硬，片刻又恢复自然："犬子做错事，我这个当父亲的，理应道歉。"

初筝修长白皙的指尖，端着那杯酒。瓷白的酒杯，衬得她的手指更加漂亮。

丁大人以为初筝要喝了，谁知道她突然把那杯酒递过来："丁大人，我们换一杯酒。"

丁大人嘴角抽搐一下："酒都是一样的，姑娘怀疑我……"

"丁大人，请。"

女孩子还坐着，眉眼冷淡地举着那杯酒，却无端地给人一种压迫感。

丁大人心底涌上一阵古怪的恐慌感。

他接过初筝那杯酒。

初筝手掌微微一翻，示意他先喝。

丁大人捏着酒杯，看初筝的眼神逐渐阴沉起来。

啪——酒杯摔在地上。

厅外哗啦啦地拥进来一群人，将他们围起来。

丁大人拂袖坐下去，哪里还有半分刚才的和蔼，只剩下阴鸷："敬酒不吃吃罚酒。本来想用点温和的手段，让几位少受点苦，几位不配合，那可就不怪丁某了。"

初筝十分镇定，容弑也没什么反应，显然没将丁大人这些人放在眼里。

只有小皇帝和素雪，两人表现得像个正常人。

"你放肆！"小皇帝指着丁大人。

"呵。"丁大人冷笑，"几位来的时候，没有打听打听这是什么地方？"

小皇帝怒斥："什么地方？还有没有王法！"

丁大人指了指天："在这里，我就是王法。"

初筝："你也配？"

丁大人被噎了一下，脸色铁青："配不配，姑娘很快就知……"

砰！一桌子的酒菜，全部撒在地上。丁大人被桌子撞在地上，此时狼狈地躺在一堆汤汤水水中。

而始作俑者慢腾腾地站起来，居高临下地看着他。

那眼神冷得像刀子，让人心底生寒。

"抓住他们！"

丁大人反应过来，几乎是咆哮着大喊一声。

禁卫军赶到的时候，丁府能打的都已经趴下。

禁卫军突然冲进来，躺在地上的丁大人和丁武都蒙了。

"属下救驾来迟，请陛下责罚。"禁卫军统领直接跪到小皇帝跟前。

丁大人蒙了。

陛下？

陛下怎么会在这里？他怎么一点消息都没接到？

丁大人后知后觉地想起，避暑山庄就在他们这里。

往年宫里来人的时候，丁大人都十分守规矩。然而时间过去，宫中也没人来，丁大人就以为今年宫里不来人了。

谁知道……陛下不仅来了，还没通知他们这些地方官。

丁大人扭着僵硬的脖子，看向坐在小皇帝身边的女子。

这是陛下，那她是谁？

能被陛下尊称一声娘的……那岂不是……太后？

想到这里，丁大人两眼一翻，直接晕了过去。

丁武也好不到哪里去，见他爹都晕了，也不管自己想不想晕，先晕了再说。

容弑会处理这些人，后面的事，不需要初筝和小皇帝。

小皇帝趴在桌子上，和初筝说话："母后，外面这些当官的，都这样吗？"

初筝托着下巴，毫不避讳地看容弑："不知道。"

小皇帝喃喃道："父皇说过，为官者，为民也，勿己欲。他们要为天下苍生黎民百姓谋福祉。"

初筝刚回到避暑山庄，就有人来说出事了。

玉蝶公主被马蜂蛰了。

太医诊治过，没有生命危险，不过就是脸肿得跟猪头一样。

玉蝶公主的贴身宫女芝儿，因为护着玉蝶公主，比玉蝶公主严重得多。

初筝头疼："好端端的，怎会被马蜂蛰？"

她就出去一天！怎么就出了事？

她和那小丫头说了几遍，谁叫都不许离开寝宫！

她把自己的话当成耳边风了！

"这……"宫女们似乎不敢说。

初筝一巴掌拍在桌子上，冷声说道："说。"

宫女们扑通一声跪了下去，其中一个哆哆嗦嗦地回答："是……是三公主邀请公主出去，奴婢们也不知道发生了什么，送回来的时候，公主……公主就这样了。"

三公主……又是她。

"我让你们看着玉蝶公主，不许她出去，你们怎么看的人？"

"回太后，是……是三公主……"

三公主脾气向来大，大骂宫女太监是常有的事。

"你们听她的还是听我的？"

宫女们不敢出声，瑟瑟发抖着。

现在说什么都没用，初筝让她们自己去领罚。

她起身走到里间，医女正按照太医说的，用药膏给玉蝶公主涂抹被马蜂蛰过的地方。

"太后……"

初筝摆摆手，示意她们不用在意自己。

这让我跟好人卡怎么交代？

容弑接到消息赶来，已经是傍晚。

殿内其余人都退下了，只剩下初筝和素雪。

容弑携着满身肃杀之气进来，他看一眼初筝，弯腰行礼，不轻不重地唤她："太后。"

初筝眉心直跳。

初筝稳了稳心神："素雪，你先出去。"

"是。"素雪退出里间。

容弑走到床榻前，隔着薄纱，瞧里面的人。

玉蝶公主的脸都快看不出原样，肿得不成样子。

"她怎么样？"容弑沉声问。

"太医说没有生命危险。"初筝道。

"脸没事吧？会不会留下什么后遗症？"

"消肿就好了。"

容弑看了一会儿，转过身来："太后可知，是谁做的？"

"容弑，这件事我会处理。"

"太后，微臣只是想知道。"他眸色平静，瞧不出喜怒。

初筝沉默几秒："三公主。"

容弑行礼告退："微臣不宜久留，先行告退。"

容弑刚踏出里间，手腕就被人拉住，接着整个人被按在墙上，娇小的女孩子压着他身体。

感受到不属于自己的温度，他身体莫名僵硬下来。

按住他的人，力气大得他似乎都挣脱不开。

容弑俊美的脸颊上闪过一丝慌张："太后，这是宫里，您想干什么？"

"放心，没人会进来。"初筝压着他，"我警告你，不要乱来，你也知道，这是宫里。"

容弑放弃挣扎，压低着声音："太后，做过的事，总得付出代价。"

"你就那么在乎她？"

初筝语气有些不对劲，容弑微微皱眉："她是我唯一的亲人了。"

"容家……"那么多人，都是死的？

容弑脸色瞬间难看起来："我跟他们没关系。"

容弑挣开初筝，退到安全距离："微臣告退。"

容弑快速离开，素雪的声音从外面传进来。

初筝指尖来回磨蹭一下，把素雪叫进来："容将军和容家关系不好？"

素雪不懂自家太后，怎么这么关心容将军了。

她谨慎说道："奴婢不清楚……奴婢去打听下？"没听说容将军和容家不和啊？

相反因为容将军，容家的地位都跟着水涨船高。

玉蝶公主一个人在宫里，容家若是说句话，多关心下，玉蝶公主也不至于过那样的生活。

初筝让素雪去打听下这件事。

玉蝶公主第二天醒过来。

三公主来叫玉蝶公主出去玩，她一直被她们欺压，面对这些人，都习惯性低头顺从。

但是没想到，三公主她们如此歹毒，故意将蜂蜜水泼到她身上。

"我交代过你，不许出去，你为什么不听我的？"

"母后……对不起。"

玉蝶公主声音细细的，她低着头不敢看初筝。

她也不想出去。

但是三公主想整她，有的是办法。

她躲得过初一，躲不过十五。

"太后，太后……"宫女火急火燎地跑进来，"芝儿……芝儿不行了。"

"什么,你说什么?"玉蝶公主挣扎下地,"芝儿怎么了?"
"芝儿……"玉蝶公主鞋都没穿,跌跌撞撞地往外跑。
芝儿房间里,太医纷纷摇头。
玉蝶公主突然闯进来,吓得房间里的人都跟着慌了。
"玉蝶公主……"
"公主……"
玉蝶公主推开拦着她的人:"芝儿。"
玉蝶公主扑到床边,躺在上面的人已经没了呼吸。
"芝儿!"

芝儿死了。
玉蝶公主被蛰了,可只是轻伤。但芝儿护着她,受的伤比她严重得多。
在这样的环境下,太医根本没办法将芝儿救回来。
初筝没进去,就站在外面,听着玉蝶公主撕心裂肺的哭喊声。
不知道过了多久,玉蝶公主突然冲了出来,赤脚跪在初筝面前:"求母后为儿臣做主。"
"先送公主回房。"
"母后,"玉蝶公主抓着初筝的裙摆,字字含恨,"求您为儿臣主持公道。"
初筝扶着她起来,将她交给旁边的人,语调一如既往的冷淡:"送公主回房间。"
"母后……母后!"
初筝等人都散了,伸手揉了揉眉心。
"太后,这件事,您打算怎么办?"素雪扶着初筝往回走,"三公主的外族是伯安侯府……"
伯安侯府手里有实权。
即便三公主母妃不在,只要伯安侯府屹立不倒,三公主就不会有事。
麻烦啊。

翌日早朝。
就太后带着小皇帝私自离开避暑山庄一事,众位大臣那叫一个激动,"劝诫"小皇帝以后不能再做如此危险的事。
好在小皇帝是个皇帝,这些人除了碎碎念,也不敢把他怎么样。
摄政王上纲上线的,将小皇帝好一顿批评。
初筝给小皇帝传小字条,出馊主意:你可以治他不敬。
小皇帝:不好吧,皇叔会怀疑我的。
初筝:怕什么,你就和他闹呗,他只会当你无理取闹。
小皇帝大概领悟到自己年纪小的精髓所在,于是摄政王很快就被小皇帝的无理取闹弄去扫避暑山庄所有台阶。

容弑处理完丁大人回来时,正好撞上扫台阶的摄政王:"王爷这么好的兴致。"
摄政王现在听见这话就想打人。

摄政王将扫帚一扔："容弑，你纵容陛下和太后出宫，你可知道要是出什么事，你如何承担后果。"

容弑语气冷淡："皇命难违，我只是做自己本分内的事。"

容弑微微颔首，扬长而去。

摄政王气得叉腰，一脚踹在扫帚上。

容弑准备去看玉蝶公主。

可是玉蝶公主和初筝住一个宫，容弑又有些踌躇。

就在容弑迟疑的时候，忽然听见前面一阵喧哗声，隐约还有女子尖叫的声音。

容弑转过一条长廊，很快就看见花园里，一群人慌慌张张地乱窜。

空气里嗡嗡嗡地飞着东西，正不断攻击中间那人。

容弑握剑的手微微收紧，他余光扫向长廊另一头。

初筝一个人倚在那边，漫不经心地看着那边的热闹。

容弑心头微微一跳。

他再次往混乱的人群看去，中间那位可不就是三公主……

容弑又往初筝那边看去，可那边哪里还有人。

容弑快步走过长廊，站到初筝刚才的位置张望。

"容将军，找我呢？"

容弑猛地回头，初筝站在茂密的灌木丛里。

"你……"

"你确定要站在那里和我说话？"

容弑看了下四周，心底沉了沉，但最后还是朝着她走过去。

灌木丛后面有条小道，连接着几座假山。缠绕的藤蔓，将这里衬得十分幽静。

初筝往里面走了一段距离，随意地靠在假山上。

容弑站在几步之外："是太后做的？"

"容将军话不要乱说，你何时看见我做了？"

"那她……"

初筝随口道："报应吧。"

容弑心道：哪有这么快的报应？

初筝不愿意说，容弑也不再问："玉蝶……还好吗？"

初筝眸子微微眯了一下，她突然上前，拉住容弑，将他按在旁边的假山上。

容弑还没反应过来，初筝已经亲了上来。

"走这边近一点，快些吧，不然一会儿又得挨骂。"

"别催啊，我这拎着东西……"

"快点。"

脚步声和交谈声从远处传来，有人似乎往这边过来了。

容弑瞳孔微微一缩。

初筝拉着他闪进旁边的假山里。

"太……"

初筝再次堵住他的嘴,声音很轻地警告他:"容将军最好别出声。"

脚步声越来越近。

容弑哪里还敢出声,连呼吸都放缓了。

假山里光线很暗,他感觉自己什么都看不见。不知道自己在什么地方,也不知道自己在做什么,整个人都恍恍惚惚的。

外面的人渐渐远去。

容弑后背抵着假山,整个人僵在那里。

好半晌,他猛地推开初筝,呼吸乱了节奏,有些恼怒地低呵一声:"太后!"

初筝被推开,随意地整理了一下衣服:"容将军这么大声,是怕别人听不见?"

容弑凌乱的呼吸逐渐平缓下来:"你到底想干什么?"

"容将军不懂?"

他不想懂。

初筝起身,靠近容弑。

容弑猛地往后一退,可他已经靠在假山上,无路可退。

初筝抬手,替他整理好衣襟,嗓音清冽:"以后我慢慢教你。"

初筝在他唇上轻啄一下,很是嚣张地扬长而去。

容弑看着初筝离开,站在狭小的山洞里,空气里的闷热似乎还在不断攀升,连同他这个人都快被点燃。

容弑以拳抵住额头,说不出的感觉在心尖萦绕不散。

太后的身影不断从脑海里闪过。

涌上来的阵阵心悸,令他陌生又熟悉。

第五章
釜底抽薪

伯安侯听闻三公主被马蜂蛰得差点小命不保，匆匆从京城那边赶来。

两地相距甚远。

伯安侯赶到时，三公主已经过了最危险的时候，不过那张脸还是惨不忍睹。

见过三公主后，伯安侯立即跑来见初筝。

"太后，请您为三公主做主啊。"伯安侯一脸的义愤填膺。

初筝端着茶抿了一口，慢条斯理地问："做什么主？"

伯安侯心如刀割："三公主被马蜂蛰一事，定是人为，请太后明察。"

三公主那张脸，伯安侯现在想来都觉得心痛。

"哦。"初筝搁下茶杯，"我已经问过，当时在场的宫女太监，都说是三公主自己不小心捅了马蜂窝。"

"怎么可能！"伯安侯拔高音量，"三公主没事怎么会去捅马蜂窝？"

初筝："这个就得问三公主自己。"

伯安侯刚从三公主那里出来，三公主的说辞和初筝完全不一样。

伯安侯说道："太后，之所以发生这件事，听闻是玉蝶公主报复，不知太后可知？"

初筝指尖搭在茶杯上，随意地转着茶杯："侯爷哪里听来的谣言？"

伯安侯："前些日子，玉蝶公主被马蜂蛰了，就隔了两天时间，三公主同样被马蜂蛰了，太后觉得这是谣言？"

这分明就是蓄意报复！

"这只是侯爷猜测，有证据吗？"

伯安侯皱眉："太后是不是包庇玉蝶公主！"

听说最近玉蝶公主和太后走得很近……

初筝眉眼一冷："你在质问我？"

少女身上猛地爆发出来的冷峻气势令伯安侯一惊。

这个太后……

伯安侯心底狐疑，缓缓低下头："臣不敢。"

不管怎么说，这位都是太后。

虽然他心里不服，但礼节上也不能出错。

"侯爷既然说到这件事，那正好，我们就来说说玉蝶公主被马蜂蜇的事。"

伯安侯有点蒙。

他是来给三公主讨回公道的，怎么现在提起玉蝶公主被蜇的事了？

"玉蝶公主应三公主之邀，被三公主指使的太监泼了一身蜂蜜水，后又引来马蜂。"初筝语速不紧不慢，透着一股子冷意。

"太后，这事纯属胡说八道！"伯安侯立即反驳，"三公主绝不会做这种事！"

初筝冷淡地扫了他一眼："把人带上来。"

几个宫女太监被人带进来，呼啦啦跪了一地。

"说说，是谁指使你们害玉蝶公主，又是如何做的。"

几个宫女太监跪在地上发抖，脸色惨白："是……是三公主……"

宫女太监的说辞，和初筝说的一致。

这些人都在三公主身边伺候。

伯安侯一张脸涨得铁青。

明明那天没别人。

这些宫女太监，怎么个个都说得在现场似的？

"太后，这肯定是有人陷害三公主。"伯安侯指着那些宫女太监，"他们在说谎！玉蝶公主与三公主无冤无仇，三公主为何要这么对她？"

初筝："侯爷还记得刚才你说了什么吗？"

伯安侯疑惑：自己刚才说了什么？

初筝语调轻缓地说道："侯爷说，是玉蝶公主报复。请问，如果不是三公主做了什么，何来的报复？侯爷既然说得那么肯定，想来是知道，三公主对玉蝶公主做了什么。"

伯安侯脸色瞬间更难看。

话是他自己说的，现在怎么反驳都没用了。

"侯爷还有异议吗？"

伯安侯不知道该说什么。

他有异议有什么用，初筝这里人证这么多。

三公主这次是……

"对自己的姐妹下如此狠手，伯安侯，你觉得该如何惩戒三公主？"

伯安侯原本是来为三公主讨公道，结果现在却要说怎么处置三公主。

他能怎么说？

三公主的处置很快出来，被罚到皇陵去守陵三年。

三公主正值当嫁的年纪，去守陵三年，虽说贵为公主不愁嫁，可还是过了最佳挑驸马的时间。

三公主闹着不肯去。

小皇帝一开始还想替她说几句话，毕竟也是他的皇姐。

但去了初筝那里，他回来后就没那个意思，直接让人将三公主打包送去皇陵。

宣贵妃听闻这事，轻笑一声："她不怕得罪伯安侯？"

春秀："三公主自己落了把柄，伯安侯是想救她都不行。"

宣贵妃美眸光华流转，狐疑地说道："她为什么要替玉蝶公主做主？"

春秀："太后现在掌管后宫，为玉蝶公主做主不应该吗？"

宣贵妃冷笑："是应该，可是这样的惩罚，对一个公主来说，多严重啊！而且三公主也被马蜂蜇了，这算得上扯平了吧。"

春秀一时间说不出话来。

宣贵妃自己琢磨了一会儿，吩咐春秀："最近给本宫盯着那边，有什么异常立即汇报。"

"是。"

容弑寝殿。

容弑负手立在窗前。

停影替容弑收拾桌子上的书信，他一边收拾一边说道："将军，太后已经处罚三公主，那后面的安排，还需要……"

"不用了。"

"是。"

停影将书信都点燃烧了。

容弑回过神，眸底映着那跳跃的火焰。

须臾，他沉声说道："通知那边的人，可以动手了。"

"是。"

半个月后。

皇城那边传来消息，有两位大臣接连意外死亡。

皇城那边出动大理寺的人亲自勘查，确定是意外死亡。

这件事只引起一点讨论，并没让人太在意。

后面也没再出什么意外，大家很快就将这件事抛之脑后。

宣贵妃整天往小皇帝那里跑，变着法儿地哄小皇帝玩。

然而小皇帝最近沉迷学习，没空搭理宣贵妃，还邀请她一起学习。

这是初筝给他想的法子。

学习使人安静。

小皇帝发现这个方法非常管用。

玉蝶公主已经恢复过来，只不过芝儿的死给了她不小的打击，人有些消瘦。

初筝问了她之前频繁往自己这里送东西是想做什么，玉蝶公主也没隐瞒。

她想离开皇宫。

容弑来看过她之后，玉蝶公主就更觉得自己要离开，不然她表哥迟早会发现，她在宫里过的是什么日子。

她不想给表哥添麻烦。

她拿来的东西，确实和素雪猜测的那般，是她母妃留给她的。

离开皇宫唯一的办法就是成亲。

而初筝是太后，公主们的婚事，都该由她负责。

"你有喜欢的人？"

玉蝶公主垂着头，脸颊微微泛红，但最后还是摇头。

"有就说。"初筝腹诽：好人卡给你撑腰，我难道还不让你嫁吗？

玉蝶公主摇头："儿臣没有。"

初筝眉梢微微抬了一下："你甘愿嫁给一个不喜欢的人？"

玉蝶公主低垂着眉眼，望着脚下的地毯："能离开这个地方，嫁给谁……都一样。"

在这深宫高墙里，她的天地，一成不变。

玉蝶公主明显有喜欢的人。

可是她不说，初筝也拿她没办法。

等玉蝶公主离开，初筝让素雪去叫容弑过来。

"太后，您这样传唤容将军，会不会不太好？"

"哪里不好？"

"太后，您……和容将军，还是得避避嫌。"素雪说得委婉。

毕竟太后还这么年轻。

若是被有心人乱传，到时候可就麻烦了。

初筝沉思片刻，点头认同素雪的话："有道理。你让容弑偷偷来。"

素雪眉心狂跳。

大大方方地来，只要有人伺候着，还算有一层保险。

这让容将军偷偷摸摸来，岂不是更乱了套？

容弑当然没偷偷摸摸来。

他进入殿内，初筝就让素雪先出去。

素雪：总觉得不对劲。

素雪没敢退出大殿，只退出里间。

"太后，您叫我有什么事？"

初筝示意容弑坐："没事不能叫你？"

容弑站着没动，眉目严肃："太后，我们应该保持距离。"

"哦。"初筝随口应一声，显然没听进去。

初筝说正事："我叫你来，是说关于玉蝶公主的婚事。"

容弑一愣："婚事？"

玉蝶好像……是到了婚嫁的年纪。

"她想离开宫里。"初筝说道。

她倒是可以自己做主，可就怕好人卡不乐意，跟她闹腾。

所以现在还是把他叫过来问问，正好看看他。

完美！

容弑倒没料到初筝叫自己来，是真的有正事："玉蝶公主有说想嫁给谁吗？"

"没有。"初筝撑着下巴，"不过我看她有喜欢的人。"

玉蝶公主最多是在宫宴上见过一些世家公子，就算有倾心之人，也应该是那些人。

只是不知道是谁。

"太后……会为她指婚？"容弑略带迟疑地问。

公主的婚事不是儿戏，只有那些真正得宠的公主，才有机会选择自己喜欢的人。

其余公主或多或少，都会成为牺牲品。

"只要你想，我就可以。"

女孩子声音轻缓平静，如山间的清泉一般，清凌凌地洒在人心尖上。

容弑心跳蓦地漏了半拍，眸底的错愕一闪而过。

她说这样的话……

"微臣会问玉蝶公主。"容弑没敢看初筝，恭谨礼貌地说道，"太后若没别的事，微臣就先告退了。"

初筝起身，拦住他："容将军。"

容弑身体猛地往后撤，好像初筝是病毒一般。

"太后，自重。"

"自重能拥有你吗？"

容弑脑中嗡的一下。

他好像没太听清初筝说的什么。

容弑语调极慢："太后……您在说什么？"

初筝凑近容弑，他忘了避开，就这么对上初筝近在咫尺的脸。

细嫩如白瓷的皮肤，纤长而卷翘的睫羽下，一双清冷冷的眸，映着他的模样。

那瞬间，容弑恍惚觉得，她眼里只看见了他。

又好像透过那双眼，看见更模糊遥远的自己。

容弑无意识地往后退，感觉腰间忽地一紧。

初筝环住他的腰，靠在他肩膀上，清冽的声音落在他耳畔："你是我的。"

"太后，您知道自己在说什么吗？"容弑此时格外平静。

"我和你本来就有婚约。"

"是，可是您已经进宫了。"容弑说道，"您忘了吗？"

"那又怎样，又不是我自愿的。"初筝微微偏下头，唇瓣从容弑的脖子擦过去，"你介意？"

容弑垂着的手握紧："您觉得，我不应该介意吗？"

"哦，那你介意吧。"初筝拍了下他胸口，蛮不讲理地宣布，"反正你只能是我的。"

容弑按着初筝肩膀，将她推开："太后，不要再胡言乱语。"

容弑连礼节都忘了，气势汹汹地离开。

"太后，您没事吧？" 素雪看到容将军离开时那一脸要杀人的样子有些疑惑，太后和他说什么了？

"没事。"没亲到好人卡，不开心。

素雪狐疑地看下房间，没瞧出什么异样来。

接下来几天，容弑没来，玉蝶公主也没来。

不过容弑派人送来一封信，信上写着玉蝶公主想要嫁的人。

对方家世不算好，但也不算差。容弑大概已经查过，觉得对方不错，这才将这封信送来。

初筝让小皇帝下旨。

小皇帝倒是挺奇怪："母后，为何不给皇姐找个更好的？"

"我给你找个有权有势的皇后，你要吗？"

"……不要。"

小皇帝吓得赶紧下了旨。

玉蝶公主没想到自己真的可以嫁给自己想嫁的人，当天就去到初筝寝宫谢恩。

"太后在休息，公主晚些时候再来吧。"

"没事，我在这里等母后。"

宫女劝了两句，玉蝶公主不走，宫女也没办法。

而此时，当事人……正踩着墙，准备往下跳。

初筝一眼就看见墙下路过的容弑。

"容将军。"初筝叫他。

容弑抬眸，瞧见初筝站在墙上，眉心跳了跳："太后，您在干什么？"

初筝从墙上跳下去。

那墙至少三米多高，容弑下意识张开手，接住初筝。

上次的事后，他们一直没见过。

容弑此时瞧见初筝，心绪复杂。他扶着初筝，并没松开，低声问她："太后，您知道这很危险吗？"

堂堂一国太后竟然翻墙，这让人看见，成何体统？

"这点高度算什么。"初筝不以为意，"你干什么去？"

"……巡逻。"他现在负责整个行宫的安全。

"哦。"初筝松开容弑，拽了拽衣服，朝着宫外走。

容弑皱眉，初筝这冷淡的态度……

他跟上初筝："太后，您想去做什么？"

容弑不想跟上来，可是他的身体不受大脑控制。

初筝惜字如金："出宫。"

出宫……

想到上次出宫的事，容弑眉心一阵狂跳。

"您出宫干什么？"还一个人？

"有事。"初筝腹诽：除了败家我还能干什么！我还能干什么！

容弑皱眉："您不能一个人出去，外面很危险。"

"我怕……"初筝眸光微微一转，"那你陪我。"

容弑很想提醒她，她的身份，他们不应该这样。

可是对上初筝那双眼睛，容弑又很难拒绝她。

初筝出宫就是败个家。

容弑在后面帮她拿东西。

他也不知道她哪里来这么多钱，皇帝把国库的钥匙给她了吗？

初筝买得差不多后，找个地方吃东西。
容弑恪守君臣之礼，站在一旁等候。
初筝敲了敲桌子："坐。"
"微臣站着就好。"
"我还能吃了你？"初筝一把将容弑拉过来，凶巴巴地威胁，"这是命令，你动一下试试。"
容弑将自己的手挣脱出来。
初筝镇定地收回手，双手交叉放在桌子上。
"两位客官吃点什么？"店小二惊艳这两人的容貌，还没见过这么好看的人。
初筝示意容弑点，容弑点了几个招牌菜。
"两位客官稍等，马上就来。"店小二小跑着离开。
初筝伸手去拿桌子上的茶壶，容弑立即动作，两人的手同时搭在茶壶上。
初筝按在容弑手指上，她微微偏头看他。
容弑像被烫了一下，手指一缩，放回身前，有些坐立不安。
他带兵打仗，面对十万雄兵都没这样的感觉。
初筝倒了两杯茶，将一杯放在他面前："容将军，喝茶。"
在容弑心底快要炸裂的时候，店小二来上菜了。
初筝吃东西不怎么说话，安安静静地用餐。
少女背光而坐，她每个动作都像是带着光芒，让人移不开眼。
"容将军，看我能看饱？"初筝抬手在容弑面前晃一下。
容弑回神，他刚才竟然看得出神……
初筝点了下桌子，语气带着警告："好好吃饭。"
吃饭就吃饭，看她做什么！
容弑低头吃饭，初筝夹了菜放他碗里。
容弑微微一顿，也没拒绝，不过菜是什么味，他一点也没尝出来。

初筝没耽搁多少时间，当天就回去了。
上山的时候初筝走得不快，容弑跟在后面。
初筝退回去，牵住容弑垂在身侧的手。
"太后？"容弑受惊，下意识想抽回自己的手。
"没人。"
容弑心道：这是有没有人的问题吗？
"太后，请您松开微臣。"
"我就不。"
初筝拽着容弑往上走。
这段路本来就不太好走，容弑还真不敢和她拉扯。
容弑的视线落在两人交握的手上，眸光深了深。
好半晌，他慢慢收紧手指。
初筝回头看他，容弑将视线移开，看向别处，耳尖唰一下红了个彻底，火辣辣地烫。
初筝目光忽地看向旁边的山林。

容弑也察觉到了什么。

几乎是同时，几支箭矢从山林间射出来。

容弑瞳孔一缩，将初筝拉向自己，抱着她避开那几支箭矢。

"跑。"容弑将初筝推开，他抽出剑，打掉射过来的箭。

初筝站着没动，银线从她手腕里探出，朝着山林里窜去。

"啊——"

惊慌的叫声从山林里传来，射出来的箭明显减少。

容弑几步进入山林，打斗声响起，但也仅是片刻，很快就消停下去。

初筝踩着枯枝走进山林。

容弑正在一具尸体上翻找什么。

"什么人？"竟然能埋伏在这里。

这条小道巡逻的禁卫军是不多，可也不少。他们上山都得走走停停，避开那些禁卫军。

"不知道。"容弑没找到什么东西，起身拉着初筝离开，"先离开，巡逻的禁卫军听见声音会过来查看。"

"有人跑了吗？"

"……嗯。"跑了一个。

"谁想杀你？"

"太后，想杀微臣的人很多。"容弑似乎觉得初筝这个问题有点好笑，"微臣在战场上杀的人，很多。"

他回到皇城，就遇上好几次刺杀，都是来寻仇的。

不过……

容弑没再说什么，他拉着初筝走得更快。

容弑将初筝送到寝宫，很快离开。

禁卫军发现那些人，很快就会来找他。

另一边。

摄政王看着跪在自己面前的人，神色阴沉："你再说一遍。"

"属下……属下看见太后和容将军举止亲……"

后面的话还没说出来，摄政王抓着桌子上的茶杯砸了过去。

刚沏的茶，滚烫的热水泼在那人脸上，瞬间红了一片，甚是吓人。

可那人一动不动。

"好你个聂初筝！"摄政王握紧拳头，手背上青筋暴起，眼底满是阴鸷的寒光。

竟然敢和容弑勾搭在一块儿。

摄政王挥手让那人下去。

他在房间里来回走动，最后不知想到什么，竟然扯着嘴角露出一个阴森森的笑容。

行宫发现不明人士尸体，导致整个行宫戒严，巡逻的禁卫军也增多不少。

好在后面并没出什么意外，一切正常。

容弑让停影给初筝送了一些东西过来。

不是什么稀罕物，就是一些吃食或者稀奇古怪的小玩意儿。

"太后，这些东西，您哪儿来的？"素雪疑惑地看着多出来的东西。

昨天收拾的时候还没有。

"买的。"初筝不在意地说道，"你别动，放那儿。"

素雪不收拾那些东西，整理好旁边的桌子："太后，过些天就是中秋了，到时候会有宫宴。"

初筝懒洋洋地应一声。

素雪见她这样，也没继续往下说。

中秋宫宴是规矩，每年都得举行。初筝作为太后，要兼顾的方方面面也很多。

宫宴当天。

初筝盛装出席，她坐在小皇帝旁边的座位上，另一边是宣贵妃。

初筝没看见容斌。

摄政王倒是在座位上，正和旁边的大臣说着话。

中秋宫宴，这些在行宫里的大臣不能回家去，所以小皇帝也没那么多规矩，让大家随意。

气氛十分融洽。

歌舞丝竹，声声入耳。

"母后，臣妾敬您一杯酒。"宣贵妃规规矩矩地站在初筝面前，面带笑意，"之前的事，臣妾年幼不懂事，还请母后海涵。"

这是想走什么套路？

初筝心底狐疑，不过还是端起酒杯。

宫宴到了一半，宣贵妃忽然起身说身体不适，先行告退。

宣贵妃刚走没多久，就有人来禀报，说宣贵妃在外面不小心摔下了台阶。

"摔死了？"初筝问。

禀报的宫女和素雪同时心惊胆战。

这是您这个太后能说的话吗？

初筝琢磨下，和小皇帝说了一声，带着人离开。

宫女领着初筝走在前面，离开丝竹声不断的大殿，四周就显得安静不少。

"这不是回宣贵妃寝殿的路，你要把我带到哪里去？"

那宫女听见初筝的问话，步子一僵。下一秒，宫女一溜烟地往前跑了，消失在黑暗中。

"哎！"素雪震惊地叫了一声。

怎么回事？

就在此时，后面出现几个太监。他们迅速冲上来，想要捂住初筝和素雪的口鼻。

"你们干什……"素雪就是个小丫头，没什么反抗力，转眼就被人抓住，还没叫出声，人就晕了过去。

初筝就没那么好对付。

几个太监围着初筝，半天没得手，最后还把自己给赔进去了。

初筝先看了一下素雪。

她只是晕过去了，人倒没什么大碍。

初筝撩了下厚重的袖子，一脚踩在其中一个人身上："谁派你来的？"

那人没想到看上去柔柔弱弱的太后这么能打："没……没人……"
初筝眸子微微一眯，这人不太像太监，她抬脚就踹到他某个部位。

初筝若无其事地回到宴会上。
"母后，您干什么去了？"小皇帝凑过来，好奇地问。
"没干什么。"初筝气定神闲，"坐好，像什么样子。"
"哦。"
小皇帝总觉得初筝有好玩的没叫自己。
他一个人面对这些大臣很枯燥的。
宴会过半，各位大臣也吃喝得差不多了，小皇帝带着人出去放烟花。
"摄政王呢？"有大臣小声问。
小皇帝听见，也转着脑袋找人。
大家各自看看，没见到摄政王。
刚才摄政王还在，怎么这会儿就不见了？
小皇帝吩咐阳德公公："去找一下皇叔。"
小皇帝现在就算对摄政王心里有想法，可毕竟是中秋宫宴，摄政王这个"家人"都没来，小皇帝就让人等着。
阳德公公的人去了一阵才回来，神情有点难看地在阳德公公耳边低语几句。
阳德公公愣了一下，四周的大臣纷纷安静下来，不明所以地看着。
"出什么事了？"小皇帝问。
阳德公公俯身，在小皇帝耳边低语。
小皇帝越听脸色越难看。

小皇帝带人踹开殿门。
摄政王和宣贵妃被抓奸在床。
即便小皇帝对宣贵妃不是男人对女人的那种感情，此时也知道，自己的后妃与摄政王勾搭在一起，是给他这个皇帝戴绿帽子。
宣贵妃和摄政王都已经清醒过来，此时各自跪在一边。
殿内气氛诡异。
"皇叔，这是怎么回事？"小皇帝坐在上面，小脸绷得紧紧的。
"臣也不知……"摄政王皱着眉。
"臣妾是被人陷害的。"宣贵妃直接哭诉，"陛下，臣妾什么都不知道。"
"被人陷害？"小皇帝掷地有声地问，"何人陷害你？"
宣贵妃的余光扫到坐在一旁喝茶的初筝，脑中电光石火地闪过几个念头。
是她！
当时她出来后，让人找借口把初筝叫出来。
后来她莫名其妙就晕了，醒过来就和摄政王……还被小皇帝当场抓了个正着。
摄政王估计也反应过来了。
"是……是太后。"宣贵妃指着初筝，"是太后陷害臣妾……"

"宣贵妃,说话要讲证据。"初筝截断她,"你有什么证据,证明是我陷害你?"

"就是你!"宣贵妃美眸瞪大,里面满是怨愤。

"你说是就是?"初筝放下茶杯,将杯盖丢上去,轻微的磕碰声在殿内格外清晰,"你当自己是谁?"

"我……"

宣贵妃没有证据能证明她是被初筝陷害的,而她和摄政王苟且,却是小皇帝亲眼所见。

除非有关键性的证据,否则他们是百口莫辩了。

身为后妃与王爷苟且……

那下场,宣贵妃想想都觉得害怕。

"陛下,这件事有蹊跷,臣绝不会做这种事。陛下不要被人蒙骗。"摄政王阴沉着脸。

"皇叔这话是何意?"小皇帝小手拍了拍桌子,"朕看见的都是假的?"

"来人。"

容弑带着人从殿外进来。

"将他们带下去,朕不想看见他们!"

"陛下,臣妾冤枉!"

宣贵妃声音尖细,又哭又闹,最后被禁卫军拖出去了。

"王爷,请。"

摄政王倒还算镇定,他起身,看一眼容弑,又看一眼初筝,甩袖离开。

等人走了,小皇帝才软在龙椅里。

"母后,皇叔真的和……"小皇帝问得迟疑。

他是不太信的。

"事情已经发生,真相重要吗?"初筝支着下巴,"你现在要想的,是如何将这件事最大利益化。"

初筝心道:我也就能帮你到这里了,成熟的皇帝要自己想问题。

宣贵妃好处置,后妃私通,不是被永久关在冷宫,就是三尺白绫上路。

摄政王反而不太好处置,他现在有那么多党羽。

小皇帝陷入沉思。

初筝没打扰小皇帝思考,悄无声息地离开。

她走出大殿没多远,容弑带着一队人和她撞上。

"臣护送太后回宫。"

容弑态度十分疏离,看不出任何异常。

初筝随意地点下头,一群人浩浩荡荡地往她宫殿走。

路上两人保持距离,也没说话。

容弑将她送到宫门处,行礼告退。

夜色迷离。

有风渐起,树冠枝丫沙沙沙地响着。

少女侧身躺在床上,身形纤细又柔弱。

地面有阴影移动。

阴影逐渐靠近床榻，悄无声息，犹如鬼魅。

就在那道阴影靠近床榻，伸出手准备触碰床榻上的少女时，床榻上的少女一把扣住对方手腕，几下就将人按在一侧。

"容将军，大半夜来给哀家侍寝吗？"

被按住的人声调略显无奈："太后知道是微臣，还下这么重的手。"

初筝将他松开："干什么？"大半夜不睡觉。

容弑起身，揉着被初筝按过的地方："摄政王的事，是你做的？"

"不是。"

"我看见了。"容弑幽幽地说道。

你看见了还问！

容弑刚想起身，初筝突然将他扑倒在床榻上。

容弑心底惊了惊："太后，你干什么？"

"灭口。"

灭口不是你这么灭的吧？

容弑按住初筝，声音低沉又严肃："太后，别乱来。"

"乱来又怎样？"

"太后，这样做，我们就没退路。"

"你还想退哪儿去？"

"你真的想和我……"

容弑后面的话消失，殿内忽地安静下来。

月光铺洒在地面，窗外摇晃的树枝，在地面投出细碎的阴影。

容弑垂着头穿衣服，一件一件地扣好，动作缓慢像是被人按了慢放键。

他微微侧目。

小姑娘趴在枕头上，似乎有些恹恹的，脸上还带着些许绯色。

容弑伸手摸她柔软的长发："还好吗？"

"好得很。"

初筝偏了下头，不让容弑摸她头发。

容弑手指勾着她的一绺长发，从他指缝里落下。

容弑撑在旁边，俯身瞧她："太后，你喜欢我吗？"

"不然你为什么在这里？"

容弑盯着初筝看了好一会儿，俯身亲了她眉心一下："你先起来，我收拾下。"

素雪昏睡了一晚上，第二天捂着脑袋爬起来。

她怎么回来的？昨天晚上后来发生了什么？

太后！

素雪吓得整个人清醒过来，赶紧起身往初筝寝宫跑。

素雪推开门进去，殿内安静。初筝侧身躺着，还在睡。

见初筝好好的，素雪松了口气，昨天晚上到底发生了什么？

她记得好像遇见几个人……然后就什么都不记得了。

"素雪。"

"太后，"素雪回过神，赶紧上前，"您醒了。"

初筝坐起来，拢了拢衣服："嗯。"

"太后，昨晚……"

"少打听。"

初筝不让问，素雪也不敢再问。

她伺候初筝更衣，初筝却让她先出去。

素雪满头雾水，就在她准备离开的时候，目光忽地一顿。

床榻上的东西是不是被换过？

素雪只是觉得奇怪，但也没多想，小心地退出去。

直到后来，她再也没瞧见那床被褥才觉得不太对劲。

素雪打听昨晚发生的事，最后也只知道出了事，具体什么情况，宫女太监们都不是很清楚。

这种事肯定会被禁止传播，这传出一个字，可能就是杀头的重罪。知道的人就算再想八卦，也不敢乱说。

就在素雪琢磨到底出了什么事的时候，有人来传信："太后，摄政王想见您。"

"见我？"摄政王现在被软禁着，这个时候还要见她，干什么？

传信的宫人说道："是的，摄政王说，您不去会后悔的。"

"我有什么好后悔的？"

那宫人缓缓吐出三个字："容将军。"

初筝眸子微微一眯。

摄政王被软禁在自己的宫殿里，四周都是禁卫军。

初筝跟着宫人进去。

摄政王坐在主位上，精神看上去还不错，并没有吃不好睡不好的表现。

"太后。"初筝进来，摄政王立即起身恭迎。

"摄政王找我什么事？"

"太后请坐。"摄政王面含浅笑。

初筝也不怕他，大大方方地落座。

"太后，你真的很聪明。"摄政王似感叹一般，"让我越来越喜欢，我都舍不得伤害你。"

初筝指尖点了点扶手："你伤害不到我。"

"哈哈哈，太后这么自信的样子，倒是让我想起你母亲。"

见初筝看过来，摄政王一副恍然大悟的模样："啊，对了，你可能不知道你母亲。"

"我还真……不知道。"

原主是被太傅大人养大的，她压根儿没见过母亲和父亲。

据太傅自己说，他们出意外死了。

摄政王陷入回忆中："你母亲当年可是京城第一才女，多少世家公子都为她倾倒，愿博佳人一笑。"这里面包括先皇和他。

可是这位才女，最后却只选择了一个家世一般的男子。

他们也不是死于什么意外。

"是我做的。"摄政王笑着道，"本王得不到的东西，谁也别想得到。"

那还是原主刚出生不久的时候，摄政王设计让原主父亲的家族背上叛国之罪。

当时正和别国交战，这个罪名只需要把证据准备好，一切就会按照他的设想走。

而事实也确实如此。

先皇震怒，可那到底是他喜欢又没得到的人，所以先皇偷偷放了他们一条生路。

摄政王以接应为由，将他们接走。

摄政王表现得太好，他们都没有怀疑，跟着摄政王走了。

"我皇兄就是心软，那样的人得不到，留着有什么用呢，你说对吧？"

初筝平静地看着他，不发表任何看法。

摄政王也不在意，继续往下说："让我意外的是，皇兄竟然在临死的时候，将你接进了宫……"

"本王还以为皇兄真的那么大度，结果到临死还是不甘心呢。"

人心真是复杂。

初筝面上十分冷漠："王爷跟我说这些，有什么用？"

摄政王笑容微微一敛，眸底深处涌出几分惊疑。

听见这样的事，她的反应未免冷静过头了。

摄政王的神情有些僵硬："你……就一点也不惊讶？"

初筝无所谓地说道："我为何要惊讶？"我又不是原主。

摄政王被噎了一下。

这发展怎么不对呢？

你这是正常人的反应吗？

初筝语气冷冷淡淡："王爷今天叫我来，就是为了跟我说往事叙旧？"

"当然不是。"摄政王神情一肃。

本以为这些事能让她慌了阵脚，却没想到她竟然一点也不在乎。

摄政王坐到旁边："本王今天请太后来，是想让太后帮本王一个忙。"

"我为何要帮你？"

"太后不想本王将你和容弒的事说出去吧？"摄政王轻哼两声，"这毁的可就不是太后，还有容弒，容将军。"

"太后，你说，是我和后妃私通严重，还是一国太后与将军私通严重？"

对了，那天袭击好人卡的，跑掉了一个人。

是他干的？

初筝心底转了十八道弯，面上依然没任何情绪表露："王爷胡说什么？"

"我有没有胡说，你心里很清楚。"摄政王玩味地看着她，"太后若是不想我传出去，最好听听我的条件。"

摄政王觉得初筝不会拿她和容弒的命开玩笑，所以他此时胸有成竹。

然而……

初筝反应平平:"哦。"
初筝撑着扶手站起来。
摄政王好整以暇地勾着一丝浅笑:"太后你放心,本王的条件不会太过分。"
初筝语气冷淡:"王爷,天亮着呢。"
摄政王:"嗯?"
白日梦可以开始做了!
初筝撩起袖子,上去按着摄政王就是一顿揍。
还敢威胁她!
这当她还是原主那个傻瓜那么好欺负!
摄政王哪里料到初筝会直接动手,挨了好几下才回过神。
可此时已经失去反击的机会,他被初筝按着好一顿揍。
初筝揍完,冲外面喊:"来人。"
摄政王浑身都疼,光线晃动,他有些睁不开眼。
只听见初筝的声音清清冷冷地响起:"摄政王非礼哀家,拖出去打五十大板!"
摄政王一惊:啊?
他没有!

摄政王被初筝打了五十大板,小皇帝那边听见消息,又让人打了五十大板。
这一百板子下去,摄政王还活着,已经是奇迹。
摄政王一口咬定自己没有非礼初筝,是初筝寻的借口。
然而禁卫军异口同声地为初筝做证,他们进去的时候,摄政王就是意图非礼初筝。
摄政王:你们是不是眼瞎!
那个时候他人都躺在地上!怎么非礼太后?
"陛下……微臣有一事禀报。"摄政王被气得奄奄一息,苍白着脸,叫住小皇帝。
小皇帝老气横秋地板着脸:"皇叔还有何事?"
"是关于太后和容将军。"
小皇帝皱眉。
他看一眼阳德公公,阳德公公会意,立刻将其余人遣退到远处。
初筝站在不远处,神情冷淡地瞧着,丝毫没阻止摄政王说的意思。
摄政王咬着牙:"太后与容将军私通……"
小皇帝心头一跳。
怎么又牵扯到母后身上去了?
还是和容将军?
"皇叔,你有证据吗?"小皇帝见初筝不出声,只得问,"这话可不能乱说!"
"微臣有人证。"
小皇帝期望初筝说句话,然而她不吭声,就那么淡漠地看着。
好像现在他们说的,与她毫无关系。
"人证……叫上来。"
摄政王立即让人去叫人。

小皇帝提心吊胆的，就怕摄政王真的叫来什么人证。

然而时间一点一点过去，摄政王的人许久都没回来。摄政王忍着痛没有晕过去，心底却越来越慌。

终于，在摄政王快要晕过去的时候，那人回来了："王爷……没找到人。"

"什么？"怎么会没找到人？

当然现在不是纠结这个的时候，没找到人，就不知道随便找个人？

当着这么多人，摄政王当然不可能说出来，只能在心底骂废物。

小皇帝皱着眉头："皇叔，污蔑母后可是重罪。"

"微臣的人亲眼所见……"

"人呢？"

摄政王卡壳。

初筝冰冷的目光扫过来，摄政王瞬间打了个寒战，一股凉意从心底升腾而起。

她……到底做了什么？

初筝做的事很简单，只需要拦住去找人的那个，银子砸下去，再保证他能安全离宫，没什么困难的。

"皇叔，朕对你太失望了。"小皇帝一脸痛心。

那小模样，好像真的是对亲人失望一般。

然而当摄政王对上小皇帝的视线，他猛地一个激灵。

这根本就不是他熟悉的那个小皇帝的眼神。

这眼神……太像先皇了，睿智又冷静。

即便稚嫩，却也有了帝王威仪。

小皇帝让人将摄政王带回去，禁止摄政王再见任何人。

这次是彻底软禁了。

小皇帝下令，摄政王说的话谁也不许外传。他也没问初筝，摄政王说的到底是不是真的。

摄政王被软禁，摄政王那边的党羽自然要为他奔走说话。

初筝让素雪留意，哪些人是摄政王那边的。

发生了这么多事，天气也逐渐转凉，小皇帝决定先行回皇城。

去的时候，摄政王风风光光，回来的时候，却是被软禁着送回府，外面还有重兵把守。

宣贵妃一回来就被送到冷宫，小皇帝暂时还没说怎么处置她。

摄政王砸了不少东西，几名属下都不敢吭声。

"王爷……现在怎么办？"

摄政王发泄一番，此时稍微冷静了一点："去叫齐大人来见本王。"

"是。"

摄政王在房间里走来走去，屁股上不时传来的痛感提醒着他，自己所遭受的一切。

小皇帝什么时候变的？

平时讨论正事，小皇帝永远都是一副不耐烦，什么事都往他身上推，撒娇撒泼地让他来处理。

可是……

"王爷。"

摄政王思绪被打断,他转过身,结果没看见想看的人。

"齐大人呢?"

"齐大人……病了。"那人道。

"病了?"是生病了,还是看他现在被软禁,不肯来!

砰!

屋子里所剩不多的东西彻底阵亡。

摄政王一连叫了好几个人来见自己,然而不是病了,就是找了各种理由,就是不肯来。

倒是有人想见摄政王。

可惜官太小,见不着。

另一边,素雪整理了一份摄政王党羽的名单交给初筝。

初筝拿到名单,一个一个地上门聊。

摄政王不搞定,她只会各种麻烦不断。为了断绝这个麻烦,她只能现在多操劳一下。

但是她上门后发现,有部分人好像已经倒戈……有钱没处花,愁人。

最重要的一点——这群人倒戈的对象,还是容弑。

好人卡都背着我干了些什么?

"容弑想做什么?"

"不……不知道。"某个大臣瑟瑟发抖,"太后,我真的不知道,容将军只告诉我,需要的时候,会让人给我传消息。"

这些人都是同样的说法,容弑没说要他们做什么,但手里握着他们的把柄。

初筝心情复杂地跟遗漏的那几个人交流好。

现在就差个名头,让摄政王彻底完蛋了……

初筝琢磨许久,没想出比直接做掉更好的办法。

"母后,您在想什么?"

"我在想怎么让摄政王有个必须砍头的罪名。"

初筝说这话的时候十分严肃,所以小皇帝吓得愣在那里。

"你觉得造反怎么样?"初筝问小皇帝。

造……造反!

母后是认真的吗?

"母后,这是……栽赃陷害吧?"

"不然怎么扳倒他?"初筝将球踢给小皇帝,"你是皇帝,你想。"

"母后,皇叔那边的人……"

真的惹怒摄政王,他会不会揭竿而起?

小皇帝十分担心这个。

当然小皇帝心底还是有些优柔寡断。

那毕竟是他的血亲。

"不用担心,我会搞定。"初筝很是自信。

摄政王此时约等于光杆司令。

光杆司令在禁卫军上门抓人的时候，还在考虑到底要不要揭竿而起，造个反。

人证物证一股脑地甩在摄政王面前时，那些证据摄政王看得差点都信了。

可他没做过啊！

摄政王百口莫辩，被打入大牢。

这件事没有封锁消息，很快皇城的百姓都知道摄政王意图造反的事。

摄政王整天在牢房里喊冤枉，奈何没人理会他。

他的心腹倒是设计营救，可惜还没靠近牢房，就被人给发现。

心腹折损不少，却连摄政王的毛都没看见。

"太后，这是摄政王让人送来的信。"

这摄政王怎么还不消停！

"不看。"初筝让素雪直接烧了。

素雪拿着信出去，在外面撞上容弑："容将军。"

容弑的目光在素雪手里的信上停留片刻，微微颔首，让素雪去通报后才进去。

素雪把殿门关上，心情复杂地亲自守在门口。

"你怎么来了？"

容弑最近很忙，基本没时间来初筝这里。

"摄政王那边的事差不多……陛下已经定下时间，微臣没什么事，来看看太后。"容弑一板一眼地说。

初筝认真地问："想我？"

容弑唇瓣翕嚅了一下。

须臾，他才"嗯"了一声。

初筝示意他坐："摄政王那边的人都是你策反的？你想干什么？"

容弑差点没坐稳。

他没敢再往下坐，手掌撑着桌子："你说什么？"

初筝重复一遍："你想干什么？"

容弑心都提了起来："你怎么知道……"

"我上门找过他们，"初筝说道，"他们说的。"

容弑有些无语。

初筝没走宫门出去，容弑压根儿不知道她出过宫，就更不知道她还找过那些人。

容弑深吸一口气，慢慢坐下："太后觉得我想做什么？"

"造反啊？"

容弑目光定定地看着她。

初筝只是随口说的，此时瞧容弑这表情，她动作微微一僵："你真想造反？"

"你该看看摄政王给你的那封信。"容弑倒了杯茶，推到初筝那边，"太后，我想要的，可不仅仅是你。"

"你还想要什么？"初筝语气冷冰冰的，"有我还不够？"

容弑不会是知道摄政王给她送了信，这才过来的吧？

容弑愣了一下。

他大概没料到初筝会蹦出这么一句话来。

好半响，他垂眸轻笑，身上的冷肃之气忽地变得邪肆起来，漂亮的眉峰轻轻一扬，那双平常冷冷淡淡的眸此时妖冶又邪气。

他骨节分明的手指，端起初筝面前的那杯茶，放在唇瓣抿了一口。

在初筝的注视下，容弑俯身过去，茶香在两人鼻尖流转，温热的水缓慢渡到初筝嘴里。

许久之后，男人亲昵地拥着她，轻声低喃："权力，谁会拒绝呢？"

"你想当皇帝？"

"太后为何会如此想？"容弑语调轻慢，呼吸打在初筝皮肤上，惊起细微的战栗，"微臣没有说过，要坐到那个位置上。"

"哦，你想当第二个摄政王？"没看出来好人卡还有这么大的野心。

他没否认，带着点笑："那么太后，你会像对付摄政王那般对付微臣吗？"

摄政王那些证据哪里来的？容弑不觉得摄政王有那么蠢。

都准备齐全，让人来给他定罪。

"你想要的，我都给你，"初筝低着头，字字如承诺，"皇位也可以。"

素雪站在外面，看着天色越来越暗，容弑却还没出来。

素雪来回走动。

"素雪姐姐，太后还不用膳吗？"有宫女小跑过来问。

素雪吓了一跳，挡在门口："太后身体不太舒服，还在休息。"

"哦……"

宫女福福身，准备离开。

素雪叫住她："你刚才有看见谁到宫里来了吗？"

宫女疑惑："没有啊，素雪姐姐想问谁？"

素雪追问："谁都没看见？"

宫女满头雾水地摇头。

"没事，就是最近宫里挺乱的，"素雪道，"你去问问其他人，瞧见什么人没有。"

宫女应下，赶紧跑去问。

结果大家都没看见任何人来安宁宫。

容将军明明是从正殿大门进来的……

素雪不知道容弑从哪儿走，只好遣退所有人，自己守在殿门前。

夜幕拉开，素雪听见初筝的声音从里面响起。

素雪赶紧推门进去。

房间里有淡淡的香气，这香气……是之前没有的。

初筝赤脚坐在床榻边上，身上随意地披着一件衣裳，一头青丝散在脑后，整个人像是从画卷里走出来的美人。

房间里只有初筝一个人，容将军不见踪迹。

素雪看了一下开着的窗户，眉头紧紧地皱着。

"沐浴。"

素雪让人打来热水，初筝依然不让她伺候。

沐浴完，素雪麻木地伺候初筝穿好衣服，然后打开所有窗户通风。

那香气很淡，虽然能压味道，但若是被宫中老人闻见，怕还是能闻出一点名堂来。

素雪点了别的熏香："太后，您这么做，太危险了。"

"怕什么，"初筝不怎么在意，"大不了不做这个太后。"

素雪想说，哪有那么容易。

可是想想最近初筝干的事，明目张胆地和陛下讨论怎么栽赃嫁祸摄政王……

素雪晚上偷偷摸摸地端来一碗汤水。

"这是什么？"初筝嫌弃地走远一些。

"避子汤。"素雪道，"您不能怀上孩子。"

初筝：你想得真多。

初筝冷漠脸："我不会怀孕。"

"太后，这种事哪儿说得准，您要是怀孕了就完了……"素雪道，"您还是喝了吧。"

初筝：想给摄政王喝。

素雪打定主意，她不喝就不走。

初筝憋着气将那玩意儿喝了，翻转一下碗，让素雪看清楚，然后塞给她。

素雪把碗藏在袖子里离开。

初筝叹口气。

看来这太后真的不能当了。

第六章
悠然江湖

素雪担惊受怕的,好在容弑来的时候都避开了人,并没人发现。

容弑其实也不经常来,小皇帝倒是时常往这里跑。

没有摄政王把持朝政,所有的政事都落在小皇帝身上。每次遇上事,他抱着折子就往初筝这里跑。

最近容弑一党势力渐大。

刚搞掉一个摄政王,又来一个容将军。

朝臣也很心累,可又不得不为自己谋出路。

小皇帝啊!你到底什么时候能长大?

一些朝臣恨不得拔苗助长一下。

"母后,容将军说要翻一个案子……"小皇帝此时正愁眉苦脸地窝在安宁宫里,"可是阳德公公说,那个案子不能翻。"

"什么案子?"

小皇帝将卷宗给初筝看。

卷宗内容不多,初筝很快就看完了。

是关于容弑母亲那一族的……

初筝看到后面,觉得越看越眼熟。

摄政王跟她说的陷害她母亲的那件事,就是卷宗记录的这件事。

当初摄政王设局,要陷害原主母亲和父亲,这件事还牵扯到容弑母族程家。

程家是关键,如果没有程家,这次设局就不会成功。

现在容弑提了新的证据,证明当年程家是被陷害。而当年程家落难,容家为求自保,竟没一个人伸手。

容弑在容家不怎么受宠,在程家却是个宝贝疙瘩。这件事发生的时候,原主刚出生,容弑也不过几岁,他没能力去救程家。现在要给程家翻案,也完全可以理解。

初筝合上卷宗:"既然有新证据,为什么不能翻?"

小皇帝摇头："阳德公公是这么说的。"
"翻。"初筝道。

小皇帝离开没多久，阳德公公就来了。
他一个人。
"太后，是您让陛下翻案的？"
"既然有可能是错案，为何不能翻？"初筝心道：好人卡要翻案，我当然帮他。
"这个案子……不能翻。"阳德公公叹气，"太后，请您劝住陛下。"
"为何不能翻？"
阳德公公明显知道内情，可他不打算说出来。
阳德公公直接跪下："太后，请您收回成命。"
"理由。"
阳德公公一时沉默。
阳德公公不给出一个理由，初筝打定主意要帮她的好人卡。
当然……
就算阳德公公给出理由，初筝大概也会选择帮她的好人卡。
一切利益以好人卡为准则。
好人卡高兴就好。
"太后，这件事……"阳德公公似乎不知道该怎么开口。
初筝耐心地等着。
"太后，这件事牵扯到您。"阳德公公叹口气。
"所以呢？"
阳德公公错愕："太后，您知道了？"
初筝没吭声，默认下来。
阳德公公又叹了口气。
当年那件事，先皇并不知道是摄政王做的，不过先皇……心底很清楚真相是怎么回事。
可是他禁止别人帮忙，甚至在推波助澜。
只不过最后先皇后悔了，这才打算放原主父母一条生路。
只可惜……原主父母还是死了。
背负着罪名死去。
"先皇接您入宫……也是为您好。"阳德公公道，"先皇知道摄政王的野心，可是先皇的时间不多了。"
先皇从来没看清过摄政王。
直到他快死了，才发现这个人的野心。
先皇发现摄政王关注着原主的动向，让人盯着太傅府。
先皇惊觉，他一旦走了，原主必定会落到摄政王手里。
所以，先皇只能想出这么一个办法——连夜下了旨，将原主接进宫里。
太后这个身份，在众目睽睽之下，摄政王短时间内，不会做出什么事来……
同时发出去的圣旨，还有一道召回边境的容轼。

只不过那个时候边境战局陷入困境,容弑接到诏令,也无法启程返回。

"您知道,曾经您和容将军有婚约吗?"

"知道。"

阳德公公深深地看了初筝一眼:"您和容将军的婚约,也是陛下下旨。太傅不同意的……"

"因为程家?"

阳德公公点头。

程家是容弑的母亲的家族,他们可以说是受原主父母的牵连。

太傅清楚所有事情,不同意这件事,所以也从来没和原主说过。

先皇为何要为有这样羁绊的两个人赐婚,已经无从得知缘由,但最后先皇是想让容弑护住原主的。

阳德公公拿出一道圣旨:"先皇留下两道诏书,一道是令后宫妃嫔殉葬,一道就是这个。"

"摄政王那道是假的?"

阳德公公点头。

那样的情况,就算他站出来说摄政王那道圣旨是假的,也无济于事。

相反会让小皇帝的处境更危险。

他只能保持沉默。

"这道遗诏先皇之前就写好了,交给奴才保管着。"阳德公公将遗诏呈给初筝。

遗诏内容是命原主假死之后,离开皇宫。

"先皇后悔当年的事,可是他也知道后悔没用……"阳德公公道,"他只是想护住您。"

初筝语塞。

可是先皇知道,容弑这人黑化了吗?

而且……

算起来,原主可是害得程家灭亡的罪魁祸首的女儿……

先皇这是多大的心,才敢给这两人赐婚?

这个案子不能翻。

一旦翻案,揭露的不仅仅是摄政王做过的事,还有先皇……

阳德公公怎么能看着先皇在死后还被人戳脊梁骨。

初筝道:"你可以告诉皇帝。"

阳德公公:"太后,陛下还小……"

"他有权知道这件事。"初筝语气淡淡的,"他现在是一国之君。"

初筝没说会不会再支持翻案,但也没说会劝小皇帝收回成命。

小皇帝正是黑即黑,白即白的年纪,哪里会收回成命,很快就命人重查当年这个案子。

容弑大约都没想到会这么顺利。

只有阳德公公,整天提心吊胆的,还什么都不能做。

案子进展顺利,但随着深查,一些细节暴露出来,调查的大臣觉得这事有点骇人。他没敢再往下查,先报给了小皇帝。

小皇帝拿不定主意,又跑去找初筝。

"自己的事自己想,别问我。"初筝不耐烦,"我是太后,不是皇帝。"

小皇帝噘着嘴："可是儿臣不懂。"

"谁都不是生来就懂，学。"

初筝扔下这句话，让人将小皇帝"请"出去。

小皇帝愁眉苦脸好多天，最后还是让人继续往下查。等整个卷宗明了，小皇帝来回翻着呈上来的东西，小脑袋瓜都快愁掉了。

"父皇他……"

"陛下，奴才让您别查的。"阳德公公在旁边叹气。

小皇帝想了很久，让阳德公公去请容弑。

小皇帝和容弑密谈了两个时辰。

这两人谈了什么，谁也不知道。

第二天，小皇帝就为程家正名，连同初筝的母亲和父亲，都一同洗掉冤屈。

只不过案子的细节并没公布。

初筝当天就见到了太傅大人。

太傅大人两颊花白，看上去是个很严肃的老人。

当初原主在宫里，太傅府也被摄政王掌控着，太傅大人想见原主都见不到，自然原主想向太傅大人求救也不可能。

"你都知道了？"

"嗯。"

太傅大人叹了一口气。

太傅并没说什么，初筝该知道的都已经知道，不该知道的也都知道了。

太傅就是想来看看她。

太傅回去后的第三天就走了。他走得很平静，没有任何痛苦。

他那天进宫，就是来见初筝最后一面。

这些人的爱恨纠葛，初筝不想去追究，毕竟和她没关系。

她想要的，仅是容弑。

初筝搭着素雪的手下马车，容弑正好也到太傅府："微臣见过太后。"

初筝不冷不热地示意他免礼。

太傅府没别的主子，所以此时是一个老管家在主持葬礼。来的人也不少，进进出出的人都显得肃穆，气氛压抑。

初筝从灵堂出来，转到没人过来的地方站着。带着余温的披风落在她身上，暖意瞬间将她包裹住。

初筝侧目便看见容弑那张令人神魂颠倒的脸。

"小心着凉。"

"你不怕被人看见？"

"太后怕吗？"

"怕什么？"

容弑微微挑了下眉，十分放肆地伸手握住她手心："那微臣为何要怕？"

许久，容弑轻声道："节哀。"

两人沉默地站着，不知道过了多久，初筝突然问他："你真的想当摄政王？"

容弑垂下眼睫，挡住眼底的微暗光芒："程家出事的时候，我还小，什么都做不了。我亲眼在刑场上看着他们死去，容家贪生怕死，不肯出手相助，那个时候我就发誓，我一定会站在权力的巅峰。"

得！

我就是没权力重要是吧！

有我还不够！还想要权力！

初筝转身，与他对视。

初筝冷不丁地蹦出一句："我和权力，你选什么？"

容弑睫羽低垂，声音沉敛："微臣都要。"

初筝沉默了一下："你未免太贪心。"鱼和熊掌还不能兼得呢！

容弑轻扯下嘴角："野心这东西，不嫌多。"

"不怕撑死？"

"微臣不会。"

初筝眸子微微一眯。

好你个好人卡！

"我会送你。"初筝松开容弑，与他擦身而过。

披风被初筝随手取下，放在旁边。

容弑许久都没动。

"将军？"停影不知何时拿着那件披风，立在旁边叫他。

容弑回神，低声说道："走吧。"

停影抱着披风跟着容弑离开。

直到走出太傅府，他才回身看去，眸色暗沉。

"停影，权力和你爱的人，你会选择什么？"

"将军，属下不会有这个选择。"

"假如有呢？"

"属下……不知。"

权力诱人，所爱之人难以割舍。

这是个两难的抉择。

可是多少人会选择牺牲所爱，获得权力。

总以为拥有权力后就能拥有所爱，可惜往往回首，都是遗憾。

没有人会站在原地，放弃就是放弃，再也回不到从前。

生活不是美好的故事，没有那么多忠贞不渝，誓死守候。

容府。

容弑一袭青衣，身姿挺拔如松竹，修长漂亮的手握笔，笔墨在纸上游走。

下人小跑着进来，和在旁边伺候的停影说话。

停影挥手让人退下，他走到容弑那边："将军，宫里送来一个东西。"

"什么东西？"容弑眼帘都没抬一下。

"……玉玺。"

容弑手一抖，笔在纸上拉出很长的一道墨痕："你说什么？"

"太后派人将玉玺送来了。"停影说道。

初筝带着小皇帝去南方微服私访了，留下玉玺和一份赐婚圣旨。

当然赐婚圣旨不是给容弑的，是给玉蝶公主的。

玉蝶公主和驸马现在估计已经接到圣旨了。

初筝和小皇帝半年后才会回来，这半年将由容弑监国。

半年时间，如果他想，小皇帝回来后，就再也没有任何权力。

她这真的是将整个国家都送到了他手上。

可是……

容弑竟然一点都高兴不起来。

簌簌簌——

窗外飘落进来一片雪花，容弑伸出手，接住那片雪花。

雪花融化在他手心里，有些凉意。

下雪了。

小皇帝坐在船上，看着两岸簌簌落下的白雪，心情十分美妙。

终于不用在宫里受折磨了。

"母后，母后！"小皇帝拉着初筝，指着远处让她看，"您看。"

初筝兴致缺缺："看什么？"

"雪啊！"小皇帝很兴奋。

"没看过？"皇城也年年下雪，有什么好看的。

小皇帝见识短地说道："没看过这样的雪。"

万里山河，镀上一层银装，波澜壮阔。

初筝吐槽：大惊小怪。

初筝转身回船舱，小皇帝在外面闹腾一会儿，累了才进来。

刚出来这几天，小皇帝看什么都稀奇，一条虫都能嚷嚷半天。

在普通人眼中，小皇帝这模样大概就是没见过世面……

船靠岸后，初筝带着小皇帝走了好几个城池，遇见的官有好有坏，丁大人那样的贪官也不少。

特别是离皇城远的地区，天高皇帝远的，这些官都快成土皇帝了。

小皇帝气得不轻，让阳德公公用小本本记下来，没有当场发难。

小皇帝现在都懂得不能打草惊蛇了。

大雪连绵，初筝和小皇帝被困在江州。

初筝置办了一个院子，小皇帝和素雪堆雪人玩得不亦乐乎。阳德公公让小皇帝做功课，他都不情不愿的。

小皇帝抱着东西，钻进初筝房间，脱了鞋就往榻上跑："母后。"

小皇帝捧着脸："母后，您觉得儿臣能当个好皇帝吗？"

"你想，就能。"那可不一定呢。

好人卡说不定已经篡位了。

"我想……"小皇帝嘴了下嘴，翻开一本书，"可是母后，这天下这么大，儿臣要怎么才能管到这么多人呢？"

在这些他看不见的地方，有那么多的贪官，百姓水深火热，他们却酒池肉林享乐。

他远在皇城，这些事情，要怎么管？

"不一定要你管。"初筝随口道。

"不要儿臣管？那谁管？"

初筝看他一眼："你觉得谁能替你管这些事？"

小皇帝皱眉，估计没想到合适的人选。

"看，你连个心腹大臣都没有。"

小皇帝觉得自己被母后鄙视了。

小皇帝哗啦啦地翻书，连一个字都没看进去。

小皇帝撑着桌子，凑近初筝："母后，您是不是喜欢容将军？"

初筝手一顿，抬眸看他。

小皇帝后面有尾巴的话，估计都在晃了。

"儿臣看出来了。"小皇帝挺得意的。

初筝沉默了一下，一脸严肃地说道："我现在是你母后，您这么高兴？"

你这个逆子还这么高兴！先皇的棺材板都要压不住了！

小皇帝眨巴下眼："父皇不是留下一道圣旨，让您离开皇宫吗？"

那件事他也知道了。

本来他就没将初筝当母后，只不过规矩摆在那里，他不得不这么叫而已。

"您为什么不走啊？"小皇帝好奇，"容将军不喜欢您吗？"

"他更喜欢权力。"初筝垂下眼，冷淡地说道，"所以我带你走，把权力留给他，说不定你回去，皇帝都当不成了。"

小皇帝被惊得愣在原地。

母后吓唬他的吧？

"母后……您开玩笑的吧？"

初筝扬了扬下巴，指着自己那张面无表情的脸："你看我像是开玩笑？"

小皇帝吓得跌回去，他艰难地咽了咽口水，磕磕绊绊说道："母后……您知道容将军要……您还帮他？"

"我不帮他帮谁。"初筝挺理所当然的。

小皇帝只觉得耳边嗡嗡地响。

母后这也太实诚了。

有您这样的吗？

小皇帝抓着头发，刚搞定一个摄政王，怎么又来一个容将军！

这皇帝自己不当了！小皇帝自暴自弃地想。

他把桌子上的书一推，反正那么多人想当，他还学什么！

小皇帝开启混吃等死模式，急得阳德公公头发都快掉光了。

大雪接连下了两个月。

江州城刚过完年，处处都还是张灯结彩的，喜气洋洋。

素雪拎着东西从外面回来，刚走到大门处，就见门口立着一个人。

来人裹着一身雪白的狐裘，兜帽盖住脑袋，背对她站着。

素雪小心地走过去："您找谁？"

那人转过身来，兜帽下的脸令素雪微微一愣："容……将军？"

容轼跟着素雪进去，视线扫过宅院，处处精致奢华，看来她过得还不错。

素雪将容轼带到初筝房间外，她刚想敲门，被容轼拦住："我自己进去。"

素雪福福身，退了下去。

容轼推开门进去，屋里暖意十足。

屏风挡住容轼的视线，他绕过屏风，很快就看见躺在贵妃椅里的少女。

少女穿得随意，没有宫装的奢华端庄，多了几分年轻姑娘的轻快明艳。

容轼放轻声音，走到贵妃椅旁边，蹲下身去，握住她垂在一侧的手。

"容轼。"

容轼动作微微一顿，眸底暗潮汹涌。

"你来了。"

容轼嘴角微弯，拉着初筝的手，放在唇边亲了一下："嗯。"

他挤到不算宽敞的贵妃椅上，初筝只好整个人都趴在他怀里。

"你知道我会来？"

"当然。"初筝扣着他的手，"我不信你不选我。"

像我这样的好人，错过了上哪儿找去？

拥有我要什么没有。

"这么自信？"

"嗯。"

她的好人卡，她了解的。

容轼拥紧初筝，下巴抵着她额头："我很想你。"

发疯地想。

以前他们不见面，他知道她在那里，只要他想，就能看见她。

可是她离开后，容轼心烦意乱得坐立不安。

每时每刻都有个声音在催促他，不能失去这个人，不能让她离开自己。

即便是放弃唾手可得的至高权力。

"你做出选择了吗？"

"太后，微臣都在这里了，您还想要微臣做什么选择？"容轼声音低低的。

她料定他一定会来，行踪隔三岔五地往皇城送。不就是告诉他，她在哪里吗？

现在还问这个问题，有意思吗？

初筝仰头亲他。

容轼微微避开，含蓄地拒绝："太后，微臣赶路太急，不太方便……"

小皇帝吃饭的时候看见坐在对面的男人，表情有点僵硬。

容弑不是在皇城里准备篡他的位吗？为什么会在这里？

不篡位了吗？

"陛下，"容弑礼貌地问，"是微臣有哪里不对劲吗？"

小皇帝啪一下放下筷子："容将军为何会在这里？"

"太后与陛下离京数月，微臣不放心，特来护驾。"容弑理由正当得小皇帝都差点信了。

"朕让你监国！"

"丞相尚在，陛下放心。"

小皇帝好不容易说服自己不回皇城了，当个闲散公子哥。

反正母后有的是钱，他当个纨绔都没问题。

现在容弑突然出现，梦想瞬间破灭。

小皇帝伤心得饭都没吃，生着闷气跑了。

然而很快他又回来，坐在桌子前，死死盯着容弑。

容弑被盯得莫名。

初筝也不知道小皇帝抽什么风，但不妨碍她吃东西。

小皇帝等初筝吃完，这才冷哼一声，气势汹汹地离开。

初筝腹诽：小孩儿大了，不太好懂。

容弑就这么住下了，因为小皇帝在，容弑自己一个房间。

小皇帝跟个幽灵似的，不时冒出来，眼神古怪地看着他。

容弑不知道自己哪里得罪了小皇帝……他完全不知道初筝已经把他卖给了小皇帝。

这天，小皇帝从柱子后面冒个脑袋出来，问下面练剑的容弑："容将军，你不回去吗？"

泛着寒光的剑在空气里挽出一个漂亮的剑花，持剑的男人手腕一转，长剑背在身后，气质卓然，风华绝世。

男人眉眼不动，不卑不亢地回道："陛下，微臣是来保护您和太后的。"

"呵。"小皇帝冷笑，颇有风范地甩袖，"阳德，我们走。"

初筝从另一边溜达过来，见容弑站在庭院中间："容弑。"

容弑大概是条件反射，回身行礼："太后。"

初筝也受得心安理得，踩着台阶下去："你在干什么？"

"微臣刚才遇见陛下了。"

"嗯？"然后呢？

"陛下……有点奇怪。"容弑不知道怎么形容。

这些天小皇帝行为举止着实有些怪异，神出鬼没的，冷不丁就从哪儿冒出来。

初筝坐到庭院的石凳上，说出小皇帝的心声："他以为你要在皇城造反，他就可以不用回去了。"

先皇就小皇帝这么一个儿子，不像别的帝王那般，生来就是几个兄弟虎视眈眈，你不争不抢，最后怎么死的都不知道。

他被娇宠着长大，争权夺利的心思就淡了很多。

在先皇没走之前，小皇帝整天就想着怎么玩，怎么纨绔。

"容将军不然回去造个反？"初筝怂恿容弑。

"微臣不敢。"容弑突然弯腰行礼，"太后在上，微臣哪儿敢造反。"

"你的抱负不要了？"

"微臣的抱负是太后。"

容弑应答如流，就跟特训过一般。

"那你抱抱我。"

这和他们的对话有什么关系？

"快点。"初筝催促他。

"太后……"容弑低声说道，"晚上再抱好不好？"

"不行。"

晚上是晚上的，现在是现在的，怎么能混为一谈。

容弑看了一下四周，府邸的人并不多，但就是因为不多，谁也不知道会突然从哪儿冒出个人来。

在初筝的注视下，容弑只能走过去抱了她一下。

就一下。

初筝还没来得及做什么，容弑就已经松开她。

开春。

冬雪融化，大地复苏，小皇帝带着太后的灵柩回到皇城。

太后在回京的路上感染风寒，一病不起，还没回到皇城就驾崩了。

满朝大臣皆惊。

次月，已经权倾朝野的容将军辞官。

小皇帝坐在龙椅上，瞧着偌大的金銮殿，冷冷清清的，总觉得少了些什么。

他扭头去看那还没撤掉的帘子，好半晌才离开金銮殿。

"陛下，去御书房吗？"阳德公公跟在小皇帝后面，小心翼翼地问道。

小皇帝应了一声，往御书房的方向走。

御书房里等待他的就是如小山高的折子，看得人头疼。

"皇姐的婚期是不是要到了？"小皇帝突然问了一声。

"是，就这个月初九。"

小皇帝点了下头："你去找些好东西，给皇姐送过去。"

"陛下放心，奴才会办好的。"

小皇帝看看折子上的字，喃喃一声："母后应该会回来吧。"

玉蝶公主婚礼当天，小皇帝亲自相送，后又到府上亲自主持婚礼。

然而小皇帝并没见到初筝，只有初筝送回来的几个大箱子——都是给玉蝶公主的。

小皇帝不高兴地站在旁边，考虑要不要抢走一箱。

阳德公公在旁边说道："陛下，您的已经送回宫了。"

"真的？"

"奴才不敢乱说。"

111

小皇帝这才高兴了一点，母后还没忘记他。

小皇帝喜滋滋地回去看初筝给了他一些什么，结果打开全是书……除了书还是书！

"陛下，户部尚书求见。"

"不见。"小皇帝怒摔小本子，"他一来就问朕要钱，朕哪儿来那么多钱！"

户部尚书不走，小皇帝气哼哼半天，还是得见他。

正如小皇帝说的，户部尚书又是来要钱的。

"朕没钱！"

"可是……陛下，之前都是……"

"都是什么？"

户部尚书瑟瑟发抖，硬着头皮回答。

小皇帝这个时候才知道，初筝给了不少钱，那段时间，宫中添置那些东西，连同所有开销，都是从她那里出的。

小皇帝把户部尚书轰了出去。

只留给他两个字——没钱。

小皇帝亲政三年后，设巡察司，专管朝臣贪污等事。

一时间各地贪官风声鹤唳，夹着尾巴做人，就怕巡察司的人找上门来。

这些人又不光明正大地去，就偷偷摸摸的，一不小心就遭殃。

巡察司成立三年后，各地官员兢兢业业为民，百姓安居乐业，国库充盈，天下太平。

初筝对此很愁。

小皇帝竟然不写信来要钱了！

"不写信来还不好？证明陛下长大了。"容弑道，"这是一件好事。"

"我有钱。"身为母后，可以为便宜儿子分忧的！

"……我一直想问，你哪里来这么多钱？"

"先皇给的。"

容弑轻笑："先皇哪儿有那么多钱给你。"

初筝张口就瞎说："私房钱。"

容弑从来没问出初筝哪里来的钱，但她的钱就没断过。

现在初筝和容弑住在一个山清水秀的镇上。

镇上民风朴素，夜不闭户。

"起床了。"容弑在床边叫初筝。

初筝翻身背对他。

天都没亮起什么床！

"起床了。"

初筝抓着被子就往脑袋上蒙。

容弑连着被子把初筝一起拉起来，初筝烦躁地看他："你干什么？"

"你昨天答应了我什么？"

"什么？"我哪有答应你什么？

"你说陪我去看日出的，"容弑将被子拿开，"你忘了？"

"我什么时候说过？"

初筝要倒回去，容弑眼疾手快地扶着她，初筝一下子就倒在他怀里。

容弑将她抱到怀里，压低声音在她耳边说了两句。

初筝冷漠脸："我说了？"

容弑点头："你说了。"

"太后，你怎么说话不算话呢？"容弑咬牙，连许久没用的称呼都蹦了出来。

容弑将初筝抱到旁边坐着，拿来衣服，亲自给她换，然后直接将人抱出门。

天色还没亮，街道上一个人都瞧不见，冷冷清清的。

初筝懒得动，勾着容弑的脖子，不太耐烦地说："容弑，你好烦啊！"

"那你喜欢我吗？"

"喜欢你……"初筝微微一顿，凑在他耳边压低声音说话。

容弑嘴角抽搐下，她到底是怎么做到用这种一本正经的语气和表情，跟他说这种话的？

容弑将初筝放下来："太后，微臣以为你这是在耍流氓。"

初筝丝毫不虚："你想怎么样？"

容弑摇头，蹲到她面前："我能把你怎么样？上来。"

"容将军，其实我可以……"

容弑拉着初筝的手，直接将她背起来。

"容弑。"

她的声音在他耳边响起。

"嗯。"

"你为什么要叫这个名字？"

"容弑，且弑天下。"

容弑以前的名字不是这个，是释然的释，后来他自己改的。

"你后悔吗？"

容弑偏过头，目光接触到初筝的目光，两人静静地对视几秒。

他轻声说："我不后悔。"

初筝没再说话。

容弑背着初筝上山，到山顶的时候，正好看见天边露出的那抹霞光。

山顶上两人相拥的身影，逐渐被霞光拉长，分不清谁是谁。

他以为权力是他最想要的，后来他才知道，自己最想要的，只有一个人。

权力的巅峰是你，那我愿意为你丢盔弃甲。

阳光炽热，容弑低头看怀里的人："我们回……"

容弑有点想把初筝推下山了。

她竟然睡着了！

容弑动了一下，初筝立即就醒了，她转着脑袋打量四周："看完了？"

"嗯。太后觉得好看吗？"

初筝随口说道："好看，你好看。"

容弑笑着说道："我明天还想看。"

113

初筝十分无语。

可以把他推下去倒个带。

然后就可以再看一次！

容弑和初筝下山，回到镇子里，此时街道上已经热闹起来。

"容公子早啊！和夫人出去呢？"有人和容弑打招呼。

容弑礼貌地应道："带她走走。"

容弑和初筝穿过街道，不少人投来注目礼。初筝想打哈欠，然而这么多人看着，她只能憋回去。

"哎哟，他们感情可真好。"

"可不是，容公子那容貌，要娶多少侍妾不行哟。结果就他夫人一个人，是个好男人。"

"嫁过去做妾我也愿意。"

"人家容公子看得上你吗？"

"容夫人那容貌，你们也比不上啊。"

小镇漂亮的姑娘并不少，这里的山水养人，姑娘们出落得亭亭玉立。容弑来的第一天，这些人就传疯了。

然而得知人家有夫人，这些姑娘可是伤透了心。

但这并不妨碍她们的热情，男人哪个不是三妻四妾。

可惜几天下来，姑娘们各种巧遇办法用尽，这位容公子连正眼都没瞧过她们。直到她们看见容弑带着夫人出来，这些姑娘才消停下来。

那样的人，她们瞧着都自惭形秽。

"土匪……土匪来了！"街道上祥和的气氛，忽然被这一声打破。

一个人从镇外跑进来，惊恐地指着镇外："有土匪，往我们这里来了！"

几乎是同时，马蹄声响起，土匪骑着马自镇外疾驰而来。

"啊！"

"快跑！"

初筝拉着容弑要走，容弑没动："这里还不错，你想换地方吗？"

初筝想想也对，换地方有点烦人。

而且还可以做个好人！

初筝跃跃欲试："我们比比谁更厉害。"

容弑来不及叫住初筝，她就已经冲了出去。

为什么他的夫人要和他比这个？

土匪们跪在满地狼藉里求饶："姑奶奶，我们知道错了，放过我们吧。"

他们也没想到，抢劫会遇上这么厉害的人。要是早知道，他们肯定绕着走。

初筝坐在不知从哪儿顺来的椅子上："把这里打扫干净。"

土匪们不敢不从，赶紧爬起来把街道恢复原状。

"毁坏东西是不是该赔？"

"是是是。"土匪们立即掏出身上的银钱，连鞋底子下的都没放过，全部拿出来。

"姑奶奶,我们是不是可以走了?"

"走吧。"

土匪们赶紧跑,还没跑出几步,就见衙役们堵在那边。

后面有声音慢悠悠地响起:"跟他们走。"

初筝和容弑搞定了这些土匪,收获到一些感谢卡,初筝心情还算不错。

容弑说什么她都应着。

但是……

晚上容弑发现初筝把门反锁了,连窗户都给堵死了,拒绝第二天再去看日出。

容弑无可奈何。

两人在镇子上住了很长一段时间,羡煞不少人。

后来镇子上的人发现这两人突然离开了。

去了哪里没人知道。

仙门卧底

卷二

FAN XING JIANG LIN

第七章
反擒妖灵

"感谢卡合成中……"
"感谢卡合成成功,当前进度12.8%。"

"嘻嘻嘻……"
初筝耳边萦绕着小孩儿玩闹的声音,那声音特别吵,还是3D环绕音。
初筝有意识,可是她没办法醒过来。
"嘻嘻……"
"嘻嘻嘻……"
嘻嘻什么啊!能不能安静会儿!
不知道过了多久,初筝总算能睁开眼,视线先是模糊,然后就看见飘在她面前的两团雾气。
黑色,上半身像人,下半身是尾巴,很像动漫里的幽灵。
两团雾气不断换着位置,像嬉闹的孩子。
"嘻嘻……"
似乎察觉到初筝醒了,两团雾气在她眼前飞舞。
初筝试着抬手,有些麻木僵硬,好在能动,她朝着那两团快要贴到她脑门上的雾气打过去。
手指穿过雾气,有些凉,还有点湿。
两团雾气同时往后掠开,声音也消失了。
初筝耳边总算清静下来,下一秒,一道尖细又狠毒的女童音在她耳边炸开:"吃了她!"
初筝看着那两团雾气同时膨胀,朝着她扑过来。
初筝腹诽:我刚来啊,就不能等会儿再走剧情吗?
初筝身体还有些僵硬,在两团雾气扑过来的时候,她艰难地朝着旁边一侧,避开其中一团雾气,但另外一团雾气立即从上面俯冲了下来。

"啊——"

尖叫声穿透初筝耳膜，震得她耳朵一阵阵地疼。

灰蒙蒙的四周突然有阳光照进来，刺得初筝有些睁不开眼。

那两团雾气被金色的光芒笼罩住，正发出一声高过一声的尖叫。

"师妹，师妹，你没事吧？"

有人过来将初筝扶了起来。

初筝视线适应后，逐渐看清面前的人。

面容俊逸的青年神情紧张地看着她，言语间都是担忧："师妹,你怎么样？有没有受伤？"

初筝镇定地摇了一下头。

她除了感觉身体麻木，并没有别的感觉。

空气里的金光倏地往旁边飞去，初筝扭头看去，只见一个小姑娘站在那边，手中捏着一个金色的袋子。

小姑娘后面还站着几个年轻少男少女，此时颇为不满地看着初筝这边。

"大师兄，我们先离开这里吧。"拿着金色袋子的那个小姑娘出声，"不知道还有没有别的妖灵。"

扶着初筝的青年被提醒，赶紧道："对，师妹，我们先回去。"

初筝身体的麻木感消退得很慢，只能借着青年的力量起身。

"要不是她乱跑，也不会有这些事。"

"就是，没那个本事，就不要逞能，害得我们也得在这里浪费时间。"

初筝听见那边传来的声音，就算没有记忆，她也能分辨出来，这些话是说给她听的。

原主这是干了什么？这么不讨人喜欢？

林疏放低呵一声："都少说两句，先离开这里。"

"是呀，大家先出去吧。"

那个小姑娘一出声，大家都不再出声了。

林疏放："师妹，你能走吗？要不我背你？"

"不用。"初筝咬了下牙。

我可以的！

初筝现在所处的世界是一个修真世界，原主就叫初筝。

她父母在她刚出生的时候，就因为宗门死了。所以原主从小跟着宗主长大，宗主觉得亏欠她父母，对她就格外好，也不像对待别的弟子那般严格，原主的性格便被养得稍微有些骄纵。

原主十二岁之前，她都过得顺风顺水。

十二岁后，宗门弟子就要选择适合自己的师父。原主拜师的头两年，也算过得不错，师父虽然不怎么管她，可她依然是云宗最受欢迎的女弟子。

直到两年后，一个叫叶络的小姑娘出现，拜入她师父门下。

自从这个叶络出现，原主就发现以前那些围在自己身边吹捧她的师兄弟，突然换了对象。不仅仅是师兄弟，就连师尊都对叶络另眼相待。

叶络对原主敌意很大。

原主被叶络陷害过好几次，然而每次都是她有口难言，辩解不清楚。

在叶络的映衬下，原主显得无理取闹又娇气难伺候，越发不讨喜起来。

原主想要拆穿叶络的真面目，可是那些师兄弟不仅不信，反而觉得是她嫉妒叶络，心思不纯，更加讨厌她。

某次宗门受托，下山替百姓抓作乱的妖灵。叶络设计将原主引开，又告诉那些师兄弟，是原主自己不听劝跑掉。

而原主被叶络下了药，全身麻木，碰上妖灵，被妖灵入体，几乎丢掉半条命。妖灵的妖气残留在原主体内，导致她实力大减，以后修为也无法再精进，和废人无异。

但这件事所有人都觉得是原主活该，是她自己不听话，要私自跑掉，撞上妖灵。

原主的解释没人听，自从这件事后，原主性情大变。体内的妖气更是不断折磨她，令她痛不欲生。

即便已经成这样，叶络还不肯放过她，就在叶络再次下手的时候，原主突然发现自己好像可以利用那些令她生不如死的妖气。

原主开始偷偷修炼。

原主本想修炼好，再找叶络报仇。

没想到叶络压根儿没给原主机会，她竟然陷害原主勾引自己师父，并让人抓个正着。

原主对这个师父心底有喜欢，但更多的是敬重。她期望师父能为自己说一句话，然而到最后她师父都没露面。

叶络随后又指出原主乃妖族，并非人族，她才是当年为宗门战死那对夫妇的遗孤，原主是狸猫换太子。

宗门震惊。

原主面对这么多的罪名，百口莫辩。

最后原主被活活烧死在宗门的斩妖台上。

"师妹，喝口水。"林疏放打了水，小心地递给坐在旁边的初筝。

初筝接过道谢："谢谢。"

林疏放露出一个笑容："师妹你饿不饿？要不要吃点东西？"

初筝摇头，表示不用。

现在的时间线还早，刚到原主和叶络下山，遇上妖灵的剧情。

剧情里原主压根儿没醒，等这些人找到她的时候，妖灵已经在她身体里了。

初筝捏着依然有些麻木的手腕，药物作用还没消散……

初筝又往另一边看去，那边的紫衣小姑娘被人围着，正说着话。

紫衣小姑娘面容姣好，声音甜美，笑起来更是犹如山间绽放的莹白花蕊，让人心生喜欢。

这就是叶络，刚才就是她用那个金色的袋子将那两只妖灵收了起来。

当然，如果没有这么多人跟着，初筝相信她肯定不会动手。

现在原主已经让人讨厌，唯有林疏放这个师兄对她还很好。但是要不了多久，叶络就会让林疏放也放弃站在原主这边。

叶络身上就像有一种魔力，能让接近她的人都喜欢她……

初筝目光无波无澜地看了叶络一会儿，很快就收回视线，拿着水壶喝了一口水，冰冷的水顺着喉咙滑入食道。

"师姐没事吧？"叶络从那边过来，带着点关心的语气问初筝。

"没死，"初筝语调冰冷平静，"让你失望了。"

原主平时也没少说一些不太友好的话，叶络并没有怀疑。叶络余光扫一眼林疏放，道："师姐，你没事我高兴还来不及，怎么会失望。"

叶络以为初筝会立即起来反驳，却听到初筝只是不冷不热地说了一句："那就只有你心里清楚。"

叶络柳眉轻蹙，心底生出几分疑惑。

她怎么回事？

换成以前，初筝早就跳出来指认自己了。

今天怎么这么平静？

不太对劲……

而且她运气也未免太好了。

就差那么一点。他们要是再晚到一点，妖灵应该就得手了。

当时大家都在场，自己要是不动手，这些师兄弟会怎么看她？

真是可惜。

叶络关心了两句，很快就回到大部队那边。她不怕初筝指认自己，因为初筝说的话没人会信。

在云宗的时候，叶络已经让这些师兄弟再也不会相信初筝了，只会觉得是初筝在无理取闹，陷害污蔑她。

因为初筝的事，他们耽搁了时间，所以等抓到任务中的妖灵，已经是第二天了。

大部队回到委托他们的镇上，镇上的人给他们安排了住处。

大家累了一天，纷纷回房休息。

房间不多，都是两人一间。队伍里的女孩子只有初筝和叶络，两人自然而然就被分到一个房间。

王者号很懂事地给初筝发了任务。

"主线任务：请在一个时辰内，花掉一百两。"

初筝也确实不想和叶络住一起。

"师妹，你去哪儿？"林疏放见初筝往外走，立即叫住她。

初筝："我去住客栈。"

"师姐，你又要乱跑？"旁边立即有人接茬抱怨，"前两天你乱跑，害得我们也跟着你受罪，现在还要乱来，你就不能体谅下大家吗？"

"就是啊，这里挺好的，为什么要出去住？"

"万一出了什么事，我们可担待不起。"

初筝的视线扫过说话的那几人，语气冷凝："你们也不喜欢我，我留下来不是碍你们的眼？我走还不行？"

这话直白得让人猝不及防。

云宗的辈分是按照加入时间来算，初筝比他们都先加入，所以他们得叫她一声师姐。

不过，这位年纪却要比他们小不少。

以前这位小师姐也挺讨喜，有点小脾气，也显得可爱。可是现在越来越让人觉得脾气大，不讨喜。

最开始他们表现得挺委婉，但随着发生的事越来越多，又有一个懂事的叶络在这里做对比，他们对这个小师姐，也就越来越不耐烦。

"师姐，大家住在一起比较安全。"叶络打破沉默，"你要是不想和我住一个房间，我把房间让给你。"

叶络这话一出，旁边的人瞬间就向初筝投去埋怨的眼神。

但又碍于初筝的身份，没敢出声。

"叶师妹，我们把房间让给你。"

"没事，我守夜吧。"叶络贴心地说道，"各位师兄抓妖灵都辛苦了，我也没出什么力，不怎么累。"

叶络这话一出，众人更是心疼她。

抓妖灵没动手的只有初筝，叶络也出了力。叶络却还这么贴心，大家心底对初筝就更是怨念。

初筝任由他们在这里争着让房间，自己从旁边出了门。

林疏放从后面追上来："师妹，你干什么去？"

"找客栈。"

林疏放："师兄把房间让给你好不好，你一个女孩儿住在外面，师兄不放心。"

林疏放比原主还早进入云宗，他又是宗主的首席大弟子，所以原主也得叫他一声师兄。

林疏放对原主是真的好，后面就算被叶络挑拨，林疏放不想相信，可又有证据，最后他也只是对原主避而不见，没有做过别的。

所以林疏放跟着初筝，初筝就没赶他。

她找了家客栈，阔气地把客栈给包了下来。

"师妹，你真的要住这里？"

"嗯。"

"那我也住这里吧。"林疏放不放心初筝一个人。

"随便你。"

林疏放看着初筝进了房间后，又回了之前的地方，交代他们一番。

林疏放一走，顿时有人不满地议论起来："大师兄也不知道怎么想的，初筝要一个人出去住，就让她一个人住好了。"

"早知道就不让她跟来了。要不是她，我们现在都已经回宗门了。"

叶络看着林疏放的背影消失，眸底闪过一缕暗色。她扭头，笑着安抚大家："大家少说两句吧，师姐年纪小，有些性子也正常。"

"叶师妹，你年纪和她也差不多啊。"

"对啊，也没见叶师妹像她那样。"

"她不就是仗着宗主偏袒她嘛。"

"以前怎么就没发现，她这么无理取闹呢？"

叶络被一顿夸，赶紧让大家别说了，脸色染上几分羞赧之色："各位师兄都累了，赶紧回房休息吧，明天咱们早点回宗门。"

叶络从进宗门开始，大部分的人都喜欢她。所以叶络的话大家都很能听进去，抱怨两句便各自散了。

入夜。

皓月当空，清冷的月辉洒在窗棂上，从半敞的窗户跃进屋内，铺了一地银霜。

忽地，两道黑影在窗户外冒头，一前一后缓慢地滑进来。它们贴着地面，急速地朝着床榻那边游去。

床榻上，少女侧身躺着，白皙的皓腕从袖子里露出来，搭在床沿上，指尖向下垂着。那两道黑影，就在指尖下涌动。

其中一道黑影拿出一根竹管似的东西，朝着上面吹了一下。袅袅的烟雾从竹管里喷出来，缓慢上升。

等了片刻后，它们从床榻两端飘浮上去。

窗外不知从哪儿飘来一片乌云，将月光遮挡住，屋内的光线都暗淡下来。

那两道黑影，同时扑向床上的少女。

"啊——"尖细的叫声响彻整个房间。

黑影摔在地上，身上不断冒着黑气，像是被什么东西烫到，正不断蒸发。

而另外一道黑影，被床上的少女按在床榻上。

少女缓慢地坐起来，乌黑柔顺的青丝顺着她曲线勾勒，垂落在床榻上。

乌云散开，月光再次洒落进来，照在床榻上的人儿身上。

少女身上仿佛透着莹白的冷霜，像那皓月，明亮夺目，却清冷冷的，令人不敢随意接近。

初筝打量这两只妖灵，慢吞吞地出声："你们不是被叶络收了吗？"

被初筝按住的妖灵叫得撕心裂肺。

初筝手上有东西，此时就压在它身上，再这么下去，它就要被打散了。

妖灵是妖族死后形成的。

普通的妖灵实力不怎么样，但是它们玩阴的在行，所以很多人都会栽在妖灵手里。

初筝把那只妖灵拎起来："谁让你们来的？"

"啊……"妖灵只是叫，不回答初筝的问题。

初筝阴森森地威胁它："你不说，我可就弄死你了。"

妖灵感受到威胁——她真的会弄死它们。

"叶……叶络，是叶络。"

初筝将那只妖灵拎到跟前，晃了晃："她把你们放出来的？"

妖灵被晃得晕头转向："是……"

初筝又晃了两下，不负责任地猜测着："你不会是她养的吧？"

"不是。"妖灵猛地摇头，雾气都跟不上它，在空气里留下残雾，"是她答应我们，放了我们的条件，就是来找你。"

既能得自由，又有食物，它们为什么不答应。

只是它们没想到会被逮住。

初筝从妖灵身上搜出那根竹管，看上去像竹管，但并不是。这更像是一种植物，她之前全身麻木，动弹不得，就是这玩意儿搞的鬼。

一次不成，还来第二次。

还当我那么好欺负呢！

初筝冷着脸把那只妖灵扔开。

妖灵摔在地上，滚了一圈，撞到另外一只妖灵。两只妖灵贴在地面，身上的雾气十分不稳定。

初筝手心里有一枚玉片，原主在云宗怎么说也风光那么多年，宗主对她还那么好，她身上怎么会没点保命的东西。

这两只妖灵并不厉害，之前原主着了道，只不过是因为叶络用了药。妖灵对付毫无还手之力的原主，那还不容易吗？

初筝赤脚踩在地面。

"我问你们一个问题。"初筝蹲到两只妖灵面前。

"什么……什么问题？"妖灵瑟瑟发抖。

"你们知道哪里有厉害的妖灵吗？"初筝双手交叉放在膝盖上，下巴抵着胳膊，莫名有点乖巧。

你想干什么啊！

翌日。

云宗弟子一早就起来，准备今天启程回宗门。

大家收拾一番，有人突然问："叶师妹还没起来吗？"

"没有哎，是昨晚守夜太晚了吗？"

"不会啊，叶师妹一向很早起来的。"本来他们就是修炼的人，几天不睡觉其实问题也不大。

叶络向来不会给他们添麻烦，知道今天要离开，她肯定一早就起来了。

可直到现在她都还没出现……

有弟子不放心："我去看看。"

那弟子走到叶络的房间门口，敲了半天门也没开。那弟子怕出什么事，就直接闯了进去。

结果叶络就在房间，但怎么都叫不醒。

大家没法子，赶紧去叫林疏放。

林疏放正和初筝吃早餐，突然有同门弟子跑过来说叶络出事了。

"出什么事了？"

"我也不知道，就是叫不醒。"那弟子说道，"大师兄，你快去看看吧。"

林疏放不敢耽搁，立即起身："师妹，你跟我一起。"

"哦。"初筝放下筷子，跟上他们。

大家都围在叶络房间里，林疏放一到，众人立即让出位置来。

"大师兄。"

"大师兄，你快看看叶师妹。"

"不知道怎么了，突然就叫不醒……"

林疏放还没靠近，突然脸色大变，他伸手拦住还想继续往前走的初筝，并冲其他人喊："退后！"

林疏放神情严肃，其余弟子可能是出于条件反射，很快就退开一些："大师兄，怎么了？"

"有妖灵。"

林疏放这话一出，众人又退了一圈。

妖灵……怎么会有妖灵？

林疏放问他们："你们都没察觉到？"

众人面露惊疑，纷纷摇头。刚才他们还离叶络那么近，妖灵要是想攻击他们，他们现在估计也出事了！

想到这里，众人心底就是一阵后怕。

他们都没有察觉到妖灵的气息啊……

要么是这妖灵特殊，要么就是这妖灵太厉害，已经不是他们能对付的。

可不管是哪个，对他们来说，都不是好事。

床榻上，叶络头侧升起一道黑雾，黑雾缓慢地形成一个小孩的脑袋，头顶有两个犄角："嘻嘻……"

妖灵的笑声在房间里流转，那声音像是某种魔音，能一直在他们耳边环绕。

"你们发现我好慢哟。"妖灵声音很稚嫩，但语调很诡异，"等了你们这么久，你们都没一个人发现我，真是蠢。"

某个弟子愤怒地指着妖灵："快离开叶师妹！"

妖灵幻化出胳膊，将叶络搂住，孩童一般嬉笑："你来抢呀。"

那弟子被激怒，想要攻击，被林疏放一把拉住："这妖灵不一般，别妄动。"

"大师兄怎么办啊？"

"大师兄，你快想办法。"

"叶师妹……"

众人焦急地看着，却也没人敢上前。

林疏放都说了这妖灵不一般，万一他们激怒对方就完了。

林疏放感觉面前这只妖灵和他以前见过的任何一只都不一样。

他也不确定自己能不能对付。

妖灵喜欢往人身体里钻，吸食人的生气。它们还能控制附身的躯体，让其成为它们的傀儡。

"都安静！"林疏放耳边嗡嗡的，他沉着脸呵斥一声，"师妹你先出去。"

初筝指了指自己。

林疏放点头："乖，先出去。"

他怕一会儿出什么意外，妖灵要是把初筝当成目标就完了。

"我没事。"初筝不动，还想近距离看戏。

"把师妹带出去。"林疏放直接吩咐旁边的弟子。

"小师姐，你就别添乱了，"那边的弟子立即出声，"先出去吧，不然大师兄一会儿还得分心照顾你。"

初筝心道：我不需要啊。

初筝被赶出房间，只好在门口看着他们对付那只妖灵。
妖灵嬉笑着在叶络身边，他们想要攻击它，还得顾及叶络，怕伤到叶络。
"啊……"一个弟子被从门内砸出来，从外面的台阶滚到庭院里。
初筝倚着门，漠然地看着那个弟子。
看着好疼呀……
里面不时响起一声怒吼和惊呼。
初筝往里面看一眼，叶络竟然起来了，还在攻击他们。
叶络的眸子没有神采，浑身都是妖气，明显是被妖灵当成了傀儡。
林疏放实力比叶络强，可现在得顾及叶络，攻击都束手束脚。
叶络反而没什么顾忌，一时间好几个弟子被她打伤。
有弟子说道："大师兄，必须把它从叶师妹身体里逼出来！"
林疏放指挥弟子将叶络围住。
叶络神色凶狠地冲他们吼了两声，攻击越发凌厉起来。
"师妹！你醒醒！"
"叶师妹！"
妖灵在叶络四周不时浮现，把叶络当成一个玩具，玩得开心。
林疏放让其他弟子吸引它的注意力，从侧面攻击它。
妖灵一时不察，被林疏放逮住了小尾巴。
妖灵直接缩进叶络身体里，林疏放一时间拿它没办法。
林疏放怎么说也是大师兄，很快再次将它逼出来，这次给了妖灵重创。
在妖灵和叶络分开的时候，林疏放立即将叶络拉过来，快速在她眉心上抹了一下。
妖灵再次想回去，就发现有一股奇怪的阻力，一靠近就难受。
妖灵冲他们怒吼一声，放弃叶络，朝着门外飞去。
"师妹！"林疏放心头一跳，赶紧追出去。
黑雾并未攻击站在外面的初筝，直接飞过屋檐，转眼就消失不见。
林疏放带着人追出来："跑了？"
林疏放让众弟子在四周检查一遍。
"大师兄，大师兄你快来看叶师妹！"里面有人喊。
林疏放立即转身进去，初筝也跟着他进去。
叶络被人扶着，双眼紧闭，身上妖气浓郁，眉宇间像是盛满了痛苦。
被妖灵附体的人，都有可能被妖气浸染。不过是看时间长短，妖气浸染的程度。
叶络这情况，明显已经很严重了。
林疏放根本不知道该怎么办，立即让人启程回宗门。

云宗。
初筝他们到的时候，宗门已经接到消息，两位长老在山门等着。
叶络直接被送回天净峰。

大家的注意力都在叶络身上，没人关注初筝。

初筝就一个人慢吞吞地往天净峰走。

"嘻嘻嘻……"初筝背后冒出两个犄角，接着是妖灵的脑袋，"你真是坏。"

"你跟着我干什么？"

妖灵飘出来，趴在初筝肩膀上："我喜欢你这样的坏人。"

初筝认真地说道："我是好人。"

"好人不会让我去教训同宗师妹。"

"她先对我下手，我还回去而已，这不算坏人。"

妖灵大概没太理解，不过它认定初筝是坏人。

妖灵就喜欢坏人，越坏的人它们越喜欢。

"这是云宗，你跟着我会被发现的。"好歹也算同谋，初筝提醒它一句。

"嘻嘻嘻，你让我附身呗，这样就不会被发现咯。"妖灵异想天开，并试图往初筝身体里钻。

初筝抬手，抓住妖灵的犄角："找死？"

妖灵的犄角瞬间冒烟，它立即扭动着大叫起来："啊……着了着了，松手，快松手！我不附身就是了！"

初筝松开它。

妖灵幻化出两只胳膊去摸自己的犄角。

还好，还在。

这犄角可好看了，它最喜欢了。

"小气！"妖灵瞪了初筝一眼，从她后面隐下去，消失了。

初筝等妖灵离开，摊开手，手心里的玉片已经碎了。

玉片使用的次数有限，现在已经没用了。

天净峰。

众弟子和几位长老都在，分别给叶络把脉。有长老试图将叶络体内的妖气逼出来，可这些妖气很是难缠，仿佛在叶络身体里生了根。

"东凛仙尊还在闭关吗？"站在左边的三长老皱着眉问旁边的弟子。

"是的。"那弟子答道，"仙尊一直没出关。"

三长老背着手来回踱步，愁眉苦脸地问另外两位长老："你们有什么办法吗？"

大长老将叶络放回床榻上，摇头："只能暂时压制住，这妖气很奇怪……"

以他们的实力，把妖气逼出来不算困难。可不知道为什么，这次的妖气……

三位长老只能先压制住叶络体内的妖气。

初筝看了一会儿，觉得没什么意思，便回了自己的屋子。

她就住天净峰。

天净峰是东凛仙尊的地盘，也就是她师尊。

这位仙尊年轻的时候也是一代传奇。

年少成名，天资卓越。据说已经到可以飞升的地步，可不知为何，他一直没有飞升，留在宗门内。

最重要的是，他长得非常好看，是修真界公认的美男子。

叶络没有拜入东凛仙尊门下的时候，这天净峰就只有原主和东凛。

东凛长年闭关，原主见他的次数屈指可数。

原主刚来的时候，一个人待在冷清的天净峰，自己把自己给吓哭了，当天晚上就跑回宗主的住处。

叶络来了之后，原主和她水火不容，天净峰热闹是热闹了，可东凛依然不见踪影。

初筝打量了一下原主的房间。陈设简单，几样简单的家具，其余地方都空着。

案几下堆着不少书，初筝翻了翻，都是关于修炼的。原主应该仔细看过，每一本都有翻动的痕迹，有不少地方还做过标记。

原主性格虽然有些骄纵，可在修炼上从来没落下。

晚些时候，宗主也来了，看完叶络之后，他和几位长老商议一番，让人给他们护法。

初筝第二天起来，才看见宗主和那几位长老一起出来。

昨天的人已经散了不少，此时只剩下几个人："宗主，叶师妹怎么样？"

宗主沉思道："等她醒了再看。"

他们是把妖气都逼出来了，可叶络的脉象不稳，也一直没醒，他们也看不出来怎么回事。

这样的事他们还是头一次遇见。

宗主沉着脸："你们怎么遇见这只妖灵的？"

"我们也不知道……叶师妹一直没出来，我们去看，那妖灵就在里面了。"

那几个弟子仔细地将那天的事说了一遍。

"要不是小师姐非要出去住，大师兄也不会离开，叶师妹可能就不会出这样的事。"某个弟子大着胆子说了一句。

"对，大师兄在的话，肯定能发现那只妖灵。"

他们都觉得是林疏放不在，所以妖灵才会有机会。

而林疏放不在，是因为初筝。

所以这笔账直接算到初筝头上，一个接一个地向宗主告状。

初筝有些无语。

都是同门，何必这么抹黑我。

林疏放自己要跟着我，又不是我让他跟着的，凭什么把锅甩给我！

再说，就算我住在那里，叶络一定要对我动手，那我不还是得反击吗？

宗主皱眉听着，没有任何表示。

倒是旁边的二长老有些恼怒："这个初筝，越来越不像话。"

宗主看二长老一眼，二长老想起初筝小时候是跟着宗主长大的，瞬间闭嘴。

不过他也不觉得自己说错了。

这段时间初筝屡屡犯错，还死不悔改。要不是因为她是东凛仙尊的徒弟，他们无权管教，不知道处罚她多少次了。

宗主转向林疏放："疏放你说说。"

"师妹并没有让我跟着她离开，是徒儿不放心师妹，这才跟她出去住。"林疏放解释道，"而且那妖灵很古怪，就算徒儿在，也不一定能发现。"

127

妖灵的古怪之处，他们都已经领教过。

林疏放这么说，宗主心底有了数。

"派两个弟子照顾叶络，其他人都散了。"宗主吩咐下去。

叶络第三天才醒过来，身体十分虚弱，不过没有太大危险。

和原主当初受的比起来，叶络可太幸运了，只不过是折损了一点修为罢了。

叶络醒来后，一个接一个的弟子往天净峰上跑，冷清的天净峰热闹得宛若菜市场。

要是原主看见这些人围着叶络转，估计得被气死。

可惜初筝不是原主，压根儿不搭理他们。

"主线任务：请在一个时辰内，花掉十枚灵石。"

这个世界普通人用的是银两，修真者之间，却是用灵石作为流通货币。

宗门外就有一个镇子，那里聚集着不少散修，和一些想要来宗门求学或者有别的需求的人，因此这个镇子逐渐发展成了一个热闹的集市。

初筝从宗门出来到镇子就花掉了大半个时辰，她的时间不多。

到镇上后，初筝随便挑了个摆摊的，走了过去。

"姑娘，买点什么？"摊主热情地招呼她，"我这里的药草都是最新鲜的。"

初筝把灵石放下："都要了。"

摊主看着初筝放下的灵石，一、二、三、四……

摊主差点以为自己数错了。

他这些药草，哪里需要这么多灵石。

摊主觑了初筝两眼，笑容逐渐扩大："您都要？"

初筝矜持地颔首："嗯。"

"好好好。"

摊主可乐坏了，迅速把灵石收起来，直接将所有药草都装起。

冤大头不宰白不宰嘛。

况且这是她自己给的，可不是他坑的。

摊主怕初筝反悔，将东西一裹，准备溜了。

结果，他一转身就被人拦住："你的药草呢？"

对方穿着云宗的统一弟子服。

云宗有发放弟子服，不过没有要求弟子一定要穿，只是重要的场合，需要大家撑撑场子才会要求统一服装。但也有不少弟子会穿，毕竟穿上这个出来，别人一眼就能认出来。

比如现在……

摊主见对方是云宗的弟子，小心翼翼中带着点谄媚："仙长……都卖……卖了。"

"卖了？"那弟子突然就急了，"你卖给谁了？"

摊主被吓到，抬手一指："她。"

摊主指着拎着那包药草还没离开的初筝。

那弟子顺着摊主看过去，意外地叫了一声："小师姐？"

摊主茫然地看着云宗的弟子和初筝，小师姐那不是比这位还厉害吗？

都是云宗的弟子，那应该没什么事……他可以跑了吗？

云宗弟子没再理会摊主，而是走到初筝面前："小师姐，你买的药草里有几株紫绮灵草，叶师妹需要，你给我吧。"

这人的语气，哪有半点对师姐的尊敬。

还开口就要，你当自己是什么人？懂不懂规矩！

我可是你师姐！

"她需要关我什么事？"

初筝腹诽：她需要我就要给？凭什么啊！

云宗弟子恼怒道："小师姐，要不是你，叶师妹怎么会被妖灵伤到？你就没一点愧疚心吗？"

初筝稳住表情，端着高贵冷艳的姿态，睨着那弟子："她受伤，跟我有什么关系？"

云宗弟子谴责："要不是小师姐你不听劝非得出去，大师兄就不会跟你走。大师兄在，那妖灵能伤到叶师妹吗？"

初筝不知道该从哪里开始吐槽。

你大师兄都说了，就算他在场，也不一定能发现。

而且是你家大师兄主动跟我走的，我没有任何要求。

云宗弟子就觉得是初筝的错，因此理直气壮地让初筝把那什么紫绮灵草给他。

他一路打听过来，好不容易打听到这个摊主有卖紫绮灵草。这玩意儿不算珍贵，但最近不知道怎么回事，大家都没有，他已经找了两天了。

所以不管怎么样，他一定要从初筝那里拿过来。

初筝都不知道是叶络对他们洗脑厉害，还是这些弟子不知道什么叫尊重师姐。

东凛仙尊一年到头也不露面，初筝虽然是东凛仙尊的徒弟，可叶络也是，两人地位相等。加上他们对叶络的追捧，胆子自然大。

"小师姐，叶师妹对你那么好，你还害得叶师妹那样，你良心就不会不安吗？叶师妹他……"

初筝打断他的话："你想要？"

云宗弟子点头。

叶络因为妖气侵体，这两日都心神不宁，紫绮灵草是制作凝神丹的主要药草。

宗门的凝神丹都没了，所以他才下山来找紫绮灵草。

初筝打开那个袋子，翻了翻，动作微微一顿。

好半晌，她抬头看那个弟子，镇定地将袋子递过去："拿出来。"

云宗弟子很快将混在一起的药草从里面挑出来："小师姐，你……"

初筝一把将他手里的药草抢回来，在他错愕的视线下，直接碾成粉末。

粉末缓缓飘落，被风一吹，再也寻不见。

初筝拍了下手，若无其事地问那弟子："还有事吗？"

云宗弟子脸色猛然涨红。

"小师姐，你怎么这样！"

初筝气定神闲地说道："我买的东西，我想怎样就怎样，你管得着吗？"

"你……"

初筝扔下气得跳脚的云宗弟子，扬长而去。

完成王者号的任务，初筝赶紧回宗门。

一会儿看见什么不该看的，王者号不就得下手了吗？

现在不跑更待何时！

镇子离宗门不远，不时还能看见宗门弟子。

"小师姐。"

"小师姐……"

几个路过的宗门弟子，站在路边等初筝过去。

待她走出一段距离，才有人出声："之前听说是小师姐害得叶师妹那个样子呢。"

"我也听说了，叶师妹真是可怜。"

"叶师妹怎么就摊上这么一个师姐……以前小师姐也挺可爱的啊。"

"就是啊，不知道为什么变成现在这样，嚣张跋扈……"

"嘘嘘嘘，快走，小师姐正看着我们呢。"

初筝站在小道上，正望着他们这边。

几个弟子瞬间噤声，埋头离开。

初筝不是第一次听见这样的言论。

反正和他们的万人迷叶师妹比起来，她现在就是个恶毒师姐。

叶络是有超能力吧。

初筝一边琢磨，一边往回走。

"救命……救命！"呼救声从远处传来。

初筝踹一脚地上的石头，转身朝着声源处走过去。

麻烦啊。

初筝还在想是哪个不长眼的，敢在宗门地界行凶。

等她看见行凶的本尊，心情很复杂。

距离初筝不到五米的地方，长着犄角的妖灵围着一个女子戏弄。那女子吓得花容失色，想要跑，可不管她往哪边，妖灵都能极快地将她堵住。

初筝在心底叹口气："你在干什么？"

妖灵听见声音，猛地扭头看过来："怎么又是你？"

女子见妖灵的注意力被初筝吸引，拔腿就往初筝这边跑。

初筝以为她是想躲起来，谁知道那女子跑过来，将初筝往妖灵那边一推，直接跑了。

初筝看妖灵一眼，眸光一转："追她。"

妖灵"咦"了一声，诧异地问道："你不是来阻止我的吗？"

"我改变主意了。"

妖灵心道：人类真善变。

妖灵往刚才那女子逃跑的方向看一眼，早就没影了。

妖灵蔫蔫地说道："不追了，我好饿。"

身为妖灵的本能呢？

妖灵说什么也不去，并把主意打在初筝身上。

理由还挺正当，说什么是她放走它的食物，所以要她来补偿。

"给我吸一口，一口就行了。"妖灵跟在初筝旁边，一会儿飞左边，一会儿飞右边。

上次初筝给它的教训它还记着，所以它不敢硬来。

"闭嘴。"

"你放走我的食物，难道不应该补偿我吗？就给我吸一口！"妖灵据理力争。

初筝扬手，妖灵估计是想到之前的经历，唰一下缩到初筝背后去："你打不着，打不着，打不着！"

初筝也发现这只妖灵有点奇怪，按理说它这样的妖灵，进入宗门，就会被排斥，或者出现什么反应。

可它在她旁边小蜜蜂似的飞来飞去，哪儿有什么问题。

这只妖灵也是袭击她的那两只告诉她的，附近有一只很厉害的妖灵。

初筝其实也没怎么动武，就说让它去整个人，它就屁颠屁颠地跟着她走了。

"你们宗门人这么少啊？"妖灵趴在初筝肩膀上，贼眉鼠眼地看，"这还不够我塞牙缝。"

初筝恐吓它："你吃一个去。"

妖灵不吭声了。

妖灵把自己缩在初筝的头发里，只露出两个犄角。

"你确定不跑？"

"我为何要跑？"

"宗门里高手遍布，发现你是迟早的事。"

"你保护我啊。"妖灵挺理直气壮，"你要是不保护我，我就告诉他们，是你让我去害那个女的。"

初筝眉心一跳，腹诽：威胁到我头上来了。

"你一个妖灵，你觉得他们会信你的话？"

"信不信无所谓啊，反正有人觉得是你做的就行了呗。"妖灵嘻嘻笑了两声，"我看这宗门里，对你不爽的人很多呢。"

初筝：原主的玉片是哪儿来的？

先把它弄死再说。

初筝还没来得及去找对付妖灵的玉片，就被一个弟子叫住："小师姐，宗主叫您过去。"

"何事？"

"……不知道。"那弟子摇头，并迅速跑掉了。

初筝心底觉得不是什么好事，可是宗主叫她……不去不太好。

于是初筝带着妖灵过去了。

初筝还以为这连个身体都没有的玩意儿不会怕，谁知道刚走到宗主房门外，妖灵直接就不见了。

这不还是怕吗？

她现在冲进去告诉宗主，有个妖灵跟着她，宗主能不能逮着它……

初筝想想它若被逮住，她还得花时间来辩解叶络的事，最后忍忍，算了吧。

做个好人。

初筝进去才知道,之前在镇子上遇见的那个弟子回来就告了状,说她仗着自己身份欺负人。

那弟子是宗主这边的人,告状容易,所以初筝现在被叫过来。

宗主坐在高位,看不出来情绪:"初筝,你和同门弟子起了冲突,可有此事?"

宗主语气还算好,是在询问她。

这孩子跟着他长大的,宗主怎么也会有点心软和私心。

"没有。"初筝张口就否认。

"那为何有弟子说你欺负人?"

"我花灵石买的药草,他上来就要拿,哪儿来的理?"初筝淡然地说道,"宗主如果觉得我毁自己买的东西,不免费给他,是欺负人的话,那我也没话说。"

初筝语气不紧不慢的,却言简意赅地将整件事说清楚了。

"有这回事?"

那个弟子只说初筝仗着自己师姐的身份欺负人,加上这段时间,他也听到不少风言风语,宗主难免会有些疑虑。

初筝煞有其事地点头。

就是这样的!现在他还恶人先告状!

这点小事其实轮不到宗主亲自管,可坏就坏在初筝是他带大的,还是东凛仙尊的徒弟。

东凛仙尊一言不合就闭关,除了他管,谁还敢管?

唉,当初就不应该让初筝去东凛那边。

现在搞成没人管了……

宗主头疼地让人去把那个弟子叫过来对质。

初筝平时闷不吭声惜字如金,那是她懒得说,真的到这种需要说话的场合,她那语速和逻辑,还真没人能说过她。

那弟子还没说两句,就被初筝压回去。

被欺凌的一方变成想要强抢药草。

"我没有……"那弟子摇头,"我没说不给灵石。"

"你也没说给,上来就要,那不就是抢吗?我又不是你肚子里的蛔虫,我怎么知道你怎么想的?"

那弟子涨红着脸,憋半天也没憋出一个字来。

最后那弟子道:"弟子……弟子也是为了叶师妹,有些心急。"

现在他也知道之前是自己冲动了,只不过当时他一心想的叶师妹,压根儿没想那么多。

"好了,不是什么大事,都是同门师姐弟。"

宗主说了两句,让那弟子先出去。

"筝儿。"

初筝站好,等着宗主后面的话。

宗主却没说话,从上面下来,抬手拍了拍她肩膀:"你也该收敛收敛了,好好修炼,别再胡来。"

初筝唇瓣动了下，没应声。
宗主也没再多说："回去吧。"

天净峰。
那弟子出来后，直奔叶络这里告状。
"叶师妹，小师姐怎么就这么狠心呢？"那弟子愤愤不平，"她宁愿把紫绮灵草毁掉也不给你。"
叶络闻言，没有露出任何不满来，只是温言细语地说："师兄，我没事，让你费心了。"
那弟子继续不平："师妹你不生气吗？"
"师姐她……"叶络顿了一下，脸上流露出几分为难，"师姐她没有恶意，而且我也不是很需要，我真的没事，麻烦师兄了。"
那弟子还想说什么，被叶络岔开了话。
后来，那弟子暗地里编派，很快就把初筝的恶毒形象又提升不少。
叶络人缘有多好，就有多少人对初筝指指点点。
"我去帮你吃了他怎么样？"妖灵飘在空气里，兴奋地和初筝建议。
初筝在旁边的书架上翻找，闻言，抬眸扫它一眼："你去啊。"
妖灵：你怎么不阻止我呢？
不过我就喜欢你这么坏的人……嘻嘻嘻。
初筝被妖灵突然的诡异笑声惊出一身鸡皮疙瘩，赶紧拿着书离开。
妖灵在原地不知道想了些什么，等它回过神，初筝早就不见了。
妖灵正想出去，就见外面有人进来。
它原地来回转动下，飞快地藏进一个角落。

第八章
仙尊出关

"醒醒！"

"快醒醒！"

"着火了！"

初筝睁开眼，看见的是飘在她头上状似蘑菇的妖灵，阴森森的。

初筝抓着旁边的被子直接砸过去。

妖灵没有实体，被子穿过它身体，落在地上。

妖灵扭了扭，有点幸灾乐祸："你扔我，一会儿不还得你自己捡回来吗？"

初筝十分无语。

妖灵飘到初筝那边："你猜我今天看见什么了？"

初筝语气冷漠："关我什么事。"

她躺回去，闭上眼，不搭理妖灵。

妖灵不乐意了，在她耳边嚷嚷："哎，你别睡啊，听我跟你说。"

初筝侧身，很想拉被子，可想想被子被她扔了，只能忍着不动。

妖灵立即飘到那边，魔音继续灌耳："我刚才听见有人说，要在你们宗门大会上搞事情。"

初筝闭着眼，躺了几秒，缓慢睁开眼："搞什么事情？"

"嘻嘻嘻……"妖灵幻化出两个脚来，盘腿坐在初筝旁边，嘀嘀咕咕地和初筝说它听见的。

宗门大会还有半年，这是宗门的盛会，也是年轻弟子们的考核。

初筝听完八卦，又倒回去。

"哎，你就不做点什么？"妖灵托着下巴，烟雾形成的眸子，直勾勾地盯着初筝。

"做什么？"

"有人要搞事情啊！"现在你不应该赶紧去告诉宗门的人吗？

"又不搞我，关我什么事。"初筝腹诽：我就是想听个八卦而已！"你再说话，我就弄死你！"

叶络休养了一个多月，已经好得差不多，天净峰也恢复平静。
"师姐，你在这里啊。"
叶络缓缓走过来，仰头看着坐在围墙上的初筝。
初筝垂眸看她。
叶络蓦地对上初筝的视线，那双眸子清清冷冷，像是初冬刚凝结的一层冰霜，寒气逼人。
面前这个女孩儿，明明还是那个熟悉的样子，可给她的感觉有点不一样。
太冷了。
眼神、表情……就连周身都透着冷气儿。
叶络很快就收敛好心情："师姐，你可让我好找。"
天净峰现在没别人，叶络的语气也没怎么掩饰，充满对她的敌意。
初筝把腿架在旁边，胳膊肘撑着膝盖，手掌托着脸："找我做什么，让我打你吗？"
虽然女孩儿声音平静，可叶络从里面听出了嚣张狂妄。
这一个月都没见过她，发生了什么？
叶络心底满是疑惑。
叶络暂时压下那点疑惑，冲初筝说道："师姐，那只妖灵，是你找来的吧？"
当时叶络身体动不了，那感觉她很清楚。她刚好让那两只妖灵去找初筝，接着自己就出事，怎么会这么巧？
只是叶络想不明白，初筝是怎么让那只妖灵来找自己麻烦的。
听长老们说，那只妖灵有点奇怪……她现在身体还没好全，没办法使用任何法术。
这一切都是初筝搞的鬼，叶络心底对她更恨了。
初筝当然不会承认："没有证据你可不要乱说。"心里却道：就是我找的，你打我呀！
初筝不承认，叶络也不奇怪。她比较奇怪的是初筝的态度，若是放在以前，早就和她吵起来了吧？今天太古怪了。
叶络嘴角勾起一点笑意，阴阳怪气地说道："师姐，看来以前是我小看你了。"
初筝漫不经心地回："现在高看还来得及。"
叶络：听不出来她话里的意思吗？
叶络忍着怒火："宗门大会的考核，师姐不如跟我比比看？"
"你？"当着那么多人面，多不好意思。
叶络挑眉，颇为挑衅地开口："怎么，师姐害怕了？"
害怕？笑话！
初筝移开视线，看向远方："没兴趣。"
还想对我用激将法，没门！
叶络却以为初筝虚了："师姐不敢？"
"你觉得是就是。"你觉得我怕你我就怕你啊，天真。
这话让她怎么接。
初筝油盐不进，不管叶络说什么，初筝都是一口拒绝。
叶络很尴尬，独角戏都有点唱不下去。
最后是有弟子来找叶络，叶络顺势离开。

叶络发现不管自己做什么，初筝都不爱搭理她了。

甚至大多数时候叶络都见不着初筝的人影，叶络和其他弟子打听一番，其他弟子也说初筝最近变化挺大——不爱理人，见谁都冷冰冰的，也不在宗门里出现。

倒是有不少弟子，在宗门外的镇上见过她。

叶络出于好奇，到镇子上去看看。

叶络老远就看见初筝坐在一家茶楼里，桌子上摆着一套精致的茶具，旁边站着一个人，正给她泡茶。

叶络等初筝离开，这才进了那家茶楼。

"客官喝点什么？"

叶络随便点了东西，等茶水送上来，叶络心底奇怪，略带好奇地问："你们这茶具怎么不一样？"

"都是一样的啊。"店小二道。

"我刚才在外面看坐在窗边那位……客人的茶具和这个不一样。"

"哦，您说初筝姑娘啊。她那个是前些天买的，听说是一套附有灵纹的茶具，她自己带来的。"

附有灵纹的茶具？

茶具不是重点，重点是灵纹。物品附上灵纹，价格就会成百上千的翻倍。

当然价值不等于实用价值。有的人，就喜欢把自己用的所有东西都附上灵纹，以彰显自己的身份地位。

叶络盯着茶杯里浮起的茶叶，放在腿上的手缓慢收紧。

初筝从哪里弄来附有灵纹的茶具？谁给她灵石买的？

叶络很快就发现，镇子上不少人都认识初筝。因为她出手大方，大家都快把她当成冤大头了。

宗门里的弟子每个月能领到的灵石有限，而且还要用于自己修炼，初筝怎么会有这么多灵石来挥霍？

难道是宗主给她的？

叶络仔细想想觉得不太可能，宗主不是那种人。

宗门的灵石都有记录，就算是宗主要用，也得经过宗门那边同意。

叶络怀疑初筝的灵石来路，偷偷跟上初筝。

她一定要弄清楚。

叶络看着初筝在前面，结果转个弯人就不见了。

叶络快步追过去。

人呢？

"叶师妹，你跟着我做什么？"

清冽的声音从后面传来，叶络猛地转头。初筝就站在她后面，双手负在身后，面无表情地看着她。

叶络被吓一跳，不过很快就镇定下来。

"师姐，"她扬起笑意，"我刚才看着有点像你，没想到真的是师姐。"

初筝没按叶络的思路走，很不客气地说道："你跟了我这么长时间，想做什么？"

肯定没安好心！

叶络被噎了下，好半晌才说道："我没跟着你。"

叶络死鸭子嘴硬，不肯承认。初筝也不在意，突然伸手按住叶络的胳膊。

她的手有些凉，叶络隔着衣料都能感觉到，有些发毛。

叶络不动声色地想挣开初筝："师姐，你……"

初筝将人拉过去："你不是想跟着我吗？"

"师姐，我没跟着你……啊……"

叶络被初筝拽着往前走，初筝的手劲格外大，叶络感觉胳膊都快不是自己的了。

"师姐，你干什么？放开我！

"师姐！

"初筝！"

叶络恼怒得叫她大名。

"别嚷嚷，让人听见多不好。"

叶络小脸涨红，想要使用法术，结果发现完全使用不了。

身体里的妖气虽然清除了，可暂时还是很虚弱。

"放心，我不会对你怎么样。"初筝的声音从前面传来，"我是个好人。"

"师妹，你做什么去了？"

初筝一回天净峰就见林疏放等在外边。

"散步。"初筝说道，"师兄有事？"

"给你送点东西。"

林疏放给初筝送了一些吃的和用的，当然并不是给初筝一个人送，叶络也有一份。

毕竟都是他师妹，林疏放也不能太偏心。

"师妹，你最近有好好修炼吗？还有半年就是宗门大会了，师妹你可不能懈怠。"林疏放碎碎念，"仙尊到时候应该也会出关，要是看见你没有进步，仙尊多失望。"

他失望什么啊。

整天就知道闭关，哪儿管过徒弟。

初筝敷衍地应了两声，将林疏放送走。

"你喜欢你师兄吗？"妖灵不知从哪个角落冒出来，甩着尾巴问初筝。

妖灵似乎看出初筝的疑惑，解释道："你对别的弟子都爱搭不理，怎么就偏偏搭理他？你是不是喜欢他呀？"

"你怎么还不滚？"这是你一个妖灵应该待的地方吗？

"这样吗？"

妖灵在旁边的榻上打了两个滚。

这妖灵不太聪明的样子。

初筝微微吸了口气："滚出云宗。"别没事就在她面前晃，很吓人的。

"云宗挺好，我为什么要滚？"

妖灵唰一下消失，几乎是同时，初筝听见外面有人敲门："小师姐。"

初筝隔着门问:"有事?"
"你有看见叶师妹吗?"
"没有。"
外面的人很快就走了。
宗门里的弟子到处找叶络,初筝这边被骚扰了好几次,最后不耐烦,在门口立了个牌子。
不知道,别再问我。

叶络当天晚上没回来,那些弟子更是着急得到处找。
初筝有些饿,去找了点吃的,晃回自己住处的时候,远远地看见有个人在长廊上,雪白的衣裳在夜色下格外显眼。
那人扶着长廊的廊柱,身体微微下弯,看上去有点不太正常。
初筝脚步一顿,往后面看了看。
我是跑呢……还是跑呢!
初筝这个念头刚转完,那雪白的人影已经出现在她面前,一把拉住她手腕。
初筝借着月色看清面前的人。
衣衫如雪,衬得男人五官精致白皙,青丝没有任何束缚,就这么散在脑后。明明是比较随意的样子,可偏生这男人身上有一股清冷的贵气,让人不敢亵渎。
身姿如玉,眉目如画,天上的仙君大约就是这般模样。
身后的皎月在这个男人面前,似乎都会黯然失色。
初筝印象中有这张脸……
原主的师父——东凛仙尊。
关键是这个人……她总觉得有点像好人卡。
从东凛拉住初筝到初筝认出他,也不过瞬息的时间。
东凛手指压着初筝的命脉,直接将她体内的力量压得死死的。初筝哪儿愿意被人这么压制,当即动手。
不能动用法力,她还有别的筹码。
两人在走廊上直接过上招,东凛身为云宗第一人,实力毋庸置疑,绝对不是三脚猫功夫。
东凛再次拉住初筝的手腕,将人往旁边的廊柱上一按。男人修长高大的躯体也覆过来,两人间的空隙瞬间消失。
初筝空着的手一翻,寒光一闪而过。
"隐藏任务:获得东凛好人卡一张,拯救黑化的好人卡。"
初筝差点一口血吐出来,她赶紧把刀子撤开。
就这空当,东凛已经抓住她拿刀的手腕,用一只手禁锢着,人也靠得更近。
初筝甚至可以感受到他的呼吸。
东凛压着初筝没有再动。
初筝忍着弄死他的冲动,咬牙问:"师尊,你干什么?"这是想杀徒证道吗?
东凛身体微微往下,鼻尖碰到初筝皮肤,接着初筝就感觉吻落在她脖子上。
初筝:不是!
见面就这么热情不太好吧。

"师尊,你……"

东凛突然将初筝抱起来,初筝面前的光线昏暗,接着她整个人已经躺在冰凉的寒冰上。

好冷。

下一秒,东凛滚烫的身体覆盖上来,寒气瞬间被驱散。

初筝对上东凛的眸子,那双眸子里像是蒙着一层雾霾,什么都看不清。

翌日。

初筝在自己房间醒过来,她怎么回来的?

有点记不得了……

初筝慢慢坐起来,要不是身体不适,她都怀疑昨天晚上是她做了一场梦。

初筝揉下眉心,低头打量自己身上的衣服。还是她昨天穿的那件,除了有点皱,看不出什么来。

初筝撑着床沿下去,走到镜子前,拉开衣襟,对着镜子照了照。

脖子上有很明显的咬痕,她就记得那小东西好像咬了她……

初筝撑着桌面,神情有点阴沉。

这次的好人卡可以嘛。

初筝换了一套衣服,出去转了一圈,没在任何地方看见东凛。

居然还跑了?

叶络傍晚时被附近的村民送上天净峰来,浑身都湿透了,看着就很惨。

村民说是在山下的一个湖里发现的人,当时叶络已经晕厥过去。

村民认识她,这就把人直接送了上来。

叶络一出事,整个天净峰就热闹得如菜市场。

"叶师妹怎么弄成这样?"

"肯定是有人做的,别让我知道是谁。"

"叶师妹还没醒吗?"

"你们在这里做什么?"

"叶师妹……"

刚想回话的弟子忽地觉得不对劲,这声音……

他后背一阵阵泛凉,缓慢地扭头。

男人负手立在几步远的位置,眸光沉沉地看着他们。

男人眉眼清隽,白衣玉冠,周身萦绕着一股寒凉之气,让人不敢随意亵渎他的容貌。

空气里忽地安静下来。

"谁许你们上山的?"东凛眸子微眯。

没人敢应声,接着呼啦啦地跪倒一片。

天净峰并没立规矩,不许弟子上山。

不过以前没有弟子敢随便上山……

"师尊,"叶络出现在门口,扶着门框虚弱地叫了一声,"师兄们是来看徒儿的,您别责怪师兄们,您要罚就罚徒儿吧。"

叶络说着也跟着跪了下去。

"叶师妹……"有弟子低呼一声。

立即有弟子出声揽责："东凛仙尊……弟子们是自己来看叶师妹的，跟叶师妹没有关系。"

其余弟子纷纷附和，将责任全部归到自己身上。

东凛漠然地说道："看她做什么？"

"叶师妹受了伤……"

东凛的目光在叶络身上扫一圈，瞧不出是什么情绪。

好一会儿，东凛出声询问："怎么受的伤？"

"是……是小师姐。"

"师兄！"叶络低呵一声，"你别乱说。"

那位师兄很是生气："叶师妹，都到这个地步了，你还要帮她说话？"

刚才叶络就醒了，他们询问叶络怎么回事。

叶络本身就是受害者，所以她直接将这件事跟他们说了。

"师姐她……她不是故意的，是我不好，"叶络咬了下唇，为难地劝道，"你们别说了。"

"仙尊，请您给叶师妹做主。"

"仙尊，请您给叶师妹讨回公道。"

这些弟子给叶络出头，叶络在旁边小声地让他们别说了。

东凛问："怎么回事？"

"仙尊，是小师姐她……"那弟子很快就将整件事情复述一遍。

东凛听完，表情依然很淡："初筝呢？"

大家左右看看，没看见初筝。

初筝踏进大殿。

殿内点着香，白衣如雪的男人，端坐在殿堂上，怎么看都像是画中的人儿，清贵无双，绝代风华。

初筝对上男人的视线，不偏不避，有些肆意地将他打量一遍。

东凛见到初筝，神情自然，没有任何异色。

初筝走进去，不算特别恭敬，却也让人挑不出错来地行了个礼："师尊。"

东凛没有废话，直接问："你打你师妹了？"

"没有啊。"

"小师姐，你敢做不敢认啊！"东凛还没说完，旁边的弟子先冒毛了。

"我没做过，为何要认？"初筝镇定地回。

"师姐……师姐也不是故意的。师尊，这件事就算了吧，我也没什么事。"叶络嘴上说没事，脸上却摆着委屈的神情。

有弟子不服："怎么能算了？同门相残是大忌！"

初筝好整以暇地问："你说我打了她，证据呢？不能她说是我，就是我吧。我要是在外面受了伤回来，指认你打的我，就是你打的我吗？"

那弟子被堵得一个字都说不出来。

大殿忽地安静下来。

高座上的男人打破沉默："叶络，你有证据吗？"
叶络：她能有什么证据。
荒郊野外的地方，初筝打完她就走了。

初筝完好无损地踏出大殿，其余弟子都散了，叶络一瘸一拐地跟着她出来。
东凛还在殿内，叶络也不敢说什么，只恶狠狠地瞪了初筝一眼。
初筝无所畏惧地看着她。
叶络气得拂袖离开，这个仇她必须报回来！
等叶络离开，初筝转身就回了大殿。
东凛刚好准备出来，两人在门口撞上。
"师尊。"
东凛负手而立，语调冷淡疏离："有事？"
初筝眸子眯了眯。
这装成一副"我们不熟"的架势是什么意思？
"师尊，昨天晚上的事，你不打算给我一个说法吗？"
"何事？"
那一脸正经，好像真的不知道昨天晚上发生了什么。
初筝盯着东凛的眼睛。
那双眸子清透明亮，坦然平静，和昨天晚上那双雾蒙蒙的眸子不太一样。
初筝狐疑地问："你叫东凛吗？"
东凛沉默了一下："直呼其名，规矩怎么学的？"
初筝不紧不慢地回："师尊教得好。"
东凛沉着脸，警告她："再有下次，后果自负。"
东凛甩袖离开，初筝摸着下巴，若有所思地盯着他的背影。
这人是装失忆，还是真的不记得了？
好人卡不会是想不认账吧？

东凛出关，宗主和几位长老统统跑过来，也不知道聊了些什么。
当然初筝也懒得管。
只是好人卡不认账这事，让她有点不爽。
初筝咬着糖葫芦往山上走，心底想着好人卡的事，没注意到妖灵从哪儿冒出来。
"这么大个人还吃糖葫芦，你羞不羞？"妖灵嘻嘻笑道，"你不会还没长大吧？"
初筝差点一钎子插死妖灵。
"今天的剑法我练得有些不顺……"
"我也不懂，一会儿我们……小师姐？"
初筝背着手，面无表情地站在道上，眼神冷冰冰的，瞧着有点吓人。
几个说话的弟子面面相觑，匆匆从她身边过去。
等人走得没影，初筝紧绷的身体松懈下来，扭头去找妖灵。
四周空空荡荡的，只有风吹过的声音，哪儿还有什么妖灵。

跑得还挺快。

初筝咬下最后一个糖葫芦，凶神恶煞地回到天净峰。

"去哪儿了？"

初筝刚踏进自己房间，就见东凛坐在里面。

男人手里拿着一本书翻看，雪白的衣衫散在地上，如铺开的雪莲。

初筝顿了一下，反手将门关上。

听见关门声，东凛的视线从书上挪开，落在她身上："这些书都看完了吗？"

"看完了。"初筝走到屋里香炉那边，将里面燃起的香给掐了。

她走的时候没点，肯定是她这位师尊过来的时候点的。

"都懂了？"

"算吧。"

初筝掐完香，直接走到东凛对面坐下。

东凛眸子眯了一下，但也没呵斥她没规矩。

他收回视线，修长的指尖夹着一页缓慢地翻过去："最近修炼得如何了？"

东凛很少关注原主的修炼问题，顶多就是拿几本书给她，让她自己参悟，不然就是随便指点两句。

突然跑过来关心她修炼得如何？有鬼！

初筝叫了他一声："师尊。"

东凛没应，只掀了下眼帘看她一眼，示意她说。

"你是真不记得，还是装的？"

东凛还是一脸听不懂的正经模样："你在说什么？"

"师尊听不懂？"初筝顿一下，不太友好地说道，"那我帮师尊回忆一下。"

哗啦——

桌子上的书册翻倒在地上，青丝散落在几本书册之间。

男人被女孩按着双手，倒在地上，清冷的脸上露出几分错愕。

"师尊，你自己干过的事，忘掉不太好吧。"初筝语气有点危险，"我帮师尊好好回忆下。"

"初筝！"

东凛恼羞成怒地叫了一声。

叶络在自己房间待着，忽地听见外面传来很大的声响，她立即打开门出去。

只见她房间外的院墙直接塌了。

院墙那边的建筑也塌了……

而在废墟里，东凛师尊和初筝各立一边，气氛瞧着不太对劲。

初筝抬手擦了下脸上划出来的血痕，头也不回地走了。

叶络还没弄清楚怎么回事，东凛师尊也一个闪身不见了，只留下满地狼藉。

叶络："嗯？"

初筝坐在天净峰最高处，云雾缭绕，美不胜收的景色尽在眼底。

东凛好像是真的不记得那天晚上发生的事，如果他是装的话，那他的演技未免太好了。

啧。

初筝心情不太好，在这里坐到天黑才下去。

废墟还保持原样。

站在废墟外，能看见叶络的院子，那边亮着灯，人影在窗户上移动。

初筝踢了下脚边的碎石，转身往另一个方向走了。

东凛撑着额头，正在想今天发生的事。

她是他徒弟，她怎么能干出那种事？

还说自己之前……这怎么可能！

这么荒唐的事……

但是……

东凛想到自己有时候不太受控制，心底其实是没底的。

他到底有没有对她做过什么？

东凛越想越不对，闪身离开。

等他再次出现就是在一个山洞里，山洞四周流水环绕，中间有轻纱垂落，轻纱中间放着一块寒冰铸成的冰床。

东凛挑开轻纱进去，视线在四周搜寻一圈。

四周很干净，什么都没有。

东凛手指撑着冰床边缘，指尖有光跳跃，紧接着空气里出现画面。

画面闪得非常快，大部分都是他一个人在这里打坐。

渐渐地，画面逐渐慢下来，画中的人睁开眼，从冰床上下来，轻纱晃动，人影消失不见。

东凛皱眉，突然撒开手。

他目光沉沉地站在那里，不知道在想什么，也不知道过了多久，他再次伸出手，将手放在冰床上。

画面再次出现。

画面里空空荡荡，没有人出现。

忽地，画面闪了闪。

东凛眸子微微紧缩，陌生而带着冲击力的画面闯进他眼底。

东凛往后退了一步，手指离开冰床，画面也消失。

他微微喘口气，怎么可能……

东凛揉了下眉心，刚才的画面太刺激，他有点缓不过来。

可是……

东凛手指悬在半空，许久之后，终究还是落了下去。

"师尊，师尊……"

东凛回神，抬眸就看见叶络。

"师尊……"叶络小跑过来，紫裙在空气里漾开漂亮的弧度，脸上带着几分红晕，整个人显得娇俏可爱。

东凛眉眼冷淡："有事吗？"

叶络小心翼翼地问："师尊，您心情不好吗？"

她都叫了好几声了，师尊都像没听见似的。

东凛脑中不受控制地闪过那些迷乱的画面……不能想，东凛赶紧打住。

他嗓音微微低沉："没有。"

"我之前看您和师姐……好像闹得有点不愉快。"叶络捏着手指，"师姐住的地方毁成那个样子，徒儿是来问问师尊怎么办？"

叶络巴不得初筝和师尊闹不愉快，她现在来问东凛，就是想弄清楚之前这两人怎么了。

那么大的阵势，得打起来了吧？

东凛喉咙有些干，他的唇瓣动了一下："你师姐呢？"

叶络答道："徒儿没看见。"

东凛沉默下："明天让人来修。"

说完，东凛就走了。

"师尊……"

叶络叫了好几声，东凛都没再理会她。

三天后。

林疏放看了一下客栈的名字，抬脚进去。

"客官里面请……"

"有个叫初筝的小姑娘是不是住你们这里？"林疏放没有废话，直接问招呼他的店小二。

这几天初筝不在天净峰，他过去才知道，她和师尊打了一架，屋子都塌了，人也不见了。

这一路打听下来，才有弟子说，在镇上见过她。

林疏放一刻不敢停地跑过来找人。

"初姑娘呀，是是是，她是住这里。"店小二问道，"您是？"

"我是她师兄。"

店小二了然："初姑娘刚才出去了，您要不等等？"

林疏放哪里能等："她往哪边去了？"

店小二指着一个方向："初姑娘说要去买个铺子，往那边去了。"

买铺子？买什么铺子？

林疏放一路找过去，在一家卖兵器的铺子找到了人。

初筝站在柜台里面，手里拿着一把剑打量，旁边站着的人应该是店铺的人，正赔着笑。

林疏放几步进去："师妹。"

初筝抬眸，平静无波的眸子里映着林疏放紧张的脸，清清冷冷地叫了一声："师兄。"

林疏放看人好好的，心底顿时松了口气："你在这里做什么？想要武器吗？师兄那里有……"

初筝把剑扔给旁边的人："师兄找我有事吗？"

林疏放的话被打断，也接不上去。

他迟疑了一下："你和东凛仙尊……是不是吵架了？"

"没有啊。"

"……你住的地方都塌了，甚至动手了，还没吵架？"

东凛仙尊向来淡漠，对谁都不上心，他更是从没见过那个男人发火。

那院子毁成那样，东凛仙尊得是多生气……

"动手是动手，吵架是吵架，不一样。"她和好人卡确实没吵架，不过动手是真的。

想想还是很生气。

他不认账就算了，还跟自己动手。

林疏放：有什么不一样的？

不过想想真的要是有什么矛盾，小师妹肯定不愿意说，小姑娘也要面子……

林疏放怕刺激到自己小师妹弱小的心灵，没敢继续撒盐，只是问道："你在这里做什么？"

"随便看看。"初筝从柜台里面出来。

林疏放狐疑，随便看看，看到人家柜台里面去了？

之前那个店小二说什么来着？

她来买铺子……

"你先跟我回去吧。"林疏放不放心初筝在这里。

"我回去睡地上？"

"小师妹，仙尊应该也担心你，咱们先回去……"

"他担心没弄死我吧。"初筝漫不经心地说道。

林疏放眉心跳了跳，小师妹到底干了什么。

林疏放来劝初筝回去，初筝不肯回去，她在镇上住得挺好。

林疏放实在劝不动，只能有空就跑来看她，给她带这样带那样。

"哎，你这师兄，是不是喜欢你啊？"好几天不见的妖灵冒出一个脑袋，学着初筝的样子，趴在栏杆上，看着林疏放离开。

初筝余光扫它一眼："你从哪里看出来的？"

这妖灵的犄角是不是长大了一点？

"无事献殷勤，非奸即盗！"妖灵甩甩它的小尾巴。

那语气即便看不见它的表情，也能想象出来，傲娇里带着点小得意。

"你脑子里除了这些事，还有别的事吗？"初筝一巴掌把妖灵扇下去。

妖灵往下掉了一截，慢慢飘上来。

初筝懒得搭理它，回身进了房间。

妖灵没跟进去，甩了甩小尾巴，尾随林疏放去了。

翌日，林疏放又来了。

"师妹，我们要去西北那边，你去不去？师兄带你去散散心。"

"叶络去吗？"

"叶师妹？"林疏放想了下，"不知道，我没问，应该去吧。这次二长老带头，几个嫡亲弟子应该都会去。"

"去。"

叶络都去，她当然得去。

不然怎么对付她。

出发的时间比较急，明天一早就走。

因为是一起出发，所以初筝第二天一早就回到宗门，和出发的弟子们会合。

她回去后才得知东凛早就跟宗主出去了。

他翻脸不认账就算了，现在还跑了。

这人不抓住关起来太对不起我自己了。

"小师姐也去？"

"之前没听说她也去……"

"和她一起准没好事。"

林疏放听着这些议论，脸色不太好："说什么呢？这么喜欢聊天？"

林疏放这个大师兄很少冷下脸，此时语气不太好，队伍顿时安静下来。

叶络快出发的时候才到，一到就成为焦点，林疏放这个大师兄都没她受欢迎。

初筝站在旁边，神色漠然地看着。

直到二长老带着人过来，队伍才安静下来。

初筝粗略看了下整个队伍，竟然不下百人。还都是宗门里年轻一辈天赋不错的，各长老的嫡亲弟子也都赫然在列。

这么大阵仗……初筝想起剧情里的一件事。

西北方向发现一个秘境，叶络去那个秘境回来后实力大增，还得了一把灵器。

而原主因为当时正被妖气侵扰，没有去。

看来应该就是这个剧情了……

二长老没有废话，一到就直接祭出飞行器，让弟子挨个上去。

初筝落在最后，二长老看见她有点不太高兴的样子。

初筝若无其事地上去，靠在飞行器角落。

路上，二长老将秘境的事和众弟子说了。

这事瞒得挺好，林疏放都不知情。

二长老说完之后，大家立即激烈地讨论起来。秘境里有什么宝贝，他们会不会有什么特别机遇，这些都是他们此时关心的。

飞行器的速度很快，但因为距离较远，第三天傍晚才到了地方。

从空中俯瞰下去，地面已经有不少人，这里聚一团，那里站一堆。

云宗因为相隔较远，来得算晚了。不过来得早晚也没关系，秘境还没开，现在都得等着。

云宗名气在修真界挺大，一到场就有不少人投来注目礼。有人过来套近乎，也有人忌惮地看着，商量进了秘境之后怎么办。

秘境里的好东西有限，大家比的就是速度。当然就算你找到也不一定是自己的，毕竟速度后面还有个实力。

秘境是个独立空间，里面会发生什么事，外面的人都不知道，"抢"也是大家默许的。

"小师妹，不知道进了这秘境会不会传送到不一样的地方，这信号弹你拿着，进去后第一时间发信号弹。"林疏放拿给初筝好几发信号弹，"不要太逞能，保护自己最重要。"

林疏放的好意初筝没拒绝："嗯。"

初筝答应是答应了，可进去后，压根儿没有联系林疏放的意思，一个人在秘境里转着。

干什么？找叶络啊。

秘境挺大，没有建筑，都是山、湖泊一类的，地上长着不少药草。初筝有的认识，有的不认识，她也懒得去捡。

"这么多宝贝，你不捡吗？"妖灵从一朵花后面冒出一个脑袋，黑洞洞的眸子盯着初筝。

初筝差点被吓出心脏病，暴躁地一脚踩过去。

妖灵一溜烟闪到旁边，护着自己的犄角："你干什么？踹到我的角怎么办，它好不容易长大一点。"

之前不是她的错觉，它的角真的长大了一点。

初筝打量了一下妖灵，没看出有其他的问题，没好气地问："你怎么进来的？"

秘境入口那么多人把守，它一个妖灵，怎么偷渡进来的？

"我想进来就进来咯，"妖灵甩着自己的小尾巴，"还要谁同意吗？"

初筝若有所思："他们没发现你？"

"就那群蠢货？"妖灵语气里都是嫌弃。

初筝没记错的话，外面不少修真界大神。

因为秘境有年龄和实力限制，所以大部分的人都留在外边，进来的都是符合条件的少部分人。

这妖灵竟然大言不惭地说外面的人都是蠢货？

"你很厉害？"

"那当然……"妖灵狐疑地看她，"你打听我做什么？"

"随便问问。"

妖灵尾巴甩得欢快："嘻嘻嘻，你是不是喜欢我呀？"

初筝心道：我疯了，喜欢一团黑漆漆的玩意儿？

你对自己是有什么误解。

妖灵跟着初筝："你在找什么？"

"你能帮我找？"

"可以啊。"妖灵点头。

"叶络。"

"找人？"

"不然找什么？"

进秘境来找人？难道不应该抢宝贝吗？

这才是你们人类的正常操作呀。

不过，妖灵很快就将这个疑惑抛开，帮初筝去找人。

它就喜欢干坏事……

叶络和几个云宗弟子一起，他们找到了不少珍贵药草，正挖得起劲。

初筝蹲在草丛里，无聊地看他们挖草。

好不容易挖完草，这群人又去捡石头。

初筝语塞。

你们能不能上进点？

挖什么草！捡什么石头！

初筝尾随……不是，跟着他们好几天，这几个人终于不挖草、捡石头了。

他们找到一棵果树，树上有两颗红得晶莹剔透的果子。

"这是碧血果，"妖灵在旁边给初筝科普，"有起死回生之效。"

初筝挑眉："死了几天的也能活？"

"那当然……不行。"

这种能起死回生的东西，要么是人没死透，要么就是刚死，还能抢救回来。

死了几天那种就别想了。

碧血果这样的奇珍异宝，都有猛兽守着。叶络他们想要摘到果子，可没那么容易。

初筝找个地方准备看戏。

"你有什么能录像的东西吗？"初筝问旁边同款姿势的妖灵。

"录像？"妖灵没听懂。

初筝空间里倒是有电子设备，可以录像，不过那玩意儿拿出来，到时候她可就麻烦了。

"就是把这里的影像保存下来。"原主记忆中有这方面的东西。

妖灵尾巴甩了甩："有啊，你要吗？"

"给我。"

"没带啊。"

没带你说什么！

妖灵笑嘻嘻地说道："你等等，我去给你抢一个，之前我看见有人有。"

妖灵一溜烟地跑了。

它没多久就回来了，将一块玉石抛给初筝："喏。你要记录什么？"

初筝摆弄玉石："叶络。"

初筝本来就是想随便搞搞，试试运气，万一有什么不得了的事情发生呢。

没想到她还真看到一出好戏。

守着碧血果的猛兽实力强悍，压根儿不是叶络这几个小虾米能对付的，有个弟子不小心被那猛兽一口吞了。

其余弟子见此，都被吓到。

"我们不是它的对手，快跑！"有弟子喊了一句。

叶络被他们拽着跑，然而叶络明显不打算放弃。

所以叶络再跑的时候，状似无意地撞上一个弟子，那弟子直接摔在旁边。

后面追上来的东西，一脚踩在那弟子大腿上。

"啊……"

"师兄！"

几个弟子合力攻击那猛兽，叶络趁机往后面跑。那果树不高，叶络伸手就摘到果子，就在她准备摘第二颗的时候，猛兽似有察觉，放弃那几个云宗弟子，扭头掠回来。

"叶师妹小心！"

叶络回头，瞳孔里猛兽无限放大。

她只好放弃那一颗果子，朝着旁边一滚。猛兽一脚踩在她旁边，锋利的爪子挥下去。

有云宗弟子跑过来救叶络，但是他们还是小看了这只猛兽，他们的速度太慢了。

眼看那只猛兽就要拍在叶络身上，叶络突然将旁边的云宗弟子推了出去。

那云宗弟子错愕地看着叶络，都忘了避开，被猛兽一爪子拍飞。

叶络这动作并没被其他人看见，他们只看见猛兽拍飞了那个弟子。

有人想救，可是他们根本过不去。

"叶师妹，这边！"

"快！"

"快走！"

"师弟怎么办？"

没人回答。

他们不敢去救他。

几个弟子护着叶络朝着一个方向离开，猛兽可能是被激怒，加上叶络手里还有颗果子，直接追了出去。

初筝看着那个躺在地上，还没咽气的云宗弟子，"啧"了一声。

她从草丛里起来，不紧不慢地走出去。

那云宗弟子还有口气，眼睛里的光正在逐渐涣散，隐隐约约看见面前的人，视线一会儿清晰一会儿模糊。

他唇瓣动了动，艰难地叫她："小师……姐……"

初筝转身离开。

雨水打在巨型叶子上，声音很大。

青年缓慢地坐起来，神情有些呆愣，他抬手摸着自己的胳膊。

没死……

他竟然没死？

"哟，你醒了。"

青年眼底猛地出现一团黑影，他吓得往后一退，半个身子就在雨里，瞬间被淋湿。

这……这是妖灵？

妖灵转头冲初筝说道："看，我就说那东西很好的，你非得给他吃，浪费不浪费。"

那头坐着个小姑娘，神色淡淡地望着外面的雨幕："又不是我的，浪费什么。"

"小师姐……"青年眼底只剩下惊恐。

小师姐在和这只妖灵说话……

还有他不是应该死了吗？妖灵说……给他吃了什么？

妖灵突然飘到青年面前："嘻嘻嘻，我可以吃了他吗？"

初筝睨它一眼："你试试。"

妖灵张牙舞爪地扑向青年。

"啊！"青年这下整个身体都在雨里，凉意从地面不断往身上攀升。

"没意思。"妖灵"啧"一声，飘到初筝背后趴着，它只露出两个犄角来，瞧着就像是初筝头顶长了两个角。

青年吓得喘气不匀，好半晌都没回过神来。

"小师姐，是你救了我？"

"不然呢，这里还有别人吗？你师姐可是把碧血果都给你吃了，不然你早死了。"回答的是妖灵。

妖灵觉得初筝是个傻瓜。

那么好的东西，浪费在这么一个人身上。

青年错愕："碧……血果？"

就是因为碧血果，叶络把他推向猛兽。

而初筝将碧血果给他吃了？

想到叶络的行为，青年脸色一阵发白。

他怎么也没想到叶络会这么做。

此时再看初筝，青年心底瞬间涌起一阵羞愧。

之前他还因为叶络，误解小师姐，说小师姐坏话。

青年叫杨戍，是三长老门下的弟子。

"小师姐，以前的事，对不起……"

杨戍其实也没做过太恶毒的事，就是和师兄弟们说了一些不太好的话。但此时面对初筝，他内心只剩下煎熬。

"跟我道歉没用。"

杨戍一愣，不太明白初筝的意思。

淅淅沥沥的雨声在耳边响着，雾气升腾弥漫，放眼看去，所有的景色都只剩下一个模糊轮廓。

而这方小天地里，陷入诡异的沉寂中。

杨戍不知道该说什么。

好半晌，他唇瓣嗫嚅了一下。

"谢……谢谢小师姐救我。"杨戍紧张忐忑，不敢看初筝。

"恭喜小姐姐获得感谢卡×1"

初筝听见王者号的声音，这才侧目看杨戍一眼："我救你不是因为我想救你，不用谢我。"

初筝把那有录影功能的玉石交给他："回去后怎么做，不用我教你吧？"

杨戍认识这东西，也知道怎么使用。

看完里面的内容，杨戍神情略显错愕。

小师姐竟然记录下了刚才的事……

想到叶络之前那毫不犹豫的行为，杨戍握紧手里的玉石："小师姐，我知道。"

初筝伸手把玉石拿回去："活着出去再来找我拿。"

初筝打算等雨停再走，他们躲在巨大的叶子下，杨戍坐得远远的，不敢靠近初筝和妖灵。

为什么小师姐和妖灵看上去很……友好的样子啊？

这妖灵和别的妖灵好像也不太一样。

就在杨戍胡思乱想的时候，地面突然有震感。

像是有什么东西狂奔而来……

震感越来越强烈，杨戌最先看见朝着他们跑过来的猛兽。自己差点被这只猛兽拍死，杨戌心理阴影巨大，看见它就蒙了。

直到他被初筝拽了一下，杨戌才回过神来，跟跟跄跄地跟着初筝跑进雨幕里。

猛兽紧追不舍，一边追还一边咆哮。

杨戌身上有碧血果的气息，它就是追着这气息过来的。

他们被猛兽追着跑了好长一段距离，好不容易才甩掉它。

杨戌撑着树干喘气，雨幕下看不清对面的人："小师姐，它……它还会不会追上来？"

"我怎么知道。"

杨戌也不敢再问。

杨戌这才发现初筝身上好像都没打湿，衣服还是干的，那些雨丝像是主动避开她一般。

杨戌也没奇怪，只以为是什么法术。

初筝看下四周的环境，先找了个地方避雨。

接下来几天，杨戌都跟着初筝。

初筝没说什么，但是并不会等他，所以杨戌跟得略辛苦。

好不容易再次撞上叶络，杨戌差点没忍住冲过去质问。

初筝把他拦住，语调冷淡："她现在把你杀了，出去后说你是在秘境里不小心被兽类攻击死的，你觉得有人会为你说话吗？"

叶络都能做出直接将他推出去做挡箭牌的事，现在看见他还活着，她能放过他吗？

杨戌瞬间冷静下来。

初筝也不知道叶络是在什么时候得到灵器的，所以她只能一路尾随叶络。

妖灵对于初筝这种行为表示费解："你冲上去打死她不就行了吗？"

"你以为我不想？"

眼看初筝就要骂王者号，王者号赶紧发布任务。

"主线任务：请在一个时辰内，花掉一千灵石。"

初筝正愁去哪里找人败家，远远地听见有声音传来。

"还往前面走吗？"

"不走了吧，天都要黑了。"

"那大家原地休息。"

初筝很快就将目标锁定在这群人身上。

送上门来的……

初筝拨开灌木丛过去。听见动静，那边的人已经警惕起来。

灌木丛被一只手拨开，看清是个人，对方也没见放松下来。

初筝从灌木丛里走出去，对面的人上下打量她，眼底多少有些惊艳。

原主相貌没得挑，绝对是一等一的漂亮。修真界不少美人，不过能有初筝这样气质的却不多。

有人出声问："你是什么人？"

"给你们送钱的。"

"哈？"

半炷香后,初筝看着堆在自己面前的东西,对方还不断往上面加东西。

"姑娘你看这些够了吗?"他们进来后运气不太好,就找到这些东西,都不算好。

初筝说要用灵石买,他们当然乐意。

初筝扫一眼,微微颔首,表示可以。

接下来王者号不断发任务,逼得初筝不断找人交易,最后她嫌烦,直接让人带消息出去,可以来她这里交易。

当然也有些心怀不轨的,想要直接抢,结果自然是很惨。

有前辈探路被教训,后面的人自然不敢动手了。

"她是哪个宗门的?这么多灵石,宗门是有灵石矿吗?"

"不太认识……"

"不过她旁边那个男的是云宗的。"

"云宗的啊……"

初筝这里俨然已经成了一个小集市,各门各派有不少弟子都逐渐聚集过来。

有的是来换灵石,有的就是来看看热闹。

"喂。你不是要找叶络麻烦的吗?怎么在这里享受上了?"妖灵躲在角落,和初筝说话。

干坏事啊!干坏事!

初筝躺在不知从哪儿换来的椅子上:"她不是还没找到灵器,急什么。"

妖灵古怪地问道:"你怎么知道她能找到灵器?"

初筝:说漏嘴了。

"我说了吗?"

"你说了!"

"你听错了。"

妖灵没敢冒头,缩在初筝椅子旁边的阴影里甩尾巴:"我才没听错,你说了,你怎么知道她能找到灵器?"

初筝不耐烦地威胁它:"你再说话,我就把你扔出去。"

几天后。

距离初筝不远的山脉发出阵阵红光。

妖灵说叶络最近在那边,那应该就是灵器了……

附近的人都看见了那红光,只是不知道是什么。在这秘境里遇见了不少危险,他们也不敢妄动。

初筝从摇椅里坐起来,扬声问道:"灵器出世,你们不去抢一下?"

众人错愕。

灵器?

灵器铸造之法很久以前就遗失了,修真界的灵器都是以前流传下来的。而现如今武器都附上了灵纹,被称为灵纹武器。

灵纹武器有使用寿命,作用也比较单一。

而灵器就不一样。

灵器可以做到与主人人器合一。

不说灵器出世会引起腥风血雨，但绝对会引起不小的骚动，引人争抢。

谁不想要一把真正的灵器？

"姑娘如何知晓……那边出世的是灵器？"

"这么浓郁的灵气，就算不是灵器，也是奇珍异宝。"初筝语调不变，"你们就不想要？"

初筝这话倒没说错。

立即有人站不住，直接朝着那边去了。

有第一个，立即就有第二个跟上。到后面这些人就开始争先恐后起来，怕去晚了，宝贝就是别人的了。

叶络不是第一个发现灵器的，不过她设计让对方和灵器的守护兽打起来了。

灵器就在不远处的高台上，现在她只要上去，就能拿到灵器。

叶络知道自己要快，不然很快就会有人过来。

就在叶络跳上高台准备取灵器的时候，一道凌厉的风刃从左侧打来。叶络一惊，身体侧翻避开，风刃从她腰间过去，差一点就伤到她。

叶络稳住身体，朝着风刃过来的方向看去。

这一看，叶络脸色瞬间黑成锅底。

乌泱泱的人从密林中出来，或跑或御器。

那些人看见叶络已经在灵器附近，不管三七二十一，先攻击了再说。

叶络一个人面对突然拥出来的这么多人，哪里能应付过来。

高台上很快就落下好几个人，叶络没过上两招，就被挤到边缘。

初筝慢悠悠地过来，等她到的时候，叶络已经不在高台上了。

当初叶络可以拿到灵器，是因为那些人离她都很远，等赶过来的时候，她已经拿着灵器离开。

但是现在初筝把人聚集在附近，刚开始就人就赶到，叶络哪里还能拿到。

叶络攥紧拳头，阴沉地站在角落。

这么多人，她哪有实力去争……要是她之前没受伤，估计还能想点办法，可现在。

想到这里，叶络的拳头攥得更紧，指甲掐进肉里也没感觉。

叶络似有察觉，忽地抬头往远处看去。

初筝站在一棵树下，双手环在胸前，像是在看一场无关紧要的戏，脸上尽是漠然。

两人的视线遥遥对上，叶络眼底的阴沉怨怼毫无防备地暴露，空气里似有无形的电光闪烁。

叶络不开心，王者号就开心咯。

并没有，你不要乱扣帽子，它是一个正经的败家系统，谢谢。

砰——

空中有人砸下来，打断两人的对视。

高台之上，有人拿到了灵器。

"哈哈哈哈！"那人迅速掠下高台，朝着一个方向狂奔离开。

东西拿到手不跑，难道等着被这些人联手围攻吗？

叶络正好在那个人离开的方向，突然一群人冲过来，叶络被撞了好几下，最后狼狈地滚到旁边的草丛里。

等叶络起来，往初筝那边看去，哪里还有人影。

叶络一拳砸在地上，眼底的恨意快要溢出来。

"这小贱人在这里！"

叶络耳边忽地响起一道声音，是刚才被她设计和守护灵器的猛兽打起来的人……

"抓住她！"

叶络没有正面和他们冲突，就是知道自己不是他们的对手。她立即起身，朝着旁边的林子里跑。

"别让她跑了！"

叶络脚踝忽地一凉，接着整个人不受控制地往地上扑去，后面追上来的人将她团团围住。

叶络往自己的脚踝看去，那里什么都没有。

可是刚才她明明感觉到，有东西拽她……

"跑啊？怎么不跑了？刚刚差点被你害死，你可真厉害啊……"

灵器最后谁得了初筝不知道，只要不是叶络得了就行，气也要气死她。

从秘境出来，初筝一眼就看见站在云宗队伍里的那个清冷如仙的男人。那身高和气质，让人想看不见都难。

四周不少宗门的人都在偷偷打量男子。

"修真界第一美男子，果然不是乱说的，这也太好看了吧！"

"没想到有一天，竟然能亲眼看见东凛仙尊……"

"不行，我要不能呼吸了。"

初筝面沉如水地从这些人身边走过去。

"哎，是她哎……"有人瞧见初筝，小声地和同伴说话。

"她怎么了？"

"刚才在秘境里，她用灵石买了好多东西。咦，她怎么往云宗那边去了……她是云宗的弟子？"

不少人都看着初筝，不过讨论得小声，除了当时在秘境里和初筝有交集的，其他人也不知道发生了什么。

"师妹，"初筝眼前一晃，被人挡住，"我不是让你进去就联系我吗？你怎么没发信号……"

初筝：我也没答应你一定要发啊！

"我没事。"初筝说道。

林疏放噼里啪啦地一阵说，跟个老妈子似的。

最后因为出来的弟子越来越多，林疏放不好拉着初筝一个人说，这才放过她，去关心别的弟子。

初筝遥遥地看了东凛一眼，没再往那边走，就站在旁边。

东凛看见初筝，神情僵硬了一下，又镇定自若地移开，轻薄的唇瓣轻抿一下，望向秘境方向。

"还有多少人没出来？"二长老问林疏放。

"还有五位师弟，叶师妹也没出来。"林疏放回答。

听见叶络还没出来，二长老皱眉，面露担忧。

怎么会还没出来？

现在大部分的人都出来了，秘境入口已经没人。

现在还没出来的，恐怕都已经……

虽然知道一定会有伤亡，可是真的到这一刻，大家心底还是沉甸甸的。

"叶师妹不会出什么事吧？"

"应该不会，叶师妹吉人自有天相。"

"这不是还有时间吗？也许叶师妹被什么事给耽搁了，再等等。"

四周各门各派的人，有一些已经准备撤了。

在秘境里得了些什么东西，此时他们肯定不会说，都要赶紧离开这里回驻地，免得被人惦记上。

有人过来和云宗打招呼，二长老一边打起精神应对，一边关注秘境入口的动静。

"秘境要关了！"

秘境入口正在关闭。

"怎么办，叶师妹还没出来……"

没人回答。能怎么办？他们现在也进不去了……

叶络如果不出来，那就真的可能出不来了，或者等到下次秘境再开。

可下次什么时候开？谁也不清楚。

这个秘境是刚发现的，还有没有下次都不一定。

秘境最后一条缝在众人的注视中合上。

留下的人群里有人号啕大哭，有人惋惜摇头。

留在秘境里的人，也许还活着，但半数的可能……已经死了。

云宗这边大部分的人心情都十分复杂，特别是那几个追捧叶络的弟子。

"灵器！他身上有灵器！"人群里不知道是谁突然暴喝一声。

一道人影猛地窜出人群，朝着远处疾奔而去，风中传来一声怒骂，现场有瞬间的安静。

接着，一群人疯狂地追了出去。

留下来的人不多，大部分是有名气的宗门大派，不管他们想不想要灵器，当着这么多人的面，都不可能去追。

云宗就更别说了，没人动。

"没想到里面还有灵器。"二长老声音沉沉地叹口气，"好了，大家先去附近的城池休整。"

就在大家准备离开的时候，有人指着不远处的丛林叫起来："师妹，是叶师妹！"

第九章
封印松动

叶络看上去有点狼狈，却不是什么要命的伤，回来吃了两颗丹药调息下，就已经好得差不多。

到了城池，大部分人都围着叶络那里去了。

初筝听说叶络带了几样东西回来，都是奇珍异宝。

"小师姐，二长老让您过去。"有人过来叫初筝。

初筝出门看见东凛，他不知是出来还是进去，看见初筝，一下就把门合上了。

初筝路过那门的时候，抬脚踹了一下，然后扬长而去。

到二长老的住处，众多弟子都在场，正在清点他们从秘境带出来的东西。

"小师姐，你在秘境拿到什么东西了？"有人问。

初筝扫他们一眼："我也要交？"

"这是规矩。"

初筝想了想，好像是有这个规矩。就算你不交完，但你总得表示表示。

"小师姐，你不会是什么都没找到吧？"有弟子说道，"叶师妹可是找到好几样珍贵的药草。"

叶络都那个样子了，还交出这么多好东西，当然让他们吹捧。

叶络没在，估计是在自己房间休息。

"让开。"

站在中间的弟子没反应过来："什么？"

初筝冷漠地重复："让开，挡道了。"

"小师姐，你别欺负人，这里这么宽，我怎么就挡……"

哗啦——无数的东西突然凭空倒出来，站在中间的那个人直接被埋了大半截。

"够不够？不够我还有。"初筝问在场的人，正好帮我清下空间，垃圾分类太难了。

这些都是之前用灵石交易来的。

那秘境别的不多，就草、石头类的最多。那些人知道可以交换灵石，估计快把那附近都撸秃了。

初筝成堆地收，都快成一个药草批发商了。

众人看到这一幕，目瞪口呆。

初筝突然的操作，谁也没防住。特别是被埋住半截身体的弟子，整个人都是蒙的。

二长老嘴角也抽搐了一下。

虽说叶络给的东西珍贵，可那毕竟是少数，只能造福极少数的人。

初筝给的这些都是常见，常用的。还有一些不常见，却能炼制出很多实用丹药的药草混在里面，这造福的就是整个云宗的弟子。

她怎么挖到这么多的？

众弟子看初筝的眼神顿时变得有些奇怪起来。

初筝倒是一脸无所谓的态度："没事了吧？"

二长老啜喏了一下，最后沉声说道："没事了。"

初筝大摇大摆地离开。

叶络本以为她给的东西那么好，肯定会成为大家讨论的重点。谁知道她晚上吃饭的时候，听见的全是关于初筝的。

叶络也不是给了碧血果那样的东西，和初筝的那一堆比起来，肯定是初筝的更有讨论意义。

叶络气得饭都没吃。

"叶师妹，你怎么了，饭菜不合胃口吗？"

"我没事，各位师兄慢慢吃。"叶络勉强挤出一点笑容，起身离开。

"叶师妹怎么了？"

"是不是受了伤心情不好？"

"走，去看看。"

几个弟子追着叶络出去。

叶络就站在门外，神情意外又震惊地看着一个方向。

他们往那边看去，见是同门，没多想，挥手叫人："杨师弟，你吃饭了吗？"

杨戍面无表情地看着叶络，闻言，收回视线，和往常没什么区别地道了一声："师兄，我吃过了。"

杨戍并没过去。

叶络站在那边，浑身都是凉的。

杨戍怎么还活着？

之前回来的时候，她怎么没看见他？

杨戍没有异常地和众位师兄弟打完招呼，从另外一个方向离开。

"叶师妹？叶师妹，你怎么了？"

叶络回过神，赶紧说道："我……没事。师兄，我想回去休息了。"

"哎，叶师妹……"

叶络走得很快，转眼就消失了。

几个弟子相互看了几眼，不明白发生了什么事。

入夜。

初筝正准备睡觉，外面忽然有人敲门。

初筝在躺下去装睡，和过去开门上犹豫了一会儿，最终烦躁地踹了一下床脚，过去开门。

"小师妹，"林疏放的笑脸出现在门口，"刚才你没来吃饭，我给你带了点吃的。"

"谢谢。"初筝接过就要关门。

"哎……小师妹记得吃啊。"

初筝将吃的放到桌子上，门又响了。

初筝不耐烦地将门打开："我会吃，你烦……"

门外的人维持敲门的姿势，猛然对上初筝的视线，闪避了一下。

初筝按着门，不动声色地问："师尊，有事吗？"

东凛语调清冷："跟我出去一趟。"

"不去。"

砰！

房门被摔上，掀起的风扑了东凛一脸。

皓月当空，在雾气里起伏的山脉正快速往后退。

初筝坐在宽大的剑柄中间，微微仰头看着前方负手而立的男人，眸光沉冷如冰。

她不太耐烦地问："我们去哪儿？"

大晚上的叫她出来，就让她感受下飞的感觉吗？

"快到了。"

东凛听见后面的人起身的动静。

初筝走到东凛后面，脚尖点着剑柄，想把他踹下去出口气。

初筝深呼吸了一口气，又坐了回去。

东凛虽然没看，但是他能感觉到初筝的动作。

不明白她站起来又坐回去是想干什么，气氛略显尴尬，东凛也没再出声。

约莫一个时辰后，东凛驱使剑落在一座山上。

"跟着。"

山林茂盛，东凛走得挺快，他以为初筝会跟不上，但每次他停下来都发现初筝不远不近地跟着他。

走了约莫一炷香的时间，他停在一个山洞前。

东凛侧身望向初筝，语调很淡："这里面有把灵器，你去取吧。"

"我不去呢？"

东凛似不解："为何不去？"

东凛似乎想到什么，清冷的嗓音略微放低："放心，里面守护灵器的猛兽我已经解决掉了。"

初筝在跑路的想法上停留一会儿，努力将那念头压回去，说道："你跟我一起进去。"

东凛沉默一会儿，用余光扫了一眼站在对面的小姑娘。

树冠间斑驳洒下的月光碎影，映衬着她娇小的身影，身后的灌木都显得狰狞恐怖。

东凛脑海里蓦地闪过几个画面。

他猛地打住,试探性地问:"害怕吗?"

初筝心底的小人像是被人踩中尾巴,暴躁地开始刷屏。

初筝板着脸,凶巴巴地说道:"你进不进?不进我回去了。"

东凛想了下,微微吸口气,拿出前所未有的耐心来:"那你跟紧我。"

东凛垂在衣袖里的手握紧,这是他自己犯的错。

初筝示意他走前面,东凛敛下心神,弯腰从洞口进去。

洞口狭小,里面是很长的甬道,初筝感觉是在往下走。

东凛手里有东西照明,两人的影子被投在旁边,拉成奇怪的模样。

甬道里很安静,除了彼此的脚步声,再也没别的声音。

初筝视线不时往东凛身上飘,好一会儿,她指尖扣住自己手腕,轻轻按住。

甬道渐渐有了光亮。

初筝跟着东凛踏出甬道,空间瞬间大起来,热气也扑了过来。

那感觉就像是突然从正常温度踏进了火山里。

他们此时站在一块凸出的石头上,前面是空的,底下则是翻滚的岩浆,不时还有向上喷出的火焰。

岩浆中间有块石头,上面立着一把剑。

岩浆翻滚的声音在耳边滚过,仿佛能感受滚烫的温度。

东凛站在边缘,火焰不时升腾而起,与他那身白衣形成鲜明对比……更好看了。

初筝扭开头不看他,指尖越发用力扣着自己手腕。

东凛转过头来,清冽的声音夹着炽热的温度传来:"我只能送你到这里,必须你自己下去取。"

初筝往下面望一眼:"你让我自己去?"

"嗯。这把灵器只能你自己取,"东凛有些迟疑,但还是认真说道,"我帮不了你。"

初筝说道:"那我不要了。"她又不用这玩意儿,取来干什么?

当摆件吗?

"别胡闹。"东凛声音冷了两分,可能觉得自己太凶,又放低声音,"你别害怕,我在上面看着,不会出事。"

初筝:我就怕你到时候给我补一刀。

"以你的实力,可以应付。"东凛不知道哪里来的信任,"去吧。"

初筝仰面问道:"师尊,你记得那天的事?"

东凛心头一跳。

他不记得……可是他看见了。

东凛与初筝的视线错开,声音低沉:"不记得。"

"哦。"

看来得想个办法让他记得啊。

初筝突然往前一跃,身体猛地落了下去。她的动作太突然,东凛吓了一跳,跟着往前两步,心底涌上丝丝缕缕的紧张。

初筝在空中轻盈地跃了两下,避开喷发出来的火焰,稳稳落在中间的岩石上。

她伸手握住剑柄。

……好烫！

初筝耳边仿佛有肉烤得嗞嗞的声音，牙齿紧咬才没失去仪态地甩开。

初筝赶紧拔剑，然而看上去随便插在这里的剑，纹丝不动。

就知道没这么好拿。

初筝立即调动体内的力量，灌注在手心里，注入剑中。剑身渐渐有光华流转，翻滚的岩浆沸腾起来。

初筝感觉这把剑在排斥自己，不是普通的排斥，而是带着杀意……她注入剑身的力量，突然反噬回来。

初筝身体被弹开，银芒闪过，她在空中翻转一圈，踩着银芒，跃上另外一边凸出来的石头。

她低头看自己手心，血肉模糊。

东凛从那边过来，落在初筝身边："你怎么样？"

初筝手心一握，放在身侧："没事。"

一开口喉咙里就是一阵腥甜，初筝往后退一步，压住那股血腥气。

"妖气？"东凛一把握住初筝的胳膊，"你身上怎么会有妖气？"

妖气？

哦，对，她把这茬给忘了。

她是个妖来着。

难怪刚才那把剑那么排斥她，还带着滔天杀意，那是给人用的。

初筝不满地低呵一声："松开。"好痛！

许是初筝神色过于冷峻，东凛手指一松。

"你身上怎么会有妖气？"东凛放低声音，又问一遍。

"我是妖，"初筝眉眼垂落，挡住眼底的情绪，没什么起伏地说道，"当然有妖气。"

东凛眼底闪过一缕震惊。

初筝抬眸，瞳孔里映着底下翻滚的岩浆，红火一片，可里面却似凝结有冰霜："师尊，你是想杀了我吧？"

"我……不知道。"东凛表情有些僵硬。

他只是想给她一把武器……

谁知道她会是妖？

她怎么会是妖！

自从几百年前，妖族大肆进攻人族，人族和妖族就是不死不休的状态。云宗一个修真门派，怎么会有一个妖族弟子？

而且这么多年，宗门的人包括他在内，都没发现……

东凛反思一下，自己从收初筝为徒到如今，与她见面的次数屈指可数。

"师尊，吓到了？"

东凛倒是挺实诚："有点。"即便是他也有点被吓到。

"那你……"初筝突然靠近他，抓着他宽大的袖子，"想不想杀了我？"

东凛猛地往后一退，脚踩到边缘，差一点就要掉下去。他盯着面前的女孩儿，那张脸被放大不少，白皙的皮肤找不到任何瑕疵。

杀她？他没这么想过。

按理说，知道她是妖，他第一个念头就应该是杀掉她。这是这么多年来，人族和妖族斗出来的本能。

可是他没有……他在想什么？

东凛说不清，当时第一反应是空白的。

好半晌，东凛才说道："手伸出来我看看。"

初筝盯着他看了几秒，缓慢松开他衣袖："师尊，机会只有一次，你真的不杀我斩草除根？"

他怎么动手？

他……

算了。

他将视线移开，垂着眸："手伸出来。"

初筝伸出原本抓他衣袖的那只手，白嫩嫩的手漂亮纤细，没有任何瑕疵。

"另外一只。"

初筝不动。

东凛催促她："快点。"

初筝把另外一只手伸出来，手心血肉模糊，甚至可以看见白骨。

东凛呼吸一凝，他刚才想到，妖族碰到灵器肯定会受伤，可没想到展开在他眼前的，会是这样的……

东凛闭了闭眼，抬手托着她手背："疼吗？"

"还好。"初筝语气很淡。

东凛拉着初筝靠近自己两步，摸出一个瓷瓶，用指腹蘸着药膏，往初筝手心上抹。阵阵的清凉，抚平那火烧火燎的灼痛。

"这件事不许告诉任何人，你身上的妖气……"东凛皱了下眉，竟然感觉不到了，刚才那点妖气也很淡，如果不是他离得近，估计都无法确定是她身上的。

也是，她如果没什么特别的方法掩盖妖气，怎么能在云宗待这么多年。

初筝冷冰冰地说道："我还不想死。"

东凛涂好药膏，又按住她手腕。

"气息有些乱，刚才是不是受了伤？"被灵器弹开，又是妖族，肯定受了伤，不过除了气息有点乱，倒也没别的异常。

初筝小脸绷紧："没有。"

东凛狐疑地看她两眼，心底不太信。但是自己的力量与妖族的力量不一样，他暂时没别的办法。

初筝抽回手："师尊，你确定不把我逐出师门？"

东凛没接这茬，转移话题："我再给你找别的适合你的武器。"

"你为什么要带我找武器？"初筝腹诽：我不需要啊！我需要的是卡啊！"你还没回答我的问题。"

"你是我……"东凛的话有点生硬，"徒弟。"

两个问题，同一个回答。

他不可能将初筝逐出师门。

东凛握紧手心，可是他又不知道怎么面对她。

发生那样的事……

"叶络也是你徒弟。"怎么没见你带她也找一个。

"……不一样。"

初筝意味不明地拖长音调："哦？师尊记起来了？"

东凛声音微微提高，清隽的眉眼染上薄怒："不要胡言乱语，先出去。"

凶什么？我看你就是装的！

东凛不再给初筝说话的机会，先一步离开。

回到黑漆漆的甬道，炽热的温度骤降，初筝浑身都舒服不少。

初筝回头看一眼那个入口，这里应该被人设了什么禁制，几步之隔，温度完全不一样。

回到城池里，天色已经大亮，云宗的人都走了。

东凛解释："我以为会耽搁久一点，就让他们先走了。"

"哦。"初筝不怎么在意。

初筝以为东凛要回云宗了，谁知道他并没这个打算，而是带着她去和宗主会合。

"宗主，三长老。"

"你怎么把筝儿也带上了？"宗主有些意外。

之前东凛说要离开一下，他们以为有什么重要的事，结果他竟然把徒弟给带来了。

"带她历练见识一下。"东凛语气正经。

初筝：我并不想，你问过我的意见吗？

宗主皱眉，威严的脸上露出担忧来："这次……"

东凛淡然地打断宗主："我心里有数。"

宗主看了东凛好几眼，大概不明白这个平时连徒弟是谁都想不起来的人，怎么突然转性，要带着徒弟了。

"那好吧。"宗主叮嘱初筝，"筝儿，这次不是开玩笑，你可不许胡来，跟着你师尊就行了。"

初筝：我可以在这里等你们吗？

听着就不是什么好事。

宗主他们要去另外一个地方，大佬们都有自己的飞行器，初筝没有，只能蹭东凛的剑。

"要站前面来吗？"东凛问初筝。

"不。"风大。

初筝拒绝得太干脆，一点犹豫都没有。

东凛张了下唇，似乎又不知道说什么，最后沉默地转过头。

路上，东凛让宗主先走，他停了一次。

初筝在原地等着，东凛自己离开不知道去了哪里。

等他回来，他将一枚丹药给她："吃下去。"

"这是什么？"

东凛没解释的意思："赶紧吃。"

初筝接过那枚丹药，直接吃了下去。

丹药下去，她就感觉之前有些闷的胸口好受不少。

初筝狐疑地问："师尊特意给我找的药？"

东凛垂着眼，细密的睫羽颤了颤："不是，顺路。"

"哦。"

初筝看向他的眼神有些不对劲，东凛不太自然地移开视线，再次启程。

等他们停下来，已经是三天后。

他们停在一处山门前。

初筝刚靠近就闻到浓郁的血腥味，山门之后的山峰，被乌云笼罩，里面似有什么东西。

"糟了！来晚了！"

宗主脸色一沉，立即朝着山峰上去。

离得近了，初筝看见通往山峰的路上，倒着不少尸体。鲜血正蜿蜒着往山下流淌，从高处俯瞰，犹如一条从山顶流下来的溪流。

山峰之下，殿宇毁得不成样，随处可见尸体。

宗主让人去查看还有没有人活着。

"宗主，都死了。"

"我这边也没发现有活口。"

"宗主，没有找到欧阳掌门和各位长老。"

这也算个好消息，没找到人，他们就有可能还活着。

乌云笼罩的地方在山峰的最高处，山峰陡峭，就像一把立在那里的剑。宗主等人停在下方，脸色沉沉地望着山峰。东凛负手而立，微微仰头看着那边，眸子里一片清冷，看不出是什么情绪。

初筝落地就察觉到浓郁的妖气，不知道是不是因为在取剑的时候受伤，导致妖气外泄，她现在对妖气格外敏感。

大家并没上去，就站在下面商议，气氛透着压抑和凝重。

初筝从只言片语中慢慢对现在的情况有了些认知。

前不久他们接到这个门派的信，这里镇压的是几百年前被人族斩杀后，形成的那些妖灵。信里看上去并不是很紧急，只是说镇压的封印好像有些松动，让他们来商议如何加固一下。

封印松动也不是第一次，每隔一段时间，这个封印就会加固一次，所以宗主也没有很紧张。

谁知道，现在会是这样的局面……

宗主从那边走过来："师弟，已经开始了，我们时间不多，必须得将它们镇压回去。"

"这些人是谁杀的？"东凛的视线落在不远处的尸体身上。

被镇压的妖灵都还没出来……那这些人肯定是外面的人杀的，说不定现在还在附近。

宗主沉声说道："小心一点。"

宗主和东凛低语几句，转头去和其他人商议，他们很快就朝着山峰上飞过去。

初筝很快就看见山峰上有光芒闪烁，接着一道光幕从头顶落下，将整座山峰笼罩起来。

下面只剩下东凛和初筝，他扭头看初筝："一会儿跟紧我。"

东凛没往上面去，而是往山峰下走。

在山脚最深处，有一个类似传送阵的台子，可是那台子已经被毁掉，东凛眉头轻蹙一下，让初筝退开一些。

东凛走到毁掉的台子上，手上结印，衣摆无风自动，散在身后的长发扬起，清隽绝美的容颜宛若画中仙。

毁掉的传送阵逐渐被修复。

"嘻嘻嘻……"

听见这声音，初筝就觉得头疼。

初筝扭头，一眼就看见妖灵露出来的犄角。

"你在这里干什么？"它刚刚竟然刚当着东凛的面出现，可不得了啊！

妖灵："看热闹呀，嘻嘻嘻。"

初筝怀疑："这不会是你干的吧？"

它是妖灵，看上去还有点厉害，能出入云宗……

怎么想嫌疑都很大啊。

妖灵像是被人侮辱了，声音里全是愤怒："你看不起谁呢？我会做这种事？我要想对你们人类动手，哪儿用这么麻烦。"

"那你怎么不动手？你们妖族不是对人类恨之入骨吗？"初筝怂恿它，"你这么厉害，上啊。"

"你是不是人类？"怎么能说出这种话！不过我喜欢，嘻嘻。

"我是不是人类，你不知道？"

当时这妖灵为什么会什么都不说就跟着她走了？难道不是因为发现她妖族的身份？

"我……呸！你套我话，人类狡猾得很！"妖灵恶狠狠地瞪初筝一眼。

"你知道我是什么人吧。"初筝也不绕弯子，"你跟在我身边，想干什么？"

"嘻嘻嘻，不想干什么，"妖灵嬉笑着说道，"我就是无聊，想找个志同道合的人，一起干点坏事。"

初筝分不清妖灵说的是真还是假，这家伙一团黑，什么都看不清。

"这事真不是你干的？"

妖灵幻化出手来，学着人类的手势发誓："要是我干的，我就再也不能拥有英俊帅气的身体。"反正我的梦想是长角角，嘻嘻嘻。

初筝："嗯？"

妖灵放下手，捧着那张黑脸："嘻嘻嘻，你想知道是谁干的吗？"

"不想。"说完，初筝心道：不过你要说的话，我也会听的。

妖灵嘻嘻两声，挺欠揍的："那我不告诉你了。"

妖灵还想说什么，忽然唰一下消失。

初筝似有察觉地侧目，清冷的目光对上东凛的视线。

传送台已经修复好，东凛站在上面，雪白的衣衫翻飞，青丝正缓缓落下，归于平静。

这个男人，一举一动都透着矜贵绝美。

"过来。"东凛的声音传过来。

初筝心底骂了两句，抬脚过去，走到东凛跟前。

他眼帘低垂，抬手拂了拂初筝的肩膀："刚才你在和谁说话？"

初筝面不改色地说道："我没说话，你听错了。"

"是吗？"东凛将她一绺头发拂到身后，"你身上怎么有妖灵的气息呢？"

初筝倒不是很意外，毕竟东凛可是能飞升的人了。

"不知道。"

东凛盯着她几秒，没有再追问。他从袖间拿出两枚玉片，放在初筝手里："收好。"

这玉片和原主身上的那枚一模一样，但是原主那枚好像是宗主送的……

初筝连同玉片一起，握住东凛没来得及收回去的手："师尊送的定情信物？"

"胡说！"东凛低呵一声，藏在青丝后的耳朵红了一片，心底涌上一阵接一阵的悸动。

她怎么能随便说出这种话……他怎么会送这样的定情信物！

不对，他们之前……算了。

东凛叹口气。

"哦。"

"松手。"东凛后知后觉地发现初筝拉着自己的手，耳尖更红了，他很快冷静下来，"还有正事要办，别闹。"

初筝松开他。

东凛本来想问初筝身上的妖灵气息是怎么回事，可被她那么一搅和，全忘了。他避开初筝的视线，立即启动传送阵。

可能是因为刚修复，传送阵很不稳定。不过过程很短，初筝再睁眼已经换了地方。

这里应该是一处地宫，地面铺着青灰色的石板，空旷的大殿，两侧立着高大威猛的石像。

东凛叫初筝："别乱看，也别乱动，跟着我走。"

初筝随意地应了一声，余光扫到角落里一闪而过的妖灵。

它也跟进来了？

初筝闻到了血腥味。

很浓。

那血腥气冲击过来，初筝心底的兴奋更浓。

初筝不动声色地压了下去。

初筝都闻到了，东凛自然也闻到了。他们转过一道门，前面出现了一个巨大的圆形祭台。

祭台上立着几根柱子，每根柱子上，都用铁链锁着一个人。鲜血不知道是从他们身上哪里流出来的，整个祭台都快被血染红了。

"他们是没找到的那几个人？"初筝不认识这几个人，但是从他们的穿着能猜出来。

刚才宗主他们找人，说少了掌门和几位长老。

"嗯。"东凛让初筝站在下面，他上去探了其中一个人的鼻息，估计是已经死了，又转身去探另外几个人。

最后一个人，东凛以为那人已经死了，没想到他刚靠近，那人就动了下。

东凛当即要放他下来，却被那人阻止："你放我下来……这个封印就彻底破了。"

还活着的是那个掌门，此时他说话声音很慢，每个字都像是耗尽他全身力量。

"他不是要……"

掌门的话没说完，整个人一阵抽搐，没了动静。

不是要什么？你倒是说清楚啊！

东凛正皱眉，面前忽然撑过来一根树枝。

东凛顺着树枝看过去，拿着树枝的小姑娘说道："师尊，抢救下，说不定他还能说完后面没说完的。"

东凛有点不确定："这是……碧血果树枝？"

他当然认识碧血果。

他不确定的是……有人可以将碧血果的树枝保存下来？

不仅仅是碧血果有起死回生之效，实际上连碧血果的树根都有，不过是功效强弱的区别。

但是因为只有碧血果可以保存，碧血果树一旦离开原本生长的地方，很快就会枯萎，失去作用，所以大家对碧血果树都当作没功效处理。

"对啊。"初筝说道，"快点。"

一会儿就抢救不过来了，这树枝的功效可没果子那么厉害。

东凛知道此时不宜多说什么，接过树枝，摘了几片叶子喂给掌门。

然而似乎没什么效果。

初筝把东凛推开，直接把树枝撸秃了，全给掌门塞了进去。

东凛看得一阵无语。

"咳咳咳……"

掌门咳出好些树叶，脸色煞白煞白的，虚弱地耷拉着脑袋，但生命力还在，应该能撑一会儿。

他还没死？掌门有些茫然地想。

他艰难地抬头，然后就看见拎着一根光秃秃的树枝的小姑娘，正面无表情地看着自己。

"欧阳掌门。"

欧阳掌门耳畔听见略熟悉的声音，注意力从初筝身上移开，瞥见站在一侧的东凛。

他干裂起皮的唇瓣动了动，嘶哑地叫一声："东凛仙尊……"

"这怎么回事？"东凛也不废话。

欧阳掌门说话困难："东凛……仙尊，你……咳咳咳……"

欧阳掌门咳嗽，身上的铁链直晃，稀里哗啦的响声不断。

那面无表情的小姑娘，突然又摸出一根树枝。

然后，她将那郁郁葱葱的树枝撑了过来，声音清清冷冷地道："你要不再吃点？"

欧阳掌门内心是拒绝的。

碧血果树叶比丹药有用得多，欧阳掌门的状态明显好不少。

不过这玩意儿只对他一个人有用，其他人已经死去太久了。

欧阳掌门一脸悲痛，和东凛说之前发生的事。

他们发现封印松动，立即就给各大宗门送了信。送完信之后，他们派人守着，怕出什么问题。

其间没什么异常，但是就在昨天晚上，有人来报有弟子不见了。

因为封印的问题，大家最近都很谨慎，没有哪个弟子会擅自离开。

现在有人不见了，肯定是出事了。

欧阳掌门赶紧让人找。

就在他们找人的时候，封印的地方突然乌云密布，他带着人过去看。

然后……就被抓住了。

直到现在看见东凛。

可能其他宗门和云宗想的一样，不觉得这事严重，封印松动再加固一下就行，所以都没着急。加上秘境的事，现在也就云宗来了人。

东凛问："对方有多少人？"

欧阳掌门像是忆起什么可怕的事，瞳孔都缩了缩："一个……人。"

一个人？东凛有些意外："你确定只有一个人？"

欧阳掌门作为看守封印门派的掌门，实力不低，加上其他几位长老，对方一个人就能将他们全部解决，这个人的实力……

"是，只有一个人。"

"是人还是妖？"

欧阳掌门："人。"

初筝站在旁边，晃着手里的树枝，没有参与他们的谈话。听这掌门的意思，他还不知道他整个门派一个活口都没了的事。

"刚才你为什么不让我将你放下来？"

"这个封印被动过，这几根柱子东凛仙尊应该记得，以前是没有的。"

东凛点头。

欧阳掌门说，他们发现封印松动的时候，这几根柱子也没有。因为怕出现什么意外，所以他们之后没再进去过。

等他们再来的时候，这几根柱子就在这里了。

现在他和这些人都是这封印的一部分，一旦动了他们，整个封印就破了。如果来的人莽撞，直接将他们放下来，那后果……

东凛现在也不敢动欧阳掌门，只能先给他止血："欧阳掌门之前说，他不是要什么？"

欧阳掌门缓慢地说："我觉得他不是冲封印来的……"

东凛不解："欧阳掌门这话是什么意思？"

欧阳掌门也说不清楚，那个人的实力很强，如果真的想破封印，没必要把他们弄在这里。

但是对方什么目的，他也不清楚。

"咳咳咳……"欧阳掌门刚好转的脸色又开始灰败下去，"东凛仙尊……我支撑不了多久……你们……一定要阻止他。"

东凛眉头越皱越深。

欧阳掌门断断续续地说："这个……封……封印……不能破，否则，后果……不堪设想。"

几百年前不知死了多少妖，这下面压着的妖灵不计其数。

若是都放出来……那绝对是一场灾难。

"嗯。"东凛点头应下。

欧阳掌门像是松了口气，他眼底的光越来越暗淡："外面的弟子们，可……可还好？"

东凛半天没说话，初筝唇瓣动了一下，说道："他们……"

东凛伸手拦了一下初筝。

他什么都没说，可初筝能理解他要说什么。

这个时候，就不要再给欧阳掌门说些不好的消息了。

初筝继续往下说："挺好。"

反正你下去就看见了。

初筝看着欧阳掌门断气，这下是碧血果都救不回来了。

初筝看一眼东凛："你骗他有意思吗？"

"让他走得安详些不好吗？"东凛语气淡淡的，"为何要在他临死的时候，还让他抱着怨恨愤怒走？"

初筝不说话了。

做人一点都不诚实。

这封印被人动过，东凛暂时不敢妄动，他联系宗主他们，问外面的情况。

宗主他们已经暂时稳下来，只要封印没问题，那边暂时不会有问题。

东凛望向祭台，陷入沉思。

不知道过了多久，东凛扭头："你退到外面去，不要靠近这里。"

初筝怀疑："你能行吗？"

东凛一时间没维持住神情。

他成名多年，听得最多的是"东凛仙尊一定没问题""有东凛仙尊在不会出事"这类的话。

他们将希望都寄托在他身上，觉得他无所不能，能拯救一切，何时听过这样的话。

但他不觉得被质疑，反而心底有一种奇怪的感觉。

好像……被人关心的感觉。

他抬手摸了下初筝的头发："不用担心，出去吧。"

谁担心你！

我是怕你出事，我还得过来给你补漏。

初筝转身离开，走了两步，又倒回来，在东凛疑惑的视线下，伸手握了一下他的手腕。

不等东凛反应，初筝便松开他，径直走出去。

"嘻嘻嘻，你是不是喜欢你师尊呀？"妖灵在初筝出去时就冒了出来，嬉笑着绕着初筝飞。

初筝双手环着胸，靠在旁边，语调自然平静："是又怎样。"

妖灵顿在空中。

下一秒，妖灵八卦地凑过来："他喜欢你吗？"

"我怎么知道，你问他去。"好人卡不喜欢我还能喜欢谁？只能喜欢我！必须喜欢我！

妖灵当然不可能去问东凛，它都不敢出现在东凛面前。

妖灵飞了一会儿，可能觉得无聊："嘻嘻嘻，我们去抓那个人吧。"

刚才这妖灵肯定躲着偷听他们说话了，所以初筝也没什么意外的情绪，问它："你知道他在哪儿？"

"当然知道。"妖灵骄傲地甩了甩尾巴，"我可以带你去，不过……要是抓住了，你得把他给我吃掉。"

吃完这个，他的角肯定还能长大一点。

初筝琢磨了一下，同意妖灵提出的组队申请，跟它去抓这个幕后BOSS。

再多的剧情，搞死幕后黑手不就什么都完了吗？

于是两个人……不对，一妖一妖灵，屁颠屁颠地去找这个幕后黑手了。

地宫挺大，还分上下两层，布局看上去没什么区别。

但是走了半天，也没看见个人影。

初筝停下来："你确定你知道他在哪儿？"

这家伙不会是骗我的吧？

"我当然知道！"妖灵不满地甩了甩尾巴，"你别吵我，害我分心。"

妖灵在原地转悠会儿："嘻嘻嘻，逮到你咯。"

妖灵冲初筝勾了勾尾巴，示意她跟上。

妖灵带着初筝七拐八拐，初筝还要负责找机关开门，这些机关隐蔽，要不是妖灵说一定可以过去，初筝都不会发现有机关。

"就在前面。"妖灵说完就往初筝后面缩。

"你不是很厉害，躲什么？"上啊！冲啊！你不是吹得自己多厉害的吗？现在尿什么！

妖灵只露出一个犄角，声音有点虚："你先上，我随时准备救你。"

初筝往那边看一眼，有个裹着黑袍的人坐在地上。地上画着奇怪的图案，黑袍人正念念有词。

初筝随手挑了把剑，从暗处走出去。

听见动静，黑袍人的声音戛然而止，猛地扭头，凌厉的视线扫射过来。他戴着兜帽，此时只露出一双阴沉沉的眼睛，看得人很不舒服。

黑袍人声音嘶哑："你是何人？"

黑袍人心底也很惊讶。

这人悄无声息地出现在这里，他竟然一点动静都没听见。

她还能找到这里……

初筝手中的剑在地上划出了一道痕迹："送你上路的人。"

妖灵冒出一个脑袋："要活的，别搞死了，死的不好吃。"

初筝的动作僵了僵。

黑袍人听得无语。

你点菜呢！

黑袍人坐着没动，初筝的视线扫过地上的图案，猜测他可能不能离开。

初筝也不废话，手中的剑一扬，朝着黑袍人挥过去。黑袍人翻身而起，应付初筝的剑。

黑袍人攻击虽然凌厉，但并不是完全不能应付。

至少初筝觉得没有欧阳掌门说的那么夸张……

当然，他也有可能是被什么牵制住了。他从一开始到现在移动的位置，都没有超过半米，一直在那个图案中心位置。

他不能离开那个图案吗？

初筝眸光闪了闪，立即把银线扔出去，卷住黑袍人的脚踝，她身体往后一跃。

银线绷紧，黑袍人被拽得一个趔趄，脚已经离开那个图案范围。

黑袍人脚下用力，将自己拽回去，视线扫过脚下，没看见什么东西。

他还没松口气，身体忽地一紧，接着整个人都朝着前面扑。

黑袍人面朝下，倒在地上。足足有三秒钟，他都没反应过来。

他怎么就倒下了？还动不了……

身上犹如被无形的绳子束缚着，他越挣扎越紧，面罩在挣扎间落了下来。

面罩下是一张不太起眼的脸。

"嘻嘻嘻……"

妖灵见黑袍人被束缚住，立即从暗处溜出来，一副"我要开动"的架势。

"噗……"

初筝就站在黑袍人面前，他这一口血，要不是初筝闪得快，差点吐到她身上。

我还没对你做什么，怎么就吐血了？

黑袍人此时已经离开那个图案中间，阵法反噬的力量，在身体横冲直撞。

鲜血不断从他嘴角溢出，浸透滑落到下巴处的黑色面罩上。

"妖灵……"黑袍人从牙缝里挤出两个字。

他视线猛地看向初筝："你是妖族！"

初筝很淡然："你又知道了。"

妖灵绝对不会和人在一块儿。

只是这妖……身上怎么没有妖气？

但是给他的感觉又不会错，她应该就是妖。

妖族之间的感应很微妙，即便感觉不到妖气，这一点也无法掩盖。

"你也是妖？"初筝多多少少也有那种特殊感应。

不过他身上也没妖气……妖族现在都这么厉害了吗？

黑袍人……不对，黑袍妖阴沉着脸没有否认："既然你是妖族，为何坏我好事？"

想到自己的事被打断，外面不知道什么情况，黑袍妖心底的怒火一阵阵地往上冒。

她到底是怎么找到这里的！

初筝正儿八经地说道："我这是替天行道，做个好……妖。"说得我差点都要信了！多给自己洗洗脑还是有用的！

每天都在努力做个好人呢！

黑袍妖又是一口血。

大概是被初筝那句"做个好妖"给气的。

你一个妖，做什么好妖啊？

"你放开我！"黑袍妖吐完血，冲初筝说道，"我现在是为妖族大业，你不要坏事！"

初筝一脸冷漠地说道："你自己起来啊，我又没按着你。"

黑袍妖：我要能起来才行啊！

也不知道怎么回事，身上像是压着千斤巨石。要不是之前他要维持阵法，怎么可能会被这小丫头得手。

初筝凑到旁边，把眼馋得不行的妖灵拍开："你有什么大业，说来听听。"

黑袍妖咬牙，冷静下来："你先松开我。"

"你先说。"当我傻啊！

"你先松开。"黑袍妖和初筝讲条件。

哐——泛着寒光的剑刺进黑袍妖旁边的地面，剑刃没入地面。

"你不说，我就弄死你。"

女孩儿冷冰冰的声音落下来，不含半点感情。

黑袍妖被初筝粗鲁的行为震到，好半晌才憋出几个字："你是妖……"

"是妖怎么了？是妖就得无条件帮你？凭什么？"

黑袍妖：妖族就应该这样啊！

"别弄死啊……"妖灵在旁边叫一声。

黑袍妖挣扎了一会儿，发现自己越挣扎越紧，毫无作用后，气得呕了好几口血。

这小妖到底是从哪里冒出来的！

"你不说？"初筝等得不耐烦了。

黑袍妖沉默一会儿，似妥协了："你想知道什么？"

"你在这里做什么？"

黑袍妖昂着头，冷笑一声："放妖灵出来。"

"能不能快点？"妖灵在旁边催，"我好饿。"

黑袍妖后知后觉地反应过来，这妖灵是想吃自己。

你个妖灵不去吃人，盯着他干什么？

"你再不闭嘴，我头发都不给你留。"

黑袍妖瞳孔一缩，看向初筝的眼神变了变。

她也吃妖？

不管什么种族都会有矛盾，这很正常。可是你杀可以，但是吃……

就像人类不会吃人类一样。

"你想放妖灵出来？"

"当然，只要这些妖灵出来，有它们，到时候妖族攻打人族就轻而易举！"黑袍妖语气里透着几分狠戾，"你身为妖族，就应该明白，这是我们最好的机会。"

这些年妖族和人族还算和平，你今天杀我一个人，我明天杀你几个妖的小打小闹，没有掀起大规模的战斗。

能称得上战争的，要到十几年前去了吧。

初筝："你放妖灵出来就放，折腾这么多事干什么？"

黑袍妖冷哼："你以为那封印那么好解吗？"

"你不是很厉害？"初筝说道，"把人家掌门都给搞定了，还屠人家满门。而且妖族怎么就派你一个单打独斗？没给你派点小弟？"

黑袍妖正在想怎么回答，眼前忽地寒光一闪。

剑刃落在地面，剐蹭出火花。

女孩儿清冷淡漠的声音幽幽地响起："最后问你一遍，你想干什么？"

"……我都告诉你了！"

"不说？"

黑袍妖咬紧牙关："我能说的就这么多！"

行吧。

初筝抽回剑，黑袍妖看着初筝起身，还以为她信了。
谁知道接下来才是他噩梦的开始。

黑袍妖接受了初筝好一顿收拾，生不如死地瘫在地上。四肢百骸都仿佛散发着"痛"字，黑袍妖看初筝的眼神，犹如看着魔鬼。
"你其实说不说都没事，"初筝似乎才想起来这茬，"反正把你弄死，一切都结束了。"
黑袍妖瞪大眼，没有怀疑初筝说的话。
她真的会弄死他。
"你以为……你以为我死了，这件事就结束了吗？"黑袍妖突然狂笑起来，"你杀了我啊！杀了我啊！来啊！"
初筝眸子一眯。
初筝一脚将黑袍妖踹翻了个面，压着他胸口："你这么想死？"
"你杀了我！"黑袍妖冲她吼。
初筝用剑拍了下他肩膀："我偏不。"
黑袍妖看着初筝把旁边的妖灵叫过来，他脸上狰狞的笑容一收："你想干什么？"
初筝走到旁边站着："我不想干什么，你应该问，它想干什么。"
"嘻嘻嘻……"妖灵冲黑袍妖笑。
黑袍妖没见过妖灵攻击妖族，但是他见过妖灵攻击人类。
妖灵是妖族死后形成的，它们携带着更大的怨恨。比起妖族来，妖灵更残忍。
身为妖死了还有机会变成妖灵，可要是被妖灵吃了……那就是都没了。
"我是妖族，我们算是同族！"黑袍妖试图打点感情牌，"大家是站在同一条船上的。"
"嘻嘻嘻，我荤素不忌。"妖灵一点也不介意。
"啊——"

黑袍妖指尖抠着地面，面朝着初筝那边："我说……我说，你让它离开！"
初筝过去把妖灵弄开："说。"
黑袍妖喘了口气："我确实是来解封印的，不过……"
黑袍妖说，妖族已经乱了很久，一直没有首领。大家都想上位，可大家实力相差不多，谁也不服谁，所以一直没有让人服气的妖王。
黑袍妖也是其中一个想上位的人，他知道人类这边，镇压着几百年前的无数妖灵。他想要放出那些妖灵，再将妖灵收为己用。这样他在妖族那边的话语权和实力就会增加，最后成功坐上妖王宝座。
他也不想搞这么多事，直接将妖灵放出来。
问题就是那封印，没那么好破……
"你知道这说明什么吗？"
黑袍妖忍着痛问："说明什么？"
初筝："你太弱了。"
黑袍妖：你打我就算了，你还羞辱我！
都是同类，有必要这样吗？

轰隆隆——地面突来的震动，初筝差点没站稳。

地宫里灰尘簌簌地往下落，四周的东西摇晃不止。黑袍妖像是等到什么，咧开嘴，拉扯出一个诡异的笑容："你就算抓住我又怎样，现在一切都完了。"

初筝稳住身体："什么意思？"

"哈哈哈……"黑袍妖的笑声尖锐诡异，传向地宫深处，又慢慢传回来。

初筝弯腰抓住黑袍妖的衣领，眉眼间盛满冰冷的凶悍之气："你还干了什么？"

"哈哈哈哈……"黑袍妖只是笑，笑得快要喘不过气，他才停下来。

黑袍妖沉下脸来："那个东凛在上面吧，他就要帮我开启封印。就算我死了又怎样，这些妖灵不还是出去了吗？这么多人陪我死，我也不亏。"

"那些人类不是觉得自己很聪明，很厉害吗？最后还不是被我骗了，哈哈哈哈……"

黑袍妖笑声一顿，如狼般贪婪的眼神看向初筝："你跟我联手，等我登上妖王的宝座，我分你半壁江山如何？"

初筝面色沉冷："你不是不怕死？"

他怎么不怕，刚才不过是计策罢了。

初筝把黑袍妖那几句话仔细琢磨下，似乎想到什么，直接转身往回走。

"哎，我可以开动了吗？"妖灵在后面喊。

"随便你。"

"嘻嘻嘻……"

"你别过来，你想干什么？我们是同族！"

"是呀，所以我要和你永远在一起嘛，嘻嘻嘻。"

初筝走得快，后面的声音很快就听不见了。

这个地宫上下两层，一模一样。

初筝按照之前进入上面那层的记忆，很快就找到与上面一模一样的祭台。

这个祭台上什么都没有，只是有光从开裂的祭台上渗出来。

上面那个祭台应该是假的。

初筝一个妖，系统不兼容，拿这祭台可没法子，她立即回到上面。

轰隆隆——地面摇晃得更厉害，上面不断有石块掉下来。

初筝快速穿过长廊。

她进入那个地方，一眼就看见男人被无数的妖灵攻击，祭台上的柱子倒了好几根。

之前这里充斥着一股血腥气，但看上去还算像一个封印之地。然而此时，这里只剩下阴气和妖灵的气息。

东凛被妖灵围在中间，靠近他的妖灵都被他一一斩落。

初筝抬手，空气里的银线绷紧。东凛感受到手腕上的拉拽力量，猛地往初筝那边看去。

他刚看清人，初筝手腕绕一圈，拉着银线猛地一拽。东凛被拽出妖灵包围圈，妖灵见此，吼着扑上来。

初筝一把搂住东凛，迅速退出去，长袖翻飞间，银芒如星光闪烁。

轰隆——头顶的石头砸下来，正好挡住入口。

东凛这个时候才反应过来一般："这里是假的。"

"在下面。"初筝松开搂着他的手，"走。"

第十章
定情信物

外面。

宗主几人都快要撑不住了,这些浑浊的气息不断冲击他们设下的屏障,力量比他们想象的要厉害。

"宗主,东凛仙尊还没好吗?"

宗主哪里知道下面什么情况:"大家撑住,不管怎么样,都要撑到东凛将封印加固好!"

大家心思沉沉,调动更多的力量注入。

然而这样的大阵太消耗力量,不知道过了多久,有人撑不住了,趔趄一下,瞬间有个缺口露出来。旁边的人见此,立即顶上去。

宗主看那人一眼:"再坚持一下!"

那人稳住身体,深呼吸口气,再次顶上去。

加固封印不需要多久时间,后面的可以慢慢来,怎么会这么长时间都还没好?

而且……宗主感觉下面的东西快要出来了。

封印难道破了?

想到这里,宗主心底一阵阵发寒。

这下面镇压了不知多少妖灵?

要是封印破了,修真界乃至整个人界,都将陷入一场无休止的战乱。

就在这些人快要撑不住的时候,远处有人御剑而来。

各大门派的人陆续赶到,见这场面,也不废话,纷纷加入。

有这么多力量注入进来,云宗的人顿时轻松不少。

"怎么回事?"有人抽空问。

"来的时候就这样,暂时还不清楚。"云宗宗主说道,"东凛已经下去加固封印了。"

轰隆——山下,沉闷的声音传上来,连同整个山峰都在摇晃。

众人都不敢松懈,严阵以待。

轰隆隆——晃动越发厉害起来。众人感觉下面那些黑沉沉的气息正在往上涌,仿佛还能听见妖灵的嘶吼。

有人变了脸色："封印……好像破了！"

妖灵的嘶吼声不断扩大，所有人都听见了，清晰无比。

"不好！大家不要分心！"云宗宗主大吼一声。

下面那团黑沉的气息涌动，以极快的速度，朝着顶上冲来——

就在大家以为会承受冲击的时候，那团黑沉的气息又猛地沉下去，好像下面有什么东西，将它们吸了回去。

不过几息的工夫，整个山峰清明起来。

一切都变得平静安详。

没事了？

等了片刻，确定没什么异常了，众人才松口气。

云宗宗主没让人撤，留下一部分人守着，以免出意外，其余人则落到地面。

"怎么回事？怎么人都死了？"

"还有人活着吗？"

"之前信里不是说只是封印松动吗？怎么会这么严重？"

"对啊，陆宗主，你最先来的，到底发生了什么事？"

陆宗主……也就是云宗宗主，被大家围着，不断询问他到底发生了什么事。

然而陆宗主哪里清楚，他来的时候就是这样。

就在大家七嘴八舌讨论的时候，远处有人过来。

"东凛仙尊。"

"东凛仙尊……"

东凛带着初筝走过来，微微颔首以示礼貌。

"封印怎么样？"有人着急地问。

"封印只能暂时稳住，还不能……"

东凛的话还没说完，就有人说道："什么？没有将封印加固好吗？"

那语气，好像加固好封印是东凛必须做的事一般。

"东凛仙尊，你为什么不将封印加固好？"不止一个人这么想，旁边的人也附和。

东凛唇瓣微张："封印有些问题……"

"东凛仙尊你都解决不了吗？"

东凛仙尊是修真界第一人，他的实力和地位代表他要承担比别人更多的责任。

所以现在东凛没解决好封印的问题，立即引起一些不小的骚动。

说什么的都有。

一些和云宗不对付的，更是在里面搅浑水："怎么会解决不了，他可是修真界第一人……我看他就是不尽心。"

"云宗第一个到这里，现在这里变成这样，谁知道发生了什么。"

"仙尊都解决不了，这可怎么办？"

东凛垂下眼睫，没有再出声，脸上神色淡淡的，看不出喜怒。

陆宗主脸色也不太好："诸位，我们还是商议下具体情况。"

大家没再吭声，东凛这才将具体问题说一下。

听完之后，有人问："仙尊不能再试试？"

东凛语气极淡："试过了。"

东凛已经试着加固，可每次都失败。不知道是以前的封印出了问题，还是被人动过手脚。

如果是以前的封印出现问题，东凛也没办法。那个封印是当初集无数强者的力量设下的，他仅凭一人之力，绝无可能将其修补好。

空气里安静一会儿，有人低声讨论起来："那怎么办？"

"仙尊都不行，我们有什么办法。"

"仙尊你得想想办法，这封印不能破。"

"仙尊……"

大部分的人都在说仙尊你要想办法，你必须将封印加固好。少部分人没出声，显然只想作壁上观，也不想将这个责任揽过来——他们也揽不起。

到时候封印要是出了什么问题，谁能承担？

极少部分为东凛说话，可没什么用。这些人一句"仙尊要是不行，难道你去"立即把他们给堵得死死的。

初筝看不下去，将东凛往后拉一下，上前一步："这个封印是修真界所有人的职责，不是东……师尊一个人的职责，你们凭什么要求他加固封印？"

她的好人卡，她都没说一句，这群人还上纲上线要求这么多！

当我好人卡没后台吗？

"你是……"可能是想起来初筝的身份，那个人将"哪里冒出来的黄毛丫头，有你说话的份"给咽回去。

就算有人没见过初筝，刚才也听见她叫了一声师尊。有人小声说道："他身为仙尊，就应该为修真界做事？这也是他的责任啊。"

加固封印一直是修真界最厉害的人在做，仿佛这就成为惯例。只要需要加固封印，这人就一定要挺身而出，不然便会被大家冠上不顾整个修真界安危的名头。

"仙尊的地位是靠他自己实力得来的，不是靠你们叫一声得来的，他凭什么要为修真界做事？都是修真界的一分子，就因为他厉害，就得多承受一点？他的实力天赋难道是你们给的？现在要报答你们吗？你们算什么？"

这些人不过是没实力，又不敢承担失败的后果，所以推一个最厉害的人出来，让大家都站在他们那边，不断给这个人施加压力，然后他们就可以高枕无忧。

初筝最烦这种人，你没本事就别吭声，默默躲着，自然会有人出来承担这些。

东凛抬眸，双眸里映着站在他前面的女孩儿。他已经习惯这样，有事的时候，所有人都将责任抛给他，何时有人会立场坚定地为他说一句话。

——这是你的责任。

——你身为仙尊，应该保护整个修真界。

——你要为天下苍生。

这些话才是他听得最多的。

每个人都在这么告诉他，要求他，他的选择从来都只有一个。

他从来没想过，有一天，有个人会站在他面前，为他辩驳。

"你怎么说话呢？我们要是有仙尊这样的实力，当然也会为大家出力！"

"这里大人说话，有你小孩什么事！"

东凛皱眉："她乃我徒儿，说话有何不妥？"

那人大概没想到东凛会为初筝说话，表情僵了一下："东凛仙尊，我没别的意思……"

东凛顺势握住初筝手腕，将她拉到身边。

可能是刚发生这样的事，大家也没觉得两人站得太近，过于亲密，只以为东凛仙尊护自己的徒弟。

"这封印你们自己修吧。"初筝懒得和这些人瞎扯，"师尊，走了。"

"我……"

东凛被初筝拽着往前走。

他可以停下来，然而他并不想停，任由初筝拽着他离开。

他受够了这样的束缚……

等那边的人回过神来，东凛和初筝已经不见踪影。

"陆宗主，东凛仙尊怎么回事啊？"

"那个弟子是不是太放肆了，一点规矩都没有。"

"瞎说什么，那是仙尊的徒弟。"

"陆宗主，现在怎么办？"

陆宗主被围着，神情倒没多少变化，只是说道："大家一起商议下怎么解决吧。"

"这怎么解决？"

"我们都没加固过封印。"

"是啊，这一直都是云宗的各位前辈弄的，东凛仙尊肯定能知道一些经验，现在让我们来，不是开玩笑吗？"

"万一出什么事，我们哪儿担待得起。"

"陆宗主，不然你把东凛仙尊请回来……"

陆宗主嘴角抽搐了一下。

你们担待不起，他们云宗就担待得起了！

陆宗主深呼吸一口气，说道："刚才东凛也说了，他已经将封印稳住，他暂时也没更好的办法，大家都是修真界的一分子，就一起想办法。"

这么多年，加固封印的事一直落在云宗这边，为什么？

因为就云宗的人最厉害。

但是每次加固封印，付出的代价也很惨烈。修为折损，无休止地闭关，甚至无法飞升。

自从这个封印存在，云宗的人仿佛就是生来为加固封印的，陆宗主也很烦。

所以他不觉得初筝做错了。

溪边。

东凛看着水面出神，初筝在旁边洗果子。

她洗完之后递给东凛："东凛，吃吗？"

东凛侧目，纠正她："叫师尊，没大没小的。"

初筝从善如流地换了叫法："师尊，吃吗？"

一个称呼而已，他高兴就好。

东凛接过初筝递过来的果子，本来没在意，可拿到面前觉得不太对劲："这是红樱果？"

初筝看了下手里的果子，不是很确定："好像是。"

"你哪里来的？"

"买的啊。"不然我还能捡吗？

刚才初筝路过一座城池的时候，是离开过……可这么快就买到这种东西？

红樱果能清神提气，还是炼制一些高阶丹药的必备品，千金难求。

初筝当然不是特意去买，她去败家的时候，瞧见这玩意儿不错，可以给好人卡吃，所以就买回来了。

东凛看着手里的果子，突然想起什么："手给我看一下。"

"干什么？"

"我看下你的伤。"

"有什么好看的，"初筝坐到旁边的石头上，"已经好了。"

东凛过去，居高临下地俯视："伸出来，我看看。"

初筝偏头看他一眼，把好的那只手伸出去："师尊摸摸？"

东凛本来没想别的，初筝突然蹦出这么一句，他心底就有些不安分起来。

"别胡闹，另外那只手。"东凛压着心底翻腾的异样，低声呵斥。

初筝想了下，认真地问："师尊还想摸我两只手？"

东凛耳尖已经红透，语气里是明显的气急败坏："你……你休得再说胡话！"

你都做过了，还怕我说吗？

你以为你装失忆就行了吗？

"那你看不看？"

东凛感觉自己被调戏了，他深呼吸一口气："伸出来。"

初筝把手伸出去，东凛想伸手，又想到什么，将手缩回去，就这么看了下。

见恢复得不错，他将药膏给初筝："自己上药。"

东凛给完药就几步走到旁边，不再看初筝这边。

初筝压根儿就没想过上药的事，东凛不帮她上药，她直接就把药放在旁边的石头上。

等东凛缓过来，一扭头就见初筝躺在石头上，因为角度问题，他不确定初筝只是躺着，还是睡着了。

溪水叮叮咚咚地奔腾向远方，鱼儿穿过浮云的虚影。东凛的脚像是长在原地，生了根，半天没动。

不知道过了多久，东凛终于抬脚，悄无声息地走到那个女孩儿身边，先看看四周，然后伸着脖子，小心翼翼地去看初筝是否睡着了。

初筝闭着眼，呼吸也很浅。

东凛在心底想了片刻，觉得她应该睡着了，这才更靠近一些。

他看一眼被初筝放在旁边的药膏，无声地叹口气。

东凛拿了药膏，小心地将初筝的手拉出来，展开。

这么漂亮的一双手，现在弄成这个样子……

东凛心底说不出的不舒服，涂抹药膏的力道又轻了几分。

他涂抹药膏期间，不时还抬头打量初筝，担心把她惊醒。

东凛盯着那张脸有点出神，总能让他想到一些乱七八糟的画面……

"呼……"东凛在心底默念几遍静心咒，起身走到旁边。

入夜。

深蓝色的天幕上，繁星点缀。皓月的清辉落在水面，折射出波光粼粼的碎光。

溪水旁有火焰静静地燃着，男人立在火堆旁，目光眺望远方，不知在想什么。

初筝醒过来看见的就是这么一幅画面。

初筝忍住打哈欠的冲动，撑着石头，沉默地看着燃烧的火堆。

"醒了。"东凛听见动静，转过身来，"饿不饿？"

他朝着初筝走过来。

"不饿。"她都辟谷了，喝露水就可以了，饿什么。

"我给你……"东凛声音一顿，有些无措地站在那边。

初筝拂下衣服，将跳到她身上的虫子赶走："给我什么？"

东凛将手里的东西递过去，僵着脸说道："那等你饿了再吃。"

东凛压根儿不知道怎么照顾人。

年少的时候，他一个人过，自己吃饱就行；到后面成名，他身边有人安排他的起居，压根儿不需要他操心；收了徒弟后，他也没关注过这些……

所以，此时他才显得有点不知所措，也忘记他徒弟早就辟谷，并不是很需要食物的事实。

初筝在王者号的咆哮中将她不需要的话吞回去，接过看一眼。油纸包着几样糕点，看上去还挺精致，不知道东凛哪里弄来的。

初筝挑了一块吃。

东凛本以为初筝不会吃，毕竟她刚说不饿。

谁知道她竟然吃了起来。

东凛有些紧张地问："合胃口吗？"

"嗯。还行，甜了点。"初筝诚实地发表感想。

东凛默默记下，她不喜欢太甜的东西。

东凛走到旁边坐下，往火堆里加了点柴火："今天……你为何要站出来替我说话？"

"你是我……"初筝顿了下，"师尊，我不为你说话为谁说话？"

东凛盯着燃烧的火焰："你不觉得他们是对的吗？"

换作平常，他应该会努力去想办法，怎么把这件事解决掉。

可今天……他竟然跟着她一起离开了。

这放在以前，是绝对不可能发生的。

初筝提醒他："师尊，我是妖族。"妖族要有妖族的觉悟，怎么能随随便便改变立场。

东凛愣了下，好一会儿不自然地垂下头："是为师忘了。"

初筝挪到东凛那边坐下。

陌生又带着些熟悉的气息笼罩过来，东凛惊得直接起身。

初筝拉住他袖子："师尊，你没必要为别人而活。"

东凛一愣，缓慢地坐回去。

"为别人……"他声音低低的，听不出是什么意思，"是啊，没必要。"

"师尊，你真的不记得那天发生过的事吗？"

东凛本来还挺沉重的心情瞬间惊飞，浑身的汗毛都竖起来了，僵硬地问："你在说什么？"

初筝打量他两眼，突然凑过去。

东凛唇瓣上微微一热，少女娇软的身体靠在他怀里，点心的香甜气息，不断飘散过来。

东凛推开初筝，噌一下站起来，退开好几米："你……"

男人清隽的眉眼蕴着薄怒，手指着初筝。

初筝不在意地抬了抬下巴："师尊不记得没关系，反正师尊以后都是我的，慢慢想。"

东凛眼底闪过一丝错愕，本想呵斥她没规矩，可想到之前的事，这话又说不出口。

东凛身影一闪，直接消失在原地。

妖灵半夜飘回来，往初筝旁边一躺。

初筝还没睡，扭头看妖灵一眼："人……妖呢？"

妖灵摸了下自己的肚子："嘻嘻嘻，吃了呀。你看看我的角，是不是长大了一点？"

初筝无情地浇冷水："没有。"

妖灵果然不高兴："哼，我还没消化完呢，消化完会长的。"

初筝狐疑地问："它长大能干什么？"

"长大我就……"妖灵嬉笑两声，"变更帅了！"

"没看出来。"就它这样子，一团漆黑，能帅到哪里去。

妖灵一甩尾巴："哼，你当然看不出来。"

妖灵转着脑袋看："你师尊呢？"

"不知道。"

东凛第二天早上才回来，妖灵在他回来之前就溜了。

经过一晚上的冷静，东凛看上去还是和平常一样，他将早餐递给初筝："你身上怎么又有妖灵的气息？"

初筝自己感觉不到："有吗？"

东凛眉头轻蹙一下："你和妖灵有来往？"

初筝理直气壮："我是妖，这不是正常的吗？"

东凛：这么说他就没法接了。

有的妖灵会亲近妖族，这也正常。

只是这气息……东凛总觉得有些奇怪。

"妖灵有许多都怀着恶意，即便是对妖族也同样，你不要和妖灵来往太密。"东凛语气淡淡的，似乎并没打算追究初筝和妖灵来往的事，只是提醒她小心一点。

毕竟东凛新手上路，不知道有一个妖族徒弟，应该怎么带。

初筝挺赞同的："我也觉得。"

那妖灵肯定不仅仅是想长角，可是她暂时又没感觉到什么危险。

初筝觉得自己应该把那妖灵扼杀在摇篮里。

下次见面……

东凛唇瓣嗫喏了一下，硬邦邦地叮嘱初筝："还有，你的身份，不要随便乱说。"

妖族啊……

东凛现在还不知道该怎么办，作为修真界的第一人，他竟然和妖族有染。

更让他觉得可怕的是，他竟然没有多少排斥。

初筝认真地说："只对师尊说。"

我不是那种随便的人。

怎么可能随随便便对别人说。

东凛觉得自己不应该回来。

她这冷不丁冒一句出来，每次都能撩得他刚平复下去的心湖掀起波澜。

东凛撇开视线，让初筝准备一下，一会儿出发。

"不回宗门？"

东凛沉默一下，摇头："暂时不回。"

宗主他们还在解决封印的事，东凛并不知道他们会怎么解决，但是他现在不想去关心这些。

他能做的都已经做了。

就算他们不想办法，他加固过一次的封印，也能撑几年。

"你之前是怎么发现地宫被人动过手脚的？"东凛想起这事。

地宫的传送阵被动了手脚，他们传送进去，看见那个祭台，以为就是以前那个。

可没想到这个地方竟然有两层。

这一点从没记载，就连欧阳掌门恐怕都不知情。

初筝眨巴了一下眼，在东凛看过来之前，立即摆出严肃的神情："我随便走走……就发现了。"

"随便走走？"什么样的随便走走才能找到。

初筝面不改色："我运气好。"

东凛不信，可是初筝不说，他也没办法。

他问："你可有在下面发现什么可疑的人？"

"没有。"

"真没有？"

"师尊，你看我像是说谎吗？"初筝看起来十分认真，神情坦坦荡荡的，一点也没有说谎的心虚感。

东凛抬手摸下她脑袋："师尊没有不信你。"

"别摸我脑袋。"

东凛尴尬，正想收回手，谁想到手心一热。

初筝牵住他的手："师尊，走吧。"

东凛的心咚咚地快速跳了几下，心底有个声音告诉他，应该挣开，可是他没有。

他视线低垂，落在两人交握的手上，眸光里闪过几分不自然。

东凛带着初筝一路往北边走。

约莫半个月后，有消息传过来，世代守护妖灵镇压地的门派被灭。

他们没有在那里找到任何人。

因为云宗是最先到的，不知怎么有人把这件事往云宗身上泼脏水。

当然这只是一些小道传闻，其余门派可不敢说什么。

"师尊，天黑了。"

"嗯？"东凛看下天色，驱剑落到地面，"去前面的镇上休息吧。"

前面有个小镇，小镇不大，客栈都只有一家，还只剩一间房。

东凛下意识地看一眼初筝，很快收回视线："没有别的空房了？"

店小二确认了一番："不好意思客官，没有了。"

初筝开口说道："我有……"

不用王者号吼，初筝已经意识到什么。她把后面的话咽回去，抢在东凛之前开口："一间就一间吧。"

"好嘞，我带两位客官上去。"

东凛什么都没来得及说。

店小二热情地将他们送上去。

"两位客官要是有什么事，直接叫小的，那就不打扰你们了。"店小二出去的时候把门给带上了。

房间也不大，东凛站在房间里，浑身都不舒服。

"我去给你弄吃的，你先休息。"

东凛扔下这句话，打开门离开，那背影有点落荒而逃的意味。

东凛半天才回来，饭菜是店小二送上来的。

初筝随便吃了点，应付完东凛，她直接去床上躺着。

她现在只想躺着。

什么败家，什么赶路，统统滚蛋。

"你怎么不脱鞋就睡？"

初筝嘀咕一声："好跑路。"

"嗯？"东凛没听清，"你说什么？"

"没什么。"初筝突然坐起来，"师尊，晚上你睡哪儿？"

这房间就一张床。

东凛僵了一下，很快就答："我不睡，你睡吧。"

"我不介意跟师尊一起睡。"

初筝不介意，但是东凛介意。

东凛低声说道："别胡说，我是你师尊。"

东凛待不下去，直接出了房间。

初筝轻"啧"一声，倒回去瘫着。

初筝躺着躺着就睡着了，等她醒过来时，外面天色完全黑了，房间里只有她一个人，东凛还没回来。

东凛一路上都时不时消失，但第二天早上就会出现，初筝也没在意。

她起来喝口水，准备休息会儿继续睡。

"我第一次听说睡觉还要休息会儿的。"

"你孤陋寡闻我不怪你。"

"……"

到底是它孤陋寡闻，还是你有毛病啊！

王者号表示不服气，想和初筝理论理论，初筝嫌它吵，将它给屏蔽掉。

就在初筝准备继续睡的时候，房门突然被人推开。

东凛从外面进来。

"师尊？"

房间只点着一盏灯，东凛的身影都浸在黑暗里，完全看不清脸。

他进来之后将门关上，站在门口没动。

初筝等了一会儿，见东凛还没动静，忍不住出声："你干什么？"大晚上站在门口当门神吗？

那边的人这才有动静，缓步从那边过来，身影逐渐被光芒笼罩。

直到东凛终于走过来，初筝才发现他不太对劲。

那双总是清澈冷淡的眸子，此时蒙着一层雾，压抑的气息在他周身流转。

这样子……和之前那次一样。

初筝起身，往后退开。

初筝一动，就像是刺激到东凛。初筝不过是眨一下眼，东凛已经到了跟前，拉着她手腕，将人扣进自己怀里。

"师尊？"

东凛没有任何回应，就好像听不见初筝叫他一样。

东凛反应灵敏，按住初筝的腿，两人身体旋转一圈，初筝身体撞到后面的桌子。

桌子上的瓷器碰撞，发出清脆的声音。

初筝哪里肯就这样服软，直接和东凛动手。

哗啦——瓷器落在地上，摔成碎片。

初筝按着东凛的手腕，将人抵在桌子边缘，语气不太好地说道："师尊，你清醒点……"

翌日。

鸟儿停在窗棂，抖着翅膀，用鸟喙梳理羽毛。

窗外细细绵绵地下着雨，远处都蒙着一层朦胧雾气，什么都看不真切。

徐徐的风从窗外吹进来，落在床榻之上。

男人坐在里面，一头青丝散下，平日里清冷孤高的仙尊，此时瞧着多了几分妖冶性感。

发生了什么？东凛记不起来了……

可是现在这情况，东凛只觉得很糟糕。

东凛往外面看去，并没看见初筝。

他掀开帷帐下床，窗户上的鸟儿被惊动，振动翅膀，飞进细雨中。

东凛快速套好衣服，打开门下楼。

楼下气氛诡异，大堂里都坐满了人，可没人出声，像是被人按下暂停键一般。

靠近窗户的一张桌子旁，有几个人躺在地上，还有个人跪着，看上去有些狼狈。

东凛一眼就看见坐在那里的初筝。

小姑娘大刀阔斧地坐在那里，明明是个纤细弱小的姑娘，此刻瞧着却有几分霸气。

她对面还有个女子，瑟瑟发抖，坐立不安地缩着身体。

"仙子，我们知道错了，求您饶了我们。"跪在地上的人，正痛哭流涕地求饶。

"滚。"

"这就滚，这就滚……"

那群人赶紧连滚带爬地离开客栈。

"看什么？"初筝视线扫过四周，表情很凶，语气也很凶。众人噤若寒蝉，纷纷低下头，不敢再看。

刚才那几个人突然跑进来，拉着一个女子就要走。

这些人是镇子里出了名的恶霸，认识的人不敢说话，不认识的人也不想惹麻烦。

就在那几个人拽着女人走到那个小姑娘旁边的时候，那小姑娘就动手了。

然后就是刚才那场面……

因为初筝用了几个简单的法术，那些人哪里还敢跟她横。

"谢谢……谢谢……"女子细若蚊蝇地向初筝道谢。

初筝看她一眼，没吭声。

初筝的余光扫到站在楼上的东凛。东凛对上初筝的视线，表情变了变，转身就往回走。

初筝心底不服气，直接起身去追。

"姑娘……"那女子想叫住初筝。

可惜初筝速度太快，女子只能眼睁睁地看着初筝上去。

东凛正准备开门，房门被一道力量撑住，初筝的脸下一秒就出现在他视线里。

东凛心跳微微加速，手指一松，初筝顺势推门进去。

"师尊，睡得可好？"初筝反手将门关上，清清冷冷地问他一句，语调很淡，听不出什么意思。

东凛往后退，神情僵硬。

初筝在心底强迫自己冷静："师尊又不记得了？"

东凛摇了摇头。

"没关系。"初筝往东凛那边走。

东凛无意识地往后退，直到被初筝逼得没有地方退，他才停下。

初筝站在他面前，拉着他的手，将一枚玉石放在他手心里："师尊可以看看。"

她……

东凛虽然已经猜到，可真的听见这样的话。

"我认，别动我，"东凛抓住初筝的手，"我会负责。"

闻言，初筝有点可惜地收回手："那现在师尊是我的人了吗？"

东凛背靠着墙，闭了闭眼，喟叹一声："是。"

这件事不管他怎么逃避都没用，发生过的就是发生过。

而且……他为什么会在那样的情况下选择她？

以往他失去意识的情况也不是没有，但从来没有过这样的事发生。

也许……有些事，有些人，就是命中注定。

"我……"

东凛瞳眸里倒映的人脸猛地放大，女孩儿柔软的身体贴在他身上。

东凛后面的话再也没说出口。

窗外雨声淅淅沥沥地在东凛耳边响着，他脑海里只剩下一片空白。

"师尊之前是装失忆，还是真的不记得？"

"不记得，"东凛怕初筝不信，语气里带上几分郑重，"我没骗你。"

你不会是人格分裂吧？

东凛顿了一下："但是……我之后用术法看过，我知道……"

你知道还跟我装什么都没发生！

初筝冷静地问道："为什么会那样？"

"我只是不知道怎么面对你……"

"不是这个。"初筝说道。

东凛反应过来，她是问为什么会发生之前的事。

东凛垂眸，殷红的唇瓣微微抿起："你应该知道，我很早以前就应该飞升了。"

"嗯。"

"我没办法飞升，永远都不可能。"

东凛修炼出了问题，身体里有一股暴戾的力量。那股力量只能靠他自己闭关来压制，但有时候还是会跑出来，控制他的身体。

这期间他做过什么，完全不记得。

"师尊，你有没有对别人做过这些事？"

"没有！"东凛像是被吓到，语速都快了不少，"你是第一个。"

"你都不记得，你怎么知道？"

"失去意识每次去的地方都差不多，我清醒后去看就知道了……"

他失去意识其实不会做什么，最多就是找个地方待着。那天他应该是想去天净峰后面的山上，没想到在走廊上遇见了初筝。

然后就……

"而且……"东凛脸上都是滚烫滚烫的，硬着头皮说道，"做那种事，我身体会有感觉。"

所以他可以保证，在这之前，他没有和任何一个人有过关系。

"你有感觉你跟我说你不记得！"初筝一下就炸了。

你个骗子！

东凛挺认真地回："我不记得和我有感觉，不冲突……"

他是真的不记得，他没说谎。

初筝拍桌子："你还有理了？"

东凛见初筝好像真的挺生气——虽然她脸上神情没什么变化，可东凛就是有这种感觉。

他赶紧说道："是为师错了，别生气，我看看你的手。"

初筝心底正各种刷屏，突然听见后面那句，莫名其妙："你看我手干什么？"

"你手受了伤，刚才那么用力拍，给我看看。"

初筝的手已经好得差不多，只不过和正常的皮肉比起来，颜色稍微浅一些。东凛指尖在她手心里划，有些痒。

初筝不太耐烦地抽回手："已经好了。"她哪有那么脆弱。

"你别转移话题。"

"我……当时真的不知道怎么面对你，"东凛叹口气，"所以才……"

他没有不认账的意思，他不是一直在想办法努力照顾她吗？

他只是不知道怎么面对。

话都已经说到这份上了，东凛索性跟初筝说清楚。

初筝也没说信不信，只表示自己知道了。

两人的关系有实质性进展，东凛却更加不自在，初筝还喜欢动不动就碰他一下。

每次她都理直气壮，正儿八经的。东凛反而觉得是自己想太多，人家压根儿就没别的意思。

雨下了两天，所以东凛和初筝这两天都在客栈里，等雨停之后才准备出发。

初筝刚下楼，就被人给叫住："姑娘……"

叫住初筝的，就是前两天她帮的那个女子。

女子穿了一身浅绿色的衣裳，柔柔弱弱地站在那里。

初筝扫她一眼，不太感兴趣："有事？"

救她也没感谢卡，白救了。

"谢谢姑娘之前出手相助。"女子声音很细，听着十分温柔。

这女子长得也颇为漂亮，是那种让人看一眼，就会心生怜惜的模样。

"不用。"初筝语气冷淡，"你没事就让开。"

女子捏着衣摆："姑娘，我……我还有个不情之请。"

初筝很不客气地说道："既然知道是不情之请，那就别说了。"

"走吧。"东凛从上面下来，见初筝站在这里，出声叫她。

女子循着声音望过去，美眸里顿时闪过一缕惊艳。

男人长身玉立，白衣如雪，眉眼清隽疏淡，仿若仙山上的仙君。

怎么会有这么好看的人？

女子看着初筝走过去，男人伸手摸了摸她脑袋，初筝不太乐意地避开。

两人站在那边，怎么看都是天造地设的一对儿。

"姑娘……"女子见初筝和东凛离开，立即抬脚追上去。

"姑娘，能不能麻烦你送我回家，我可以给你报酬的。"女子的话是对初筝说的，眼睛却盯着东凛。

东凛除了第一天来，出入都避着人，所以这女子并没见过东凛。

初筝不动声色地挡在东凛前边："我为什么要帮你？"

女子柔柔弱弱地求救："姑娘，你是好人，你能不能帮帮我？我要是走出这客栈，那些人肯定不会放过我的。只要姑娘送我回家，我爹肯定重谢你的。"

那些人一直在客栈外面转悠，初筝没走，他们不敢进来。可要是知道初筝走了，女子知道自己肯定会再被抓回去。

"我不缺钱。"我是好人也没见你给我张感谢卡啊？

"我知道，姑娘是修炼之人。"女子立即说道，"我爹有别的东西，不会亏待姑娘。"

"没兴趣。"初筝拉着东凛就走,"师尊,看什么呢?"

"嗯?"东凛低头,"没有,走吧。"

那个女子想要挽留,初筝凶神恶煞地看了她一眼,女子突然被震慑到,僵在原地。

初筝拉着东凛离开。

走出那个镇子,初筝若有所思地出声:"她好看吗?"

"什么?"东凛没听明白。

"刚才那个人好看吗?"

东凛突然反应过来:"我没看她。"

"那你在看什么?"

"……好像有妖灵在附近,"东凛道,"也可能是我感觉错了。"

那气息和之前在初筝身上感觉到的差不多。

东凛低头看了自家冷着脸的小徒弟一眼:"你是……吃醋了吗?"

"我为什么要吃醋?"笑话,醋有什么好吃的。

"嗯……那为师怎么闻到一股酸味?"

初筝没好气:"你鼻子有问题。"

她快步往前走。

东凛追上初筝,拉着她手腕:"慢点。"

初筝脚步放慢,任由东凛牵住她的手。

东凛捏着初筝软乎乎的手:"之前你明明帮了她,怎么刚才你又一副不愿和她说话的样子?"

他之前还以为初筝认识那个女子,才出手相助。

说到这个初筝心底就有气,可她又不能说,只能气鼓鼓地憋出三个字:"我乐意。"

东凛眸光微闪,实在是搞不懂自家小徒弟怎么想的。

他突然拉了初筝一下,初筝被他揽在怀里,感觉身体一轻,失重感袭来,也不过片刻,初筝脚下就踩到了东西。

东凛低头看初筝一眼:"想站着吗?"

"不要。"

初筝一如既往地拒绝了。

东凛没松开她:"我还没教过你御剑飞行吧?"

初筝大言不惭地胡说:"我会。"

东凛惊疑:"是吗?那你试试控制它。"他都没教过,她怎么会了?跟谁学的?

"这是你的剑。"

"嗯,你可以试试看,它不会排斥你。"

有主人的命令,灵器当然不会违背主人的命令。

初筝连自己的剑都没有,哪里学过什么御剑飞行,不过是仗着自己以前的经验,瞎说的。

现在东凛让她来试,初筝不太乐意。虽然理论上应该差不多,可万一有什么不一样的地方,出了意外,有损她高贵冷艳的形象。

所以初筝选择——伸手抱着东凛。

187

东凛被初筝抱得猝不及防，剑直往下掉。

东凛连忙稳住，升回之前的高度。

好一会儿，东凛才抬手，放在初筝肩膀上，另一只手环过她的腰，没有再提让她御剑飞行的事。

东凛带着初筝走走停停，很久之后抵达了北方最冷的一片极寒地带。

他们又往里面走了一段距离，最后停在一个湖泊前。

四周都结了冰，唯有这个湖泊，清澈见底，水波荡漾。

"你带我来这里做什么？"

东凛没回答初筝的问题，拢了拢她身上的披风："在这里等为师。"

初筝皱眉，她并不需要什么武器……

东凛直接下了水，湖面荡漾下，还是那清澈见底的模样，可东凛不见踪影。

初筝蹲下去，用手碰了碰水面，这哪里是什么湖，这是个阵法。

她试着进去，结果这阵法拒绝了她。

刚才东凛也没做什么，直接就进去了，怎么到她就不行了？

"嘻嘻嘻……"

突兀的声音响起。

初筝扭头就看见妖灵坐在旁边的一堆冰雪上，两只犄角看上去又大了一圈。

这妖灵怎么还跟着？

不如……

"你……哎，你怎么打人啊？"妖灵往冰雪后面躲。

初筝过去就没看见它的影子了。

远处妖灵冒出一个脑袋来："嘻嘻嘻，打不着打不着打不着……"

初筝往那边走，妖灵一闪，白茫茫的世界里，就再也瞧不见了。

跑得倒是挺快。

初筝回到湖边。

东凛许久都没出来，湖面一片平静。初筝来回在原地走动，好人卡别还能挂在里面啊。

不知道过了多久，湖面有了动静，初筝立即往那边看去。

东凛从湖里出来，飞身跃上岸边。他手里拿着一根象牙色的骨头，几步走到初筝面前，拉着初筝的手，初筝指尖刺痛。

初筝痛得差点跳起来打他。

东凛将血滴在那根骨头上。

明明是再正经不过的神情，可莫名有些……

初筝猛地抽回手，东凛一愣，有些紧张："我是不是弄疼你了？"

"没……"初筝声音有些低，她扭开头，"这是什么？"

"送你的礼物。"东凛顿了下，声音也压低不少，"你不是……想要定情信物吗？"

初筝："嗯？"

定情信物就送她这根破骨头？

当她是狗吗？

东凛当然不可能就这么送给初筝，又带着她去了另外一个地方。

群山环绕，不远处有座火山。

就在火山脚下，住着一个浑身裹在袍子里的人。那人看都没看初筝，只是不确定地问东凛："你要我为你做妖用的武器？"

"嗯。"东凛将东西递给他，"材料都备好了，尽快做好。"

那人将东西接过来，看了两眼："雪龙骨？你送给谁？"

东凛没出声，只是看了初筝一眼。

那人古怪地打量初筝两眼，似乎不明白东凛为什么要送一把妖族用的武器给一个人。

东凛不愿多说："能做吗？"

那人拿着东西往屋里走："一个月后来取，你别死在我这里。"

初筝琢磨了下那话不对劲，她握住东凛手腕："你受伤了？"

"没有。"东凛安抚性地拍了下她手背。

初筝目不转睛地看着他。

东凛伤在肩膀处，初筝沉着脸给他上药："我不需要那些东西……"

"我想送你。"东凛背对着初筝，看不到他脸上的表情，但是能从他语气里听出，他是认真的。

初筝把衣服给他拉上去，不冷不热地叫他一声："师尊。"

"嗯？"

东凛回头，眼前的光线微微一暗，他瞳孔微微一缩，片刻后闭上眼，任由初筝对他予取予求。

东凛在附近搭了个简易的屋子，如果不是初筝在，东凛大概都没想过要搭房子。

东凛的伤好得很快，用他的话说，只不过是皮外伤。

他好歹也是修真界第一人，这点实力还是有的。

如果不是之前加固封印，他压根儿就不会被伤到。

初筝对此没有发表任何看法，保持怀疑态度。

这天，初筝溜达到那个屋子附近。

来了这么多天，初筝就没见那门开过。

今天这门竟然开着，初筝站在远处往那边张望。

"你和东凛什么关系？"

初筝被这声音吓一跳。

裹着黑漆漆袍子的人从旁边的草丛里站起来，初筝完全看不见他的脸，连眼睛都看不见。

"他是我师尊。"

"师尊？"黑袍男轻哼一声，"我看不像吧。"

初筝反问他："你和他什么关系？"

"认识。"黑袍男说道，"不熟。"

初筝冷漠地问道："不熟你帮他做东西？"你看着也不像是个老好人啊。

"小姑娘，任何事都有代价的。"黑袍男往他的屋子走。

初筝站了两秒跟上："什么代价？他给你什么？"

"你师尊没告诉你，我当然也不会告诉你……"黑袍男顿了下，"不过你要是告诉我，他为什么要送你妖族用的武器，我可以和你交换。"

"我是妖啊。"初筝利索地说道。

在初筝心里，这压根儿不是什么不能说的。

就算知道她是妖，这些人能把她怎么样吗？

妖？

黑袍男狐疑："半妖？"

初筝迟疑下，严肃地说道："我觉得我应该是个正经的妖。"

原主应该不是半妖，剧情里她死的时候，妖气冲天，不是一个半妖应该有的配置。

黑袍男：什么叫你觉得？你自己是个什么妖你不知道吗？

黑袍男坐到屋子外的台阶上："你若是妖，那他送你雪龙骨做的武器，倒是很适合了。"

雪龙是妖龙，因为生性残暴，被人压在极北之地的寒冰之下——已经被镇压很久，早就没人知道是谁干的，他们知晓的历史中，雪龙就一直在那下面。

那里面可不止一条雪龙。

换成别人进去，早就被那些雪龙撕碎。

用雪龙骨来做一把武器，不仅可以让妖实力大增，还能压住妖气，让人察觉不到。

雪龙骨半点妖气都没有，经过打磨之后，如果不是东凛那样的人，基本看不出来，所以给她使用也完全没问题。

东凛确实是在为初筝着想。

初筝问："他要付出什么代价？"

黑袍男抬了抬头，似乎在看她。

好半晌，他才说道："放心，不过是让他帮我取点东西，不会要他的命。"

"取什么东西？"

黑袍男起身，往屋子里走，哼笑道："告诉你有什么用，你能帮我取吗？"

"能。"

黑袍男脚步微微一顿。

东凛从外面回来，发现初筝不在。他在附近找了一圈也没找到人，心底顿时有些不安起来。

这些天她一直在这里，就算离开，也不会走太远。

东凛想到什么，直奔那座小屋。

东凛没敲门，直接闯进去："她在你这里？"

"谁？"

"我徒弟。"

"不在。"

东凛扫过房间，没什么遮挡物，一眼就能看到底。

"她去哪儿了？"

"她是你徒弟,你来问我?"黑袍男嗤笑一声。

东凛皱眉,离开屋子。

初筝会去哪里?这附近都找遍了……

东凛心底越发不安起来。

黑袍男在东凛快要找疯的时候,慢腾腾地出现:"她给你留了这个。"

东凛看着黑袍男从袍子底下伸出一只手,递过来一张绢帛。

那只手苍白得像是从来没见过阳光,但那双手看上去很年轻。

——有事外出,很快回。

"她去哪儿了?"

"不知道。"黑袍男往回走,"你才是她师尊。"

东凛抓紧绢帛,冷声问:"她给了你这个,你刚才为什么不给我?"

黑袍男回头,阴阳怪气地笑一声:"忘了。"

东凛十分无语。

虽然初筝留了信,可东凛并没轻松多少,然而他又不知道该去哪里找人。

三日后。

初筝慢悠悠地顺着小道往上面走,隐约可以看见那座小屋。

初筝在小屋里将东西交给黑袍男。

黑袍男:"你们师徒还真是有意思。"

一个让他打造武器,一个又要替对方完成条件。

你们都这么厉害,来打什么武器啊!

"比你有意思。"

初筝从小屋出来,站了一会儿,往之前东凛搭的那个屋子走。

屋子的门关着,初筝观望下四周,推开门进去。

屋内光线略显昏暗,初筝刚往里面走了两步,背脊猛地升起一阵危险感。她下意识地往后一跃,视线里出现东凛的脸,他从旁边扑过来,初筝的攻击被迫撤掉。

砰——东凛将初筝扑在地上。

"师尊……"

初筝的话还没说出来,就被东凛堵在喉咙里。

191

第十一章
死生契阔

东凛清醒过来,一动就发现自己手腕被人绑着。

他试着想要解开绑他的东西,可那线很细,即便是他动用法术都解不开。

东凛勉强坐起来,扭着身体顺着那线看过去。

初筝坐在旁边的椅子里,身上裹着他的外袍,正盯着手心看。

"初筝……"东凛声音有些嘶哑。

初筝抬眸看他一眼:"醒了。"

东凛眸光闪了闪:"放开我。"

初筝从椅子上下来,宽大的外袍裹在她身上,行走间露出纤细漂亮的小腿。

她半跪着坐过来,将手心举到他面前:"这是什么东西?"

初筝手腕上有一个奇怪的月牙形图案。

这个图案,在东凛的手腕上,有个一模一样的,只不过他那个稍微大一些,初筝手腕上的稍微小一点。

这是刚才东凛趁她没防备的时候,突然弄出来的。

初筝没感觉出来什么,也不知道是干什么的。

东凛目光盯着那个图案看了好一会儿,细密的睫羽挡住他眼底的情绪:"只是一个契约……"

初筝追问:"什么契约?"

"让我知道你在哪里,是否安全……"将伤害转移到他身上。

东凛后面这话没说,他觉得没必要说。

"只是这样?"

东凛点头:"可以松开我了吗?"

初筝琢磨一会儿,手指勾了下,银线自动松开东凛,从他手背上缓慢地退回到初筝手腕间。

东凛摸着手腕,视线在她手腕上来回打量好一会儿,不知怎么又有点忐忑起来:"你……

是不是生气了？这个契约不会对你有什么影响……"

东凛认识那个契约，但是他并不记得自己怎么做到的。

是那个失去意识的自己干的……但这人就是他，东凛没办法否认。

"没有。"初筝说道，"你想和我弄这种契约可以直接和我说，没必要搞刚才的事。"

"你不生气？"

"为什么要生气？"初筝不太满意的是另外一件事，"你能不能不要随便变个人。"

这样很吓人的好不好！

"我也没办法……"

"那就控制一下。"

"控制不了。"

当他心情不太好或者有其他一些因素的时候，他就会突然失去意识。

"你确定你身体里没有别的什么奇奇怪怪的东西？"初筝狐疑地问他。

东凛语塞。

他当然确定。

东凛问初筝这几天干什么去了，初筝立即下去，缩回椅子里，敷衍地回答两句。

东凛问了几遍，都没得到准确的答案。

初筝不说，东凛拿她毫无办法。

一个月后，黑袍男将铸好的武器拿给东凛。

雪龙骨打造的武器看上去有些玉的质感，但它并不迟钝，相反十分锋利。

因为是女孩子用，所以打造得很小巧，在东凛手里，就更显纤细。

东凛很满意这把武器，想着初筝应该会喜欢："你的条件……"

"不用了。"黑袍男说道，"心情好，送你了。"

东凛有些狐疑。

这人他认识很多年，向来是等价交换，什么时候这么好心了？

黑袍男却说道："我以前想过你这样的人会选择什么样的人做你的道侣。没想到，你会选择一个妖，还是你的徒弟。东凛仙尊，你可别忘记你的身份。"

东凛凌厉的视线扫过去。

他不介意别人看出他和初筝的关系，可是初筝是妖的事……

黑袍男嗤笑一声："放心，我不会离开这里，自然不会跟外面的人乱说。"

东凛握紧手中的剑："多谢。"

"不客气。"

两人同时转身，黑袍男回自己的屋子，东凛拿着剑去找初筝。

东凛将剑交给初筝的时候，上面多了一个剑穗做装饰物。

初筝拿着剑穗打量会儿："这里面是什么？"

"……没什么，附了几个简单的灵纹。"东凛让初筝去试试，"看看手感如何。"

初筝走到旁边，拿着剑挥了几下。不管是大小还是重量，都十分合适。

拿到这把剑，它就好像和她产生了共鸣。身体里有奇异的力量在涌动，驱使她去使用这把剑，发挥出更大的实力来。

"不可。"初筝被人从后面抱住，男子宽阔温热的胸膛抵着她后背，声音在她耳边响起，"你要学会驾驭它，而不是被它牵引。"

初筝当然知道这个，只是想试试这玩意儿威力有多大。万一只是看上去唬人，实际上是个软脚虾，和好人卡一样呢？

东凛握着初筝的手，带着她挥动那把剑。

"我自己会。"初筝挣开他，影响我发挥！

东凛退开，看着初筝自己挥了一会儿。

等初筝停下来，他说道："取个名字吧。"

"你的剑叫什么？"

"无瑟。"

初筝就着东凛的名字，随口胡诌一个："无雪。"

东凛听着两个差不多的名字，耳尖莫名红起来："你确定吗？"

"嗯。"一个名字而已，不是还可以改的嘛。

"……"得亏好人卡不能听见你想的这些乱七八糟的玩意儿。

"师尊这是送的定情信物？"

"……嗯。"东凛心底升起一阵紧张，"你喜欢吗？"

"好……师尊送的都喜欢。"

东凛又带着初筝去找了剑鞘，等做完这些，才带着她回云宗。

天净峰一片安静，曾经毁掉的屋子已经重新修建好。

"东凛仙尊。"

云宗知道东凛回来，匆匆派弟子上来请他去议事。

初筝想着可能是那封印的事，不想掺和，拎着剑准备回房间。

"何事？"

"是……是关于叶师妹。"那弟子面对东凛，说话都不利索。

叶师妹？

叶络？

初筝转回来，站在东凛身后。

"她出什么事了？"

那弟子也不敢说，只让东凛先过去。

"你先休息……"

初筝偷偷摸摸地拉着东凛的手："我和师尊一起去。"

东凛没想到初筝会突然这么做，猛地扭头去看那弟子，见那弟子低着头，这才松口气。

他想把手抽回来，试了两次都没能抽回来。

他颇为无奈地看初筝一眼，沉声让那弟子带路。

初筝只是想让东凛带上她，倒没想别的，所以在东凛妥协后，她就松开手，退后一步跟着。

"仙尊……"

"仙尊您回来了。"

"东凛仙尊。"

一路上过去，云宗的弟子们纷纷行礼。

东凛一只手放在身前，另一只手负在身后，端的是仙尊尊贵清冷，拒人千里的疏离姿态。

领路的弟子将他们带到宗门的刑法堂。

刑法堂的执法长老正在堂内候着，东凛进去，执法长老立即迎出来："东凛仙尊。"

东凛仙尊颔首，视线扫过四周，语气冷淡地问："叶络出了何事？"

执法长老吞吞吐吐："东凛仙尊，叶络她……"

执法长老似乎不知道该怎么说，直接取出保存好的玉石："仙尊，您请看。"

内容就是叶络在秘境里推杨戌的那事。

杨戌回到宗门就将东西给了自己师父，好歹是自家弟子，怎么能让人这么欺负。

即便那个人是宗门里备受大家喜欢的叶络。

这件事闹到刑法堂，可因为叶络是东凛仙尊的弟子，刑法堂的执法长老不敢做主。

加上那边封印的事，宗主和各位长老也是忙得不见人影，这件事便一直没有处理，执法长老只是让叶络面壁思过。

说是面壁思过，实则还是好吃好喝地伺候着。

自从叶络被面壁思过后，宗门的那些弟子，隔三岔五地来刑法堂求情，执法长老都快被逼疯了。

现在东凛回来，执法长老赶紧让弟子将人请过来，看这件事怎么处理。

东凛看完眉头轻蹙，瞧着脸色不太好。

执法长老心惊胆战。

东凛要是想护下自己徒弟，这件事估计只会不了了之。

就在执法长老胡思乱想的时候，听见东凛冷淡的声音："按规矩办。"

"啊？"执法长老蒙了一下。

不……不帮自己徒弟说话吗？

"既然证据确凿，还有什么好说的？"东凛说道，"宗门有宗门的规矩，即便她是我徒弟，也不能幸免，按规矩办。"

执法长老好半天才反应过来，连忙应下："是。"

走出刑法堂，初筝回头看一眼，几步走到东凛身侧，状似无意地问："师尊，你为什么要收叶络为徒？"

"我没想收她。"

他门下这两位徒弟，不管哪个，都不是他想收的。

初筝是宗主塞过来的，因为当时他一个徒弟都没有，正好初筝的天赋与他契合。宗主二话不说，直接将人打包给他送过来，在他没反对之前，迅速完成拜师。

东凛也不想和宗主做这些无谓的争论，所以就让初筝自生自灭了……

至于叶络……她拿着宗门信物，那是对宗门有大恩之人才能拥有的信物。只要有此信物，只要提出的要求在合理范围，宗门都得答应。

叶络的要求就是拜东凛为师。

云宗的规矩，不能因为东凛是仙尊就有例外。否则这要是传出去，有损云宗的声誉，还会被人说倚强凌弱。

所以天净峰多了一个自生自灭的人。

"回去吧，你得好好修炼。"东凛并不在乎叶络，摸摸初筝脑袋，"从明天开始，你随为师一起修炼。"

"双修啊？"

东凛心头一跳，他视线落在初筝脸上。

小姑娘面色如常，好像刚才那句话不是她说的。

"别胡说。"东凛耳尖泛红，又低呵道，"在外面不要胡说八道。"

初筝凑过去："师尊，你想不想和我双修？"

"初筝！"东凛恼怒地叫她。

"嗯？"

东凛恼羞成怒，直接甩袖离开。

刑法堂。

叶络坐在单人间里打坐，旁边有其他犯了事的弟子聚在一起聊天。

听见外面有动静，这些弟子立即散开，各自坐好。

执法长老带着人打开叶络的房间："叶络，出来。"

叶络睁开眼："是不是师尊回来了？"

执法长老没吭声，只示意她赶紧出来。

叶络最初也被那个影像惊到，没有反应过来。

不过后来想想，她是天净峰的弟子，这些人也不敢对她怎么样。

而且她手里还有别的筹码……

所以在这里，叶络并没多担心。

叶络起身跟着出去，路上听见有人说东凛仙尊回来了。

本以为会见到东凛，谁知道执法长老直接带她去惩戒台。

"我师尊呢？"叶络此时才有点慌张，"我要见师尊。"

"叶络，仙尊说了，犯了错就按规矩处罚。"执法长老铁面无私。

"我有话和师尊说，长老，你帮我给师尊传个话，"叶络这才有点慌，"我要见师尊。"

执法长老严厉地说道："仙尊刚才来过，他如果想见你，刚才就会见了。"

叶络脸色白了几寸。

怎么会这样？

"我是师尊的徒弟，就算要罚，也轮不到你们！"叶络突然出声。

执法长老呵斥一声："叶络，云宗弟子向来是一视同仁，即便是仙尊罚你，也是由刑法堂执行。"

执法长老有什么办法，仙尊都那么说了，他敢徇私枉法吗？

叶络为一己私欲陷害同门，在云宗如果是普通弟子，早已被逐出宗门。

叶络现在只是受罚，已经是从轻处理了。

叶络受罚完，还得关禁闭。之前和叶络走得近的那些弟子，显得比谁都着急。

不少弟子还跑到天净峰求东凛开恩。

东凛不喜欢吵闹，在天净峰设下了禁制。当然主要是东凛也担心有弟子突然闯上来，撞见什么就不好处理了。

"你在看什么？"东凛端着托盘过来，"我教你的都练完了吗？"

初筝在看山下那些弟子。

叶络也不知道给这些人灌了什么迷魂汤，知道是叶络先害杨戍，还能找出"叶师妹只是吓到，不是故意的"这种借口。

初筝收回视线，镇定地从旁边跳下来："练完了。"

东凛将托盘放在旁边的石桌上："我看一下。"

初筝努力想了想东凛之前教给她的剑招，依葫芦画瓢挥了一遍。

看上去有点不对劲，但初筝每个动作都做完了，而且还算标准，东凛也不好说什么。

"过来吃东西。"

"马上就是宗门大会，这段时间你要好好修炼。"

初筝心底咯噔一下："我也要参加？"

东凛点头："每个弟子都要参加。"

初筝：我能辞职做长老吗？

"你不想参加吗？"东凛似乎看出初筝的不情愿，放低语气安慰她，"这是宗门的考核，检验你这一年的修炼成果。"

这个考核其实很重要，特别是对于那些普通弟子。

考核出彩，有可能被某个长老挑中收为弟子；而考核失败，则有可能会被放逐到宗门外门去。

他们好不容易挤进内门，因为考核失败，又回到外门，这不是要命吗？

所以面对这场考核，宗门弟子都十分谨慎。

"不用太担心，你是我的徒弟，不会太为难你，只是走个过场。"

宗门的这些嫡传弟子，面对考核就轻松许多，不会有被淘汰的压力。只不过要是输了，各峰长老们脸上也不太好看，都还是想争一口气。

东凛没这个顾虑，毕竟他自己也没怎么尽到一个师父的责任。所以东凛"安慰"初筝一番，让她去露露脸，随便走下过场就好了。

初筝放下手里的勺子，拉着东凛的手，凑近他："师尊想我参加也可以，我……"

她后面的话说得很轻，除了东凛没人能听见。

东凛的脸色随着她的话，逐渐变得精彩起来。

砰——东凛起身撞到桌子，好在身体素质够好，这点碰撞不影响他的动作。

"初筝！"他咬牙切齿地叫了一声，"你一个女孩子，知不知道什么叫矜持？"

"对你不需要。"

你整个人都是我的，我想干什么就干什么，为什么要矜持？

东凛指着大逆不道的孽徒："你……"

你什么？

东凛气愤地瞪着她，没有往下说。

好半晌，男人才深呼吸口气："你要是能拿第一，我就答应你。"

初筝不着痕迹地挑了下眉："师尊说话算话？"

"哼。"

东凛甩袖离开，留给初筝一个略显慌张的背影。

初筝指尖捏着白瓷汤匙抵着碗底转了两圈，向来平静无波的眸子里，似染上几分柔和的笑意。

初筝觉得自己可以拿个倒数第一。

毕竟她师尊也没说是哪个第一。

"小姐姐，你的面子不要了吗？"王者号已经学会抓重点，"你拿个倒数第一，别人怎么看你？"

初筝：你闭嘴！

"小姐姐，咱们做人呢要有点理想……"

"我是妖。"

王者号咳嗽一声："我们做妖呢，要有理想，要做一个与众不同的妖，要和外面的妖艳货色不一样。小姐姐，来，败家吧！"

初筝就知道王者号后面会跟这么一句。

见识过大风大浪的初筝，已经能从容不迫地骂完王者号，再面无表情地承担败家的重责。

王者号欲哭无泪。

每次挨骂的都是它，它的命怎么这么苦啊！

另一边，东凛本以为初筝会好好修炼，谁知道他去找人，连个人影都没见着。

他用契约感应下，发现她在宗门山脚下的镇子里。

于是初筝抱着东西回来的时候被东凛逮个正着，并被布置了功课。

"能不能换一个？"

东凛倒是挺好说话，示意她说。

"功课能不能换成师尊？"

东凛起初没听明白这话，等他反应过来，表情先是一僵，随后就是一阵羞怒："明天我来检查。"

功课功课功课……

烦死了。

初筝一个人待在外边打坐，吸收日月精华。

"嘻嘻嘻……"

这声音……

初筝睁开眼，就看见妖灵甩着尾巴，坐在她旁边。

初筝抽出旁边的剑，直接砍过去。

妖灵惊悚："你竟然有了雪龙骨做的武器！"

惊喜不惊喜，意外不意外！

我还能用它招待你呢！

初筝跳下去，继续往妖灵身上砍。

"哎哎哎，你住手！"妖灵一边跳脚，一边叫，"我找你有正事！"

初筝顿了一下："什么正事？"

妖灵在屁股后面摸了摸，一团漆黑的玩意儿被托到空气里。

"有人……妖给你的。"妖灵将那团黑漆漆的东西推到初筝那边。

初筝警惕地往后退："这是什么？"

"嘻嘻嘻，我不知道呀，你自己看看不就知道了。我走了！"妖灵送完东西，唰一下消失了。

初筝看着飘在自己面前的那团东西，谨慎地站在原地没动。

"初筝……"东凛的声音突然传来。

初筝手中的无雪一挥，直接将那团东西拍飞，转过身，一脸正经严肃地面对来人："师尊。"

"你在和谁说话？"男子披着外袍，站在屋檐下，遥遥地看着这边。

"我没说话。"初筝一本正经地否认。

东凛明明听见她在讲话，四周一切正常，他也没察觉到有东西从他设下的禁制里进来。

"好好修炼，别偷懒。"东凛叮嘱一句，然后就走了。

初筝叹口气，直接回了自己房间。

修炼？

修什么炼，骗骗好人卡，怎么能当真呢，大半夜的当然是要睡觉了。

初筝躺在床上，觉得她好像把什么东西给忘了。

她想了会儿，想起来妖灵给她的那团东西。

"算了……反正也不重要。"初筝嘀咕一声，躺好，闭上眼睡觉。

外面，黑漆漆的一团东西安静地躺在草丛里，无人问津。

因为要参加宗门考核，叶络的禁闭暂时不关了。

叶络被师兄弟们送到天净峰，想要进去却发现天净峰进不去。

回自己的地盘却进不去，还是当着这么多师兄弟的面，可想而知叶络的表情。

"好像是仙尊设了禁制……"有个弟子小声说道。

"各位师兄、师弟，我没事，你们先回去吧，谢谢你们。"叶络面上带着几分委屈，却又倔强地不肯让他们帮忙。

叶络越是这样，这些弟子越发心疼："叶师妹……"

叶络勉强笑笑："我没事，各位师兄师弟回去吧，不要耽误修炼，考核马上就要开始了。"

叶络坚持，这些弟子也不好逗留。

"叶师妹，这……"临走前还有弟子担心叶络进不去。

叶络笑笑："没事，我一会儿联系师尊就行了。"

大家想想她怎么说都是东凛仙尊的徒弟，东凛仙尊肯定不会让她在外面，这才一起离开。

叶络站在原地目送他们，在他们回头的时候，立即带上几分落寞的笑容，冲他们挥挥手。

"叶师妹真是可怜。"

"叶师妹又不是故意的，那个杨戍也是……一点男子汉气概都没有。"

"就是，我看那影像说不定就是故意录下来，栽赃叶师妹的，不然怎么就这么巧合，刚好录下来了。"

"我相信叶师妹不会做那种事。"

199

"对对对……"

叶络好不容易联系上东凛,被放上山来,一上山就看见初筝正拎着一把剑懒洋洋地挥着,东凛负手立在旁边看着。

叶络瞬间抓紧衣摆,她拜师这么长时间,师尊何时亲自教导过她?

就连话都没和她说几句……

叶络深呼吸一口气,迈着步子走过去:"师尊。"

东凛只淡淡地点下头。

叶络本以为东凛会问她之前的事,可东凛什么都没说,她准备好的话完全没用。

"还有事?"见叶络站在那边不动,东凛问一句。

"……师尊,徒儿知道错了。"叶络低着头,声音细微。

叶络自己提到这事,东凛就不能再装作什么都没发生:"伤害同门,在云宗是绝对不允许的。"

叶络立即解释:"徒儿当时真的不是故意的,当时被攻击,徒儿也是慌了手脚,不小心推到杨戍师兄……"

叶络越说越委屈:"师尊,徒儿知道现在说这些没用,徒儿也知道错了,请师尊原谅徒儿这次。"

东凛不太擅长应付这些,而且刑法堂那边已经给过处罚,他也觉得没必要再说这件事,于是挥下手:"下去吧。"

叶络看着东凛往初筝那边走过去,眼底闪过一丝怨恨,转身回自己的住处。

接下来几天,叶络倒是经常看见东凛。

可东凛每天都只教导初筝,压根儿不理会她。

"师尊……徒儿也想和师姐一起学习,可以吗?"叶络主动去找东凛。

东凛看一眼初筝,后者漫不经心地用剑挑着地上的花草。

东凛立即呵斥一声:"初筝!"那都不是凡品。

"干什么?"初筝抬头看过来。

"那都是奇花异草,你小心点。"东凛提醒她,语气听着不太好,像是生气了一般。

叶络的视线在两人间来回移动。

以前仙尊对她和初筝,可没什么区别……怎么如今突然对初筝这么好了?

她还听说,之前仙尊在外面也带着初筝一起。

初筝:有什么好稀奇的,明天给你种一屋!

"练剑去!"东凛指着旁边,然后又看一眼叶络,"你也去。"

"是。"

叶络立即朝着那边走过去。

"师姐。"叶络叫了初筝一声,初筝以为她想干什么,结果叶络很快就到旁边,自顾自地练习去了。

东凛接到宗主的信离开一会儿,回来的时候,正好看见叶络被初筝踹在地上。

叶络本有机会避开,却在那瞬间放弃回避,生生挨了那一下,摔在旁边的地上。

"师姐，我哪里惹到你了吗？"叶络期期艾艾地抬头，一脸的委屈。

"师尊……"叶络像刚看见后面的人一般，惊慌地叫了一声，手忙脚乱地从地上爬起来。

初筝回头，见东凛不知何时站在后面，心底立即明了。

叶络先动的手，刚才有机会避开也不避，分明就是想陷害她。

初筝不说话，只是看着东凛。

东凛沉声问："你们在做什么？"

叶络抢先说道："我和师姐切磋一下，师姐好厉害！"

东凛看向初筝，点了下头，并没有追究的意思。

叶络有点傻眼。

刚才东凛分明看见初筝将她踹在地上，他怎么装作什么都没看见？

初筝面不改色地收剑，叶络余光扫过她，眼里隐隐藏着几分愤怒。

师尊现在怎么这么偏心她？

等等……

叶络的目光落在初筝的手腕上，初筝衣袖微微上移，露出雪白皓腕上的图案……那图案，师尊手上好像也有。

叶络的心不受控制地狂跳两下。

叶络不是很确定，之前东凛挥袖的时候很快，她只瞥到一眼……

"师尊，师姐，我身体不舒服，可以先回去吗？"

见东凛点头，叶络赶紧走了。

等叶络离开，东凛让初筝跟着他进房间："干什么打她？"

"你看见了？"

他能看不见吗？

"她先动的手。"初筝说道。

东凛摸了下初筝脑袋："她名义上还是你师妹，你不要做得太过分，闹到宗主和其他长老那里去，我不好包庇你。"

"放心，闹不到那边去。"初筝自信地拍了下胸口。

绝对不会留下证据，闹也没用。

接下来两天，叶络都没继续挑衅初筝，不过她还是会出现，拿着"三好"师妹的姿态，初筝都快觉得自己是在欺负人了。

"师尊，喝茶。"

"放下吧。"

"师尊，这是徒儿今天早上收集露水泡的，您试试？"叶络并没放弃，反而往东凛那边递。

东凛皱眉，抬手挡了下："放那儿。"

叶络手突然一抖，一杯茶全泼在东凛的袖子上。

东凛表情瞬间难看起来。

叶络受惊："师尊，对不起，徒儿不是故意的，徒儿给您擦擦……"

东凛唰一下起身，避开叶络："不用，你下去吧。"

叶络又是一阵道歉，然后往外面走。

转过身，叶络脸上的表情就收敛下去，只剩下一片阴沉，刚才什么都没看清。

叶络回头看一眼，正好看见东凛将袖子拎起来，宽阔的袖子卷起，手腕上的图案瞬间清晰起来。

一模一样！

叶络赶紧回过头，迅速离开。

直到下了山，叶络心跳都还没平复下来。

师尊手上怎么会和初筝手上有一模一样的图案？

这代表什么？

"叶师妹，你火急火燎的做什么？"林疏放在山脚撞上叶络，奇怪地叫住她。

"大师兄……"叶络敛下情绪，"没什么，我就是有点闷，出来走走。"

"哦。"林疏放没怀疑，和叶络说了两句便上了天净峰。

叶络看着林疏放的背影，往宗门的藏书阁去。

叶络在藏书阁翻了很久，没有翻到类似的。

那两个人绝对不对劲……

叶络揉着眉心，目光扫到守藏书阁的师叔，她眼前一亮，立即找出纸笔，将那图案画下来。

"师叔，我能请教一个问题吗？"

"什么问题？"

叶络将那个图案描述了一遍。

"这个啊。"师叔想了下，"这是同生契约，是道侣间使用的一种契约。"

叶络追问："必须是道侣吗？"

"那倒不是，只不过这个有个条件，就是两人必须……"师叔顿了下，似乎觉得跟一个小姑娘说这个不太好，含糊了下，"有肌肤之亲，这个契约才能生效。"

"你问这个做什么？"师叔反应过来，"你不会是想……"

"师叔，我就是意外看见，好奇地问一下。"叶络赶紧摆手。

师叔狐疑地打量她两眼，没再追问。

叶络离开藏书阁，心还是扑通扑通地跳着。

初筝和师尊……

东凛仙尊那相貌，是多少女修的梦中情人，即便是叶络也曾幻想过。

可那是能随便触碰的人吗？

他们竟然……

叶络想到这里，心底又涌上一阵嫉妒。

初筝就是一只妖，凭什么……凭什么享受这些？

自己必须揭穿她！

宗门大会。

这样的盛会会持续好几天，宗门上上下下热闹得宛若过年。

东凛是仙尊，需要在上面镇场子当吉祥物，初筝只能一个人在下边待着。

前面两天考核都是普通弟子，没什么看头。通过的弟子喜极而泣，没通过的弟子抱头痛哭。

等这些弟子都考核完,就是他们这些精英弟子。

他们的考核内容和普通弟子也不一样,是在一个独立的小空间里,获得提前布置在那里面的木牌。

木牌可抢夺,最后以木牌数量排名,前十名可以获得不同的奖励。

还有一个前提是不能伤人,点到为止。

初筝和叶络一同进去,可能是传送的原因,进去后初筝并没碰上叶络。

抢东西不就是靠实力——

"不,靠败家!"

初筝的拳头还没挥出去,就被王者号给扼杀了。

初筝拿着灵石在里面换木牌,很快手里就积累起不少木牌。

他们的考核又没有淘汰设定,那些觉得自己没希望挤进前十的弟子,索性就把木牌拿给初筝换灵石了。

实实在在的利益,比那争了半天还没进前十不知好多少倍。

所以初筝压根儿就不用动手,坐在那儿就能拿第一。

叶络本来想在考核的时候去找初筝,结果到附近发现初筝身边都是人。

叶络嘴角抽搐了一下,没敢过去。

考核时间一分一秒地过去,叶络手里的木牌并不多。不过她只需要说几句话,那些师兄弟自然会将木牌给她。

所以等考核结束,叶络手里的木牌也不少,然而初筝手里的更多。

初筝将袋子倒扣过来,稀里哗啦地抖出不少木牌来。

底下的人立即炸开锅。

"小师姐这么多木牌呢?"

"小师姐这么厉害的吗?"

"是不是师兄师姐他们的考核比较简单啊?"

"简单什么,他们的木牌是可以抢的,你以为像我们一对一?这进去了,大家可都是对手……"

"也对,那小师姐怎么会有这么多木牌?"

初筝倒出来的木牌数量太多,就连上方的宗主等人,表情都十分精彩。

叶络垂着头,不知道在想什么。

"不公平!"突然有弟子站出来,指着初筝告状,"小师姐她作弊!"

作弊!

陆宗主皱眉:"作弊?"

"对。"那弟子义愤填膺,把自己当成正义的使者,试图揭开邪恶的面具,"小师姐她根本没有动手,她用灵石买大家的木牌。"

空气里忽地安静下来。

初筝之前在镇子里大手大脚地花灵石,不少弟子都知道。

不过这么多木牌,她得花多少灵石去买?

"规则没有写,我不能买木牌。"初筝打破这诡异的沉默,"我既没有违反规则,怎

203

么算作弊?"

虽然觉得这话有毛病,可无法反驳。

"大家都是靠实力,小师姐你靠灵石,怎么就不是作弊?"

"对啊,这太不公平了。"

初筝背脊挺得笔直,清越的声音响起:"我有灵石,这也是我的实力。"

虽然我也想靠实力,奈何王者号不许,我有什么办法!

底下的弟子有许多不服气的,此时纷纷出言力挺那个弟子。

叶络站在人群后方,透过晃动的人群看着初筝,嘴角微不可察地勾了一下。

陆宗主和旁边的几位长老商议片刻,说道:"初筝没有违反规则,考核结果依然有效。"

"宗主!"弟子们大呼。

这件事规则上没定,陆宗主他们就算觉得不妥,也不能说什么。

要怪只怪他们没能预测会有这种操作。

"行了!"陆宗主拍桌子,低呵一声。

底下吵闹的弟子们,瞬间安静下来。

"像什么样子,当这里是什么地方?"

陆宗主往东凛那边看一眼,东凛自始至终都没说过一句话,好像初筝做的事,他一点也不在乎。

东凛哪里是不在乎,他是没反应过来。

小徒弟每次都给他惊喜……不,那是惊吓。

陆宗主开口,众弟子再不服气,也只能将不服气放在心底。

"可是……小师姐怎么会有这么多灵石?"人群里不知道是谁小声说了一句。

"对啊,每个弟子每个月能领到的灵石就那么多,小师姐怎么会有这么多灵石挥霍?我还听说小师姐在下面的镇子花了不少灵石。"

从花钱买木牌作弊到初筝哪里来这么多灵石,众人吵得不可开交。

初筝作为当事人,反而显得挺悠闲。

"小师姐,你难道不解释一下?"

解释什么解释,解释了你听得懂吗?

"我给的,有什么问题?"一直没出声的东凛毫无预兆地站出来。

他这话一出,全场鸦雀无声,静得针落可闻。

东凛不知道初筝哪里来的灵石,可现在的情况就是他必须站出来,不然这事肯定没完。

果然他一出声,下面就没人吭声了。

这是东凛仙尊……他们能说什么?

以东凛仙尊的身份,就算有灵石矿也不足为奇。

叶络站在人群后,阴沉沉地盯着初筝。

她刚想站出去,就有两个弟子跌跌撞撞地跑进来,一边跑一边喊:"不好了不好了!有妖族打进来了!"

陆宗主噌一下站起来:"你说清楚,是妖族来了,还是妖族打进来了!"

"妖……妖族打进来了!"

陆宗主脸色巨变:"妖族怎么会打进来?"

整个宗门都设有护山大阵，每隔一段距离就是一个，妖族怎么会在没惊动他们的情况下，打进来？

　　"是……是有人把护山大阵关掉了。"那弟子说道，"妖族进来我们才发现，他们已经快到这里了。"

　　就他们说话这会儿，已经听见厮杀声。

　　从山门过来的方向，妖气四溢，杀戮之气冲天而起。

　　妖族冲上来不过是顷刻间的事，云宗弟子们好些没反应过来，已经惨死在妖族的攻击之下。

　　反应过来的云宗弟子立即开始反击。

　　这一切发生得太快，刚才还是一场盛会，转瞬就变成战场。

　　东凛飞身而下，抓住初筝的胳膊，带着她往妖族少的地方避，扑过来的妖族，都被东凛一招解决。

　　初筝想起来一件事……之前沉迷长角的妖灵跟她说过，有人要在宗门大会上搞事情来着。

　　妖灵当时只听见一点模糊的对话，初筝还以为有人要在宗门大会上搞个篡位什么的。

　　谁知道竟然是妖族打上门来。

　　"住手！"

　　天空传来一声低呵。

　　那些杀红眼的妖族听见这声音，竟然停了下来，并迅速退到一边，虎视眈眈地看着云宗的人。

　　有人踏空而来。

　　"谢尘嚣，是你！"陆宗主一眼就认出来人，眼底透着震惊和不可置信。

　　"哈哈哈，是我，陆宗主，想不到吧，我们还能见面，还是在这样的场面。"

　　谢尘嚣看上去年纪并不大，模样俊朗，算得上美男子一个。

　　陆宗主怒极："你竟然还活着。"

　　"是啊，我也没想到，我还能活着。"谢尘嚣笑得颇为肆意。

　　初筝靠着东凛，低声问他："他是谁啊？"

　　"妖族里实力最强的妖……"东凛给初筝解惑，"不过他应该已经死了。"

　　杀谢尘嚣的人……正是初筝的父母。

　　当时就是谢尘嚣带着妖族试图挑起争端，是初筝的父母合力将谢尘嚣杀死。

　　那个时候东凛在闭关，等他出来，事情已经尘埃落定。

　　这么多年，都没听过谢尘嚣的消息。

　　大家都以为谢尘嚣死在初筝父母手里……

　　东凛突然反应过来，初筝父母都是人，怎么会有一个妖族女儿？

　　初筝往谢尘嚣那边看去。

　　原主压根儿就没活到这个时候，所以根本不知道这件事会怎么发展。

　　"谢尘嚣，这是云宗，容不得你放肆！"有长老呵斥。

　　"哈哈哈哈，这么多年，我躲在暗地里谋划，好不容易等到今天，你觉得我会给你们留下反击的机会？"

云宗那边的人有些骚动。

谢尘嚣抬手指向他们，脸上带着三分笑意："你们今天，一个都走不出这里。"

"谢尘嚣，你开什么玩笑！"

他们这么多人，还有东凛仙尊在，他竟然敢说这种话，不怕闪了舌头。

"我有没有开玩笑，很快你们就知道了。"谢尘嚣看了下天色，"也该差不多了。"

谢尘嚣好整以暇地等着，一开始他还挺自信悠闲，然而一炷香时间过去，对面什么事都没发生。

"谢尘嚣你耍什么把戏？"陆宗主没有攻击，是担心谢尘嚣还有什么他们不知道的阴招，没想到他就这么站着。

"怎么会没反应……"

"什么反应？"

谢尘嚣的视线在人群里搜寻，最后落在初筝身上。

初筝心底顿时涌上一阵不好的预感。

果然下一秒，谢尘嚣开口了："初筝，我让你办的事，你办了吗？"

所有人的视线，齐刷刷地看向初筝所在的方向。

初筝被问得一头雾水。

"初筝，怎么回事？"

"他让你办什么事？"

"你和妖族有联系？"

各种各样的问题接踵向她砸过来。

东凛将初筝护住，刚想说话，那边谢尘嚣的声音又传了过来："初筝，你给我过来！"

初筝深呼吸一口气，从东凛旁边站出来，迎着众人的视线，镇定地问谢尘嚣："我认识你？"

死一般的安静。

谢尘嚣先是一愣，随后勃然大怒："你连自己的身份都忘了吗？"

初筝冷漠地说道："我不认识你。"

"你是我……"

初筝手中的无雪急掠出去，砍向谢尘嚣，打断了他的话。

谢尘嚣哪里想到初筝会突然攻击自己，被打了个猝不及防。他立即唤出自己的武器，挡住攻击自己的无雪。

无雪被撞飞，在空中翻转两圈，眼看就要落在地上时，被一只手接住。

嗖——谢尘嚣感受到一股寒气，身体反应快于大脑，朝着旁边一侧。

"初筝，你干什么！"谢尘嚣挡住砍下来的无雪，脸上愤怒交织，"我把你放在云宗，让你来干什么？你忘记你的任务了！"

回应谢尘嚣的是无雪更加猛烈的攻击。

谢尘嚣没想到初筝的力量会这么强大，总感觉每次和她对上，都有一股寒气。

砰——谢尘嚣被撞飞出去，他倒在地上，看着初筝掠过来，他咬牙挥手指挥后面的妖族。

"上！"

厮杀声再起。

谢尘嚣趁机藏在暗处，初筝挥开两个妖族，没有找到谢尘嚣的身影。

"初筝，你可真让我失望。"

初筝回头，却没看见人，但谢尘嚣的声音在她耳旁响着。

"你竟然和人类为伍，你是妖族的耻辱！"

"初筝，你为什么要背叛妖族？"

"你以为他们知道你的身份，会原谅你吗？"

"他们不会，他们会杀了你！哈哈哈哈……"

谢尘嚣狂笑的声音突然消失，距离初筝几米远的地方，谢尘嚣突然出现，东凛扼住他脖子。

"东凛……"谢尘嚣咬牙切齿。

他一手按住东凛的手，一手指着初筝，脸上带着几分癫狂："她是妖，你知道吗？"

东凛语气很淡："我知道。"

谢尘嚣："嗯？"

在谢尘嚣的设计中，初筝应该拥有传承记忆，替他完成前面的任务，下毒，放倒云宗的人。

而那东西，正是那个妖灵送来的。

谢尘嚣很笃定初筝有了那些记忆，一定会按照他的指示做，都没有确认，直接带着妖族杀上门来。

结果……初筝压根儿就没碰那东西，那东西现在还在天净峰上躺着。

初筝也不知道谢尘嚣哪里来的自信。

谢尘嚣被初筝拍在地上，整只妖都不好了。

东凛本想帮忙，结果啥忙都没帮上。小徒弟……好像有点厉害。

其他的妖很快被云宗的人解决掉，毕竟这些人都好好的，没有像谢尘嚣预料的那样。

所以对付这些妖，不算困难。

"你这个叛徒！"谢尘嚣躺在地上，还不忘骂初筝。

初筝弯腰下去，她伸出的手，还没碰到谢尘嚣，妖灵从旁边冒出来，搂住谢尘嚣的脖子，唰一下拖着拽出老远。

"嘻嘻嘻，他是我的哟。"

"妖灵！"

不知道是谁吼了一句，画面顿时有些诡异起来。

所有人都看向那边，谁也没敢妄动。

谢尘嚣似乎认识妖灵，并没多少反抗，反而催促它："快走。"

妖灵却没那个打算，笑嘻嘻地凑到他耳边："嘻嘻嘻……你不会真以为我想帮你吧？"

妖灵嬉笑着蹭了蹭他，带着孩子一般的天真，问他："你帮我长角好不好？"

谢尘嚣并不知道这只妖灵的来历，但是它可以自由出入云宗，还帮他办了一些事，所以谢尘嚣才相信它。

结果这只妖灵这个时候突然反水……

今天是怎么了？

他在做梦吗？

"它在做什么？"

妖灵搂着谢尘器，黑色的雾气，逐渐将谢尘器包裹起来。

妖灵很开心的样子："谢谢你们帮我捉住他哟，他还挺难抓的。那我就先走了，嘻嘻嘻……"

"别让它跑了！"有长老大吼一声。

然而妖灵转瞬就不见了，云宗弟子们扑了个空。

满地狼藉中，只剩下那些躺在地上的妖族。

众人：我是谁，我在哪儿，我在干什么？

来势汹汹的谢尘器，就这么……没了？

陆宗主很快冷静下来，让人去追，并派人重新启动护山大阵。

护山大阵被关闭，肯定有内鬼，而这个内鬼……大家心底怀疑的都是同一个人。

刚才谢尘器拉着初筝说什么，让她办的事……谢尘器还认识她，办的什么事？谢尘器为什么认识她？

"宗主，我有事禀报。"叶络走到中间，直接跪了下去。

大部分的人都还在，见到叶络这架势，所有人都停下来。

突然发生这样的事，陆宗主忙得头疼，皱着眉看过去："何事？"

完了。

解决掉一个，这儿还有一个。

叶络的声音继续传来："初筝师姐她是妖，她根本不是人类。"

众人哗然。

刚才他们从谢尘器的话里，以为初筝背叛了云宗，勾结妖族，没想到，她竟然是妖族！

有谢尘器的话做铺垫，叶络此时说出来，就不显得突兀。

陆宗主："叶络，你知道你在说什么吗？"

"弟子不敢妄言，"叶络垂着头，掷地有声地说道，"弟子有证据。"

陆宗主瞧不出喜怒："有何证据？"

叶络从身上取下一物。

陆宗主一瞧，脸色就变了："你怎么会有此物？"

叶络抬头，深呼吸一口气："当年那个被带回来的婴儿，被调了包……"

当年江氏夫妇抵抗谢尘器时，江夫人已经怀有身孕六个多月。

她不愿意让丈夫一个人面对那么多妖族，所以不顾自己身孕，也跟着去了。

最后那次交手，江夫人动了胎气，生下一个婴儿。

而当时谢尘器并没死，他将婴儿调了包。

"我才是那个婴儿。"

叶络说完，大家都面面相觑。

陆宗主眉头皱成川字："你当年也不过是个婴儿，你怎会知晓此事？"

"收养我的人，当时目睹了一切。"

谢尘器当时也受伤不轻，还要将调包的婴儿，封住全部妖气，导致他只匆匆将叶络处理掉。没承想，叶络命大，不仅如此，还有一个一直躲在暗处看着这场战役的幸存者。

叶络说道："弟子绝无半句虚言，初筝是妖！而且……而且她和师尊……"
一定要让初筝没有任何翻身的余地！
"她和师尊有染！"
陆宗主怀疑自己出现幻听，前面叶络说的，他还能承受，后面那句是什么意思？
东凛仙尊是什么人？怎么可能和自己的徒弟有染！
"叶络，你知道自己在说什么吗？"陆宗主一脸凝重，"东凛是你师尊！"
"正是因为他是我师尊，我才不能看着师尊被初筝诱惑。"叶络还挺大义凛然的，"弟子亲眼看见师尊和师姐手上有道侣才能结的同生契约。"
普通弟子可能不知晓同生契约是什么，但陆宗主和其他长老很清楚。
那种契约，必须是两个已经有夫妻之实的人才能缔结。
陆宗主的心脏有点受不了，要不是他是一宗之主，现在都想坐下去："东凛……"
东凛拉着初筝，维护意思明显："这件事……"
"师尊，"初筝叫他一声，示意他别说，"信我。"
东凛迟疑下，没再出声，不过也没退开，和初筝并肩站着。
"叶师妹，你说我和师尊有染是因为那个什么契约，你看见了？"
"对。"叶络拿出一张纸，"你手腕上和师尊手腕上都有这样的图案。宗主，您看看，这可是同生契约？"
陆宗主接过那张纸看了下，虽然画得不是很详尽，但能看出来，这就是同生契约。
"手腕是吗？"初筝撩起袖子，直接展示出来，"在哪里？"
叶络记得初筝就是右手上有……
可是现在她右手上，干干净净，连颗痣都没有。
叶络心底隐隐不安，也许是她记错了！
她立即说道："另外那只……"
初筝换一只手："有吗？师尊的你也看看？"
东凛很配合地将袖子拉开，本该存在的契约图案，此时消失得干干净净。
"不可能……"
"叶络！"陆宗主压着怒火，"你污蔑自己师尊，简直是放肆！"
"我没有，我真的看见了，他们真的……"
叶络急急地辩解，陆宗主将她打断。
叶络不知道为什么明明存在的契约会看不见。
"宗主，她肯定是把图案隐藏起来了！"
"叶络，同生契约的契纹无法隐藏，即便是东凛仙尊也做不到。"某个长老出声，"这是常识。"
叶络疑惑：怎么会？
她明明就看见了。
叶络反应过来，立即说道："那初筝是妖肯定没错，她绝对是妖。"
"我身上没有妖气，你凭什么说我是妖。"
"谢尘嚣帮你把妖气隐藏了！"
"哦。"初筝看陆宗主，"宗主,不知道你有没有什么办法,能鉴定一个人到底是不是妖？"

初筝倒不是怕这些人,她就是嫌麻烦。

"有。"陆宗主也不太信初筝是妖,她是自己养大的,他怎么会一点异常都没发现?

"初筝……"东凛压低声音,担忧地看着她。

这可不是闹着玩……

"没事,我能解决。"

照妖镜大家都熟悉,云宗也有一面镜子。不过与熟知的照妖镜用法不太一样,它需要人进入镜子里面。

如果镜面没有变化,那么就是人;如果是妖,则会显示出妖的原形。

初筝站在镜子前,后面是乌泱泱的云宗弟子。

陆宗主将照妖镜开启:"进去吧。"

叶络确定初筝就是妖,此时信心满满地看着初筝,等着她显露原形。

初筝面不改色地走进镜子里面。

一进去,初筝就感觉到一股力量,想要往她身体里面渗透。初筝立即用银线将自己裹起来,隔绝那股力量。

外面的人紧张地看着,时间一分一秒过去,镜面却没什么变化。

陆宗主看向叶络,叶络脸色正逐渐难看起来。

怎么会这样……

契纹不见了,怎么连初筝是妖也分辨不出来?

一炷香后。

初筝从镜子里面出来:"我是妖吗?"

陆宗主摇头,凌厉的视线扫向叶络:"叶络,你为何要陷害你师姐和师尊?"

"我没有,我说的都是真的!"叶络情绪有些激动,"肯定是这镜子坏了,换一个,她真的是妖,你们相信我。那个谢尘嚣,刚才说的那些话你们没听见吗?初筝就是妖,是谢尘嚣故意换进来,和他里应外合!"

谢尘嚣说的那些话存疑,陆宗主不敢直接信,但也不敢忽视。

初筝身上确实有疑点。

可现在照妖镜也看了,她确实不是妖……

"我真的没撒谎,是她抢了我的身份,我才是那个婴儿,她是假的!"

"你们这么看着我干什么,我说的都是真的。"

叶络情绪越发激动起来。

"先把她押下去,关起来。"

东凛是涉案当事人,此时不宜出声,所以陆宗主下了令。

"不……我说的是真的,宗主,长老,你们相信我,我真的没撒谎,我说的都是真的!她是妖……你们放开我,她才是妖!"

叶络被弟子按着往外带,她挣扎得厉害,眼睛死死地盯着初筝:"你是妖,你是妖!为什么,你到底做了什么?"

为什么会这样……

不应该,初筝应该被人发现,被绑起来,该被处罚的那个人是她!

初筝神色冷淡地对上叶络的视线，丝毫没有心虚，也没有幸灾乐祸，平静得让人……心寒。

"大家先去把外面收拾干净，其余的事，稍后再议！"

陆宗主将人都驱散，只留下几位长老。

"初筝，之前谢尘嚣为何要与你讲话？他说的那些话是什么意思？"

"我怎么知道，你问他去，我不认识他。"初筝否认得理直气壮，看不出任何心虚或者别的情绪来。

当然初筝也确实不认识。

"你真的不认识他？"

"不认识。"

陆宗主想了会儿："这件事会调查清楚，你先……"

"她跟着我。"东凛道。

东凛开口，陆宗主就不好说什么，让两人先回去。

陆宗主这边让人去查叶络之前说两人被调包的事，不管初筝是不是妖族，这件事得查清楚。

然而事情过去那么久，哪里还能查到那么详细的信息，就只有叶络一个人的口供。

她身上是有当年江氏夫妇的信物，然而除此之外，怎么证明？

她还污蔑东凛和初筝……这怎么看都是叶络居心不良。

加上叶络之前本来就有一次……

虽然初筝身上也有一些疑点，但比起叶络来，那些疑点就显得微不足道。

当初跟在叶络屁股后边的那些弟子现在都傻眼了。

叶络怎么会做出这种事。

杨戍醒悟得早，此时看见师兄弟们这样，心底反而很平静。当初他也和他们一样，不知道怎么就觉得叶络很需要保护，想要好好保护这个小师妹。

结果……

"内奸抓到了吗？"初筝撑着下巴问旁边的东凛。

谢尘嚣进云宗，是谁给他打开的护山大阵，这个内奸，陆宗主一直在查。

"还没有，"东凛放下手里的书，"不过有线索了，应该很快就能抓住。"

他微微顿一下："初筝。"

"嗯？"

"你不想知道自己的身世吗？"

初筝漫不经心地问："重要吗？"

"对你来说，难道不重要吗？"

初筝摇头："不重要啊。"

那是原主的身世，跟她有什么关系。

初筝认真地说道："对我来说，重要的是你。"

小徒弟总是时不时蹦出这种话，东凛有点招架不住。

"师尊，"初筝蹭过去，"你是不是该兑现诺言？"

211

"什么？"

"我考核得第一名。"

东凛想起来，表情僵硬片刻："……你作弊！"

"宗主都说我没作弊，"初筝盯着他，"师尊不会想不认账吧？"

东凛拂袖离开，在初筝看不见的地方，耳根都是通红的。

初筝还以为自己要被放鸽子。

房间暗下来，东凛深呼吸一口气，朝着初筝走过去。

他已经有段时间没有陷入那种失去意识的状态。

东凛清晰地听见自己的心跳声，每一声都很急促……

东凛担心云宗的人发现初筝的身份，在这些事平息下来后，就以带她出去游历为借口，离开了云宗。

陆宗主这下是想查，也鞭长莫及。

而且有东凛护着，陆宗主也查不到什么。

叶络被废掉修为，赶出了云宗。

失去修为，叶络比普通的女孩子还要弱，下场可想而知。

初筝是在离开云宗之后，再次见到了妖灵。

妖灵上来就问："你看我的角，是不是大了？"

初筝："你把谢尘嚣怎么了？"

"吃了啊，不然我的角怎么能长大。"妖灵嬉笑道，"他很补的，我盯了他好久了，一直没找到机会。嘻嘻嘻，下次有这么好的事，我还找你，你帮我抓好不好？"

你把我当什么！

初筝眯了眯眼："你到底是什么东西？"

"……你才是东西呢，"妖灵不满地甩尾巴，"我可是妖王！"

看初筝质疑的眼神，妖灵慢吞吞地吐出一个字："……前。"

"你的角长出来你就能回去当妖王了？"

"不能呀。"

"那你长什么角？"

"好看呀。"

初筝竟无言以对。

"初筝。"

妖灵唰一下消失。

"你在干什么？快点。"

"不想走了。"初筝道一声。

东凛折回来，目光在她周身环视一圈，没有说什么，只是转过身蹲下："我背你。"

初筝爬到东凛背上，东凛轻松地将她背起来："你想去哪里？"

"不知道。"

"你没有想去的地方吗？"

"没有。"

东凛背着初筝往前走。
两人迎着落日余晖,走向不知名的远方。
"你喜欢我吗?"
"喜欢。"
"你会离开我吗?"
"不会。"
"你……"
"你烦不烦,问题那么多,你到死都是我的!"
"好,不问了。"
到死都是你的。

第十二章
寄居阴谋

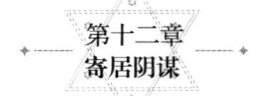

初筝在自己店里醒过来，机器人坐在旁边，玻璃质感的眼珠子目不转睛地盯着她。

"主人，你醒了。"机器人的小短腿立即爬起来站好，"太阳都晒屁股了，你还在睡，主人，你是猪吗？"

哐当——机器人砸在地上，骨碌碌地滚到墙角。

"主人你讨厌！"机器人爬起来，气呼呼地冲初筝吼。

初筝看下时间，是有点晚，不过也只是一个晚上而已……

初筝不理会蹦跶的机器人，快速洗漱一番，没有下楼，从楼上的门出去。

离开问仙路，初筝直奔柳重说的那个殡仪馆。

初筝在外面蹲点瞅了一会儿，看上去挺正常，没有异常之处。

如果里面有未知生物，说不定认识自己，所以她进去很快就会暴露。

初筝把机器人摸出来："数据库。"

"请输入管理者密码。"

大庭广众！

你竟然让我输入那么可怕的密码，我的面子不要了吗？

总有一天，她会把这个密码改成刷脸的！

初筝深呼吸一口气："我是光，我是电，我是唯一的神话。"

"密码正确，数据库启动中……"

大片的数据展现在初筝面前，初筝在上面点了两下，显示出不少未知生物的档案。

她迅速地往下滑动，最后停在一份档案上。

未知生物编号：C5

未知生物命名：人参果

等级：9

灵值波动：940

生存能力：强

....

备注1：人参果不能吃，不过可以用它熬汤，对未知生物会有迷惑作用，刑讯逼供，居家旅行必备哦，你值得拥有！

备注2：温顺，胆小，攻击力不强，弱点叶子，触发攻击模式也是叶子。

备注3：温顺什么！差点咬掉我的头！

备注4：人参果挺可爱的呀。

初筝无视那些灌水的盖楼备注，很快滑到最下面，有一个绿色按钮。

她按下按钮，屏幕跳转，先是输入指纹，随后还得验证脸，乱七八糟的验证后，最后跳转成一个通话界面。

"您找我？"画面里出现一个人参果状的玩意儿，头顶着一片绿色的叶子，正怯生生地看着屏幕。

"过来一趟。"初筝没说废话，直接给了它一个地址。

那边的未知生物不敢反抗，也不敢问为什么，怯生生地应下。

人参果半个小时后赶到，也就巴掌大小，胖乎乎的，从空气里飘过来，那片叶子在风中招摇。

不用遵循交通规则，速度就是快。

人参果看见初筝，显得更害怕，叶子耷拉下来："您找我有什么事吗？"

它最近没有犯事吧！为什么会被黄泉路的人召唤，嘤嘤嘤，好害怕呀。

"你去看看里面什么情况，"初筝说道，"别让其他未知生物发现你。"

初筝做事有时候是莽撞，可那是在她有绝对的把握下。

这种弄不清楚情况，也不知道里面到底是什么，连地形都不清楚的情形下，她不会就这么贸然冲进去。

人参果有能迷惑人的特性，当然有这个特性的未知生物不算少，只不过它距离最近。

人参果很快就飘进殡仪馆，初筝可以通过人参果的管理界面，直接看见它看见的东西。

殡仪馆有些大，人参果飘了半天，也只看见一些工作人员，没有发现有未知生物活动的痕迹。

也许是……要等到晚上？

还是说那些东西已经撤走了，毕竟柳重已经来过一次，加上万飞，未知生物脑子发育再不完全，也知道转移地方吧？

初筝让人参果先出来。

人参果乖乖地飘出来："您……还有什么吩咐吗？"

"没有。"

"那我……"人参果想溜。

初筝一把揪住它脑袋上的叶子："等着。"

人参果：人家就一片叶子，你还揪！

初筝在外面等到晚上，殡仪馆四周没什么建筑，此时夜晚降临，这座殡仪馆就像是黑夜里的一盏明灯。

但是那光阴森森的，给人的感觉很不舒服。

初筝揪了下躺在旁边呼呼大睡的人参果："你再进去看看。"

人参果叶子被揪，一下就蹦了起来，那架势大概是想骂人，不过对上初筝的视线，人参果顿时怂了。

它再次飘进殡仪馆。

里面的灯关得差不多了，只留下微弱的几盏灯照明。从初筝的屏幕里看，简直就是恐怖片现场。

人参果好歹也是C级未知生物，加上它本身的特性，所以怂还是不怂的，很快就将殡仪馆转了一遍，可依然什么都没发现。

不对……殡仪馆里晚上应该有人守夜。

为什么一个人都没有？

初筝越想越不对，直接翻墙进去。

初筝很快和人参果会合。

人参果见她进来，立即邀功："我刚才好像看见有东西往那边去了。"

"什么东西？"

"不知道，黑乎乎的一团，"人参果说道，"应该是同类。"

未知生物？

初筝按照人参果指的方向过去，很快就看见一个指示牌——停尸房。

前面只有一部电梯，电梯通往的地方，应该就是停尸房。

人参果刚才都在上面转，没有到下面去看过……

大过年的，来都来了，总不能空手回去吧。

初筝按下电梯按钮。

电梯停在下面，很快上楼，初筝走进电梯就感觉到一阵阴气。

那种感觉怎么说呢……

就好像电梯是个冰箱，冷气直往她身上吹。

好在下行时间不长，电梯门打开，入目是一条走廊，没有灯光，前方一片黑暗。

初筝刚想出去，电梯门突然关上，整个电梯猛地往下坠。

"检测到未知生物A·245，A·78……"机器人稚嫩的声音在电梯坠落的声音中传来。

初筝稳住身体，面上没有任何变化，心底早就开始骂了。

A级未知生物怎么会出现在这里！

初筝感觉电梯下坠时间足足有三十秒，这么快的下坠速度，三十秒，这得地下多少米？

砰——电梯落地，巨大的声音震得耳膜发疼，初筝一把将旁边飘着的人参果抓回来，揣进兜里。

"未知生物A·78距离你十米。"机器人给初筝报距离，"主人，它来了，它来了！"

"五米。"

"一米。"

嘭——

电梯门扭曲，直接开了个缝，外面的东西再踹一下，电梯门赫然已经失去身为门的作用。

初筝面不改色地站在里面，看着电梯外的未知生物。

那是一只黑色的猩猩，将近一米八的身高，体形雄壮，堵在外面，整个空间似乎都变小了。一双几乎快要看不见的小眼睛，诡异地盯着初筝。

它低吼一声，再一拳砸在电梯门上，接着猛地朝着电梯里扑来。

初筝身体微微一侧，从它旁边过去，手掌劈在它肩窝处。

银光闪烁下，猩猩似乎察觉到危险，猛地从初筝身边退开。

初筝趁机一脚将他踹进电梯里面。

电梯发出一声嘎吱酸掉牙的声音，猩猩被激怒，猛地一掌拍在电梯底部，身体一跃而起。

初筝此时站在电梯外面，猩猩在电梯里面，眼看那只猩猩就要冲出来，初筝手指轻轻在空气里一勾，电梯轰然倒下，将猩猩半截身体压住。

猩猩冲初筝龇牙咧嘴地咆哮一声，撑着地面想要起来。

初筝手指往下一滑，压在它身上的电梯金属，再次重重地往下一沉。

嗖——

黑色的火焰从地面延伸过来，初筝后退好几步，银芒在她脚边汇聚，隔绝那些火焰。

初筝眸光微微一沉，脚下轻动，银芒逐渐扩散，如星河被人搅动，光芒闪闪烁烁，然后以肉眼可见的速度燃烧起来。

银色的火焰与黑色的火焰交织，都想要压倒对方。

然而黑色的火焰明显开始减弱，逐渐被银色火焰吞噬。

初筝抬手一会儿，银芒如光一般蔓延出去，将四周都照得通亮。

他们此时还是在一个通道里，在通道的那头，趴着一只巨大的蜥蜴。

黑色火焰就是从它那里蔓延过来的，这应该就是A245。

编码只是编入档案的顺序，不代表等级实力，A245明显比那猩猩厉害。

不过再厉害，在初筝面前都不是问题。

反正是你们先违反规定攻击我的，合理合法！

某个房间。

"她怎么来了？"

房间里有一道低沉略带几分沙哑的声音响起，隐隐夹着怒火。

说话的人是站在一个监视屏面前的男人，修剪得体的西装，身材高大挺拔，仅仅是看背影，绝对是赏心悦目。

男人后面站着一个中年微胖秃顶男，此时正抹冷汗，没敢回答。

男人耐心不好，低呵一声："说话！"

秃顶男一个激灵，哆嗦着说道："大人，之前有人闯进来，我们把人处理了……但是没想到昨天晚上，又有人闯进来了。"

然后……然后这个人就出现了。

男人转过身来，他面上戴着一张黑色的面具，完全看不清面容，露出来的一双眼睛冷厉幽深："有人闯进来为何不报？"

秃顶男身体发抖，艰难地解释。他们以为可以处理好，不想惊动他。

谁知道会引来问仙路的人……

217

"我没想到她这么快就找上门来了。"秃顶男心虚，不敢看男人。

面具男冷笑一声，指着屏幕，问他："现在怎么处理？"

问仙路那边他们都知道，不能沾。

黄泉路的主人拥有对未知生物绝对的掌控权，以他们现在的实力，和她对上，简直就是找死。

"请……请大人明示。"秃顶男想不到更好的主意，只能硬着头皮请示。

面具男看着画面里，两只未知生物都已经没动静，而那个女生站在中间，姿态悠闲随意，就好像没有动过手一般。

面具男眸光一沉，道："毁掉这里。"

"大人！"秃顶男惊了下，"这里……"

"怎么，你还想被她抓回去？"面具男声音更冷，"你想死，别拉着我下水。"

秃顶男当然不想死，只是这个地方经营了这么久，很多东西都在这里，舍弃掉，他们好些东西都得从头再来。

但大人都这么说了，他也不敢违背，赶紧去办。

面具男站在屏幕前，看着里面的人，幽深的瞳眸里，透着危险的光泽。

初筝把这两只未知生物放倒，一只直接弄死，灵魄装进小瓶子里。

她扭头去看那只被电梯压着的猩猩，几步走过去。

猩猩冲她低吼，十分凶狠的样子。

初筝无视它的威胁，将人参果摸出来："我要知道它知道的一切。"

人参果抖了抖头顶的叶子："好的。"

人参果的叶子之前是鲜嫩的绿，此时已经变成翠绿色。猩猩盯着它，一开始还是凶神恶煞的，但很快脸上的神情松弛下去。

"时间只有五分钟，"人参果和初筝说道，"您要问什么，抓紧时间。"

人参果等级比它们低，五分钟已经是极限。

初筝表示知道了，人参果立即退到旁边当个花瓶。

初筝走到猩猩跟前："你背后主使是谁？"

"不……知道。"猩猩回答得有些生硬，就好像刚学会说话一般。

"这里的负责人是谁？"初筝又问。

"包磊。"

初筝眸子微微一眯，她之前进来的时候，在殡仪馆的工作人员展示墙上，看见过这个名字。

为什么那么多人她就偏偏注意到这一个呢？

因为他在金字塔的顶端，整个殡仪馆都是他负责。

"他是人还是寄居的未知生物？"

"寄……寄居。"

"你们有什么目的？"

猩猩没有立即回答，脸上先是一阵狰狞，像是在反抗一般。

人参果脑袋上的叶子更加翠绿起来，猩猩磕磕绊绊地回答："让它们……都有……身体寄居。"

初筝眸光微微一转："它们是未知生物？"

"是。"

初筝心底沉了沉，柳重的猜测是对的。

"这里都是尸体，你们怎么做到的？"

能送到殡仪馆来，怎么也得是死掉一天了。这样的寄居体，最多能顶几天……

这个问题猩猩也不清楚，因为它的主要职责是保护这里，不让别的东西进来。

具体怎么操作，它不知道。

唯一知道的就是，那些寄居尸体的未知生物，和正常寄居一样，不会出现腐烂的情况。

初筝从猩猩那里弄到这里的简易地图，他们现在所处的位置，下方还有三层。

未知生物寄居的操作，就是在下面完成。

"万飞是你们杀的吗？"

"万飞……是谁？"

初筝调出万飞的档案。

猩猩看了几秒："是。"

初筝眸光森寒，语调更冷："你杀就杀，挂问仙路外面干什么？示威呢？"

猩猩脸上出现几分茫然："我……不知道。"

杀掉万飞后它们才知道这是问仙路的人，因为知道问仙路那边有特殊的手段，它们也不敢随便处理掉尸体，所以最后是包磊处理的。

至于怎么处理，它们就不知道了。

初筝没有纠结那个问题："关于这个殡仪馆你还知道些什么？"

"不……不知道……"

猩猩知道得不算多，初筝实在问不出什么，直接将它打成灵魄状态。

人参果在旁边瑟瑟发抖。

初筝伸手将人参果捞回来揣在兜里，打算下去看看到底在搞什么阴谋。

就在她找到通往下方的通道时，机器人突然狂叫起来。初筝面前出现一幅走势图，旁边标注有几个字——灵值波动。

走势图上的数字正不断跳动：八千、九千、一万、一万二……

不过几秒的时间，数字已经跳到三万，并且还在不断跳动……

下一秒，轰隆一声。

殡仪馆所在位置的地面直接坍塌下去，焦黑一片。

问仙路。

梅姬抱着兔子，火急火燎地冲进房间，和正好出来的谢时撞个正着。

梅姬后退两步，谢时捂着胸口："梅姬你干什么，后面有东西追你吗？"

梅姬习惯性地举起怀里的兔子耳朵："殡仪馆发生了爆炸。"

"嗯？"

殡仪馆爆炸的消息已经上了新闻。

谢时赶紧带着梅姬进去，打开几乎是摆设的电视投影设备，和柳重围在一起看新闻。

镜头还没拉近，画面突然被切了。

网上的其余信息也很快被删除，好像这件事从来没发生过一般。

但是刚才他们看得清清楚楚……

能让那边这么快撤新闻，还将新闻删得干干净净，肯定是未知生物管理局干的。

所以那个地方应该是出事了……

柳重脸色还有些发白，他指挥谢时："去隔壁看看。"

谢时出去又很快回来："没人。"

"联系一下她。"柳重又说道，"咳咳咳……"

谢时联系初筝，第一遍没接通，第二遍两秒后就被接通。

"干什么呀？"机器人的声音从那边传过来，影像也传了过来。

四周的建筑非常高大，一看就是机器人的角度，从画面上看并不是发生爆炸的殡仪馆。

"你的主人呢？"

"主人买衣服呢。"机器人道。

这和他们想的有点不一样啊！

那个殡仪馆难道和初筝没关系吗？

一分钟后，初筝出现在画面里——恕他们眼拙，实在是看不出这衣服和她平时穿的有什么区别。

初筝把机器人拎起来，画面立即变成正常角度。

"什么事？"女孩子的声音清淡疏冷，听不出任何起伏。

"殡仪馆那边发生了爆炸，这件事你……"

"我干的。"初筝截断他，"回来说。"

初筝切断通信，将机器人放在肩膀上。

"主人，刚才那伙未知生物太放肆了！"机器人义愤填膺地握拳，"必须严惩！它们太不将主人放在眼里了！"

"安静。"初筝将衣摆一角随意撩起，扎进裤腰里，看不出有多生气。她问，"收集到多少资料了？"

"爆炸太快了，接入进去就下载了百分之三……"机器人有点委屈。

初筝回去的路上看了那百分之三的内容，都是些客户资料，没什么用。

那爆炸速度确实很快……

初筝把灵值波动图调出来仔细看一遍，灵值暴增持续时间非常短，最后爆炸的时候，好像四处都充斥着灵值波动，引起共鸣，然后造成那么大的爆炸。

初筝关掉灵值波动图："模拟一下爆炸。"

"人家需要时间啦……"

初筝没再搭话，机器人嘀咕两句，初筝不理它，它只好自个儿运行。

初筝到问仙路的时候，机器人也将模拟出来的爆炸给初筝看了。

机器人做出来的模拟爆炸，是按照一切可引起那样爆炸的可能做的，再将现场存在的东西，一点一点地写入进去。

最后排除掉其他可能，剩下的那一个，就是最后的答案。

这个答案不一定是正确的，但有很大概率不会出错。

现在机器人提供给她的答案，是那个地方建设的时候，就已经搭建有灵值共振设备。出现意外只需要启动设备，灵值达到一定峰值，再有别的诱因，产生爆炸不难。

不过……这个诱因是什么？

还有殡仪馆背后的人是谁？

想做什么？

初筝有点烦，麻烦死了。

就不能安安静静地当个外来居民吗？

非得搞事情！非得搞！

每次搞出事情来，麻烦的是谁！

初筝揣着一肚子气，走到黄泉路。谢时就站在门口，那顶小丑帽格外醒目。

谢时见了她立即打招呼："初筝小姐，你回来了。"

初筝点下头，进了隔壁的店："柳重怎么样？"

"柳叔没事，休息两天就好了。"

初筝进去看一眼柳重，柳重正担心爆炸的事："丫头，那爆炸怎么回事？"

梅姬给初筝搬了一把椅子，初筝顺势坐下去，将殡仪馆的事简单说了一遍。

柳重皱着眉："那个包磊？"

"跑了。"

柳重眉头皱得更深："他们为什么要让那么多未知生物寄居在人身体里？"

初筝耸耸肩："不知道，可能想用这个办法占领世界吧。"

柳重心道：这种时候，你还有心情开玩笑。

殡仪馆的事交给谢时和梅姬去细查，那个包磊是重点，最好能抓住人。

殡仪馆对外营业正常，没有任何可疑之处，下面的东西也因为爆炸付之一炬。

而包磊……这个人现在根本查不到在哪里。

事情好像进入了死胡同……

初筝抽空去星家庄园上个班，确定没什么事，愉快地给自己放了假，提前下班了。

胡硕：您还记得自己说过什么吗？

到底谁是雇主啊！

初筝待在自己店里，也不是什么事都没干。她把数据库里的未知生物全部过了一遍，将一些能力特殊的拎出来，又仔细地筛选了一遍。

最后留下来的有两份档案。

未知生物编号：S·E32

未知生物命名：无

等级：15

灵值波动：8500

生存能力：强

特殊能力：重构

············
这是已灭绝的未知生物。
资料上多了一个特殊能力,证明这个能力很值得注意。
没有备注。
第二份是特别那一类的。

未知生物编号：K·88
未知生物命名：无
等级：S
灵值波动：700
生存能力：弱
特殊能力：分裂（存疑）

依然没有备注。
一个S级,未知生物最高等级。
一个特殊能力分类,等级虽然不高,能力却是分裂……嗯,虽然暂时存疑,但显然记录的人并不是很确定它的能力。
初筝头疼地揉了揉眉心。
她要知道到底是什么原因,能让那些未知生物寄居在尸体里后,能和正常寄居一样。
"主人,你有没有想过,也许是类似保鲜的能力？"机器人在桌子上溜达,"就像水果保鲜一样。"
"有这样的能力？"档案里好像没有吧？
"未知生物那么多,说不定有呢？"
初筝觉得机器人说得有道理,也许是她想得太复杂了。
"丫头。"柳重站在门口,正往里面看。
这两天柳重一直在休息,估计现在已经好得差不多了。
"进来。"
柳重这才进门："我跟你说点事。"
初筝示意他坐："什么事？"
"我去殡仪馆那边看了下,遇见了未知生物管理局的苏缇月,苏缇月说在里面找到不少尸体。"
"尸体？"
"都是殡仪馆的工作人员。"
爆炸的时候,可都是晚上,工作人员怎么会在里面？
而且她进去的时候,并没察觉到有人在里面。
"我弄来一份报告,你看看。"柳重从袖子里抽出一卷纸质文件。
文件是未知生物管理局出的尸检报告,也不知道柳重从哪儿弄来的。
尸检报告显示,这些人死亡时间在一个月以上……一个月以上？
整个殡仪馆里的员工,爆炸的时候,找出来的尸体,就没一个人活着。还有几个失踪了,其中就包括包磊。

柳重发愁："丫头，你觉得它们到底想干什么？"

先是问仙路，现在又是殡仪馆。

接下来还会发生什么事？

对方藏在后面，他们现在完全是抓瞎。

初筝看了一会儿，沉声说道："让其他人外出小心，别送命。"

柳重点头："那这边要不要先暂停对外营业？"

初筝仔细地思考一番："暂时不用，对方如果真的有实力下手，早就直接打过来了，让大家小心就行。"

柳重心底思忖片刻，可能也觉得不太妥当。

如果问仙路突然关闭，势必会引起更多的麻烦。

柳重和初筝商量下具体的事项，很快就将消息传达到问仙路每个人那里。

背后主使藏得极深，殡仪馆的事情后，就好像完全沉寂下来，再也没有任何异常动静。

初筝接连两天到星家庄园，胡硕有些意外她竟然这么勤快。

星家这边也很平静，没有出现未知生物要害星绝的情况。

初筝这天刚到庄园，就见几辆车停在门口，几个人正和胡硕说着什么。

"先生暂时没空见你们，有什么事，到公司再讲。"胡硕拦着他们，脸色铁青。

"讲什么？我们都多久没看见星总了？"

"既然星总在庄园里，那就让我们见见。"

"先生不在这里……"胡硕面对这么多人，声音上完全压不过他们。

"星总不在这里，你往这里跑什么？"

"对，今天必须让我们见星总。"

胡硕被推搡得火大，沉下脸："你们闹够没有？"

胡硕是星绝身边的一把手，他沉下脸来，周身的气质都是一变，混乱的场面陡然间安静下来。

初筝看着胡硕在那边胡说，将那些人震慑住。

那群人虽然心有不甘，但最后还是上车离开。

等人都走了，初筝慢吞吞地走过去："干什么的？"

"初筝小姐。"胡硕抹了一把冷汗，"他们非得要见先生，现在哪里能见，也不知道是谁撺掇的。"

这么长时间过去，先生都没醒过来的意思。

平时放的假新闻只能迷惑外面的人，公司里的人都没见到星绝，这情况胡硕也有所预料。

只是没想到会这么快……

"他还能不能醒？"

"这个……"他哪里说得准，胡硕叹口气，"团队那边正在抓紧时间破解，暂时还没有别的办法。"

初筝问："如果他不能醒怎么办？"

胡硕哪里知道怎么办，他现在都要疯了。

胡硕跟着初筝去星绝那个房间看看情况，他现在每天都提心吊胆，这段时间头发都掉了快一半了。

　　"你们破解游戏就能把他叫醒？"这要是不醒，我这任务什么时候算完？亏大了！不行，得想个办法加价。

　　胡硕无奈地说道："先生能自己出来当然最好，如果出不来，只能派人进去。"

　　初筝疑惑地问道："怎么派人？"

　　胡硕指了指一旁："游戏舱。"

　　初筝看一眼游戏舱，不置可否。

　　这件事恐怕没这么简单……

　　本来挺有趣的一件事，但是牵扯到问仙路那就麻烦了。

　　初筝透过模糊的游戏舱门，打量里面模糊的人影。

　　我要找的人……到底是不是你啊？

　　初筝下班回去，刚把乱跑的纸扎人塞进柜子里，王者号就让她准备传送了。

　　初筝吐槽：她刚下班啊！

天 外 来 客

卷三

FAN XING JIANG LIN

第十三章
倒带

"感谢卡合成中……"
"感谢卡合成成功,当前进度18%。"
初筝有点意外,这次的进度竟然这么多,看来薅一只羊是正确的!

"请所有居民前往第三安全区避难。
"请所有居民前往第三安全区避难。
"请所有……"
初筝还没睁眼,最先听见的就是这样的提示音,她感觉自己被人推着往前。
初筝睁开眼看见的就是无数的人头,争先恐后地往一个方向跑。
她在人群里,被带着跑,不动的下场就是倒下去,成为垫脚石。
初筝视线扫过四周,这里的建筑完全将地心引力无视了,横七竖八地乱建,上面还有人移动……
初筝被迫跟着这群人一路往下跑,最后进入一个巨大的空间里。
一眼望去,全是人……
"往里面走!"
"不要堵在门口,快点,动作都快点。"
"那边干什么呢!都往里面走,听不见吗?"
有人在入口维持秩序,见谁站着不动,立即就是一顿吼。
初筝仗着这身体娇小,很快就走到角落,找到一个相对宽敞安全的地方。

这里依然是蓝星,不过是突变后的蓝星,大家已经没有生活在地面,都是地下。
地上遍布毒气,人类无法生存。
原主……是个外星人。
没错,她不是人类。

原主是某个星系、某个种族的公主。

原主成年后，与自己的哥哥姐姐们将面临一场继承"皇位"的考验。不管原主想不想参加，她都必须参加，不然她面临的就是其他人上位后的屠杀。

考验内容是谁能在最短的时间内，拿下一个星球。

两个人一颗星球，但并不是合作关系，而是竞争关系。谁先抢下这颗星球，并征服这颗星球，比其他人提前回到母星，就是最终的赢家。

每个星球都是经过挑选，不会有太大差别，但是原主不知为何抽到了蓝星。

和她抽到一起的是她的第五个姐姐。

在原主的种族里，情感这种东西并不存在。所以她们的姐妹关系，仅仅是靠那点血缘在维持。

蓝星被标注为资源星球，可是当原主历经漫漫长河，抵达这颗星球，才发现这里早就面目全非。

原主知道自己被设计了。

而更让原主措手不及的是，她那个姐姐会在开场就直接动手。飞船遇袭，原主受伤，直接失忆了。

原主的外形和人类没什么区别，她被人救下来，然后有一段时间都生活在地下城里。

原主在地下城认识了一个男孩儿。

在那个男孩儿的陪伴下，原主渐渐明白情感。

她喜欢上了那个男孩儿。

然而就在这个时候，她那个五姐派出来的人找到她，原主不知道为什么被追杀，却也只能逃命。

经过这么长时间，她五姐的势力已经渗透很深。原主不管往哪里跑，都会被人发现，然后引来追杀者。

在追杀中原主隐约记起一些东西，她告诉男孩儿，那些人是想入侵这个星球。

她为了让男孩儿活着出去，不惜将自己暴露在危险里。

然而她没想到那个男孩在最后会背叛自己。

初筝接收完记忆，缓缓吐出一口气。

她抬眸一看，刚才还算宽敞的地方，此时已经被人占得差不多，空气里各种味道混合在一起，格外难闻。

刚才进来的入口已经关闭，入口有人守着。

那些人穿着统一的服饰，手里拿着颇为先进的武器，把前面不断闹事的人呵斥下去。

那些人是地下城的守卫。

能加入守卫队，在这个地下城，无疑地位也会更高一些。

现在的时间线是，原主已经在地下城生活了一段时间。

这次避难是因为整个地下城的运行出了问题，地上的毒气可能会渗透下来。

初筝抬眼往外面看去。

人头攒动，男女老少纷纷挤在一起。

"看见我家小宝了吗？"有人一边挤一边喊，神情焦急。

"你挤什么！"有人怒斥，很是不满。

"你摸哪里，找死是不是？"有姑娘彪悍地怒撑旁边的猥琐青年。

"这是我捡的，你凭什么说是你的？"也有人还在为一点利益纠缠。

初筝只觉得吵死了。

她往后面缩了缩，靠着冰冷的金属物，冷眼看着那些人。

时间一分一秒地过去，大家吵累了，纷纷找地方坐下。

因为地方狭小，初筝这边的角落位置格外受欢迎。

"都给我滚开。"

浑身肌肉的男人从人群里过来，凶神恶煞地赶人。

初筝靠着墙，双手环在胸前，冷眼看着他，没吭声。

其他人大概是见男人肌肉发达不好惹，很识趣地把位置让开。

"小丫头你还不走，等着我揍你呢？"肌肉男的视线落在初筝身上，言语十分粗暴，不过他眼神并没多少欲望，纯粹就是想把初筝吓走。

"这里没写你的名字。"

肌肉男意外初筝不怕自己，眼珠子瞪大，吼了一句："你找打？"

"你试试。"初筝语气冷漠。

肌肉男感觉自己被挑衅了，鼻孔都扩大不少，将短袖撩到肩膀上，气势汹汹地过去。

肌肉男挥拳要打过去。

初筝抬手，指尖夹着几枚银币。

肌肉男的拳头猛地一顿。

拿着银币的女生眉眼冷淡，声音更冷："别烦我。"

肌肉男："别以为你能用钱侮辱我！"

初筝又摸出一把。

肌肉男：那就勉强让你侮辱一下吧。

肌肉男很没骨气地将银币接过来。

现在已经不用纸币，主要货币是一串数字，储存在居民的身份证上，需要用的时候，直接刷身份证就可以了。

而这种银币是稀缺钱币，它里面蕴含能量，平时很多地方都要用到。

地下城居民的钱大多数都要存下来用来购买这种银币，以维持日常生活设备的运转。

地下城的许多设备，都需要用银币里的能量维持运转。

换算一下，五枚银币差不多就够一家三口一个月的生活。

而往往地下城的居民，一个月也只能换到一枚银币。

因为这玩意儿真的很稀缺，不是你想换就能换到的。

大家本以为能看见一场争端，谁知道这么轻易就完了。

能随手拿出银币的人……大家看初筝的眼神变得不一样起来。

肌肉男拿到银币想要离开，突然被初筝叫住，她让他在这里看着，不许别人靠近，之后还有银币拿。

听见有银币拿，肌肉男一口答应下来。

地下城一共分为五个区域，一区是地下城权力的集中地，二区是有钱人，三区、四区、五区都是普通民众生存的地方。

他们现在所处的区域，是第三区。

"姑娘，你是从二区还是一区来的啊？"肌肉男蹲在初筝旁边，好奇地打听。

能随手拿出这么多的银币，肌肉男觉得她不是三区的人。

初筝背靠着墙，冷冷地睨他一眼："关你什么事？"

肌肉男讪笑："问问，不能说就算了，我也不好奇。"

最后那几个字，更像是说给自己听的。

肌肉男果然没再问，有他在这里待着，其他人瞧见就自动绕开。

"都十个小时了，怎么还不能出去？"

"外面现在什么情况？"

时间一长，人群里就有人焦虑起来。

也有人去前面那些守卫那里问，守卫很不耐烦地搪塞他们。

按照原主的剧情发展，他们要在这里待三天。

一天后，初筝吃着肌肉男孝敬过来的食物，心情不算太好，这里太闷了，还混合着别的味道。

小孩儿时不时哭闹一声，可想而知那声音多让人烦。

初筝靠在旁边休息，她也没睡着，就是闭着眼。

半个小时后，她被人声吵得被迫睁开眼。

前方不知何时多了一些守卫，他们正往人群里面走，不时挑一个人出去。

"他们在干什么？"初筝问肌肉男。

肌肉男啃着一块硬邦邦的面包，听见初筝问话，立即狗腿地凑过去："不知道啊，他们突然进来，直接挑人。"

这些守卫手里有武器，没人敢反抗，有人不乐意也被强行拽走。

"你，过来。"一个守卫站在另一边，指着初筝。

初筝虽然在角落，但此时大家大都坐着，只有她站着，身边还有个吸引火力的大块头，被注意到很正常。

"快点！"守卫低呵一声。

肌肉男再怎么凶悍，在面对拿武器的守卫时，也得认怂。

他劝初筝："你要是有什么身份可以亮出来，不然你就只能跟他们走。"

初筝心道：我外星人的身份可以亮出来吗？

这群守卫差不多挑了一百多个人，有男有女，但每个人看上去都很娇小。

此时大家都茫然地跟着守卫出去。

入口外面还有一个空间，里面有不少守卫。他们一出去，立即有人站出来："大家不要害怕，找大家来是因为需要大家帮忙。"

众人都不敢出声，与身边的人互相看看。

有人开始给他们发防毒面具和氧气管。

"三区的净化系统出了问题，但是净化系统的空隙很小，需要身形小的人进去。大家放心，我们守卫队的会带着你们，只要你们按照指示行动，就不会出问题。等出来后，每个人都可以领取十枚银币。"

十枚银币！

这几个字刺激到不少人。

本来拿着防毒装备没动静的一些人，立即按照指示穿上。

有一些人虽迟疑，但现在他们根本没得选。

这些守卫嘴上说着别害怕，却实实在在地用武器对着他们，分明就是威胁。

"你觉得他们是不是骗我们的？"

初筝旁边的一个短发女生凑过来和她说话，语气里是对这些守卫明晃晃的不信任。

守卫是一区权力者们的爪牙，在三、四、五区这样的地方，他们向来趾高气扬。

有人不喜欢他们太正常。

但也因为如此，更多的人想要进入守卫队。

"不知道。"原主记忆里是有这件事，不过原主并没被选中。

短发女生愁眉苦脸的："就怕我们有去无回……"

初筝看她一眼，沉默地把防毒装备穿好。

守卫那边正在分组。

一共十一个小组，短发女生和初筝分到了一起。

守卫队的人教他们如何使用防毒装备，还让他们一定要按照指示行动。

带队的都是守卫队的人。

初筝是十一队，最后才出去。

一出去初筝的防毒面罩就蒙上一层白茫茫的雾，她抬手将雾气擦了擦，发现不是面罩蒙上雾，是整个空间都充满这样的雾气。

"大家跟着我走。"前面带队的人扬声道。

地面通道每隔半米就有一盏应急灯，只要跟紧一点，也不会掉队。

这里明明是大家熟悉的环境，然而此时没人敢说，他们能在这里来去自如。

两个小时后，他们抵达净化系统附近。

这种净化系统分散在地下城各处，所以才会分出那么多小队来。

守卫队的人打开净化系统的大门，里面没什么雾气，大家进去后视线逐渐清晰起来。

无数的巨型设备矗立在这里，人站在里面，渺小如蚂蚁。

温度很高，有人一进来就受不了。

守卫队的人站在前面商量，好一会儿才让大家过去。

守卫队拿出一张图，让大家聚集过去："这是你们要找的东西，找到这个，等待指示。

"指示下达后，你们需要同时逆时针旋转一圈，记住是一圈，这里的符号要对准。然后按下旁边的启动按钮。"

守卫队拿出另外一张图："就是这个启动按钮，大家都看仔细一点。"

图纸传到初筝手里，她看了一眼就传给下一个人。

"你看一眼就记住了？"短发女生惊奇地问道。

那么简单的两个图，有什么难记的？

初筝不吭声，短发女生有些尴尬，转头和旁边的人讨论。

守卫队来的人其实不少，差不多有十几个，身形看上去都比较小，估计都要和他们一起进去。

最初应该是先挑选守卫队里的人，但是进守卫队的人，大部分都是人高马大，很能打的，符合条件的不多。

所以只能选择普通民众充数。

这里有不同的路线，初筝和两个守卫队的人，以及那个短发女生前往一条线路。

这些机器间的缝隙真的很小，不小心就会碰到机器。

"你们小心点，"守卫队一前一后，让初筝和短发女生走在中间，"这些机器很烫。"

走了一段距离，出现一个十字路口。

"你们一人去一边，"守卫队的人说道，"找到之后不要乱动，等指示。"

短发女生很紧张："不会出什么事吧？"

"不会，不要乱动就行，"守卫队的人说道，"抓紧时间。"

短发女生又看一眼初筝："你小心哦。"

十字路口标注有数字，初筝走了左边，她很快就找到目标，不过……那玩意儿距离她至少五米远。

要从这样的缝隙爬上去，那真的是要命。换个大高个来，估计直接卡死在这里。

好在这里没别人，初筝爬上去后，按下到位的按钮。

五分钟过去，还没有指示……

十分钟过去，依然没有指示……

三十分钟过去……

能不能快点，在磨蹭什么，想在这里被蒸发掉吗？

五十分钟后，初筝耐心快要磨尽，耳边终于传来声音："请大家准备好，我数三声后，一起行动……

"三。

"二。

"一。"

初筝旋转的时候发现需要的力气不小，但也还算在正常人承受范围内。她很快就旋转完一圈，按下旁边的按钮。

初筝松开手，四周机器运行的声音同时停止。

大约十秒钟后，机器再次启动。

哔——

刺耳的声音猛地在整个空间响起，初筝差点被这声音搞聋。

"怎么回事？"

"609 怎么回事？"

"609 附近的快去看看。"

耳边是守卫队那边杂乱的吼声。

609……是短发女生去的那个方向。

守卫队的声音再次传过来："其他人原路返回！倒计时五分钟，五分钟后净化系统大门就会关闭，大家抓紧时间！"

显然这个情况，守卫队的人并没说过。

而他们只能听见守卫队的声音，并不能说话，如果可以说话的话，现在估计已经是一片骂声。

靠近大门的人还好，五分钟完全足够。

里面那些，五分钟根本就不够！

他们不知道五分钟后大门关闭会发生什么，此时只能以逃命的速度往外跑。

然而越是慌乱就越容易出错。

初筝在机器的轰鸣声中，听见远处传来的惨叫声……

初筝摸了下胳膊，镇定地跳下去，朝着外面走。

走到十字路口，她往609那边看一眼，透过密密麻麻的机器望过去，什么都看不见。

初筝本来打算出去，想了会儿，又转身，往那边过去。

初筝到的时候，短发女生已经晕过去，初筝将她弄开，迅速将她只旋转到半圈的任务收尾，按下旁边的启动键。

那刺耳的哔声停止。

"还有三分钟！抓紧时间撤！"

缝隙太小，初筝带着一个人，更不好走。

她走到一半，就见一个守卫正往这边过来，见她带着人，立即催促："快点，门马上就要关了。"

那守卫也没自己走，主动将短发女生接了过去，带着她们往外走。

"一分钟！"

耳边是紧迫的倒计时。

"三十秒。"

初筝已经看见进来的大门，不过距离还是有些远。

"快点！"守卫的行动更快了。

"十秒……"

前面就是宽敞的通道，出去后，守卫将短发女生扛起来就跑。

"三秒……"

"两秒……"

"一秒……"

轰隆——大门应声关闭。

"不！"

守卫扑在门上，后面陆续有人出来，他们都没赶上。

看见大门已经关上，这些人瞬间就炸了。

"开门，让我们出去。"

"我们不会死在这里吧？"

"你快让他们开门！"有人揪着那个守卫。

守卫此时面如死灰，喃喃地说道："没用，这门要十二个小时后才能开启。"

重启净化系统后，会有十二个小时的封闭期。外面的人打不开门，里面的人也打不开门。

只能等十二个小时后……

而在这期间，里面的温度会不断上升，他们可能还没被热死，就会因为氧气耗尽而死。

听完守卫的解释，人群更显得暴躁。

他们进来的时候，根本就没说过这件事。

这是欺骗！

"开门！"

"给我开门！"

"放我们出去。"

"你们这是让我们来送死！"

守卫被人打了好几拳，他似乎已经放弃抵抗，本来被挑中来这里，就要做好出不去的打算。

"好热……"

"怎么办？我不想死在这里啊。"

"凭什么让我们送死，你们这群刽子手。"

"呜呜呜……"

没有出去的人差不多有二十人，此时有人对门拳打脚踢，有人掩面哭泣，有人对守卫谩骂发泄。

初筝将那个守卫拉出来，语气平缓冷静："还有没有别的办法？"

和其他人的慌乱比起来，初筝显得太平静，其他人也不由自主地安静下来。

"没……"守卫摇头。

"仔细想想。"

守卫对上初筝的视线，他摇头的动作微微一顿，仔细回想起来："我记得……有人说过，净化系统后面有一个测验室，净化系统刚投入使用的时候，有人在那里常驻进行净化系统的调整和记录。"

既然能常驻，那里面肯定有供人生存的环境。

"快带我们去！"

"我不想死。"

旁边的人立即激动起来。

初筝扫了那些人一眼，叫嚣的人瞬间噤声。

面前的人明明是个小姑娘，可给他们的感觉，却像是站在权力巅峰的女王，一个眼神都带着凌厉的寒气。

初筝冷声说道："带路。"

"我……我不知道在哪里，"守卫迟疑，"我也只是听说的。"

就算能用，那个测验室也应该很久没用了。

守卫又说道："我……我问问队长。"门虽然关了，但通信还能使用。

守卫联系上外面的人，队长听守卫说完，估计也要问人，好一阵才告诉他怎么走。

"就算你们找到那里……也可能进不去,那个地方已经很久没使用了。"队长的声音沉痛,"祝你们好运。"

守卫苦笑一声,现在什么都不做,不也是死吗?

"队长,我要是没出去,请你多关照下我家人。"

测验室在最后面的位置,一群人浩浩荡荡地往那边走。

"好热……"

"我要不行了。"

"真的好热,有没有水啊?"

"歇会儿吧,我走不动了。"

太热了……

"大家抓紧时间,快到了。"守卫带着晕着的短发女生,给他们鼓劲,"就在前面了。"

大家相互搀扶着往前走。

周围温度太高,他们身上还穿着隔离服,皮肤都在发烫。

好不容易找到测验室,可测验室的门打不开。

"这门怎么开?"

门上有个旋转的手柄,然而不管他们怎么旋转,门纹丝不动。

"打不开啊……"

守卫擦了擦旁边生锈的牌子,扭头问:"谁有银币?"

都是三区的居民,银币这种东西稀缺,谁会有多的?

初筝摸出一把银币递过去。

守卫诧异地看了初筝一眼,可此时也顾不上那么多,守卫接过银币,全部投进去。

每投一枚,下面就亮起一盏红色的小灯。

银币里有能量,作用就是用于各种设备的启动。当然像这种设备,会有特殊的银币,普通的银币能量肯定不够。

"不够。"守卫看向初筝。

"我没了。"王者号发的任务奖励就这么多。

守卫又看向其他人。

初筝带头拿了那么多出来,有人抠抠搜搜地摸出一枚。

二十个人,最后只有五个人拿出银币,其中有个人拿了五枚,守卫投完最后一枚银币,红灯终于变成绿灯。

耳边咔嚓一声,守卫神色一喜,立即旋转手柄。

许久没有启动过的门,被缓慢拉开,里面的灯依次亮起,各种机器运行的声音也逐渐响起。

"快进去。"

"不要挤。"

"扶着旁边的人。"

守卫最后一个进来,将门关上。

净化系统外面。

守卫们被那些出去的民众围着讨要说法，毕竟他们也差点被关在这里。

这些人都没经过专业训练，如果一开始就知道启动后只有五分钟的时间离开，他们还能保持冷静吗？

这群人闹得厉害，最后有人直接动用武器把他们镇压下来。

等这些人不闹了，队长又将银币提升到五十枚。

先打一巴掌再给个甜枣，这群人果然安静下来。

净化系统开始起作用，外面的雾气正在减少，逐渐可以看见熟悉的建筑。

队长看一眼紧闭的大门："回去吧。"

他对里面的人能活下来不抱多少希望。

回到避难所，大家都被要求不许乱说话，他们也没再被放进里面，待在外面的那个空间里。

等到净化完成，空气达标后，避难所里的人被放出来，各自往自己的地盘走。

守卫队的人都去维持秩序，其余被调来的守卫也要回到二区和一区去。

此时已过了十二个小时，队长带着人再次抵达净化系统的大门口。

队长的通信频道一直开着，可并没人联系他。

里面的人，恐怕……

就在此时，通信频道传来一阵嗞嗞电流声："队长……开门。"

队长神情一变："你们都还活着吗？"

"都活着。"

队长立即招呼人开门。

"队长，"有人皱眉，"这些人出来，可不好打发啊。"

之前那一拨人，他们虽然生气，可到底没被关在里面，可以用利益诱惑。

但是里面的人不一样……

他们差点死在里面。

在地下城里，普通民众的命，并没那么值钱。

队长皱眉，没有出声。

其余人都安静下来，不敢说话。

通信频道里的声音继续传过来："队长，我们氧气不够了，快点开门……"

可能是半天都没人回应，里面的人明显着急了："队长，你还在听吗？"

"喂？能听见吗？"

没人回应那个声音。

"开门。"队长经过一番思想斗争，沉声说道。

"队长！"

"那是你们的战友！"队长吼道，"你们要看着他死在里面？"

大家面面相觑几秒，赶紧过去开门。

净化系统的大门打开，热气从里面涌出来。

初筝最后一个出来，和其他人出来就瘫在地上不一样，她面色平静冷淡，好像在里面只是待了一会儿。

"队长,"守卫直接给了队长一个熊抱,"我差点就以为见不到你了!"

队长拍了下他肩膀,一抬头就对上站在人群后方的那个女孩儿的视线。

女孩儿瞳孔微微有些浅蓝色,里面无波无澜,像镜面天空,好像能看透人心一般。

守卫联系他们让开门,通信视频里那么长时间的沉默是为什么?

初筝可不觉得他们是在商量怎么开门。

更有可能是想让他们继续待在里面,最后耗尽氧气而亡。

毕竟这些人出来,可就是麻烦……

"队长,这次多亏这个姑娘,不然我们真的出不来。"守卫松开队长,指着初筝那边。

队长有点怵初筝的视线,按理说,这么一个小丫头,他压根儿不用放在眼里……

队长深呼吸一口气,主动走过去:"这次的事,很感谢你的帮助,我们会给你准备一百枚银币。"

初筝面无表情,眸光隐隐泛着寒气:"你没让我死在里面,我应该谢你。"

虽然她很怀疑……可是她没证据,人家最后也开门了,都没正经理由出气。

我太难了。

队长神情一僵,片刻后故意曲解初筝的意思:"救你们是我们守卫队的职责,不用谢。"

初筝拒绝了一百枚银币,毕竟她以后会不缺这玩意儿,不过她也没说不要,让他们把银币分给其他人。

她不缺,不代表别人不缺。

而且不能便宜这些人不是。

初筝什么都没要,直接走了。

其他人还在闹赔偿问题,差点死在里面,不多捞一点,怎么对得起他们这一趟。

队长看着初筝离开的方向,好半晌才收回视线。

初筝按照记忆,回到自己的住处。

就是一个很小的房间,外面是一条通往对面的廊桥,从她这个房间往外看,建筑都是横着的。

据说这些建筑里都有特殊磁场,可以保证人在里面,和在地面一样。

"恭喜小姐姐获得感谢卡×1"

"恭喜小姐姐获得感谢卡×1"

"恭喜小姐姐获得……"

王者号一连串恭喜了不少。

初筝有点意外,这里的人都这么淳朴的吗?

"……"不,只是因为你把银币给了他们而已。

初筝发觉自己想多了。

原主所在的这片区域,应该算地下城混乱的区域。

就像正常城市里,普通人里还有划分。这里鱼龙混杂,什么人都有。

"小初……小初……"

初筝听见有人叫自己，接着充当门的帘子被人挑起，一个男生从外面进来。

男生见她在里面，顿时松口气。他一边拍着胸口，一边说道："小初，还好你没事……我担心死了。"

这个男生就是最后背叛原主的那个……叫雷明。

十六七岁的模样，有些瘦弱，五官还算俊秀，笑起来的时候就是一个阳光大男孩。

原主受伤后被雷明的父亲捡回来，雷明一直在照顾她。她现在待的地方，也是雷明家。

雷明一开始对原主真的很好，像一个大哥哥一般照顾她，好吃的也会留给她。

可是最后他还是背叛了原主。

之前让大家避难的时候，原主和雷明走散了。

"小初，你怎么了？"雷明伸手在初筝面前晃了晃，"是出什么事了吗？"

初筝："没事。"

雷明说道："有什么事，你一定要和我说。"

初筝心道：不敢不敢。

"小明，你在楼上吗？"女人的呼喊声传上来。

"哎，来了。"雷明应一声，"小初，我先下去了，一会儿再来找你。"

初筝不置可否，看着雷明离开。

"她回来了吗？"

"回来了。"

"哼，也没见你这么关心你老妈。"女人声音略显刻薄，"她现在都好得差不多了，还赖在咱们家里，养她不要口粮的啊？"

雷明："妈，你小声点。"

女人："你还怕她听见？在我家白吃白喝，她还来历不明，这要是被人知道，你害的是我们这一家子！"

"妈，你别说了。"

雷明和女人的声音渐渐小下去。

雷明的母亲一直不喜欢原主，因为雷明和雷父坚持，原主才能留在这里。

原主被捡回来，没有身份证明。如果被人发现，确实很容易出问题。

"主线任务：请获得合法身份证明，限时两天。"

初筝下去的时候，雷明和他母亲都不在。

初筝从狭小的通道出去，这里的建筑属于违规搭建，依附的是旁边建筑的磁场。因此走动都得小心，不然指不定就掉下去了。

原主之前只在这附近活动过，其他地方都不熟悉，更别说合法身份证明怎么弄了。

初筝溜达两圈，找到一个类似市场的地方。

刚经历那样的事，大家刚回来，却来不及去害怕，已经开始为生计发愁。

地下城物资匮乏，食物稀少，买卖的东西也十分匮乏。

初筝一路过去，看得最多的就是饿得皮包骨的孩子。

就在初筝思考该怎么办的时候，余光瞄见一个人——那个肌肉男。

肌肉男在街道摆了个鱼摊，上面的鱼和初筝印象中的鱼不太一样，个头大不说，长得

237

还奇形怪状。

　　这些鱼都是地下河里捞上来的，里面的鱼攻击性极强，长得又大个，没点本事还真捞不上来。

　　"再来点。"

　　"吃不完吃不完……"

　　"你骗谁呢？"肌肉男凶神恶煞地瞪着买鱼的青年。青年瑟缩了一下，不敢不接肌肉男递过去的鱼肉，抖着手结账。

　　肌肉男这才满意地笑道："下次再来啊。"

　　青年一溜烟地跑了。

　　强买强卖肌肉男明显很在行，就这么一会儿，肌肉男就已经卖掉好些鱼。

　　别人绕着他走，他还能把人给叫回来。

　　初筝走过去，肌肉男将摆在案板上的鱼拍了拍，头也没抬地问："买什么？"

　　肌肉男半天没听见声，抬头："买什么，不会说话……"

　　他的声音戛然而止，眉毛抖了抖。

　　他凶神恶煞的神情一变，狗腿谄媚起来："是你啊。"

　　之前初筝被守卫队叫走，就再也没回去过。

　　地下城说大不大，说小不小，肌肉男还以为碰不上她了，没想到现在又见到了。

　　"问你点事。"

　　"您问您问。"

　　肌肉男没想到初筝的问题是关于身份证明的事。

　　地下城没有身份证明的一抓一大把，除了第一个孩子，后面的孩子想要去领身份证明，就得上缴银币。

　　不是钱，是银币。

　　生活在这里的人，仅仅能维持生活，谁有多的银币去缴这个钱？

　　所以那些孩子就成了黑户口。

　　然而没有身份证明，面对一些巡查、抽查只能到处躲藏。

　　一旦被查到，那就不是上缴银币那么简单了。

　　有需求就有产业链，这么赚钱的事，当然有人做。

　　正好肌肉男也知道……

　　肌肉男带初筝过去。

　　"辉哥，好久没见你了呀。"

　　"辉哥，来玩啊……"

　　肌肉男明显是这里的常客，不少人都认识他，一路过去，不少人过来献殷勤。

　　辉哥将那些人赶走。

　　"咳咳咳，那什么，这里就是这样。前面就到了。"辉哥指着前面的牌子。

　　破旧的灯牌没有亮，上面写的是某某茶楼。

　　辉哥替初筝挑起黑色的帘子，冲里面喊一声："郭瞎子。"

　　里面并不大，初筝一眼就看见坐在一堆乱七八糟杂物前面的老头。

　　老头坐在轮椅上，左边眼睛戴着黑色的眼罩，只能用一只眼睛。脸皮往下耷拉着，给人的感觉有些刻薄。

"大呼小叫什么?"老头语气不算好。

"给你带客人来了。"辉哥说道,"这位姑娘要办证。"

郭瞎子扫初筝一眼:"可信吗?"

"可信,可信。"辉哥拿了初筝的银币,现在管她可信不可信,先点头再说。

郭瞎子又审视了初筝一会儿,初筝任由他看,不卑不亢地站在那里。

郭瞎子沉吟片刻,问:"做哪种?"

还要分种类?

辉哥给初筝解释,可以做普通的和入信息库的。

普通的只是看上去和大家的一样,但一刷就会露馅。入信息库的就不一样,这是可以查的,不过没有其他的功能,只是能查到。

当然如果对方仔细去查底细,也会立即露馅。

来都来了……当然是办最贵的!

郭瞎子让初筝去里面拍个照,然后开始制作。他的模板都是现成的,初筝也不过是等了一个多小时就拿到新出炉的身份证明。

"明天你的信息才会上传,这期间不能使用。"郭瞎子叮嘱初筝。

"哦。"

初筝把余款付了,辉哥在旁边看得两眼放光。

郭瞎子看着那些银币,独眼里闪过一缕暗芒。

能有这么多银币,还来办假证……估计是犯了什么事。

不过这和他没关系。

郭瞎子将银币锁进保险柜里。

从那茶楼出来,辉哥立即说道:"姑娘,你缺不缺人啊?我可以给你当打手,我很能打的。"

他卖鱼能赚几个钱啊。

这小姑娘出手就是银币,跟着她还愁没银币花吗?

初筝想了一下,问他:"你会花钱吗?"

辉哥凶神恶煞的脸上全是问号:"花钱有什么不会的?"

初筝上下打量他几眼,想想现在她对这里不是很熟悉,勉强同意他跟着。

"让开!"

哗啦——疾驰而来的人撞翻街道两侧的东西,一阵风似的跑过去。

初筝和辉哥刚出来,差点和这人撞上。

那人后面追着好几个穿银灰色战斗服的人,那衣服和守卫的有些相似,但又不一样。

领头的男人一头耀眼的金发,初筝还没看清,那人就已经从她身边掠过去,追着前面的人过去,消失在街角。

这些人出现得突然,消失得也突然。

"他们怎么会在这里?"辉哥嘀咕一声。

初筝随意地问一句:"他们是谁?"

"特别行动组的……"辉哥说道，"这些人只在一区活动，三、四、五区很难见到他们。"

守卫队是保护整个地下城的机构，那么特别行动组，就只服务于最高权力。

守卫队努力努力，也许还能摸到边。特别行动组不管你再怎么努力，都是不可能的。

"不知道刚才他们追的谁……"辉哥啧啧两声。

不管追谁，跟我都没关系。

初筝很快就将这件事抛之脑后。

初筝要先回雷家去，她肯定不会在三区，毕竟她的逆袭对象应该是原主的五姐。

那位便宜姐姐，怎么可能会在三区呢。

所以现在她要去把雷家的事解决掉。

雷明和雷母都在，见初筝回来，雷明立即跑过去："你去哪儿了？怎么也不和我说一声？"

他回来就没看见人，还以为出什么事了。

"这么大个人，能出什么事。"雷母在旁边阴阳怪气地说道。

雷明尴尬地笑一下："别理她。"

雷母被无视很不满："还不去干活，就知道吃，当我这里是什么地方？"

这话明显是对初筝说的。

平时原主也需要干一些家务，比如洗衣、做饭……

一开始原主肯定不会，但好在她学习能力不错，很快就做得有模有样。原主觉得住在这里不好意思，不用雷母说，她自己就会去。

可初筝不会……因为她不要脸啊！

"没事，你肯定吓着了，先上去休息，我来做。"雷明让初筝上楼。

雷母在旁边气得想抽雷明两巴掌。

就在雷明和雷母要闹得鸡飞狗跳的时候，外面突然有动静。

雷母和雷明同时停下，对视一眼，雷明立即跑到门口往外面看。

雷明急急地跑回来："好像是有人来巡查……小初，你快躲起来。不能出去……躲楼上去，快点！"

雷母变了脸色，这要是让人查到她家有个没身份证明的人，那不就完了吗！

初筝被迫上楼藏起来。

初筝很快听见下面有声音，像是有不少人进来了。

接着就是各种声音。

初筝就站在她睡的房间里，很快有人掀开帘子进来，视线扫过狭小的房间，似乎觉得没有可以藏人的地方，只看了一眼就退了下去。

"上面有没有人？"

"没有。"

"再上去看看。"

下去的人又上来，这次不再是看看，而是动手翻找。

当然最后还是什么都没找到。

初筝以为这就算完了，结果又上来一个人。

这人初筝还有点眼熟，之前遇上的那个特别行动组的，那头金色的头发很扎眼。

男人身形挺拔，在这狭小的空间完全委屈了他。

初筝此时才看清这个男人的模样。

男人金色的发梢扫过光洁的额头，墨染过般的瞳眸，鼻梁挺翘，他的五官有些混血儿的感觉，精致深邃，能瞬间抓住人的视线。

银灰色的战斗服将他的腰身完全凸显出来，宽肩窄腰，黄金比例一般的标准。

他身上萦绕着沉肃的威严，有着王者的矜贵气质。

男人视线扫过逼仄狭小的空间，眸底像是浸染了一层浓墨，沉寂又威严。

初筝就站在距离他两步远的位置，她环胸抱着胳膊，视线很放肆地将他打量一遍。

男人微微低下头，金色的发落下，挡住他的眼睛。

初筝看着他摸出一个圆形的物件，打开观看。

初筝也不怕，直接走过去，往那个圆形物件上看。

上面标注有两个点：一个绿色的，一个红色的，两个点离得非常近，几乎重叠。

初筝正看着，男人突然抬眸，锋利的视线扫向初筝所在的位置，接着毫无征兆地出手，朝着她这边袭过来。

初筝迅速往旁边一侧。

那个红点随着初筝的动作移动。

那是什么玩意儿！

为什么会显示她的位置？

男人落了空，迅速转身，再次按照红点所在的位置攻击过来。

初筝的目标对准男人手里的圆形物件，仗着对方看不见自己，闪身过去，抓住那东西直接抢走。

哗啦——男人手腕上有细小的链子被拽出，那东西和他手腕连接在一起。

男人反手抓住链子，往他的方向一拽。初筝当机立断，指挥银线包裹这铁链。

咔——链子应声而碎。

男人身体猛地一个踉跄，退到帘子前面。

失去作弊器，男人视线扫过四周，没了焦点。

初筝在窗户上敲了下，让人以为她跳窗出去了。

男人极快地走到窗前，往下面看。

没有发现任何异常，男人皱着眉回到房间，失去那个能定位的东西，他明显没办法判断房间里到底还有没有人。

而那东西应该只有一个，不然他就该叫人上来了。

初筝看着他在房间里转悠，本来就狭小的房间，此时更加小。

初筝只能站到墙角。

约莫五分钟后，男人才放弃离开。

初筝低头打量手里的东西，她刚看了几秒，发现那绿点距离她并不远……

帘子忽地被挑起，男人的身影又出现在门口。实在是看不出来什么异常，男人这次真的离开了。

初筝看着屏幕上的绿点离开，越来越远。

这是个什么黑科技？为什么可以定位她？

还有刚才那个人……

"小初。"雷明等人离开,匆匆上来,脸上的焦急不似作假。

见初筝好好地在房间里,他又松口气:"刚才没出什么事吧?"

那些人看着和以前的守卫不太一样,作风更强横,也不知道什么来头。进来就查身份证明,雷明是真的担心初筝会被查出来。

好在初筝没事,他提着的心彻底落下。

"没事。"初筝语气冷淡。

"你别怕,我会攒钱,给你弄个身份证明。"雷明拍着胸脯保证。

要不是最后因为你原主都死了,我真的要信了!

这次的巡查,给附近的居民造成不小的惊吓,毕竟没有身份证明的不止初筝一个人。

外面的人都在讨论那些人,有的人见识广,认识那些人。

不过这些都不是初筝关心的,第二天,她留下一些银币,离开了雷家。

初筝去辉哥的摊子上找人。

他虽然摆着摊,但明显没有做生意的意思。这反常的行为,导致附近的人都心里发慌。

初筝一来,辉哥就跟活过来似的:"初筝小姐。"

"你知道怎么去二区吗?"

"二区?"

辉哥先是错愕,随后又挠头:"你的身份证明是假的,过不去啊。"

那身份证明虽然可以查,但要是拿到二区边关去用,绝对露馅。

地下城虽然分区,但三区的人要去二区也不难,只要身份证明你没犯事,没有疾病,就可以进去。

只是二区的生活,根本不是大家能负担的。有的人去了,很快就会回来;有的人去了,在那里混出一点成绩,自然就再也不想回到下面来。

初筝尽量冷静地问:"有钱也不行?"她不信这里没有偷渡!

辉哥挠挠头:"呃……那可以联系一下偷渡那边的人,不过费用……很高。"

费用都不是问题。初筝大手一挥:"你去办,尽快。"

辉哥见识过初筝的阔气,立即应下:"好的。"

辉哥认识的人不少,很快就联系上人。

出发时间定在明天晚上夜里十二点。

初筝没想到这个偷渡,是从地下河走。

二区和初筝想象的二区位置根本不一样,和三区距离二十多公里。

这偌大的地下城,绝非一朝一夕可以建成。

初筝觉得自己有必要了解一下地下城的历史。

初筝登上破破烂烂,做了伪装的船只,上面已经有不少人。

这些人要么是想到二区去大展拳脚的青壮年,要么是年轻漂亮的女孩……他们向往干净明亮的二区。

初筝给的银币多,船家给她预留最好的位置——一隔板挡住的小空间。

辉哥有些紧张,怕初筝不满意。但初筝并没什么表示,进去后直接坐下。

"什么时候开船？"

"十二点，"辉哥说道，"还有十分钟。"

这个船都是准时开船，因为过去的路上会有巡逻队，他们必须掐准时间抵达预先的位置，等着巡逻队离开，然后继续前进。

一分一秒都要算准，不然就会被发现。

"让我们上去吧，求求你们了。"

"不行，你们只有一张票，只能上一个人。"

喧嚣声从外面传进来，船家的呵斥和女人的哀求声交织在一起。

辉哥很识趣地出去看了一眼。

有对男女想要上船，但是他们手上只有一张船票。船家就不让他们上来，他们现在正在求船家。

眼看时间走到十二点整，船家明显急了，招呼人过来，要将那两个人都赶下船去。

再耽搁下去，今天就走不了了。

"不要，不要赶我们下去，求求你行行好，让我们上去……"

船家沉着脸："我这是开门做生意，不是做慈善，你们要么一个人上来，要么都别上来。"

他也是将脑袋别在裤腰带上，哪有那么多的同情心。

"船家，"辉哥拉住船家，"让他们上来吧。"

船家一看是大客户，脸色缓和一些："我这……"

辉哥递给他一把银币："够了吗？"

"行行行，你们今天遇见大善人，赶紧的。"船家招呼那对男女，"快点，抓紧时间，都别站在外面。"

那对男女相互搀扶着上来，四周的人投去羡慕的视线。

他们拼死拼活才攒到这么多银币，换一个位置。

这两个人就这么白得一个位置……

"您等等……"女子追上辉哥，辉哥一脸凶神恶煞的表情，惊得女子退了一步，她小心地道谢，"谢谢您啊。"

辉哥看上去凶神恶煞，语气却挺友善："不用谢我，是我老板心善。"

女子大概没想到辉哥后面还有个老板。

她捏了捏衣摆："可以……当面谢谢她吗？"

辉哥挠了一下头："你等下。"

他进去后跟初筝说了，得到初筝允许，招呼女子进来。

有些破旧的环境里，女生端坐角落，眉眼冷淡，那架势，像是端坐在王座之上，整个人都透着光辉，衬得四周的环境都上了档次一般。

女子愣了下，好一会儿仓促地低下头，鞠躬："谢谢您。"

"恭喜小姐姐获得感谢卡×1"

有感谢卡，初筝心情好了不少。

女子离开那个地方，走到和她一起上来的男子身边。

他们上来得晚，没有位置，只能蹲在角落里。

243

那男子一直没说话，低着头也看不清样貌，此时还微微发抖。

女子过去扶着他的肩膀，小声地在他耳边说道："你猜我看见谁了。"

"谁？"男子声音嘶哑。

"公主殿下。"

男子立即抓住女子的手："在哪儿？"

女子说道："在里面，不过……公主殿下有点奇怪，她好像不认识我了。"

那眼神太陌生了……

男子挣扎着要起来："我去看看。"

"别，这么多人，"女子拦住他，谨慎地说道，"看看再说。"

男子咬着牙："那可是……"

女子挺冷静理智："现在我们不知道情况，万一公主殿下有别的计划，我们冒险过去，说不定会坏事。"

男子粗喘两口气，最后好像被女子说服，身体靠回去。

船行驶的速度不快，摇摇晃晃像是在坐摇篮，几乎听不见什么声音，初筝怀疑他们是用手划的。

中途走走停停，躲避巡逻的守卫。

初筝靠着木板，研究手里那个类似定位器的东西。

这东西就一块屏幕，没有按钮，也没有任何可以操作的地方。

初筝正看得起劲，本来只有红点的屏幕，突然出现了绿点。

几乎是同时，王者号的声音响起。

"隐藏任务：请获得楼行好人卡一张，阻止好人卡黑化。"

初筝深吸口气，缓缓问，楼行是谁？

"就是你之前遇见的那个人哟。"

我就知道！

看着屏幕上的绿点越来越近，初筝起身出去，辉哥吓了一跳："初筝小姐，你……"

"没事，你不用跟着我。"

初筝一个人走了出去。

此时船舱里的人大部分都睡了，少数的人没睡，也没出声，安静地靠在一边。

初筝走到可以看见外面的船舱边缘，外面是地下河的岩石，生长着一些奇怪的植物。

好人卡在这种地方干什么？

初筝看了下屏幕，那个绿点一直没动，按照她现在的位置，应该是在岸边……

…………

不会是要抓偷渡的吧？

眼看他们的位置就要交会，初筝转身去找船家。

"停？"船家摇头，"不行，我们这路线和时间都有规定的，不能停，不然就要和巡逻撞上了！"

初筝给船家加钱。

船家：你给我加钱，我也不能拿着脑袋去冒险啊！

初筝继续加钱。

船家：我真的怕死啊！

初筝再加钱。

船家松了口："你要干什么啊？"

"上岸去看看，"初筝说道，"不会耽搁很久。"

不管好人卡在干什么，先搞晕弄上来。

嗯！

就这么办！

船家往外面看了看，在心底衡量了一下，说道："我只能在前面等你，你到时候顺着岸追上来，不过你只有半个小时。"

巡逻半个小时一班，他可以在下一个躲避点上等她。

"行。"

船家把船靠岸，初筝交代了辉哥两句，直接进了那茂盛的植物丛里。

这些植物丛看上去有些眼熟，可这大小完全不眼熟。不知道有毒没毒，初筝也不敢碰，避开那些东西往里面走。

绿点离她越来越近，初筝不断调整位置，终于和绿点重叠上。

但是……这里除了不太正常的植物，还有什么？

鬼都没一个！

这破玩意儿是不是搞我？

初筝心情不爽，面上不显，行为上却有表现的，她踹了一脚旁边的植被。

脚踝忽地一凉，黏腻感从脚踝上传开。

初筝下意识地动脚。

扑通——

初筝听见一声闷响，她心头一跳。

她还没来得及过去查看情况，王者号的声音传来。

"恭喜小姐姐完成本位面第一次倒带，读档中……"

第十四章
寄生虫

当黏腻感再次袭来的时候，初筝忍住踹人的冲动，低头往下看。

一双脏兮兮的手正死死地拽着她脚踝，那感觉就好像是白骨要从土里爬起……呸呸呸！

初筝拨开挡住她视线的巨大叶子，这才看见旁边有个坑。

而抓着她脚踝的人，分明是刚从坑里爬上来。

初筝探出身子，往坑里看了眼。里面立着尖锐的石锥，刚才那么砸下去……死得不冤。

初筝看完坑，注意力落在男人身上。

他还穿着那身银灰色的战斗服，可惜破破烂烂，脏兮兮的，快要看不出原貌。

男人的手指正在缓慢松开，身体也在往下面滑。

初筝揪着他衣服，将人弄上来。她抬头往上看，上面是一条路，那是除了地下河，唯一通往二区的路。

好人卡估计是从那上面掉下来的。

初筝看着他，叹了一口气。

楼行胸口沉闷难受，一阵阵地疼。

他勉强睁开眼，入目的是雪白的天花板，鼻间隐隐有消毒水的味道。

医院吗？

楼行感觉胸口被一块大石头压着，喘气困难。他略显艰难地抬手，按住胸口，扭着头打量四周。

不对……这里不是医院，四周的环境更像是酒店。

而且这装饰他不陌生，这是二区最好的酒店——艾格丽酒店。

他怎么会在这里？

楼行脑子还有些不清楚，等他缓了好一会儿，总算记起之前发生的事。

他在追捕一个逃犯的时候，因为预估有误，他的计策出错，陷入孤立无援中，最后还中了对方的圈套。

楼行觉得这事有点蹊跷，可他现在的情况容不得他多想。

楼行试着坐起来，发现实在不行后，就放弃了，躺在宽敞舒适的床上，盯着天花板。

谁把他弄到这里来的？

绝对不会是他的人……他们要是发现自己，应该将自己送回特别行动组的医疗室。

再不济也是医院，怎么会将他送到酒店来。

楼行躺了一个多小时，也没人进房间来。

他眼睁睁地看着旁边输液瓶里最后一滴药水落进输液管里……

楼行自己把针拽掉，又躺了一个小时，终于听见房门被人拧动的声音。

他扭头往门口的方向看去，高大壮硕的男人出现在视野里。

陌生的面孔……

"你醒了？"

男人表情有点意外，还透着几分古怪，小声嘀咕："不是说有可能醒不过来的吗？"

楼行：并不小声，他都听见了！

楼行不动声色地问："你是谁？"

男人并没回答他，而是转身出去了。

三分钟后，男人跟一个小姑娘回来，那小姑娘走在前头，面容颇为精致秀美，只不过面无表情，给人一种拒人千里的感觉。

他们后面还跟着医生和护士，刚才空空荡荡的房间，瞬间就被这些人占满，空间拥挤起来。

医生和护士将楼行一阵折腾。

"醒了就没什么大碍，"医生检查完，冲那小姑娘说道，"好好恢复就行。"

初筝点头，让辉哥送他们出去。

房门咔嚓一声关上，房间里就只剩下初筝和楼行。

"你是谁？"楼行盯着初筝，眼底有警惕和狐疑。

"救你的人，"初筝走到床边，微微俯身看他，眸光浮着浅浅淡淡的暗光，"你应该谢我。"

楼行记得自己确实受了伤，自己还在这里……被救下来的可能性很高。

不过，这小姑娘是谁？

楼行敛下心底的疑惑："谢谢你救我，烦请你通知一下特别行动组……"

那小姑娘摸出一张纸展开："去送死吗？"

楼行的目光落在那张纸上，上面赫然写的是他的通缉令。

楼行盯着那张通缉令，许久都没反应。

怎么会……这样？

小姑娘弹了弹纸张，清脆的声音在房间里蔓延开："现在外面到处在抓你，我救你回来，不是让你去送死的。"

躺在床上的男人脸色本就苍白，此时越发苍白，唇瓣的血色似乎都在瞬间消失。

他唇瓣嚅动下，声音嘶哑地问："这是……什么时候的事？"

初筝："三天前。"

楼行："我昏睡了三天？"

初筝："准确地来说是五天。"

楼行没想到自己竟然昏睡了这么长时间，而且醒过来面临的就是通缉令。

楼行。

地下城特别行动组最高执行官。

这个位置能接触到权力最中心，是权力者手中的一把剑。但正因为过于锋利，遭人嫉妒，设计陷害。

楼行被人设计陷害后，无法洗脱罪名，最后黑化，差点颠覆整个地下城。

初筝捡到楼行的时候，正好是他被陷害的最初阶段。

要阻止他黑化，要么把他关起来，要么帮他洗清罪名。

楼行并不知道救他的那个小姑娘在打这样的主意，虽然怀疑初筝的用心，不过人家到底救了自己，楼行态度还算好。

楼行的伤好得特别快，不过几天时间，已经可以下地行走。

初筝推开门进来，看见楼行站在窗户前，往下面看。

二区的建筑除了比三区好看，整个区域干净明亮，建筑风格没什么区别，也是横七竖八地交错，中间全是各种各样的廊桥。

此时外面是夜晚，灯光映照下，恍如电影里的魔幻场景。

初筝扫一眼房间，被子被叠得规规整整，就连旁边的东西都被摆放得整齐。

这几天，初筝发现好人卡好像有强迫症……

之前可能是他不能动，自从他可以动之后，身上的衣服就没乱过，就连睡觉的被子都像是被熨过。

"吃东西。"初筝叫了一声。

窗户前的男人转过身来。

男人身上穿的舒适型居家服，没有一点褶皱感，碎光落在他金色的头发上，打出一圈浅浅的光晕。

换下那身沉肃森冷的战斗服，男人给人的感觉是有修养的雅致和矜贵。

楼行坐到桌子边，双手放在腿上："这些天承蒙你关照，还没问过姑娘的名字。"

楼行确实没问过，不过他听那个高个子的男人叫过。

初筝把东西摆开："初筝。"

楼行一板一眼地说道："我叫楼行，楼台望月的楼，行云流水的行。"

"嗯。"初筝示意他吃东西。

楼行将初筝乱放的盒子，依次排好，就连筷子都要摆好，再拿起来。

楼行想要动筷子的前一秒，又顿住，墨染一般的瞳眸望向初筝："你不吃？"

初筝姿势颇为潇洒地靠在椅子里："我吃过了。"

楼看一眼面前的食物，在物资匮乏的地下城，有鱼有肉，还有蔬菜，这样的配置，算得上顶级的一餐。

"既然你吃过了，为何还买这么多？"

"你吃不完？"

楼行颔首。

"一会儿让阿辉吃，"初筝不在意地说道，"能吃多少吃多少。"

外面啃鸡腿的辉哥打个喷嚏，片刻后又打个饱嗝。

房间里，楼行将几个盘子里的菜分成两份，初筝看着他吃个饭跟搞艺术似的，心底一阵抽搐。

楼行吃饭速度很快，一点声音都没发出来，筷子和碗的接触，也是悄无声息。

等他将碗底最后一粒饭粒吃掉，楼行放下碗筷，将碗筷摆正："多谢，很好吃。"客气疏离。

初筝看着还剩一大半的饭菜，心情有点复杂。

辉哥看一眼初筝和楼行，很识趣地将东西端走。

初筝在后面补充一句："把医生叫过来。"

"好的。"

辉哥出去后没一会儿，医生和护士就过来了。

楼行很配合他们的检查。

"恢复得很好……"医生有点神奇，感叹一声，"楼长官的身体素质真好，换成别人，能不能活下来都是问题。"

楼行眉头微微一跳。

这些天医生和护士一直出入这里，除了他的伤，没说过别的话。

他以为这些人不认识自己……

现在看来，他们绝对认识自己。

医生出去后，楼行将衣服整理好，一点褶皱都要抚平。

"请问初筝姑娘，外面现在什么情况？"

初筝嫌说起来太麻烦，出去找了一张报纸进来。

上面有最近的新闻，二区和一区戒严中，正到处搜查他。

之前的通缉令上没写罪名，直到此时楼行才知道自己为何被通缉。

他之前追的那个人是个惯偷，而且没人能抓住对方。不过那个惯偷很少到二区和一区来，这次不知为何跑到一区去，还偷了一样东西。

楼行被临时授命，带特别行动组去追回此人。直到他带着人出发，他都不知道被偷的到底是什么，上面的人只说很重要。

现在上面说他和那人有勾结，是他放那人进的一区。

楼行做没做过心底有数，这分明是诬陷。

楼行之前就觉得有点不对劲，那个人对他太了解了，不仅仅是外面人能知道的信息，更多的是内部人才知道的信息。

最后他和同行的人分散，此时想想就觉得透着几分不寻常。

这件事有人在背后设计……

"你打算怎么办？"初筝问他。

楼行还没想好。

一区和二区现在都是他的通缉令，他平时在这两个区域走动较多，报纸上也发过不少关于他的照片。

所以他在这里，只要出现，百分之九十会被认出来。

楼行将报纸叠好，放回桌子上："你既然知道我现在被通缉，你不怕我连累你吗？"

初筝漫不经心地说："我怕就不会救你。"

楼行与初筝的视线对上，他沉默两秒："请问初筝姑娘，为何会出现在那个地方？"

他最后出事的地方在三区和二区的中间位置，最后还跌落到下面，她没事去那下面做什么？

初筝含糊过去："巧合。"

"巧合？"

初筝郑重其事地点头："对。"

楼行沉默了一下，没再追问。

他现在不是特别行动组的执行官。

接下来两天，楼行观察后发现，初筝身边就只带着那个叫阿辉的，但是出手阔绰，丝毫不心疼银币。

更不用说他住的这个酒店，每天的消费就高得可怕。

二区有钱人不少，敢这样花银币的，估计还真找不出来。

楼行自己的设备都不能用，一旦使用就会暴露自己的位置，所以也查不了初筝的身份。

三天后。

楼行留下一张便笺，跑路了。

初筝：我好吃好喝地供着你，你竟然跑路！

是我给你自由过了火？

初筝浑身嗖嗖地冒冷气儿，辉哥站在旁边当雕塑，一副"我什么都没看见"的架势。

"医生那边处理好，别让他们乱说。"初筝将便笺揣进兜里，冷声吩咐辉哥。

"好的。"

有钱能使鬼推磨，钱到位什么都好说。

辉哥给完钱，还威胁一遍。辉哥本来就长得凶神恶煞，就是那种就算他什么都没做，只是看你一眼，你便会觉得他马上就要过来打死你的人。所以当他气势上更凶的时候，那就更唬人了。

医生和护士连连保证，绝对不会出去乱说一个字，辉哥这才满意地放他们离开。

双管齐下更保险！

二区和一区在一个地方，不过中间隔着巨大的白色隔离墙。

隔离墙非常显眼，在二区任何一个地方都能看见。

想要进一区比进二区困难得多。

初筝带着辉哥走在一座廊桥上，来往的人谈论着吃什么、买什么，或者哪里有什么好玩的。

而在廊桥的另一边，挂着巨大的横幅。

上面是个漂亮精致的女孩儿，头戴皇冠，闪闪发光的礼服裙衬得女孩儿更加耀眼。

横幅上用加粗加大的字标注有广告：

星光演出，青黛欢迎您的到来。

演出地址：二区天鹅广场。
二区和三区可不一样，这里有人造太阳，生活在这里的人，和在地面上并没多少区别。
物资虽然匮乏，但只要你有钱，基本上什么都可以买到。
吃饱喝足的情况下，二区精神上的娱乐就多很多。
电视剧那种东西没有，不过像一些表演、演出却是有的。
而现在海报上这个女孩儿，是最近火热的"明星"。
辉哥盯着那个女孩儿看了一会儿，突然冲初筝说："初筝小姐，我怎么觉得那个人……好像和你长得有点像？"
越看越像！
"她是我姐姐，当然像。"亲姐姐。
算起来，这位五姐和原主应该是最相似的，不管是从容貌还是身形，远距离看的话，很容易认错。
辉哥嘴巴张得能塞下一个鸭蛋。
他刚才是出现了幻听，还是初筝小姐在开玩笑。
初筝面色严肃，显然不是开玩笑。
初筝盯着横幅看了几秒，琢磨一会儿："你去问问还有没有票。"
"您要去？"
初筝一脸认真："捧场是我应该做的。"
不去我怎么做……个好人。

演出票现在是一票难求，初筝砸了不少银币，这才弄到两张。
主要是初筝的身份证明是假的，买起来有点麻烦，如果她的身份证明可以用，那就没这么麻烦了。
演出时间是晚上，整个天鹅广场被布置得犹如星河，空气里满是飘浮的星光，浮浮沉沉。
人走在里面，感觉徜徉在星海里。
初筝看着那些飘浮在空气里发光的东西，眸子眯了眯。
辉哥好奇地想要去碰，初筝凉飕飕地说道："不想死就别碰。"
辉哥愣了下，猛地收回手："这……这是什么啊？"
还会死？
这不是演出吗？
初筝在心底琢磨了一个通俗易懂的词："寄生虫。"
寄……寄生虫？
辉哥吓得离那些东西远远的。
"暂时它们不会有什么动静，"初筝慢吞吞地说道，"你不用那么紧张。"
辉哥咽了咽口水，能不紧张吗？
"为什么……这里会有这种东西？"
"这个问题你得问开演唱会的人。"

天鹅广场是一个巨大坑状，舞台在最下面，四周的阶梯就是看台。

四周飘浮的星光，大家都以为是用某种技术呈现出来的。毕竟这是个能将建筑倒着建的地下城，有这种技术完全不奇怪。

初筝和辉哥的位置在第五排，算得上好位置。

他们进去的时候，已经有很多人在，正在激烈地讨论今天的主角——青黛。

"我真的好喜欢她，太漂亮了。"

"唱歌也好好听。"

"听说最初她只是在街头演唱，是不是真的？"

"真的，我见过，当时就被她吸引了，没想到这么快她就能开这样大的演唱会。"

"为了看她演唱会我省吃俭用一个月呢。"

"好想快点看见她……"

青黛最初只是在街边演出，人美声甜，很快就拥有一拨粉丝。接着有人找她唱歌，出席一些活动，很快青黛就走红，拥有一批粉丝。

不少人都说听她唱歌后，疲倦一扫而空。心情不好，听完她的歌，会立即变得好起来等等。

青黛唱歌好不好听初筝不知道，不过青黛利用了他们种族的特性是肯定的。

她们这个种族的声音能让人很容易沉迷，不管是什么声音，都能模仿出来，并让其更好听。

初筝大概能猜出青黛想要干什么。

把人聚集在这里，然后将这些"寄生虫"传播进人体里，这可比一个一个地去征服快多了。

寄生虫是什么东西？这是生长在她们星球的一种低等生物，寄生之后，它们会迅速窜到脑神经里。

不催动它们的时候，不会有什么事；一旦催动它们，这些被寄生的人，就会听命行事。

她们的考核内容是谁先占领这里，谁就是赢家。那让所有人都听命于她，那不就赢了吗？

难怪剧情里，原主逃跑的时候，不管走到哪里都会被发现。

那些人早就是青黛的耳目……

不过青黛能成功，也只是因为这个地方的生物力量太低。

换到其他星系的文明星球，这些寄生虫发挥的作用就不大了。

所以有时候运气也很重要。

进场的人越来越多，差不多到齐后，四周暗下来，空气里的那些光芒朝着舞台汇聚过去。

光芒在地面铺出一条路，女孩儿从尽头走来，音乐声缓缓响起。

当她开口的瞬间，四周的人似乎都屏住呼吸，好像生怕自己呼吸会破坏掉她的歌声。

青黛一身白色礼裙，身边星光环绕，歌声悠扬动人。

这歌声并不会有什么危害，只是让人觉得好听着迷而已。

青黛第一首歌结束，看台上的观众们疯了似的大叫起来。

初筝身边的那些观众也十分激动，就差拉着初筝一起跟他们喊口号。

开场吼得厉害，中间就没什么力气吼，所以青黛也很聪明，中间的歌选的比较舒缓。

等到最后，又是两首超燃的歌。

这些人缓过来，激动地吼起来。

舞台上，穿着星光裙的女孩儿在歌声中翩然起舞，空中的星光随她浮动。

随着她的动作，这些光朝着看台上飞过来。

它们不断组成不同的图案，在观众面前变幻，最后砰的一下炸开，无数的星光缓缓落下。

青黛看着那些星光落下，嘴角的笑意不禁更加灿烂，歌声更加甜美动人。

然而就在此时，青黛发现那些星光突然往空中升起。

青黛皱眉，怎么回事？

她再次下达命令，升起的星光再次落下。

但不过几秒，那些光芒又升了起来。

观众并没察觉到异常，只以为是表演的一个环节。青黛却是变了脸色，还唱错了一句词，节奏也没跟上。

它们在违抗自己的命令……

这些寄生虫并没有认主的说法，在她们星球上，都可以驱使。

如果有两个人同时下命令，那么它们就会听从实力更强的那个。

这个星球上，能和她力量平起平坐的，只有她那个妹妹……

她在这里？

青黛的目光扫过人群，然而激动的观众太多，完全看不见人。

就在此时，那些星光已经上升到半空，在空中组成一个粗鲁的手势，附带一句话——你们这群蠢货。

音乐声已经停了。

青黛站在舞台中间，仰头看着那图案。

没有歌声的引导，看台四周的观众稍微清醒一些。谁都知道这手势是骂人的意思，现在竖在这里是什么意思？还有那话是什么意思！

骂他们呢？

图案和字展示了几秒钟后，光芒瞬间收紧，只剩下篮球大小。

青黛还没来得及做什么，光芒突然倾泻下来，浇了她一脸。

光芒寂灭。

青黛低头一看，地面只剩下细细的粉末。

现场诡异地安静下来。

刚才那一幕，怎么看都不太对劲啊。

青黛视线扫过表情各异的观众，她在哪里？在哪里……

初筝搞完破坏，趁着大家都站起来，招呼辉哥撤。

现在不撤，等她姐姐找上门来吗？动手还没结果，我又不傻。

初筝和辉哥刚走出几步，就听左边的观众席突然爆发出一阵尖叫声，接着就是一声巨响。

有什么东西爆炸了。

初筝往那边看去，舞台上烟雾滚滚，观众席那边人群惊叫着散开。

有人从观众席上跃下，一抹金色从初筝视线里掠过，冲进烟雾里。

初筝觉得那人影有点眼熟。

"楼行，不要再反抗，快束手就擒！"

追下来的人穿着守卫队的统一服装，迅速将舞台包围起来，并扬声喊了一句。

初筝眸子一眯，好人卡被追杀了？

烟雾弥漫得更快，守卫队的人都被烟雾吞噬，初筝听见里面有打斗声，不时有子弹从烟雾里射出来，落在人群里。

尖叫声此起彼伏，跟接力赛似的。

受到惊吓的观众，正慌不择路地往上面跑。

"初筝小姐，我们不走吗？"辉哥凭借自己高大威猛的身体，勉强承受住这样的冲击。

在一片混乱中，初筝平静地站在那里："再看看。"

辉哥不知道看什么，不过初筝小姐说再看看，肯定有道理的！

初筝：没道理，我就肤浅地想看看好人卡而已。

楼行被人围着，显然这么下去不是办法，会招来更多的守卫队，甚至是他曾经带领的特别行动组。

所以楼行不再手下留情，他逼退守卫队的人，挟持了还在舞台上的青黛。

青黛最近在二区大火，守卫队里都有不少人喜欢她。

见青黛被挟持，他们都停了下来。

"楼长官，你不要再犯错！"

"楼长官，你不要一意孤行，这里都是我们的人，你跟我们回去，这件事还有转圜的余地。"

一人接一人地劝，可惜楼行并没上当，他挟持着青黛，迅速撤向后面。

在守卫队想要追上去的时候，楼行扔了一个烟幕弹出来。

等烟雾散开，哪里还有楼行的身影。

楼行挟持着青黛离开了天鹅广场。

四周光线昏暗，面对女孩子那张脸，楼行差点认错。

不过很快，楼行就反应过来，这不是他认识的那个叫初筝的姑娘……

两人面容极其相似，气质却完全不一样。

楼行将青黛逼到无人的角落，冷声问："你是谁？"

青黛演出被搞砸，现在还被人挟持，心底压着一股火，四周没人正合她心意。

青黛本来紧绷的神情一松，嗓音甜美："我是青黛，你不认识我吗？"

男人嘛，哪个不喜欢她这样的。这段时间，她已经将这些人的性情摸透了。

有点耳熟，好像在什么地方听过。

显然楼行并不是普通人，他目光沉冷地看着她，青黛一时间猜不透这个男人在想什么。

比起其他人，这个男人不管是样貌，还是身手，似乎都很出色……

这人倒是不错，比那些人要赏心悦目得多。

既然自动送上门来，那就别怪她不客气了。

"守卫队的人为什么追你呀？"青黛没有害怕，也没有生气，反而好奇地问。

"不关你的事，少问。"楼行的视线扫过外面，提防有人追上来。

可能是觉得自己挟持人家，还这么凶不太好，楼行又缓了缓语气："你可以从这边回去。"

楼行给青黛指了一条路，然后朝着另一边离开。

不管这女生和那个人是什么关系，他现在都没时间去关注。

那些人很快就会搜查到这里。

"我让你走了吗？"青黛娇俏的声音从后面传来。

楼行后背猛地升起一阵寒意，他步子一顿，往后面看去。

后面的女孩儿笑得肆意："我现在可是很生气呢。"

楼行心底的危机感在不断攀升，这个人……

救他的那个女生给人的感觉是冷，冷得平静。没有波澜，却也没有危险，只是对什么都不在意的冷漠。

面前这个女生不一样，看上去笑容艳艳，给人的感觉却像是随时准备发动攻击的毒蛇。

楼行头皮一阵发麻，这样的感觉，在他面对那些犯了事的歹徒的时候都从来没有过。

那边青黛身影突然一闪，楼行眼前的人消失，下一秒她已经出现在他面前。

楼行身体快过大脑，在青黛攻击他的第一时间朝着旁边闪开。

嘭——楼行撞到旁边的东西，声音在这无人角落显得格外响。

青黛屈指成爪，直袭他喉咙的位置。眼看就要掐住对方，青黛的胳膊猛地一顿，接着整个人往后一翻，落在几米远的地方。

青黛握拳，将胳膊横在身前，往一个方向看过去。

晦涩的光芒下，一个穿着简单的女生漫步走过来，一只手插在兜里，另一只手随意地垂着，指尖在裤子上有一下没一下地轻击。

"果然是你，"青黛冷笑，美眸里藏着锋利的寒芒，"我的好妹妹，坏我好事，你还敢出现！"

初筝无视青黛，走到楼行跟前，清清冷冷的声音落下："没事吧？"

楼行心底诧异初筝出现在这里，他缓缓摇头："我没事。"

青黛不敢轻举妄动，因为她还能感觉到胳膊上的拉力。

"原来妹妹认识他啊。"青黛笑着说道，"早说嘛，我就不和妹妹抢了。"

回应青黛的是胳膊上的拉力突然增加，她整个人被迫往前，往墙上撞去。

青黛瞳孔一缩，用脚在墙上一蹬，后翻一圈，落在地上。然而那力道并没消失，青黛被拽得一个踉跄。

青黛脸色铁青。

到底是什么东西……

她心底一横，打算直接动用种族的天赋，和初筝好好打一场，要是能将她杀死在这里，那就最好不过。

青黛算盘打得响，可惜初筝并没给她这个机会。

青黛还没来得及动用力量，就直接被初筝给摁趴下了。

打人要趁早，等人家读完条再打，那不是傻吗？

青黛趴在地上都不敢相信，初筝竟然会变得这么厉害。

青黛咬牙："你为什么没死？"

初筝："我命大。"

命大……

那样的攻击下她都没死……确实是命大。

初筝居高临下地看着青黛，吐字不轻不重："不能杀你，真是可惜。"

但是可以留点纪念。

无人的角落里，忽然发出一声凄厉的惨叫。

初筝和楼行一起走出那条黑暗的巷子，楼行目光不时落在她身上。

之前只觉得她出手阔绰，应该是二区或者一区哪个大人物家的千金，没想到动起手来，也这么厉害。

"那个人是你姐姐？"

"血缘上算吧。"除了这一点，她们其实没有任何关系，当然这也没办法，谁让她们的种族就是这样的呢。

楼行说道："她有些奇怪。"

初筝步子顿了半秒，随后若无其事地问："哪里奇怪？"

青黛都没有来得及动用种族力量，好人卡应该没有发现吧？

楼行摇头，没接话。

楼行换了个话题："你怎么会出现在那里？"

"看演出，碰巧看见你。"初筝转头，虽然已经知道答案，可还是不死心地问，"我又救了你，你不应该谢谢我吗？"

碰巧……又是碰巧。

他看初筝一眼，俊美的面容沉肃认真："谢谢。"

初筝静了几秒，最后无声地转过头。

骗子！

因为外面还有人到处追查楼行，两人也不能大摇大摆地走在路上。

"今天晚上的事，谢谢，我们就在这里分开吧。"

"你要走？"

楼行感觉对面的女孩儿语气很冷，有种说不出来的感觉。

"嗯，我的事比较复杂，不能连累你。"楼行说道。

大概是听见"不能连累你"几个字，初筝的脸色缓和一点："你跟着我，不会有人发现你。"

楼行想起在酒店的那几天，确实没人过来查。

不过那家酒店本身背景就很深，如果不是证据确凿，特别行动组都不敢轻易进去搜查。

"不用，我还有些事要弄清楚。"楼行感谢初筝的好意，但他不能留下，他必须将这件事弄清楚。

他态度坚决。

初筝琢磨把人留下来的可能性，最后不知道想到什么，没有再阻拦。

"我会一直住在艾格丽酒店，房间不变，你有需要可以来找我。"好人卡不摔惨点，怎么知道谁对他好呢。

反正她手上有定位器，随时都知道他在哪里。

是的，经过这么长时间的研究，她终于摸索出一点功能。

之前出现显示应该是到一定距离会自动显示,所以她才会在通过地下河的时候,看到代表楼行的绿点突然出现。

现在她已经学会怎么查看楼行的位置。

初筝将一张房卡递过去:"这个你拿着。"

"这……"

初筝强行将房卡塞给他:"拿着。"

"……谢谢。"

楼行和初筝道谢离开,融进黑暗里。

今天他被追捕,是因为他去见了个人,想要问那件事的来龙去脉。

他既然敢去,那就是打心底相信对方,可没想到,那人会通知人过来抓他。

特别行动组那边的人,他现在谁也不敢相信。

当时的情况,能做手脚的,只有他身边的人。

那边没办法……

只能从那个小偷下手了。

青黛的演出出了问题,第二天就成为大家的热议话题,特别是最后那个粗鲁的手势。

没有青黛的歌声加持,大家再提起来,心底不免就有些硌硬。

他们花钱支持她,结果她却那么嘲讽他们。

什么意思?

报纸上还刊登了这个新闻,而青黛也是能屈能伸,很快就出来做了解释。说那是设备出了故障,有人故意为之。

虽然不是她的本意,但因她而起,所以她必须道歉。

青黛如此有担当,为她赢回大部分人的心。

初筝将报纸放下,青黛干这件事,无外乎就是想将人聚集起来……

想必她不会放弃这条路。

不过……要是地下城的掌权者知道她的身份,会不会更刺激呢?

初筝决定去打个小报告。

"阿辉。"

辉哥从外面进来,恭敬地喊道:"初筝小姐。"

"想办法去一区。"

您在逗我!

辉哥脸上明晃晃地写着这几个大字。

二区还能偷渡,一区完全没可能。那高墙只有一个出入口,进出都要接受盘查。

他们怎么可能混得进去!

"主线任务:请获得一辆轿车,限时一天。"

初筝:你就不能不添乱吗?

"小姐姐,相信我,你想去一区,有一辆车,会省下很多麻烦。"

听见"省麻烦"三个字,初筝眯子眯了下,没有再反驳。

车子在地下城是稀罕物,虽然还能产,但因为某些零件的稀缺,需要用别的东西来代替,

257

所以车子几乎是订单式生产。

也就是说……必须先交钱，人家才给你生产出来。

不过运气好的话，也许可以买到一辆现成的。

想要买车还得找人带路，辉哥对这些很拿手，不过半天，就打听到哪里可以买。

"初筝小姐，就是这儿。"

辉哥指着前面金属搭建起来的建筑，看着有点破……但占地面积大，而且四周很空旷。

旁边的空地上还停着几辆车。

在那建筑的门口坐了一个男人，旁边蹲着一只巨大的狼狗，吐着舌头哈哈地喘气。

初筝和辉哥过去，男人抬头扫了一眼，粗声粗气地问："干什么的？"

"我们小姐想买一辆车。"

男人摆摆手："停工了，没车。"

辉哥看一眼空地上停着的那些车："这些车？"

"别人定了的。"男人不太耐烦，"你们去别处问问。"

整个二区就你这里卖车，他们还能去哪里买？

"初筝小姐，怎么办？要不我们……"

辉哥后面的话没说出来，不过初筝觉得自己看懂了他的意思，不卖就抢！

就在初筝思考到底要不要抢的时候，一道声音从远处传来："叔，我爸让我来拿工具箱……"

女孩儿从远处跑过来，见有人站在这边，不免打量两眼。

这一看，女孩儿目光就是一变："是你啊！"

初筝差点被吓出心脏病，这么激动干什么！

女孩儿不是别人，正是之前在净化系统里被初筝拖出来的那个短发女生。

初筝没想到女孩儿竟然是二区的人。

"当时我想找你来着，可是怎么都找不到，能在这里遇见你，真是太好了！"女生语气里满是激动。

初筝：也没见你给我刷一张感谢卡啊！

"恭喜小姐姐获得感谢卡×1"

初筝：行吧。

那边的男人出声："你们认识？"

"叔，这就是上次救我的人。"短发女生激动地给男人介绍，"要不是她，我可能就死在那里了。"

男人站了起来："原来是你救了这丫头。"

初筝面容冷淡："顺便。"

"你在这里干什么呀？"短发女生激动完，好奇地问初筝。

"买车。"

"哦。"短发女生立即招呼她叔，"叔，你快挑一辆车。"

男人嘴角抽搐了一下："挑什么？现在没有多的车。"

他刚才没有乱说，毕竟有钱谁不想赚。

"那不是吗？"短发女生指着旁边的车。

"那是贾老板预订的，已经付完钱了，这两天就来取。"男人说道。

"那你再赶工一辆出来啊。"

男人叹气："现在那边开采不出来原料，做不出更多的零件，我这里也没办法生产啊。"

初筝听见了重点："那个贾老板的联系方式你们有吗？"

不管从哪里买，只要买到了，败家就算完成了。

短发女生认识那个贾老板，主动提议带初筝过去。

贾老板在二区很有名……放在正常世界里，大概就是一个城市的首富。

因为他手底下有好几个开采原料的地方。

这种地方一区那边的掌权者现在已经不会放给私人。

这些还是地下城最初建立，混乱时期，贾老板的祖辈带人打下来的。毕竟已经形成势力，一区的人也不敢得罪太狠，所以最早那一批都被默许拥有开采权。

那些资源都是紧缺的，一步一步做大，太正常了。

贾老板住在二区最豪华的那一片，从外面看，整个区域都像是在闪闪发光。

"小姐姐，我们也要住这样的地方！这才配得上我们有钱人的身份！"王者号最见不得谁比它阔绰，它一定要做最阔绰的那一个！

幸好王者号只是跑出来发了这么一句宣言，并没有真的发任务。

贾老板不在家，不过短发女生以车子为借口，忽悠贾老板的媳妇直接让他们进去了。

贾老板的媳妇很漂亮，看上去年纪也不大，但短发女生和她聊天的时候，对方说已经四十岁了。初筝这才多看两眼，大概是衣食无忧，不用操劳，所以看上去这么年轻。

地下城的人造太阳落下，换成夜晚模式。

贾老板就是在这个时候回来的，带着浑身的血腥气。

初筝还以为贾老板是个啤酒肚秃顶的中年人形象，没想到贾老板看上去很干练，虽然到中年，但看上去却还是挺帅。

贾老板进来，贾夫人就一脸惊讶地迎过去："老贾，你这怎么搞的？"

贾老板将染了脏东西的外套脱下来，没有回答贾夫人，反而问道："他们是谁啊？"

"你之前不是预订了一批车，他们是来说这事的。"贾夫人更关心贾老板的身体，"你有没有受伤，怎么这么多血？"

贾老板握了下贾夫人的手："没事，别担心。"

看得出来这两人应该很恩爱。

"车子我过两天再去拿，有什么问题吗？"贾老板看向初筝等人，语气里带着上位者的威严，隐隐还有些压迫感。

刚才还叽叽喳喳的短发女生此时已经噤声。

"我想跟你买一辆车，"初筝直白地切入正题，连个虚假的客套都没有，"价格可以是原价的两倍。"

贾老板的视线落在初筝身上。

这几个人中，这小姑娘看上去最冷静，看见他也没什么多余的情绪，想来是今天的主角。

贾老板让贾夫人去弄点吃的出来，说道："现在车子是紧俏资源，有钱都买不到，你凭什么觉得我会卖？"

初筝加价："三倍。"

你这反应是不是不对劲啊！

哪有人家跟你说话，你直接加价的！

"小姑娘，这车是……"

"四倍。"反正钱是王者号的，初筝加起价来也毫无心理压力。

"那些车我们过两天有用，不能卖给你。"贾老板拒绝初筝。

"别的车也行。"初筝一点也不挑。

反正只要是车就可以，王者号也没说是什么车。

做人要懂得变通嘛！

贾老板有些无语。

他手里掌握着不少资源和消息，知道最近原材料紧缺，估计是那边做不出来新车，所以才会来找他。

贾老板倒是有一辆不用的车，不过……

初筝把价格翻到八倍，贾老板表情古怪，但最后松了口。

他带初筝去看车，车子看上去八成新："这车我没用过几次，你看看，你要喜欢就给你。"

我喜不喜欢不重要，重要的是把钱花出去，搞到一辆车。

初筝让辉哥试一下，辉哥一脸茫然："我不会啊……"

初筝：你连个车都不会开，我要你来干什么？

辉哥心里苦啊。

他会开船打鱼，可这车子他也只见过，哪里碰过。

"我会我会。"短发女生立即举手，毛遂自荐，"我帮你试？"

"行。"

短发女生屁颠屁颠去试车，车子性能完好，能源是用特制的银币。

这种东西需要在守卫队那里买，价格昂贵。

不过贾老板有，初筝直接跟他买了一些。

拿到车子，王者号提醒她任务完成，稀里哗啦奖励她一堆银币。

初筝很想用银币砸死王者号。

从贾老板那里出来，短发女生替他们开的车。初筝坐在副驾驶上，这车能去的路不多，不过酒店那条路可以。

所以短发女生直接将车子开到酒店外面："你住这里吗？"

"嗯。"

"太好了。"短发女生眸子发亮，"今天太晚了……明天我再来找你好不好？"

初筝不置可否，短发女生就当她答应了。

初筝没想到会在酒店大堂遇见青黛。

青黛和一个男人一起，那个男人穿得人模人样，旁边的人说着恭维的话，来头不小。

初筝在那个男人身上发现一点异常，应该是被寄生虫控制了……

青黛明显也看见初筝，两人的视线在空气里撞上，青黛美眸微一眯，危险又阴森。

"青黛小姐，里面请。"这时，那个男人冲青黛做了一个请的手势。

青黛收回视线，跟着男人离开。

"那个人是谁？"

"我去打听下。"辉哥很上道。

男人是一区出来的，是个什么主任，权力应该挺大，毕竟二区的人对他都是毕恭毕敬的。

青黛和这男人搅和在一块儿，估计是想通过他，光明正大地进一区。

地下城真正的决策者，都在一区里面，青黛怎么可能会放过他们……

他们过来的时候，带的人都不多，不可能发动大规模的战斗，所以从内部解决是最好的办法。

初筝轻喷一声。

初筝回了房间，在床上躺一会儿，摸出那个"定位器"。

本来想看看好人卡的位置，却意外发现屏幕上有两个红点。

一个是她的……

那还有一个……青黛？

初筝心底忽然有个大胆的猜测——这玩意儿不会是用来定位外星人的吧？

就在初筝怀疑的时候，屏幕上的红点又增加两个。

那两个红点正在靠近她这里，然后与她的位置重叠。

叮咚——

门铃毫无预兆地响起。

初筝拿着定位器走到门口，先往外面看一眼。

一男一女，穿着酒店服务生的衣服，低着头，看不太清面貌。

可能是初筝没开门，女服务生又按了门铃。

叮咚——

初筝低头看手里的定位，还是和她这里重合……

"不会不在吧？"

"不会，我看到她回来了。"

"那怎么不开门？"

"再按一下。"

女服务生又按了几下门铃，初筝就不给他们开门。

初筝以为他们会识趣地离开，谁知道那个男服务生上前，开始拧动门把。

初筝看着门把有融化的迹象……

初筝趁门把融化之前，拉开房门。

初筝感觉到门把立即恢复正常，应该是某种能力导致的。

看来这两个人应该也是外星人了。

初筝板着脸，语调极冷："你们干什么？"

外面的人明显一愣。

他们大概没想到房间有人，毕竟他们按了那么久门铃都没人过来开门……

初筝一眼就认出门外的女子，是之前偷渡的时候，那个没钱买船票的女子。

旁边的男服务员低着头，初筝看不清面貌。

"您好，这是您叫的夜宵。"女服务员没有露出特别的情绪，指着旁边的餐车。

初筝冷漠脸："我没叫。"
送餐用得着用刚才那诡异的技术开门？我看你们就是居心不良！
女服务员面露诧异，目光对上初筝："不是您吗？您……"
她这才看清面前的人一般，直接愣了一下，随后眼前一亮："之前我们在……"
她猛地噤声，压低声音："之前我们在那船上见过，您还记得吗？"
初筝没答。
女服务员继续说道："真的没想到在这里又见到您，那件事我们得谢谢您，不然我们可能……"
"你们都没身份证明，怎么跑到这里当服务生的？"初筝冷不丁地扔出一个问题。
女服务员面色明显一僵。
"公……"男服务员刚说了一个字，就被女服务员掐了一下。
女服务员用哀求的语气说道："我们想了一点办法……为了生计，没有办法，还请您不要告发我们。"
鬼知道你们想干什么啊！
"还有事吗？"初筝的声音清冽冰凉，不含一点温度。
女服务员磕绊一下："没……没事了……"
初筝毫不犹豫地将门关上。
她站在门内，从猫眼往外看。
"你干什么拦着我？"男服务员挣开女服务员，声音里满是愤怒。
女服务员："你没看出来殿下好像不认识我们吗？"
"行了，别在这里说，先走吧。不然一会儿引起怀疑了。"
初筝看着定位器的红点渐渐走远，最后直接消失了。
应该是出了可以定位的范围。
那两个人特意来找她的……
殿下……
原主带来的人吗？
初筝接收到的记忆中，没有关于这两个人的。
初筝也不敢妄下定论，万一是青黛派来的呢？
但是初筝确定了一点，她手上这个东西，确实可以定位外星人。

第二天，短发女生果然来了。初筝心情不太好，不想出门，打发短发女生去教辉哥学车。
短发女生有点怕辉哥，不过救命恩人的话，她还是要听。
所以短发女生教了辉哥一上午的车。
接下来几天，短发女生就被初筝聘用为专职教练，辉哥没用几天就掌握了开车的基本技巧。
初筝整天待在酒店，也不出门，每天就看看定位器。
青黛的位置一直在变，一会儿东一会儿西，一看就是大忙人。
辉哥车练得差不多了，去一区的办法初筝也搞到了。
他们跟着前往去一区送东西的车队进去。

辉哥开车还有点歪歪扭扭，初筝生怕他突然撞上什么东西，最后实在受不了，和他换了位置。

"初筝小姐，你会开车啊！"辉哥一脸惊讶。

"我没说我不会。"

车队接受盘查的时候，因为初筝和辉哥是生面孔，接受了盘查。不过车队的负责人拉着那边的守卫嘀嘀咕咕一阵，车队很快就被放行。

一区的街道比二区更干净，建筑间距宽敞。

如果说二区是高档小区，那这里就是独栋别墅。

辉哥不懂就问："初筝小姐，咱们到一区来干什么？"

"找人。"

"找谁啊？"

初筝想了想报纸上经常报道的那个人的名字："贺进。"

辉哥怀疑自己听岔了，不确定地问："谁？"

初筝看他一眼，没答。

辉哥咽了咽口水……

是他知道的那个贺进吗？

是一区那个权力最大的贺进吗？

他们可是偷渡进来的……疯了吗？

贺进开完会回到住处，发现四周格外安静，有些奇怪。

家里有保姆，平时这个时间家里都有动静，今天怎么这么安静？

贺进叫了两声，结果没人应。

贺进皱眉，往楼上看了一眼，警惕地上楼。

保姆被绑在楼上的走廊上，贺进表情一变，过去扯掉保姆嘴里的布。

保姆立即说道："有人在书房里。"

"几个人？"

"两个……"

贺进将保姆松开，刚想让保姆先去叫人，书房门就被人打开。

身材魁梧的男人从里面出来，紧接着是一个小姑娘，穿着简单，双手插在兜里，神色冷淡地看着他这边。

"你们是什么人！"贺进立即呵斥一声。

"有点事想和贺先生聊聊，"说话的是那个女生，语调不急不缓，"贺先生不用叫人，我能直接到这里来，自然能安全离开。"

贺进放在腰间的手一顿。

书房。

贺进仔细打量对面的女生，初筝随意地坐在椅子里，手指搭在椅背上，丝毫没有被人打量的不适感。

贺进双手交叉，以手肘撑着桌面，沉声问："你想找我谈什么？"

"贺先生，你相信外星文明吗？"

贺进的眼神陡然一冷，初筝感觉到贺进身上散发出来的压迫感。

初筝有点意外，这表现……是知道了？

说起来，这个星球是为什么变成这样的来着？

初筝之前试图去找过资料，可是很多资料都不完整。

有的说是因为环境突变，有的说是因为战争。

地下城存在的时间已经很长，最初经历的那一批人早就死绝了，所以现在的人对那段历史知道得并不多。

贺进极快恢复正常，不动声色地说道："说来听听。"

初筝唇瓣微启："这里有外星生命存在。"

"你怎么会知道？"

"我看见了。"

贺进挑眉："哦？"

贺进顿了片刻，带着锋利感的目光射向初筝："看见外星生命，你还如此冷静？"

初筝反讥："贺先生不也挺冷静。"

两人无声地对视，空气里满是压抑沉闷的因子，好像他们在比谁更有耐心。

辉哥对这样的环境很不适应，但是又不敢说话，只能绷紧身体。

约莫三分钟后，贺进将手放下，身体微微后靠："你在何处看见的？"

"天鹅广场，青黛。"

青黛？

这个名字贺进听过，是最近很火的一个歌手。

贺进眉头微微皱起。

关于外星文明，贺进这个一把手自然是知道的。不仅知道，他们还有应对方式。

贺进打开抽屉，从里面拿出一个盒子。

"消息带到，告辞。"初筝立即起身往外走。

贺进已经将盒子里的东西拿出来，初筝突然离开，引起他的怀疑："小姐请留步。"

初筝脚步没停，迅速拉开房门离开。

贺进眸子一眯，一边启动手里的东西，一边按下警报。

贺进手里的东西，赫然和初筝抢来的那个一模一样，此时启动，屏幕上立即出现一个正在移动的红点。

贺进抓起桌子上的通信器："封锁这里，东南方向，抓住可疑目标。"

半个小时后，有人进来跟贺进汇报："先生，没看见可疑目标。"

"没有？"

贺进忽地想起那个女生说过的一句话——我能直接到这里来，自然能安全离开。

贺进看看手里的定位器，那个红点已经消失。

一个外星生命，竟然敢跑到他这里来……还告状？

谁给她的胆子！

贺进脸色铁青，咬牙："叫特别行动组的人过来。"

"是。"

特别行动组现在的负责人叫左九，楼行在的时候，他只是一组的组长，楼行出事后，他被提升为临时执行官。

"贺先生，您叫我？"

左九是个挺年轻的男子，不过五官给人的感觉过于锋利，不太友好。

贺进把之前的事情简单复述一遍。

左九明显也清楚外星生命的事，并不惊讶。

特别行动组的主要任务就是排查混进来的外星生命，不管什么目的，都必须铲除。

贺进把那个定位器给左九："去查清楚。"

"是。"

"另外，那个叫青黛的，着重查。如果确定，不要惊动她，先监视。"

"是。"

左九拿着东西出去，他看着手里的定位器。

这东西以前只有楼行有，楼行出事后，他手里的那一个没来得及收回来。

楼行在的时候，自己做什么都被他压一头。

现在……

左九冷笑一声，他现在虽然是临时的，但只要他办好这件事，这个位置肯定是他的。

第十五章
能源晶

初筝回到酒店，给自己倒了杯水，咕咚咕咚喝完。

砰！

玻璃杯和桌子碰撞，发出清脆的声音。

"初筝小姐为何如此生气？"

突兀的声音响起，初筝猛地转身，隔断帘后，端坐着一个男人。

好人卡是想吓死我吗？

"我没生气。"初筝平复下心底快要炸掉的弹幕，平静地说道。

楼行：她看着明明很生气啊。

楼行起身，一板一眼地说道："未经过初筝小姐允许，私自进来，我很抱歉。"

初筝不在意地摆摆手："你想来就来。"你不来我才生气呢。

初筝走到沙发那边坐下："你遇见麻烦了？"

楼行点下头："嗯。"

楼行暂时需要找个地方躲一下。

其他地方都不安全，他已经辗转换过好些地方，但都会被发现，所以他想到了这里。

理智告诉他不应该来，可最后不知怎么还是来了……

就好像，心底有个声音让他来这里。

遇见麻烦好啊！初筝支着下巴，随意地问："棘手吗？"

"有一点。"楼行没有多谈的意思。

初筝问了几句，见问不出什么，也就不问了。

她看着楼行，眸子亮了亮，翻出纸和笔，快速在纸上画起来。

等初筝停笔，纸上呈现的是那个定位器。

初筝将纸递给楼行："这个你认识吗？"

她那个是从楼行那里抢来的，当然不能给他看，否则她不是全完了吗！

楼行只扫了一眼，点头："认识。"

"这是什么？"

楼行本来不想回答，但想想自己现在已经不是特别行动组的人，于是说道："生物分析仪。你为何会问这个？"

"我在贺进那里看见了。"

楼行迟疑地问："你说谁？"

"贺进。"好人卡是耳朵不好使吗？她咬字那么清楚的啊！

楼行不是没听清，正是因为听清了，才觉得不可思议。

贺进是一区权力最大的人，地下城的一把手。

她是怎么见到他的？

而且还在贺进那里看见这个东西。

楼行半晌才出声："你见过贺先生？"

"嗯。"初筝对于自己的壮举丝毫不觉得有何不妥，她点了点纸上的东西，镇定自若地说道，"这东西有什么用？"

"你知道外星文明吗？"楼行没有回答，反而抛出这么一个问题。

"知道，我去找贺进就是说这事。"

楼行本来已经做好给初筝科普外星文明的准备，结果她一句"我知道"，让楼行静了几秒。

这个星球的毁灭是从一艘飞船降落开始。

那是一艘空飞船，他们没有在里面发现任何生命。

后来人类开始研究那艘飞船上的东西，那是完全先进于他们星球的文明与科技。

本来一切进展顺利，从这些文明科技中，让他们的科技也飞速发展。

但是……

有一天，他们突然接收到陌生的讯号。

那是一种他们无法听懂的语言。

讯号持续了好几天，可惜当时的负责人完全没有头绪。

然后……

毁灭就开始了。

有飞船出现在他们上空，一开始那些飞船也不攻击他们，而是不断向他们发送讯号，可惜他们听不懂对方想表达的意思。

最后攻击开始，外星文明的科技根本不是他们能抵挡的，当时的人将一批幸存者藏在地下实验室里。实验室彻底关闭，外面什么情况谁也不知道。

等有人大着胆子出去看的时候，发现上面遍布有毒物质，整个地面几乎被夷为平地，再也看不见高楼大厦。

幸存者中有大批实验室的核心成员，他们利用那些外星文明科技，改建实验室，最后有了现在的规模。

曾经安静祥和的星球，像是突然被打开通往宇宙的大门，地面不时有飞船降落。

那些外星生命可不会善待人类。

"特别行动组主要负责清除这些外星生命。"

初筝提出疑问："为什么地下城的人都不知道？"都到了这种生死存亡的时候，这些人还瞒着大家?

搞到现在几代传下来,连自己的星球为什么会被毁灭,都已经没人知道了。

"资料记载,是当时的一个负责人下令封锁消息,目的是让大家都能活下去。"

当时的人很绝望,每天都有人自杀,散布恐慌,所有人都笼罩在死亡的阴霾里。

为了让这些人活下去,负责人编造了个谎言,告诉他们地面虽然不能生存,但地下可以,依靠那些科技,他们不会灭亡。

至于地面出现的外星生命,他们会负责搞定。

后来情况渐渐好转,大家似乎就相信真的如负责人所说。

他们不是不敢正视事实,而是不想正视。

谁愿意在苦难里挣扎?

所以后面出世的新生儿基本不知道当初的真相,只知道地面遍布毒气,他们不能出去。

"这些年出现的外星生命已经很少了。"楼行说道,"前些天我遇见一只,不过……"

他顿了一下,没往下说。

初筝也很明智地没有追问:"为什么会变少?"

"根据实验室那边的分析,我们的星球一开始应该有保护机制。"

因为这个保护机制,宇宙里其他生命发现不了这个星球。

当那艘飞船意外降落后,坐标位置意外暴露,引来那批外星人。

最后星球毁灭,保护机制失效,所以那段时间不断有外星生命降落。

这些年外星生命出现得越来越少,可能是保护机制正在恢复,他们还说,也许再等百年,或者几百年……地面又可以生存。

至于这个保护机制是什么,暂时还没研究明白。

"那……"

嗞嗞嗞——头顶的灯突然闪烁几下。

初筝抬头去看灯。

灯光闪烁几下,很快稳定下来,像是电量不足导致。

初筝刚收回视线,眼前就是一暗。

窗外五光十色的灯光,一片一片地熄灭,整个世界瞬间陷入黑暗中。

"初筝小姐!"辉哥在外面敲门。

初筝镇定地出声:"进来。"

辉哥手里拿着不知哪儿来的照明灯,进来后,房间有了光线,辉哥的照明灯先照在初筝身上,一晃发现旁边还有人,辉哥差点直接动手。

看清是楼行后,辉哥连忙收住攻势。

这人怎么在这里啊?

疑惑归疑惑,辉哥可不敢问。

楼行走到窗户边,往下看去:"整个二区都停电了。"

一区的高墙后还有亮光,应该没受到波及。

"正常吗?"初筝这个外来人口不太了解。

楼行摇头:"不正常。二区也分为很多区域,出现故障不可能如此大规模停电,除非……"

辉哥追问:"除非什么?"

楼行沉声说道："供电系统出故障。"

每个区都有一个供电系统，一旦供电系统出错，整个区都会停电。

"我下去问问怎么回事。"辉哥将照明灯留下，摸黑下楼去找酒店的人。

五分钟后，辉哥上来："酒店的人说，刚接到消息，供电系统出了故障，正在抢修。"

初筝望向外面的黑暗里，需要抢修多久？

在这段黑暗的时间里，会出什么事？

之前三区的净化系统出问题，现在二区的供电系统出问题……

"你觉得这是人为吗？"初筝问楼行。

"不知道。"现在不好下判断，楼行往黑暗里看一眼，"初筝小姐，我先行离开一趟。"

初筝还没答应，楼行已经转身走到房间门口。

他手放在门把上，刚想按下门把，又忽然停下。

"你……"

楼行食指竖起放在唇边，从猫眼往外面看。

下一秒，楼行离开门口，退回房间里面。

"特别行动组的人。"楼行压低声音，"他们往这边来了，应该是来找我的。"

初筝：那可不一定。

外面走廊传来暴力破门的声音，偶尔响起一声尖叫，应该是一个房间一个房间在搜查。

楼行环顾下房间四周，窗户都是焊死的，根本打不开。

笃笃……房门被人敲响。

楼行叮嘱初筝："你们一会儿躲好。"

初筝冷静地说道："他们不一定是来找你的。"

楼行不解："还能找谁？"

初筝用手指了指自己。

我。

砰——

房门被暴力踹开，光束扫射进来，黑暗的房间瞬间被照得通明，影子在地面摇曳交错。

就在此时，走廊突然传来一声巨大的声响，接着就是人的惨叫声。

本来打算进来的人被这声音惊到，立即转身出去。其余人也迅速撤出去，光束消失，房间再次陷入黑暗中。

外面传来杂乱的打斗声、呵斥声，还有人的尖叫声。

黑暗里，初筝和楼行站在角落，两人靠得极近，不过楼行很绅士地坚守最后的距离，没有碰到初筝。

辉哥一个人蹲在另一边，那些人一撤，他立即偷跑过来："初筝小姐，现在怎么办？"

我怎么知道现在怎么办！

走廊上的声音渐渐远去，一道人影突然跑进来，辉哥当即动手，抬腿扫向对方。

"殿下，是我！"对方语气很急地叫了一声。

初筝反应过来，这里能被叫成殿下的，好像只有她这个外星人。

这声音也有点耳熟……好像是上次那个女服务员。

"阿辉。"初筝叫住辉哥。

辉哥立即撤回初筝旁边："初筝小姐，这女的挺厉害……"

女子上前两步，语气焦急："殿下，我没时间跟你解释那么多，我们先离开这里。"

初筝已经能感觉到楼行奇怪的目光，好像在无声地询问，她为什么要叫你殿下？

初筝镇定地问："我为什么要跟你走？"

女子频频往门口看："殿下，我不会害您，那些人很快就会回来，我们先离开这里再说。"

就在女子话音落下的时候，外面就传来凌乱的脚步声。

女子表情一变，没想到这么快……

她扫一眼房间，拎起房间的椅子，朝着玻璃窗砸过去。

本以为会有刺耳的破碎声，然而他们并没有听见，碎开的玻璃以诡异缓慢的速度向四周飞散。

就像是……有人按了慢放键。

辉哥目瞪口呆地张着嘴，这……这是什么能力！

女子催促初筝："殿下，快走！"

"先离开，这里不安全。"楼行平静许多，毕竟他那个职业需要和外星生命打交道，见过不少诡异的事。

现在最紧要的是外面那些人。

辉哥还愣在原地，几个人已经从窗户离开，他才回过神，赶紧跟上去。

他们这个窗户下面就是一条空中走廊，不用太费劲就能跳到上面。

穿过走廊，女子想往另一边走，初筝却拉着楼行往反方向走。

"这是回去……"

"闭嘴。"初筝低呵一声。

"殿下！"女子也发现初筝没跟着她，赶紧掉头追上来。

初筝带着他们穿到停车场。

楼行皱眉："车子目标很大。"

"怕什么。"初筝拉开车门，"有我给你垫背，上车。"

辉哥先一步窜上车，那个女子也紧随其后，楼行只能上车。

车子飞驰而过，穿过笼罩在黑暗中的建筑，不知道开往何处。

车厢里谁也没出声，初筝沉默地开着车。拥挤狭隘的建筑渐渐散开，四周变得空旷起来。

初筝最后将车子停下。

外面就是一片岩石，四周没什么建筑，车子停在岩石后面，正好可以挡住车子。

车子熄火，初筝松开方向盘，侧目扫向后座的人："你是谁？"

女子和辉哥坐在一起，两人都防备着对方。

女子听见初筝的话，立即正襟危坐："我是殿下的守卫，纳夏。"

初筝声音凉飕飕的："我是你殿下？"

纳夏表情变了变："殿下果然不记得了？您还记得……"

纳夏的视线从楼行和辉哥身上扫过，没往下说。

初筝大概猜到她估计是怕她们外星人的身份被这两人知道。

"我不记得了。"原主当初的记忆没恢复完,所以她自然也不知道,"我怎么确认你不是青黛的人?"

纳夏谨慎地说道:"殿下,我可以单独和您说吗?"

初筝看一眼楼行,示意纳夏下车。

楼行坐在车里注视着初筝和那个人走进黑暗里,眸底闪过一缕暗芒。

以他以前经手过的那些事件经验来看,那个女子绝对是个外星生命,只有他们才有那些稀奇古怪的能力。

她还叫初筝殿下,这样的称呼……

那她……

"那个……你刚才看见了吗?"辉哥刚找回自己的声音一般,弱弱地问楼行。

"嗯。"

辉哥咽了咽口水:"那是什么?超能力吗?"看着就好酷炫!

"不是。"

那是外星生命的能力。

当然这个楼行没说出来,毕竟辉哥只是一个普通人,他说了就得给辉哥解释更多的东西。

半个小时后,初筝回到车上,纳夏也慢吞吞地上车。

初筝坐在驾驶座上,单手撑着方向盘,车厢里一时间静得针落可闻。

初筝忽然偏头看楼行:"你不想问我一点什么吗?"

楼行大概没想到初筝会突然问自己,他愣了下,缓缓开口:"你是什么人?"

"我来自银河之外。"女孩儿声音清清冷冷,如珠落玉盘,带着丝丝的凉气滚到心尖里去。

自后面那个叫纳夏的女人出现,他就隐隐有些猜测,可是亲耳听见她说出来,楼行心跳依然漏了半拍。

果然不是人类吗?

辉哥最初没听懂,片刻后反应过来:"初筝小姐,你不是人?"

初筝:你怎么骂人呢!

辉哥后颈莫名一凉,一股凉气,顺着脚底板,直往脑门上蹿。

辉哥身体下意识地缩起来。

"你……想干什么?"楼行半晌才找回自己的声音。

初筝一脸耿直:"说实话,我之前是来征服这里的。"

"殿下!"纳夏惊呼一声,怎么能将他们的目的说出来?

初筝不在意地抬下手,指尖在空气里压了下,示意纳夏闭嘴。

辉哥:我都不知道我老板有这么伟大的计划。

听见初筝那话,楼行还算镇定:"那现在呢?"毕竟在资料里记载,想要征服他们的外星生命不在少数。

多她一个不多,少她一个不少。

"现在我对这个没兴趣。"征服世界是不可能征服世界的,她只想安静地瘫着,当个咸鱼。

楼行下意识地提问:"那你对什么感兴趣?"

黑暗里,楼行没听见回答。

但是他感觉到初筝用手指在他肩膀上轻轻点了两下。

他看不清初筝的面容，脑中有片刻的宕机，似乎不明白初筝要表达的意思。

几秒钟后，宕机的思维重启。

她这意思是……他吗？对他感兴趣？

楼行对这个答案不知是意外还是不意外，总之心底不太平静。

他尽量压住那些翻涌的情绪："你就这么告诉我，不怕我出卖你？"

初筝冷冷地说道："你现在都自身难保，怎么出卖我？"给你一百个胆子你也不敢！在你出卖我之前，我会先搞定你的，你放心。

楼行被戳中痛脚，一时间没吭声。

之前那些人不是来追初筝，也不是发现了楼行，而是纳夏他们暴露了。

初筝差不多能确定，纳夏应该是原主的人。

纳夏带给她一个消息，青黛要去抢什么东西……这种时候，当然不能少了她啊！

青黛不高兴就是我的职责。

"你有事要办吗？"初筝问楼行。

楼行点头："嗯……"

"行，车子留给你。"初筝下车。

初筝说给就给，很是潇洒地带着纳夏和辉哥走了。

楼行一个人坐在车里，好半晌都没回过神来。

这人……什么作风？

初筝在半道上遇见之前和纳夏一起的那个男子。

"殿下，这是纳冬。"纳夏主动给初筝介绍。

"殿下。"纳冬低着头，闷声闷气，声音隐隐有些颤抖。

初筝沉默一下："我是不是还有两个守卫，纳春和纳秋？"

"殿下，您只有我和纳冬。"纳夏恭敬地回答。

"哦。"

初筝还没感叹完，纳夏的声音继续传来："殿下如果想要，等您回去，登上女王的位置，可以再找两个守卫。"

纳冬又问道："殿下，您真的不记得我们了吗？"

"嗯。"

纳冬握拳："都是因为青黛，害得殿下这样，是纳冬没有保护好殿下！"

纳冬越说越自责，眼看他就要去和青黛同归于尽，初筝赶紧说道："行了，先去办正事。"

青黛你要是能搞定，还要我来干什么。

纳冬微微抬头，目光投向纳夏。

纳夏小声说道："我把之前听见的事告诉殿下了，殿下现在要过去那边。"

纳冬皱眉："那件事是真是假都不知道，你怎么能告诉殿下？"

"如果那东西是真的，青黛真的拿到了，殿下还有什么胜算？"

"万一是青黛的圈套呢？"

青黛和他们殿下是竞争关系，她肯定会想办法弄死殿下。

如果是青黛给他们下的套怎么办？

纳夏一时间没出声。

"是真是假，去看看就知道了。"初筝气定神闲地将一缕发别在耳后，语调冷淡，"走吧。"

磨磨叽叽能有什么结果。

第一步是要踏出去才行！

纳冬往远处隐约晃动的光亮看去，提醒初筝："殿下，那些人类正到处搜查，主街道上全是巡逻的人，我们过不去。"

纳夏听见的地方在一区，他们现在必须穿过去，进到一区。刚才惊动太多的人，现在只要他们一出现，肯定会被发现。

而且那些人手中好像有什么东西，能够定位到他们。

如果不是那东西，他们之前也不会被发现。

"办法是人想的。"还没我去不了的地方！

纳夏和纳冬对视一眼，心底有些诧异他们家殿下，脾气好像变了不少。

不过想想殿下都失忆了，他们也就觉得正常了。

纳夏和纳冬以为初筝会想什么好办法，谁知道她就一路……打过去？

这就是办法？

守卫队根本不够初筝打，特别行动组收到消息赶过来，也对付不了她。

最后引来左九。

左九一到，这些人就好像有了主心骨。

"就是你们混进了地下城？"左九打量初筝等人，"长得人模人样，这个地方你有来可没回。"

左九这人从言行举止间，都能看见自负。

不过，从他姿势上看，倒没有轻视的意思。

"劝你们乖乖束手就擒，否则有你们的苦头吃。"左九打算先礼后兵。

初筝懒得废话，直接动手。

那边左九还打算发表几句演讲，结果就看见初筝攻击过来，立即闪身避开，抬手和初筝对上招。

左九是特别行动组的临时长官，他能做这个职位，实力自然不低。

然而他和初筝对上，最后还是没讨到好，被初筝按在地上摩擦。

初筝将左九身上的定位器翻出来，直接没收："看他们那样，你是个领头的？"

左九的脸被压在地上，整个人都动弹不得，愤怒又暴躁："这里到处都是我的人，你别以为自己能逃掉！"

"谁说我要逃？"她会逃吗？就算跑路那也是战略性撤退，跟逃没有一毛钱关系。

"哼。"

左九冷笑一声。

初筝无视他的冷笑："帮我个忙。"

"你杀了我！"左九眼中似有火焰，怒道，"我不会背叛地下城！"

谁要你背叛地下城,你想得可真多。
初筝把左九拽起来,让旁边的辉哥抓着他:"你们特别行动组去一区,应该很方便吧?"
左九怒意不减:"你想干什么?"
初筝认真地回:"帮我带个路。"

纳冬和纳夏大概都没想到,初筝会直接抓特别行动组的人给她带路。
守在高墙下的守卫,看见左九的面容,都没怎么细查,便将他们放了进去。
一区没有停电,灯火通明。
两边的建筑被灯光照着,给人一种冰冷的科幻感,让人忽视他们生活在地下城的事实。
左九口不能言,身体只有脚能动,一张脸铁青,眼中透着凶光。
辉哥推着左九往前走,他姿势有点僵硬,但身上看不见任何束缚的东西,路过的人纷纷跟他打招呼,见左九脸色不好,个个低下头,迅速离开。
这群蠢货!

有左九这个门面,初筝很快就大摇大摆进到一区核心区域。
纳夏的视线扫过两侧的建筑标记,很快就找到目标:"应该是那个。"
那座建筑从远处看像展翅飞翔的鹰,外面标注的是体育馆。
一区设施齐全,里面的东西和正常世界没什么区别。
初筝他们从后门进去……刷左九的脸。
左九腹诽:你们敢不敢放开我!
初筝看着偌大的场馆:"东西在哪儿?"
这里怎么看都是一个正常的体育馆。
纳夏打量四周:"我没听清,应该就在这里面。纳冬,我们分开找找。"
都已经走到这里,纳冬只能点头:"殿下,您小心。"
纳冬和纳夏迅速分开去找。
初筝直接趴在栏杆上,往下面的篮球场看。此时是休息时间,所以篮球场上空空荡荡,没有一个人。
"初筝小姐……我们到底在找什么?"辉哥自始至终都是蒙的。

在某些星系里,一直有个传说。
浩瀚宇宙中孕育有一颗宇宙石,宇宙石的力量令人无法想象,谁能得到宇宙石,就能成为宇宙最强的种族。
这个传闻在不同的星系流传着。
大家都相信宇宙石存在,并为此付诸行动,妄图找到宇宙石,成为宇宙里最厉害的存在。
但是从来没人见过这个所谓的宇宙石,它只存在传闻中。
然而有些种族,在宇宙某些遗迹中,频繁找出关于宇宙石的记录。
有这些佐证,所以大家更相信宇宙石的存在。
即便是原主的种族,也相信。
纳夏听见的对话,就是关于宇宙石。

地下城能运行这么多年，靠的就是一颗石头，不然以他们开采出来的能源，地下城早就运转不下去了。

青黛一开始没往这上面想，但随着套出来的话越来越多，很快就联想到宇宙石上。

青黛可能是因为激动说漏嘴，正好让纳夏听见了。

地下城能靠那么一颗石头运转这么多年，这怎么想都不对劲，所以纳夏才会告诉初筝。

如果真的是传说中的宇宙石呢？

真的要是让青黛拿到宇宙石，他们就彻底输了。

"呜呜呜呜！"

左九嘴巴宛如被封上，只能从喉咙里发出声音。

初筝看他一眼："有话说？"

左九眼眶通红，充满血丝："唔唔唔！"

初筝抬一下手，左九酸胀的嘴巴瞬间得到解放。

左九活动下嘴巴，眼底满是震惊和愤怒："你们竟然是冲能源晶来的！"

能源晶？大概是地下城给那块石头取的名字。

初筝转过身，背靠在栏杆上，右脚微微屈起，脚后跟抵着下面的墙，以手肘支撑身体，姿势看上去随性散漫。

她慢慢地抬起眼帘："你知道那东西在哪儿？"

左九刚才过于愤怒，只想着问个明白，此时被初筝反问，他才猛地反应过来，自己怎么把这话问出来了！

左九心头狂跳，立即扭开头，避开初筝的视线，干巴巴地说道："我怎么会知道，我只是听说过。"

初筝慢条斯理地说："听说特别行动组只听命贺进，你地位不低，不可能不知道那东西的位置。"

左九脸色莫名其妙地沉了几分，先是冷笑，随后又是讽刺："你真想知道，得去问楼行。你应该听过他，最近全是关于他的报道。我只是个临时执行官，那种消息怎么会让我知道。"

仔细听这话，隐隐透着几分酸楚和嫉妒。

左九继续说："不过你现在想找到楼行，恐怕不可能。"

特别行动组每天都在找人，每次找到楼行，都会被他溜掉。

初筝继续问道："你真不知道？"

"不知道。"左九硬邦邦地说道。

"行。"初筝也不纠结，"那我们说下个问题。"

还有什么问题？

"楼行的罪名是怎么回事？"初筝无波无澜的眸子平静地看着左九，"是不是你嫉妒他，故意栽赃陷害？"

左九先是一惊，随后脸上只剩下愤怒，声调都拔高不少："他自己干的事，你竟然说我栽赃陷害他？"

"不是你？"

"我为什么要陷害他？"左九怒斥，"你少在这里血口喷人！"

初筝盯着左九看了几秒，这人愤怒，但并没有心虚。

初筝看不出信没信："那是谁？"

左九冷哼一声："是他勾结盗贼，没人冤枉他，证据齐全！"

左九表现得没有任何心虚的迹象，初筝一时间无法判断，到底是不是他。

所以……

"啊——"

左九被初筝按在栏杆上，半个身体悬在外面。这里距离下面很高，就这么摔下去不死也得残。

"真的不是我！"左九只恨现在体育馆里没人，连个求救对象都没有。

左九更没想到自己好不容易有这么一个机会想要大干一场，建功立业，取代楼行，结果就遇见初筝。

"那你知道是谁了？"初筝将他脑袋往下按了按。

左九感觉抓着自己的那只手随时会松开，他会掉下去，砸在下面，血肉模糊……

"我不知道是不是他，我只是猜的。"

他不想死。

他能感觉到这个女人真的会将他推下去。

"谁？"

左九咽了咽口水，随后迅速出卖了同事："特别行动组的另外一个组长，他和楼行有矛盾。我之前看见他和人偷偷摸摸地讲话，那段时间也神神秘秘的，后来楼行就出事了……"

左九只是怀疑，但没有证据。

"你没骗我？"

"没有，我没骗你，我说的都是真的，我和那件事一点关系都没有。"他只是想捡漏上个位而已。

初筝将左九拽回来。

左九大口大口地喘气，庆幸自己逃过一劫。

"你知道能源石在哪里吗？"

"在……"左九声音一顿，呼吸都屏住了，他愤怒地瞪了初筝一眼。

下一秒，左九半个身体又出去了。

"在哪儿？"

女孩儿冷漠的声音在他耳边响起，像是裹了一层冰碴，凉气直往骨头缝里钻。

左九：他是倒了几辈子的霉！

左九在前面带路，辉哥跟在后面看着他。

纳夏和纳冬一左一右，跟在初筝身边，视线不时扫过四周，以应付随时可能发生的意外。

初筝就显得悠闲多了，不知道的人还以为她是来参观旅游的。

前面左九停了下来："就……就在这里面。"

初筝抬头看一眼，前面是一堵墙，应该是体育馆的外墙。

"带我们进去。"

"我真的不知道怎么进去，我只是知道这地方而已。"左九欲哭无泪，"除了贺先生，就只有楼行知道，我要是骗你，天打五雷轰！"

"你见过打雷吗？"这可是地下城，现在这些人连天空都不知道。

左九是真不知道怎么进去，他还是个临时的特别行动组执行官，很多东西贺先生都没来得及告诉他。

"是在这墙后面？"初筝和左九确认。

左九小鸡啄米般地点头。

初筝挥了下手："你们退开。"看我给你们表演胸口……不是，徒手开门！

三分钟后。

几个人踩着满地碎石，进入一条通道。

左九语塞。

这后面有机关的！为什么她一下子就破坏了？

当机关不能发挥作用的时候，它就不再是机关。

王者号你说说，钱能做到这一点吗？

初筝在心底得意地询问王者号。

靠人不如靠己！

"贺先生，能源晶的防御被人破坏掉了。"说话的人都没来得及敲门，直接闯了进去。

办公室里有不少人，贺进坐在主位上，正在和这些人商量二区突然停电的事。

"什么？"贺进沉声问，"你说清楚，能源晶怎么了？"

报信的人急急说道："能源晶的防御被人破坏了。"

贺进噌一下站起来，在场的其他人也纷纷变了脸色。

贺进脸色铁青："被谁破坏的？"

"不……不知道，没有拍到。"那人说道。

贺进不敢耽搁，赶紧带着人去检查。他们一行人赶到体育馆，看见被破坏掉的墙，一个个脸色黑得跟锅底似的。

能源晶是整个地下城的核心，绝对不能出意外。

贺进等人进去，瞧见里面通道上躺着不少守卫的尸体，心底更沉。

穿过一条狭长的通道，视线豁然开朗，但面前的情况，让贺进等人都是一惊。

偌大的场地里，高两米的水晶柱分散着立在地上，水晶柱空隙里有人。

左边的是一个年轻貌美的女孩子，相貌有些眼熟，好像是那个叫青黛的。

而另一边也是熟人，二区"首富"贾老板。

看见贾老板，贺进确实吃了一惊。

他怎么会在这里？

贾老板带着不少人，正和青黛对峙。贺进突然进来，两拨人立即将视线集中在他身上。

贺进脸色阴沉，视线在水晶柱上扫过，上面放的是能源晶，可现在能源晶不见了……

贺进眸光危险地看着他们："能源晶是谁拿的？"

他不管他们为什么在这里，现在最重要的是能源晶。

那东西绝对不能丢，丢了整个地下城就完了。

青黛和贾老板都没说话，他们同时望向另一个方向。

贺进下意识地跟着看过去，只见另一边还有几个人。

而这几个人他也认识。

之前跑到他那里告状，说别人是外星人的外星人！

初筝坐在不知道哪里搞来的椅子上，一只手支着额头，另一只手把玩着一枚浅蓝色的晶体。

比起剑拔弩张的贾老板和青黛，她看上去像是一个看戏的局外人。

事情要从初筝进入这个地方开始。

她进来的时候，能源晶还在水晶柱上。

然而初筝还没来得及看清那玩意儿，青黛就来了。

看见初筝，青黛以为她是来抢能源晶的，二话不说，直接开打。

接着贾老板也带着人进来了。

最后初筝先抢到能源晶，在贺进进来之前，青黛和贾老板正在考虑要不要联手对付她，并不是贺进想的那样。

"把能源晶放下！"贺进身边的人指着初筝呵斥一声。

初筝指尖捏着能源晶转动，清冽的声音缓慢传来："我要是不放呢？"

能源晶在初筝手里，她要是不放，他们还真没别的办法。

那东西可以撑起一个地下城的运行，可想而知威力巨大。

现在这个东西在她手里……

一时间谁都没说话，气氛有些诡异。

"贾老板，不知道你为何在这里？"贺进在一番沉默后，突然出言问贾老板。

贾老板笑了下："贺先生，你真的觉得这个地方，是我们以后的归宿吗？"

贺进眸子一眯，顺着他的话说："贾老板难道还有更好的归宿？现在外面什么情况，贾老板消息灵通，不用我来说。"

整个地面都是毒气，人类一上去除了死还是死，更别说还不时有外星生命出现……这些年要不是特别行动组拼死解决那些东西，地下城不可能有现在的安逸生活。

"贺先生，我不是说地面，"贾老板眸光深邃，"是更远的地方。"

更远的地方……

比如别的星系，别的星球……

贺进皱眉。

贾老板的目光落在初筝手里的能源晶上："这块石头蕴含着巨大的能量，我们可以用它，带我们离开这里。"

贺进冷笑："怎么离开这里？"

贾老板："地面有不少飞船，贺先生应该也在派人研究吧？这么长时间，贺先生那边难道没有一点进展？"

贺进不慌不忙："飞船容量有限，而且我们对飞船的认知还太少，就算能利用飞船离开这里，之后呢？地下城这么多人，贾老板，你想过应该怎么处置他们吗？"

失去那块能源晶，地下城这些居民怎么办？

"贺先生确实是一位很好的领导者，"贾老板循循善诱，"可是贺先生不为自己着想，也应该为你的家人想想，难道你真的愿意看着他们，在这个地方生活？"

"他们是不是把我们无视了？"初筝扭头问辉哥。

辉哥挠挠头："好像是……"

贺进和贾老板聊得起劲，仿佛能源晶已经在他们手里，可以为所欲为。

也不知道谁给他们的勇气。

初筝纳闷儿。

大家都是一起来的，凭什么就无视我啊！

一起被无视的不止初筝，还有青黛。

初筝往青黛那边瞟一眼，结果那边哪里还有青黛的身影。

几乎是同时，初筝感觉身后有东西靠近。

"殿下，小心！"纳夏的声音随之响起。

初筝余光扫到青黛的残影，对方以诡异的速度出现在她身侧，目标是初筝手里的能源晶。

初筝手掌拍了下椅背，身体一跃而起，避开青黛的手，身体绕到她侧面，抬手朝着她后颈劈下。

青黛反应迅速，初筝手掌只落在她肩膀上。

两人身体错开，相对而立。

"我的好妹妹，你拿着那东西可没什么用，不如给姐姐如何？"青黛阴阳怪气地开口。

初筝面无表情："凭什么？"

青黛冷笑一声："就凭……这个！"

青黛话音一落，初筝便感觉四周有一股吸力，身体被那股吸力往四面八方拉扯。

初筝稳住身体，往青黛那边看一眼，冷冰冰的眸子里看不出任何情绪，脚下轻转，猛地朝着青黛那边掠过去。

嘭——

青黛的身影从空中砸下，几根水晶柱被她砸断，碎裂的水晶四散。

贺进和贾老板明显在隔岸观火，心底大概还想等她们两败俱伤的时候，趁火打劫。

可惜初筝毫发无伤地站着，她和青黛交手，他们也没看出来她用了什么能力，风轻云淡的几招，完全看不出实力深浅。

摸不清初筝的实力，贺进和贾老板都不敢贸然行动。

青黛撑着身体，缓慢地站起来。

她眼底闪着势在必得的寒光："你以为你能阻挡我吗？"

初筝抛了下手里的能源晶："你又打不赢我。"

青黛差点一口血吐出来。

以前她的实力明明一般，怎么现在突然变得这么厉害了？

青黛后退几步，张开嘴，但并没有声音发出来。

凌乱的脚步声从通道传来。

大家还没弄清楚怎么回事，就见一批人从通道拥出来。

那批人正是贺进他们之前见过的守卫，明明已经死掉的守卫，此时正冲他们过来。

这些人速度极快，冲出来见人就攻击。

贺进和贾老板不得不动手反击。

"把宇宙石给我！"青黛面色狠戾，攻击初筝的招式也是招招致命。

初筝踩着水晶柱移动，躲避青黛的攻击，还要注意下面的人。
贺进和贾老板也朝着初筝靠拢，分明也想分一杯羹。
初筝抬手，水晶柱随着她的手浮起，以她为中心，向四周散开。
嘭——
"啊！"
各种声音交织在一起，在这片空间里不断回响。

青黛估计是将她能控制的人都叫来了，密密麻麻的人头，仅仅是看着就头皮发麻。
不过这些人就是普通人，来也只是送人头，扰乱视线。
青黛几次动手，都被初筝压制。
又不能搞死青黛，初筝没兴趣再跟她打，直接招呼其他人撤。
"能源晶对地下城十分重要，你不能拿走！"贺进冲初筝吼。
"我不拿，她也会拿，"初筝面无表情地说道，"我当然不能让她拿到。"
这宇宙石到底有多大的威力初筝也不知道，不过等青黛拿到再来对付，肯定会麻烦许多。
那还不如先一步扼杀在摇篮里。
贺进眼睁睁地看着初筝带着人，从这些莫名其妙拥进来的人群里，杀出一条路离开。
贺进想追，却被这些人给堵得死死的。
贺进现在杀人的心都有。

能源晶虽然被拿走，但应该还有一些储存的能量可以使用，所以一区外面并没有多大变化。
初筝离开一区，摸出定位器看了一眼，确定楼行的位置，初筝直接往那边过去。
楼行在二区的边缘地带。
"谁？"
初筝还没靠近，楼行警惕的呵斥声便传了过来。
初筝从暗处走出去："我。"
楼行扫她一眼，目光复杂："你怎么知道我在这里？"
他现在所处的位置这么偏僻，如果不是熟悉路况的人，根本找不到这里。
她怎么找来的？
"车子上有定位。"初筝胡诌一句。
楼行往停在不远处的车子看一眼，不知道是相信了还是不相信。
初筝转移话题，指着蜷缩在地上的人："这人是谁啊？"
楼行说道："上次引我到一区的那个小偷。"
初筝了然："你问出什么了？"
楼行沉默一会儿，嗓音低沉地说道："有人指使他去偷东西，其他的，他不知道。"
初筝微微挑眉："谁？"
"贾老板。"
贾老板让小偷去偷的是一份地图，正是通往能源晶所在地的地图。
能源晶是从最初那艘飞船上得来的，当时大家只以为是一块普通的晶体，并没放在心上。

是地面不能生活后，幸存者在地下实验室里生活，有个教授发现能源晶能供应电。
随着后面大家对能源晶的研究，渐渐地能源晶就成为地下城的核心。
可是……
楼行知道能源晶的位置，根本不需要再勾结谁去偷什么地图……为什么这样的理由贺进会相信？
楼行觉得有些事不能说，可每次他脑中想完，自己也说得差不多了。
初筝在兜里掏了掏："这个？"
女孩子白皙的手心里，躺着一枚晶体，颜色漂亮，晶莹剔透，衬得她的手指透明白皙。
楼行再三确定，这就是他见过几次的能源晶。
这东西怎么会在她这里？
"你哪里来的？"
"抢的。"不然别人还能送我吗？
抢的？她这语气还挺理所当然？
那个地方守卫不少，她是怎么抢来的？
"这能源晶关乎整个地下城，"楼行语速很快，"你将能源晶拿走，会害死整个地下城的人。"
初筝不以为意："你现在是全城通缉对象，没必要再操这个心吧。"
楼行被噎得无话可说。

说出那句话的初筝，很快就遭到报应。
她也被全城通缉了。
不仅仅是她，还有青黛和贾老板。
守卫队和特别行动组将一区和二区封锁，完全不准人进出。任何可疑的人都不许放走，现在是宁可错杀也不可放过。
青黛不知道怎么离开了封锁区，很快就在外面召集不少被寄生的人，开始对二区发起攻击。
她这些人里面还有很多守卫，所以武器也不成问题。
战争来得毫无征兆，二区的普通民众，好些都是还没弄清楚怎么回事，人就已经倒下。
贺进开启一区紧急避难所，撤离二区普通民众。
本以为这已经是最糟糕的事，可更糟糕的是，贾老板那边也不安分，竟然意图直接"逼宫"。青黛和贾老板没有联手，做的事却格外默契。
今天你打这里，明天我打那里。
贺进一个人，要应付来自两拨人的攻击，心力交瘁。
"能源晶在那个叫初筝的人那里，他们攻击我们做什么！"有个高层受不了了，在会议上发飙。
贺进语塞。
虽然觉得这话说得不太合适，可他心底认同。
能源晶在初筝手里，这些人不去找初筝，却一致来攻击他们，也不知道怎么想的。
难道攻击他们，就能拿到能源晶了吗？

"贺先生，你得给出一个解决办法啊！"

贺进脸色沉沉，他现在能有什么办法："失去能源晶，地下城还能坚持多久？"

"按照储存量来看，正常最多半个月。"有人回答，"但是现在的情况，消耗很大，最多十天，地下城的所有设备就会失去作用。"

此话一出，刚才还吵闹的会议室瞬间安静下来。

十天……

如果找不回能源晶，十天后，地面的毒气会灌进来。

不用贾老板和青黛做什么，他们自己都会灭亡。

贾老板之前和贺进谈崩了。

贺进要为整个地下城负责，不肯与贾老板合作。但是某些事，又必须要更高的权限才能做。

青黛发起攻击，给了贾老板一个很好的契机。而且这样还能逼着贺进他们去找初筝，贾老板只需要黄雀在后……

贾老板现在不能回以前的住处，临时找了个地方住着。他和手底下的人一边讲接下来的事，一边往里面走。

贾老板刚踏进房间，就发现里面有人。

贾老板步子猛地一顿，眯着眼往沙发上看去。

贾夫人双手放在身前，脸色苍白地坐着。另一边坐着一个女生，正捧着一杯茶喝，眉眼被升腾而起的热气氤氲，有些模糊。

她竟然还敢跑到这里来……

想到能源晶在她手里，贾老板心底忍不住涌出些许激动。

但这点激动很快就被贾老板压回去。

这个女子……不好对付。

她对面坐的则是一个男人。男人正襟危坐，背脊挺拔如松，面色俊美，却严肃沉冷，给人一种凛冽的气质。

都是熟人。

贾老板用眼神安抚一下夫人，先和男人打招呼："楼先生，好久不见。"

楼行唇瓣轻启："贾老板，你恐怕不想见到我。"

贾老板听懂了楼行的潜台词，看来他已经知道了。

贾老板的视线在初筝和楼行身上来回游移，似笑非笑地问："不知二位到我这里来，挟持我的妻子，有何贵干？"

能源晶在她手里，现在她却跑到自己的地盘上来……

贾老板着实猜不透初筝来干什么。

初筝慢条斯理地放下茶杯："问你点事。"

贾老板笑了笑："初筝小姐，上次我也算帮过你。我妻子自始至终待你如贵宾，你就是这么回报我和我妻子的吗？"

初筝眼帘微微一抬，扫过贾夫人："所以我没有对她怎么样。"

贾夫人除了脸色苍白点，并没受到任何伤害。

初筝也没想吓她，是她自己吓自己，这也能怪我吗？

"有什么事，我们之间来解决，不要牵连我妻子。"贾老板拿出男人的担当。

初筝沉默下，示意贾夫人可以过去。

贾夫人立即起身，几步走到贾老板身边。

"没事吧？"

贾夫人摇头，她只是被吓到了，这群人没对她做什么。

贾老板将夫人拉到身后："你想要问什么？"

"是你指使人去偷地图的？"

贾老板眸子一眯，视线掠过楼行，最后坦然地说道："是我。"

初筝冷冷说道："后面的事，也是你干的？"

贾老板耸耸肩："我只让他偷地图，后面的事，我不知情。"

楼行被通缉的事，他也很意外。

因为这件事不在计划中。

贾老板语气微微一顿："不过我应该知道是谁做的。"

"谁？"

"邱凯。"

初筝不认识这人，所以她将视线投向楼行。

楼行自然认识这个人，在他还是执行官的时候，这个邱凯和左九一样，是小组组长。

左九这人野心摆在脸上，但邱凯不一样，看上去是个很随和的人，实际上城府极深。

贾老板补充说道："如果没有邱凯的帮忙，我根本拿不到地图。"

初筝就是来问这件事的，得到答案，初筝就要走人。

贾老板叫住她："初筝小姐，我们可以聊聊。"

"宇宙石我不可能给你。"不等贾老板开口，初筝直接一口否决。

贾老板不甘心："初筝小姐，我只是想离开这里，只要我们找到合适的地方，那块能源晶你可以拿走。"

初筝意味不明地看他一眼，慢吞吞地说道："以你们现在的技术，至少要等到你第十代后人才能抵达一颗能居住的星球，那个时候你早死了，有意义吗？"

贾老板不知道是不是被初筝说的话惊到了，并没有再拦他们。

直到走出很远，楼行才问一句："你刚才说的是真的？"

初筝反问说道："什么？"

楼行认真说道："要很久才能抵达一颗能居住的星球？"

"是啊。"初筝道，"符合你们人类生存条件的，距离这里很远。而且那颗星球上有生命，人类贸然过去就是入侵，会被打的。"

左九做贼似的左顾右盼，一溜烟窜进角落里。

"你找我干什么！"左九怒问道，"我又不是给你办事的，你就不能放过我吗？"

上次他被初筝挟持，如果不是现在特别行动组缺人，他早就被处罚了。

283

现在她竟然还敢来找自己！

她可是通缉犯！

"邱凯在哪儿？"

"我怎么知道！"左九没好气，"我又不和他一起行动。"

"我要他的位置。"

"凭……"左九举起手投降，咬牙切齿地回道，"我去，我去问。"

要不是我打不过你，谁要听你的！

就应该找人来抓你！

初筝满意地将武器收回来，往肩上一扛，颇为潇洒地一扬下巴："快去快回。"

第十六章
奇怪的黏液

贺进最近愁得头发掉了不少，发际线都往后挪了不少："这么多天，你们连青黛以什么办法控制的他们都不知道，你们在干什么！"

底下的人纷纷低着头，不敢看贺进。

贺进发完火，让这群人滚出去。

笃笃笃——

"还有什么……""事"字卡在贺进喉咙里，他眸子微眯，看着门口的人。

这人是怎么大摇大摆出现在他办公室门口，还敢敲门的？

初筝揪着一个人进门，挺有礼貌地打招呼："贺先生。"

邱凯鼻青脸肿，一看就是被揍得特别惨的那种。

贺进噌一下站起来，摸到桌子上的武器，警惕地盯着初筝："你怎么进来的！"

初筝扭头看向门，认真地回答："走进来的。"

外面都是他的人，她怎么走进来的？

贺进的目光扫到桌子边缘，不动声色地移动过去……

初筝像是知道贺进在想什么，漫不经心地提醒他："贺先生不用叫人，叫来他们也打不赢我，白送命没意思。"我还得动手，多麻烦。

初筝若无其事地将邱凯推到里面，自己找个地方坐下，她也没说话，就盯着邱凯。

邱凯身体发抖，贺进满头雾水，不懂初筝在搞什么鬼。

邱凯眼神闪躲："贺……贺先生。"

他余光往初筝那边瞄。

初筝跷着腿，单手支着下巴，语调冷飕飕的："你看我干什么，还要我帮你说？"

邱凯哪里敢让初筝帮他说："贺先生，我有件事想和你坦白。"

邱凯和楼行差不多同一时间进入特别行动组。不管是训练还是任务，邱凯自认自己完成得不比楼行差。

可是最后是楼行担任了特别行动组的执行官。

他认为是楼行用不正当手段竞争，表面上对楼行没有隔阂，心底却是嫉妒又不满。

所以……

邱凯将自己干的事一五一十地说了一遍，全程都不敢看贺进。

贺进眉头拧成川字："你的意思是，楼行与小偷勾结的事，是你栽赃的？"

邱凯僵硬地点点头。

啪！

"吃里爬外的东西！"贺进一巴掌拍在桌子上，邱凯被吓一跳。

贺进又问："地图在哪里？"

初筝替邱凯回答："如果不出意外，应该在贾老板那里。"

贾老板……难怪他能找到那里去。

贺进指着邱凯，气得说不出话来。

初筝心底有些狐疑，按照好人卡所说，他应该清楚能源晶的位置，也能自由进出。

为什么当初说他和人勾结偷东西，贺进就信了呢？

有鬼！

邱凯站在旁边不敢说话，恨不得找个地缝钻进去。

贺进冷静下来："你带他过来，就是为了说这件事？"

"我需要贺先生还楼行的清白。"

贺进皱眉。

"虽然这本该是你应该做的，不过为了我的……为了楼行，所以，作为交换，我可以将宇宙石交还给你。"

"宇宙石？"贺进对这个词很陌生。

初筝解释一句："你们说的能源晶。"

宇宙石……为什么叫宇宙石？

贺进的疑惑无人解答，他只能先压住这些疑问："此话当真？"

"还有条件。"哪有这么便宜的事！

初筝的第二个条件，需要贺进尽快压下青黛那边的事。

"青黛不知道用什么办法操控普通民众，那些人都还活着，我们这边很被动。"

青黛就是看准他们这个弱点，越发肆无忌惮地利用那些普通人。

"我可以帮你解决这件事。"

贺进在答应初筝的条件和直接抢回来上犹豫片刻，最后大概是觉得初筝敢一个人大摇大摆地过来，肯定有所倚仗。

她手里还有能源晶，他要是真的动粗，最后损失的可能是他自己。

所以……

贺进同意了初筝的条件。

另一边。

青黛想要将地下城的所有人都变成自己的傀儡，为自己所用，助她抢到宇宙石。

本来一切进展顺利，青黛畅想着要不了多久，这座地下城就只会剩下听从她指挥的傀儡。

然而青黛没想到，没几天就出事了。

那些傀儡突然不受控制了……不，应该说，不受她的控制。

青黛赶到地方，登上高处往下面看去。

本来应该全部听命于她的人，此时有一半的人不听指挥，正攻击另外的人。

青黛抓着栏杆，手背上青筋暴起。

能让这些人不受控制的只有初筝，是她……她在这附近，宇宙石……想到这里，青黛心底又是一阵激动。

抓住初筝，就能拿到宇宙石。

可是她在哪里？

青黛扫向四周，并没有看见初筝。

初筝就站在青黛上方的走廊上，旁边是贺进。

贺进的表情古怪，深处又藏着几分怀疑。

他忍不住出声："你能直接杀掉她，为什么不自己动手？"

初筝板着小脸："手足相残不好。"我自己要是能搞定，用得着你。

贺进：你说这话的时候，想想你在干什么。

贺进沉着脸："希望你不要食言。"他现在没办法，只能赌一赌，万一真的将能源晶拿回来了呢？

初筝不置可否。

贺进甩袖离开，去安排接下来的事。

有初筝压阵，青黛的优势瞬间没了。那些傀儡不再听从青黛的指挥，反过来攻击青黛的人。青黛试图和初筝强行争夺控制权，最后当然没讨到好。

青黛被贺进带着人逼到三区边缘。对战的时候，青黛因为和初筝抢夺傀儡的控制权，精神不佳，被贺进抓住弱点，差一点就抓住她。

最后青黛跳进地下河，消失在河水里。

她一走，那些被她控制的人纷纷倒在地上。

"你知道这有什么办法解决吗？"贺进去问初筝。

"没办法，东西已经在他们脑子里。"初筝很平静地说道，"平时不会有什么问题，就当脑子里多长了一根神经。"

贺进语塞。

脑子里多长一根神经那不是神经病吗？

初筝说没办法就是没办法，贺进再怎么说也没用。

初筝将宇宙石交给楼行，他交出去也好，自己留着也好，初筝都没意见。

反正好人卡高兴就好。

一切以好人卡为准则。

所以楼行在贺进替他恢复清白之后，将其交还给贺进。

贺进将能源晶放在最中间的水晶柱上，四周的水晶柱被毁得差不多，能源晶放下去，完好的水晶柱瞬间被注入光芒，毁掉的水晶柱黯淡无光。

楼行沉吟着说道："这些水晶……"

"丢掉的那张地图，必须找回来。"贺进沉声说道，"那地图能找到最初的那艘飞船，上面有这些水晶。"

那艘飞船是所有事情的起点，可是现存的任何资料上都没有记载飞船的所在地。

楼行当初被通缉，并不是因为能源晶的位置，而是因为那艘飞船……

楼行转瞬就明白过来："那艘飞船没在地下城？"

贺进点头："没有，太大了，当时的情况也不可能将它弄到这里来。所以就留下一份地图……"

现在那份地图在贾老板那里。

他们必须找回地图，再找到那艘飞船，从上面取回水晶。

否则这些水晶，不足以支撑整个地下城的运转。

楼行忽然问："最近贾老板在干什么？"

最近大家忙着对付青黛，贾老板那边反倒一点动静都没有。

贺进沉着声音说道："我派人看着他，之前他有些动作，后来就没动静了，现在应该还在住的地方。"

然而等贺进再派人去看的时候，贾老板的住处只剩下几个迷惑视线的手下，贾老板早就不见踪影。

贺进让人去查贾老板他们是怎么离开的。

很快那边的人回来禀报："贾老板他们是从以前运送原料的通道离开的。"

贾老板自己有一条运送原料的通道，这条通道可以通往地面，贾老板他们就是从这条通道离开的。

初筝是从楼行那里知道贾老板可能去地面了的消息："他想干什么？"

楼行摇头："不知道。我得带人离开地下城一段时间。"

"去干什么？"

"去找飞船，"楼行没有隐瞒，"找降落在这里的第一艘飞船。"

楼行看着初筝，颇为认真地道谢："谢谢你帮我澄清之前的事。"

楼行并不知道初筝在做这件事，她告诉他的时候，整件事已经尘埃落定。

说实话，楼行没遇见过她这样的人……不，外星人。

"就这么谢？"你也不是诚心谢我的啊！你个骗子！

楼行微愣，大概是觉得自己就这么说两句，是有些不够意思。

"我已经和贺先生讲过，你暂时可以住在这里，只要你不惹事，贺先生不会找你麻烦。"楼行微微一顿，"等我回来……再好好谢你。"

"我怕你回不来。"

楼行疑惑："嗯？"什么叫"怕他回不来"？

初筝若无其事地说道："我跟你去。"

楼行并不想带初筝，可出发的时候，初筝带着纳夏和纳冬慢悠悠地出现，辉哥不见踪迹。

地面毒气遍布，辉哥一个普通人，不去才正常。

"你……"

初筝截断楼行的话:"你把我带在身边比较好,谁知道我心情会不会不好,把这个地下城掀了。"

旁边的贺进一听,立即说道:"初筝小姐有这个心,贺某替地下城的所有人感谢初筝小姐。楼行,你带上初筝小姐一起。"

他搞不懂初筝这个外星人。

像青黛那种目的明确的,他反而觉得更好一点。

初筝……看上去对什么都不感兴趣,可她在这里就是危险——毕竟物种不同。

搞不过她,还不能让她走吗?

所以最后初筝还是登上了楼行的车。

车队从贾老板离开的那条通道上去,路不是很好走,颠簸得厉害。

初筝感觉自己在坐迪斯科转盘,屁股都快颠坏了。

忍住!

初筝腮帮子微鼓了下,尽量稳住身体,保证自己不大幅度地摇晃。

太难了。

她为什么要跟好人卡一起出来,在地下城躺着不好吗?

"你用这个垫一下,"楼行递过来一件外套,"会好受一些。"

初筝冷冷地睨他一眼:"你看我哪里难受了?"

楼行将外套放到初筝后面。

车子突然剧烈颠簸一下,楼行和初筝都没防备,被这么一颠簸,两个人同时往一个方向倒。

初筝身体贴在车门上,楼行一只胳膊正好放在她背后,撑住车门,另一只手则撑住前面的座椅。

两人间的距离瞬间缩短。

楼行眸光微微一转,正好可以看见初筝的侧脸。白皙细腻的皮肤,犹如上好的羊脂白玉,让人很想摸一下。

初筝侧目,对上楼行的视线。

那目光轻轻浅浅,犹如星河里亘古永恒的星光,一眼望进去,能看见那些永恒的时间。

三秒钟后。

楼行猛地起身,坐回旁边,手脚似乎都不知道往哪儿放,心不受控制地跳动着,失去规律。

雾气袅绕的地面,能见度只有一米远,前面的车辆他们都看不清,如果不是靠定位,根本发现不了前面还有车。

楼行已经坐到副驾驶座上,凝神看着四周。

这车子已经改装过,可以上地面的车子,里面有氧气系统。

如果想要出去,就必须穿好特制的衣裳,不然下去就是死。

"你知道怎么走吗?"初筝问楼行。

"往北边走。"楼行语气笃定,"加快速度,应该能追上贾老板的队伍。"

这样的浓雾,贾老板他们就算有地图,作用也不大。

所以如果他们路线没偏离，应该可以追上。

初筝又问道："追不上呢？"

楼行被这个问题给问住了。

追不上也没办法，现在只能祈祷能追上，不然他们就得自己找那艘飞船的位置。

楼行没回答初筝的问题，指挥车子继续调整方向。

理论上来说，地面的车辙印子明显，跟着这些印子走就不会错。

然而当他们行驶一段时间后，发现车辙印子分开了。

大家等着楼行下令往哪边走，楼行皱眉看着前方的茫茫白雾。

"前面好像有东西……"

对讲机里传来模糊的声音，电流音突然加重，嗞嗞不停。

"那是什么？"

"看不清。"

"它们在动！"

"不要过去！"

几道声音几乎是同时响起。

"啊——"惨叫声从对讲机里传开。

"什么东西……"

"不要开车门！"

"它在撬我的车门！"

对讲机里的声音听得人头皮发麻，甚至可以透过对讲机，听见类似指甲用力刮过玻璃的声音，尖锐刺耳。

其他车子都被浓雾包裹着，楼行根本看不清那些车子的情况。

楼行抓着对讲机："不要慌张，待在车里，锁好车门。"

楼行刚说完这句话，就听后面传来砰的一声。

是关车门的声音。

他扭头一看，哪里还有初筝的身影。

从车窗看去，隐约看见她站在车外，但很快浓雾便将她淹没。

楼行眉心狂跳两下，心底涌上一阵没来由的紧张。

楼行差点就打开车门下去，是旁边的人提醒他，他才惊醒过来。

半个小时后。

初筝重新出现在车外，她敲了敲车门，不等司机开门，楼行抢在司机前面，给她打开车门。

初筝进来就被一顿喷，等车子里的空气都换过一遍后，前面的挡板落下。

楼行急切地出声询问："你没事吧？"

"没事。"初筝眉眼间隐约能窥见几分张扬自信，"小问题。"

不管是哪个星球的外星人，对这些雾气都能免疫，你说气人不气人。

"这个东西……"

初筝垂着的手抬起来，楼行这才注意到她手里还拎着一个东西。

篮球大小，外形有点像蛤蟆，但四肢很不协调，像是被人组合起来的。

此时初筝拎着这东西的一条腿儿，其余部分都自然下垂……死了？

"这……这是什么？"司机被吓得声音都变了调，眼底都是恶心。

怕应该是不怕，就是被恶心到了。

"外星物种。"初筝往前面递了递，"战斗力不错。"

楼行冷静不少："刚才就是这些东西？"

"嗯。"

现在已经听不见声音，不知道是不是初筝将它们都解决掉了。

贾老板他们的车子在这里分开，应该就是遇见这些东西，被迫分开。

现在初筝下去，直接就把它们给搞定了……

楼行心情有点复杂，不知道说什么。

"你……能把它扔出去吗？"很多外星生物本身就携带病毒。

初筝看楼行一眼，将东西扔出去。

楼行在经过一阵考虑后，选择一个方向追。

不知道是他运气好，还是贾老板他们倒霉，真的没多久就遇上了贾老板等人。

贾老板的车被困在一处流沙里，外面又全是毒气，他们不敢下车。

车子已经陷下去大半，下陷的速度非常快。

楼行穿着防护服出去，站在安全的地方查看。

"能救出来吗？"

"有点困难……"

如果没有雾气和不考虑氧气量，会容易许多。

现在几个条件叠加在一起，就没那么容易将人救出来。

但就算概率不大，楼行还是让人准备救人。

贾老板看见有人来救他们，也不管是什么人，先活命要紧。

先被送出来的是贾夫人，贾夫人不知是惊吓过度，还是怎么，此时整个人都在发抖。

"车子下沉得更快了。"

贾夫人出来后，不知道是不是刚才的救援导致车身下沉更快，贾老板和另外一个人正费劲地往车顶上爬。

楼行正想让人救，初筝突然出现在他身侧。

比起大家厚重的装备来，初筝就显得突兀惹眼。

初筝抢在楼行前头开口："贾老板，那份地图在你那里吗？"

贾老板站在车顶上，以不懂的语气反问："什么地图？"

厚重的装备，导致他的声音瓮声瓮气。

"你知道我说的什么。"初筝拦住想要出声的楼行，"你夫人现在在这边，而你马上也面临被流沙掩埋的局面，贾老板，地图换三条命，很划算，考虑考虑。"

贾老板脸色黑成锅底。

这件事他有考虑的余地吗？

她那分明就是威胁！

他先将贾夫人送过去，是怕出现什么意外。现在可好，对方用贾夫人来要挟他。

贾老板思虑再三，咬牙："我怎么确定，你拿到东西后，会保证我夫人的安全？"

万一拿到东西就杀人灭口呢？

"你爱信不信，"初筝无所谓，"反正又不是我死。"

"这地图只有一份，如果没了，你们就再也找不到那艘飞船。"贾老板强打精神，"我知道你们也在找那艘飞船，现在不救我，死的可就不仅仅是我和我妻子，而是地下城那群人。"

初筝语调不急不缓："放心，等你死了，我再把你挖出来。"地图不还是我的吗？

贾老板语塞。

她当这流沙是什么？

是她想挖就能挖的吗？

眼看流沙已经要没过车顶，贾老板咬咬牙，最后将地图交了出去。

初筝抬手，手腕上银芒闪现，贾老板只感觉腰间一紧，接着整个人被拉拽过去，砸在旁边的空地上。

初筝又用同种办法，将贾老板的那个手下也弄过来。

在大家看来，初筝只不过是挥挥手，并没别的行为，因此不少人露出震惊的神色。

这就是外星人的力量？

他们想方设法地救人，还有风险，人家不过是挥挥手就行了。

当外星人未免太方便了。

贾老板从地上站起来，第一时间去看夫人。

贾夫人被人扶着，并没受到任何伤害。

"老贾……"

"没事，"贾老板拍拍贾夫人的肩膀，"没事。"

贾老板安抚好夫人，扭头看初筝和楼行："地图你们也拿到了，我们可以走了吗？"

之前遇见那些奇怪的东西，他们和大部队走散了。有辆车还被流沙给吞了，现在贾老板就是个光杆司令，根本做不了什么。

楼行走过去："贾老板，你为何要去那艘飞船那里？"

雾气朦胧，又有防护服，贾老板的神情完全看不清。

沉默了一会儿，贾老板说道："为了我妻子。"

贾夫人因为一次意外，暴露在地面的毒气里，因为吸入量不多，所以并没有要她的命，但也不会让她好过。

而且她的寿命不长了……

贾老板很爱她，一直在想办法为她治疗。

但是贾夫人的病情依然在不断恶化。

贾老板的父辈们，在地下城建设之初就一直在，知道的东西比别人多。

他在一些记载中，无意间得知有那么一块能源晶和那艘飞船，他就想着也许可以利用那艘飞船离开这个地方，去别的地方寻找生机。

初筝说的话，让贾老板当头一棒。

但是到不了别的地方，那艘飞船上也许还有别的东西，贾夫人已经要不行了，贾老板现在是孤注一掷，一定要去找找看。

贾老板他们的车子已经被流沙吞没，楼行最后让贾老板他们上了车。

安排好贾老板等人，楼行上车。

初筝正拿着那份地图看，楼行上来，她分出一缕视线，睨了他一眼。

没想到没黑化的好人卡竟然这么善良……

"看出什么了吗？"楼行问她。

初筝将地图递给他，楼行看了下："这就是能源晶的地图……"

哪里有关于什么飞船所在地的地图。

初筝将地图给他换个方向："再看。"

能源晶的那份地图很明显，是因为有字体标注，正常人看这种图，都会下意识地按照字体的方向去看。

飞船的位置地图，就隐藏在能源晶地图里。

楼行看见了，但是……这地图也太抽象了，要怎么走？

楼行看初筝，初筝撑着下巴："别看我，不知道，这又不是我画的。"

楼行拿着地图下去找贾老板。

他们既然拿着这份地图走，肯定知道怎么走。

贾老板确实知道。

大概是因为楼行之前的举动，贾老板倒是挺爽快地指了路。

飞船停在一个巨大的山谷里，车子开到外面，无法再继续往前。

所有人下车，检查装备，步行进山谷。

山谷外丛林茂密，完全看不见路，大家深一脚浅一脚地往里面走。

四周的植被早就变异，只能勉强认出来是什么物种。地面堆着腐叶，一脚下去，能到小腿。

楼行领头走在前面，脚下突然踩中什么，整个人都往下滑。

初筝眼疾手快地拉住他，楼行被初筝拉着，没有继续往下滑。

初筝将他拉上来："没事吧？"

刚才他滑下去的地方，赫然是个洞，里面还长了一棵树出来。

这些腐叶也不知道怎么铺在这上面的，完全看不见。

楼行面容挺镇定："没事，谢谢。"

要不是我速度快，你早就掉下去了！初筝拉着他的手没松开："我牵着你走。"

"殿下，我们去前面探路。"纳夏和纳冬见初筝要走前头，立即自告奋勇走在最前面。

有纳夏和纳冬探路，一路过去，再也没遇见刚才那种"坑"。

楼行被初筝牵着，他用力抽了下手，没抽动。

一个女孩子的力气怎么可以这么大。

"别乱动。"初筝不太耐烦。

朦胧雾气笼罩在两人身边，楼行只能看清女孩模糊的侧脸。

楼行仿佛听见了自己的心跳声……

山谷入口有人为修建的水泥高墙，这应该是当初那些研究的人留下来的。

水泥墙隐入浓雾中，完全看不清到底有多高。

"这儿好像被封死了。"

"没有看见门啊……"

"这要怎么进去？"

大家转了一圈，没有看见任何可以通往里面的入口，地上他们都仔细找过，连个狗洞都没看见。

贾老板只知道怎么到这里，要怎么进去，他还真……不知道。

大家身上的氧气剩余都不多，再这么等下去，他们可能就得返回车上。

"再仔细找找。"这个地方肯定有入口。

就在楼行吩咐大家仔细找的时候，水泥墙那边传来一声沉闷的声音，像是有东西砸下来了。

楼行环顾四周，没有看见那个身影，他立即往水泥墙那边过去。

刚才还没有任何缺口的水泥墙此时开了一扇门大小的口，那个女生就站在缺口那里，正往里面看。

其他人听见动静，也围了过来。

看见突然出现的缺口，众人表情复杂。

他们到处找入口，人家不费吹灰之力，直接开一个……

惹不起惹不起。

水泥墙的厚度超出大家的想象，初筝开的路不算宽，大家只能一个一个进去。

纳夏和纳冬自告奋勇，走在前面探路。初筝和楼行走在后边，其作人落在最后边。

大概走了近十米的样子，前面才看见薄雾。

山谷里的雾比外面少很多，初筝出去第一眼看见的就是在雾气里若隐若现的飞船一角。

这艘飞船……比她想象中要大。

给人的第一感觉就是震撼。

巨大的飞船几乎将整个山谷填满，他们站在下面，渺小得犹如蝼蚁。

"殿下。"纳夏走到初筝身边，低声叫她。

"嗯？"

纳夏声音更低："这艘飞船，您觉不觉得眼熟？"

纳夏并没要初筝回答的意思，继续说道："您记得曾经的奥塞菲亚帝国吗？"

不记得。

原主的记忆中压根儿没这个。

"不记得，说说看。"反正纳夏知道她失忆了，初筝很自然地让纳夏说。

奥塞菲亚帝国和原主所在的星系被称为双子星系，因为它们几乎一模一样。

奥塞菲亚是那个星系最大的帝国，统治整个星系，所有种族都得臣服于他们。但是不知为何，奥塞菲亚帝国突然就灭亡了，星系政权颠覆，如今那个星系都还是一片混乱。

而在这之前，最后记载的就是有人看见，奥塞菲亚帝国闻名于各大星系的超级星舰菲亚号离开星系，之后了无踪迹。

初筝沉思着问道："你们觉得这是菲亚号？"

纳夏不是很确定："从工艺和风格上看，确实是奥塞菲亚帝国风格。是不是菲亚号还得再确定一下。"

如果真的是菲亚号，那可是一个重大发现。

奥塞菲亚帝国为何灭亡，也许……可以在这上面找到答案。

"大家不要乱走！也不要乱动这里面的东西！"楼行提高音量，叮嘱后面的人。

大家绕着飞船边缘走，找到当初人工作业的一些痕迹，最后抵达当年那些人进入飞船的地方。

舱门紧闭，费了不少劲才弄开。

飞船里有氧气瓶，大家更换氧气瓶，在入口稍作休息。

楼行拿出一份地图，指着上面的线："水晶在这里，大家按照指示走，不要乱动这里面的东西。"

这艘飞船太大，当年那些人只推进到一半，而且很多东西都没弄明白。

唯一的收获大概就是那块能源晶和那些水晶。

"殿下，我们进去看看？"纳夏跟初筝提议。

初筝看一眼楼行："你们去吧。"她还是跟着好人卡比较好。

"那我去，纳冬你留下保护殿下。"

纳冬低着头，没什么存在感，听见纳夏的声音，他"嗯"了一声。

纳夏趁大家不注意，闪身进了旁边的通道。

因为这些部分以前都被人研究过，所有危险都被拆除，门也被破解过，所以大家一路过去，没有遇见什么障碍。

储存水晶的地方在飞船下方，当初发现飞船的时候，他们就是从下面想办法进入，所以运气很好就撞上那些水晶和宇宙石。

抵达储存水晶的地方，众人被眼前的景象惊到。

这个空间里，大小一致的水晶柱整整齐齐像码柴火似的堆在里面，一眼都望不到头。

没有任何危险就抵达这里，楼行松口气："大家搬动的时候小心，这些水晶柱比较脆弱，不要磕碰，用带来的箱子装好后再搬出去。"

暂时没有发现这些水晶柱有别的作用，似乎就是为能源晶准备的。

搬动需要时间，初筝站在外面打量四周。

贾老板扶着贾夫人，贾夫人脸色看上去很差。

"你感觉怎么样，难受吗？"

"没事，就是有些累。"贾夫人声音很轻柔，"你别担心。"

贾老板眉宇轻轻皱在一起。

"楼先生，我带我夫人去别的地方看看。"贾老板和楼行说道。

楼行看一眼贾夫人："我派两个人跟你一起。有这个标志的就是可以进去，如果这个标志没了，证明以前的人也没到过，所以我不建议你们走太远。"

楼行指着舱门上的红色标志。

"多谢。"

楼行叫了两个人，让他们跟着贾老板一起去。

楼行看着他们离开，转过身来，见初筝靠在舱门旁边，目光清冷地看着他，他表情微微不自然。

好一会儿，楼行才说道："我先……进去看看。"

楼行的背影看上去有些慌张。

他只要被初筝看着，心底就有一阵说不出来的紧张。

初筝在附近转一圈，很多舱门都可以打开，里面放着不同的东西，一些是星系里能见到的资源，一些则是没怎么见过的东西。

这艘飞船上的资源，应该足够他们在星际航行很久。

他们为什么要降落在这里？

而且……这艘飞船上没有任何生命。

"殿下，"纳夏闪身出现，"我发现通往主舰的通道……"

纳夏的话还没说完，就听远处传来一声巨响，地面都震动了一下。

初筝立即转身回去。

通道走廊上，装有水晶柱的盒子掉在地上，水晶柱砸在地面，已经碎成好几块。抬盒子的人有一个坐在地上，有一个站着，正准备拉地上那个人起来。

楼行也从里面出来："怎么回事？"

"手滑，没抬稳……这是什么？"坐在地上的人抬起手，黏稠的液体在他指缝间流动。

下一秒，那人突然叫起来："啊……"

黏稠的液体裹着他的手指，不断缩紧，不过片刻间，整个手掌已经变形，他们甚至可以清晰地听见手骨断裂的咔嚓声。

"好痛……救命……啊啊啊……"

"不要动！"

有人想过去帮忙，被楼行一把拦住。

地面碎掉的那些水晶里，隐隐能看见一些黏稠的液体在缓慢地移动。

"救我，救我……"那人脸色苍白，惊恐地大叫。

他的整个手掌已经看不见，只剩下一团血淋淋的模糊东西，而那东西还在不断地往手腕上蔓延。

楼行冷静地吩咐人先将那人从地上弄起来，然后想办法将那东西从他手上弄下去。

然而那个东西像是长在那人手上，各种办法试尽了，怎么都弄不下去。

"怎么办？不行啊。"

有人突然指着地面："地上那些东西往我们这边过来了。"

楼行当机立断："先进去，把门关上。"

舱门缓慢关上。

出事的那个人已经痛晕过去，整个手腕变成血肉模糊的一团。

大家心情沉重地看着那个人，也没人敢碰那个东西，现在怎么办？

"这是什么东西？"

没人回答，因为没人知道这是什么。

初筝站在门边，说道："现在砍掉他胳膊，还能留下一条命。"
所有人的视线同时投向她。
就这么一会儿，那人的小臂都快看不见了。楼行看一眼初筝，立即让人按着那个人，直接将他胳膊砍下来。
失去一条胳膊，总比失去一条命好。

谁也没想到那水晶柱里装着东西，还这么邪性。
现在待在这么一个堆满水晶柱的空间里，大家都自觉地离那些东西远一点。
初筝却无所谓地靠在水晶柱上，众人看她的眼神就像看一个怪物。
楼行安置好那个人，将卷起的袖子放下，走到初筝那边："初筝小姐认识那些东西吗？"
初筝眉眼冷淡："不认识。"
楼行不确定初筝是真不认识，还是不想说。
他往她身后的水晶柱堆看去："这些水晶柱和地下城的没有区别，地下城的那些水晶柱里面并没有这些东西。"
失忆的人不懂这些。
初筝余光扫过四周，很快将锅甩出去："纳冬，你解释一下。"
站在旁边跟个隐形人似的纳冬，抬头看一眼楼行，瓮声瓮气地解释："这里分了区域，地面都有符号标注，这个区域的水晶柱里面应该是用来储存一些活物。"
如果这真的是菲亚号，以奥塞菲亚帝国的技术，将一些生物储存在水晶柱里并不难。
"这些水晶柱里面都有？"
纳冬点头。
楼行还想问什么，那边有人叫他，他只好先过去。
"殿下，刚才我发现了通往主舰的通道，我们要不要去看看？"纳夏此时才有机会，将刚才她没说完的话补充完。
"不去。"初筝一口拒绝。

一个小时后，楼行打开舱门，地上只有碎掉的水晶，那些会动的奇怪黏液不见了。
手臂被砍下来后没多久，里面的东西就自己蒸发掉了。
它们应该不能离开水晶柱太长时间。
确定没有危险，楼行这才让人出去。
大家心底有阴影，出去都显得小心翼翼。左顾右盼半天没发现异常，众人心底渐渐松懈下来。
然而就在此时，一道惨叫声从通道另一头传来。
那声音叫得所有人头皮发麻，冷汗唰唰地往外冒。
那边是刚才贾老板他们离开的方向……
在短促的惨叫声后，传过来的是某种金属摩擦声……更准确地来说，像是机器人行走的声音。
众人脑子里刚闪过这个念头，就见那头出现了一个近两米高的机器人。
它速度不快，缓慢出现在通道尽头。

接着第二个……

第三个……

几秒时间，那边走廊上已经站满了机器人。

"发现可疑目标，清除开始……"机器人同时端起手中的武器，对准他们这边。

楼行眉心一跳："回去，快回去！"

他一把拉住旁边的初筝，带着人回到堆放水晶柱的空间。

突突突——外面通道只剩下子弹扫射的声音。

那声音很快就到了门口，看上去厚重坚实的舱门此时不断出现凸痕，要不了多久，这扇门就会被子弹射穿。

"怎么办！"

"那是什么东西，为什么会突然出现？"

外面的声音忽地停了。

里面的人也瞬间安静下来，大家面面相觑，紧张地拿稳手中的武器。

嘭——舱门被炸开，烟雾弥散进来。

伴随着烟雾进来的是子弹，众人四散分开。

楼行和初筝四周没有可以躲避的地方，初筝拉着楼行，抬起一只手，银色光点在空气里组成一张银色的大网，正好挡在他们面前。

子弹打在银网上，被反弹向不同的方向。

"走。"初筝拉着楼行往后面退。

"殿下，这边！"纳夏在另一边冲初筝喊。

初筝立即掉转方向，往纳夏那边过去。

子弹紧随而至，每次都擦身而过，打在后面的水晶柱上。水晶柱被子弹打碎，飞溅到空中，有的水晶柱碎裂后，隐约可以看见里面有东西掉出来。

那些东西落在地上，一开始没动静，很快就开始蠕动。

纳夏从旁边打开一扇门，初筝让楼行先过去。

"他们……"

初筝没好气地将他推过去："我管你就很麻烦，还管他们。"

楼行被推得一个趔趄，等他回过头来，门已经关上。

所有声音瞬间消失。

通道很黑，楼行什么都看不清，他感觉左侧有人，接着手腕被人握住。

楼行虽然看不见人，但是能感觉到这人是谁。

"我不能丢下他们，"楼行挣开初筝，"我……"

楼行的声音戛然而止。

几乎是同时，纳夏用东西照明，正好看见楼行身体倒下去，被初筝接住。

纳夏看得一脸震惊。

前面探路的纳冬：殿下好粗暴啊。

初筝将人扛起来："走。"

纳夏咽了咽口水，举着照明物在前面领路。

第十七章
星际航行

楼行醒过来时，发现自己躺在一张很宽的椅子上，身上盖着一张薄毯，头顶是完全没见过的工艺技术。

他伸手摸下脖子，现在还隐隐发疼。

楼行思绪回笼，猛地坐起来，那些人……

楼行的视线正好对着正前面的屏幕，上面是一个房间，不少人都在那个房间里，或坐或站，看上去没什么大碍。

楼行倒抽一口气，掀开薄毯下去。

这是一个巨大的空间，放着不同的操作台，下面还有两层，台阶式的设计。

楼行站在最上面，正好可以看见下面有人在操作台前摆弄。

楼行将毯子叠成正方形，放好，然后从台阶下去。纳夏听见声音，回过头来，脸上没什么表情地打招呼："你醒了。"

楼行微微颔首："初筝小姐呢？"

纳夏往一个方向看去。

楼行顺着她的视线看过去，初筝和纳冬站在那边，不知道在说什么，两人靠得略近。

楼行转身回到纳夏那边："我们现在在什么位置？"

纳夏一边在操作台上操作，一边回答："主舰。"

舰？

舰和飞船不是一个级别的。楼行突然接触到这个词，有些没反应过来。

好一会儿，楼行指了指上面："那些人……"

"殿下把他们引到了安全的舱内，暂时不会有事。"纳夏解释一句。

楼行一愣，偏头往初筝那边看去，目光微微变暗："刚才攻击我们的那些，是什么？"

"有点像先行探路机器人。"纳夏解释着，"不知道是这舰内的，还是别的地方来的，我正在想办法查看舰内其他区域的监控。"

这艘星舰的基本设备都还在运转。

"好了吗？"初筝的声音从旁边插进来。

"殿下，还没有。"

"没有你这么多话。"

纳夏闭嘴，认真工作。

楼行眉头微微皱起："你刚才为什么打晕我？"

初筝假装听不见。

那我不打晕你，还得哄你吗？那多麻烦，我才不要。

可是我现在要怎么骗……不是，怎么和好人卡解释？

"殿下，好像可以了……"纳夏的声音及时拯救了编不出理由的初筝，她立即往纳夏那边看过去。

前方的空气里，唰唰地弹出不少虚拟屏幕，上面标注有整艘星舰的各大区域。

"看一下刚才的位置。"

纳夏手上快速操作，很快就在一面屏幕上调出刚才那个堆放水晶柱的地方。

此时里面一片狼藉，水晶碎得到处都是，还沾染着血迹。除此之外，地面还有东西在蠕动，奇形怪状，不知道是什么东西。

"看一下那些机器人是从哪里来的。"

纳夏点下头，将时间推回到之前，然后循着那些机器人出现的方向往回推。

纳夏很快就看见最初这些机器人出现的位置："殿下，他们是从外面进来的，这里是上面的出口。"

初筝眸子微微一眯："外面能看见吗？"

"暂时还不行。"纳夏摇头。

内部监控系统和外部监控系统不是一起的，用的两套密码，再解码还需要时间。

初筝又说道："看看机器人现在在哪里。"

星舰大得离谱，监控画面细分下来几千个。他们现在是非法登录，所以整个系统只能手动操作，想要在这么多的监控里找，得费不少神。

画面闪动极快，纳夏却能看清楚。

三分钟后，画面停止，那些机器人在一条通道上，正静立不动。

"它们在干什么？"

"我怎么知道，充电吧。"初筝随口回一句。

"殿下，你来看。"

纳夏指着左上角的画面，画面里有东西缓慢地出现，但是当它们靠近监控区域，画面突然闪烁起来。

等画面稳定，已经找不到那些东西的踪迹。

和刚才那个画面相接的一个镜头，很快捕捉到那些东西。

它们只有半人高，四肢是奇怪的触须，从地面滑行过去，成群结队，看着有些诡异。

"怎么会有这么多外星物种出现在这里？"纳夏奇怪地嘀咕了一声。

刚才那些机器人也是从外面进来的，肯定是有人放进来探路，现在又出现这些……

嗞嗞嗞……

所有监控画面闪动，画面时隐时现。

纳夏快速地操作了几下，最后有些无力地说道："殿下，好像是星舰的自动防御启动了……"她被踢出来了。

嗞嗞嗞……

闪动的画面静止下来，所有画面都出现一张人脸。

但是这人的皮肤是浅灰色，就连眼珠子都是灰色。

纳夏后退了一步，脸上全是惊讶之色。

就连另一边的纳冬都抬头往这边看，眼底也闪过一缕惊讶。

"我是奥塞菲亚帝国的威利。"

画面里的人开始自我介绍，这不是他们熟悉的语言，但初筝听懂了。

威利的声音继续传出来："我不知道现在是什么时候，来到这里的人又是谁，为什么而来……"

楼行完全听不懂，只能一脸茫然地看着画面。

初筝似乎看出他的茫然，低声给他翻译。

"奥塞菲亚帝国的辉煌已经成为过去式，那是我们的贪婪、自私引来的灾难，作为奥塞菲亚帝国的领导者，我有很大的责任……"

没错，这个威利是奥塞菲亚帝国最后一任国王。

威利在位期间，带领奥塞菲亚创下不少的辉煌成绩，是现在星际教材中的名人。

"这只是我留下的影像，我知道说什么，都不可能阻挡你们，不过你们如果有幸看见我，那就请听我说完。"

奥塞菲亚帝国在正值辉煌期，突然陨落，其主要原因，就是因为宇宙石。

宇宙石是威利意外地在一个星球得来的。

守护宇宙石的人在临死前告诉他，滥用宇宙石的力量会付出代价。

那个时候威利刚上任不久，为做出成绩，让奥塞菲亚帝国认可他这个新任国王，那个人说的话他压根儿没放在心上。

拥有宇宙石后，威利果然无往不利。

尝试到宇宙石的力量，为保证自己的胜利和地位，威利更肆无忌惮地使用宇宙石。

胜利对他来说，成为家常便饭。

星际关于威利的传说逐渐多起来，他成为别人口中羡慕崇拜的对象。

这个时候威利还没发现问题。

他沉浸在力量中，不断扩大自己的势力，享受别人的追捧和恭敬。

当然他也不满足于现状，想要做更大的事，让星际更多的人认识他。

很快威利就为自己的野心付诸行动。

但是……

他没想到，滥用宇宙石的报应在这个时候来了。

先是身边的人莫名其妙死亡，接着是他的种族……

查不出任何原因，像是有不可抗力的力量，将他们的生命吸走。

威利那个时候还没意识到问题，只以为是有人在暗中整他。那段时间，他疯狂怀疑身边的人，从护卫到信任的下属……

威利感觉那段时间他像是得了某种精神疾病。

直到某个夜晚，他突然回想起，曾经那个守卫宇宙石的人说过——滥用宇宙石的力量，会付出代价。

这就是他使用宇宙石的后果。

即便他后来不使用宇宙石，这一切也不会停下。

奥塞菲亚帝国灭亡在他手里。

最后威利将宇宙石放在菲亚号上，设定好目的地，让菲亚号自动前往目的地——他发现宇宙石的地方。

那个地方很隐秘，威利也是因为意外才会发现。

星际其余人根本不知道有这么一颗星球。

后来威利想，这大概就是为了保护宇宙石⋯⋯

"那不是我们能拥有的东西，使用它的代价是生命，无数的生命，你得到多少，就会失去多少。"

威利声音里满是懊悔："如果你们也是为此而来，听了我说的话，你们还想得到它，那就祝你们好运。"

嗞嗞嗞——画面消失，恢复刚才的监控画面。

"宇宙石真的这么厉害？"楼行打破沉默，地下城也在使用宇宙石，那地下城⋯⋯

楼行突然不敢深想，因为这个答案过于残酷。

初筝耸耸肩："不知道，我又没拥有过。"

星际里是传它很厉害，得到它就能成为星际之主。

但是谁真的成为星际之主了？

哦，这儿有个得到的，结果现在变成这样。

楼行顿了一下。

你之前可是拥有过。

那个时候她拿到了，就没想过要据为己有吗？

楼行那个时候并不知道宇宙石有那么大的力量，他不确定自己知道后，会不会动别的心思。

纳夏猜测着："殿下，菲亚号当初应该是准备出征⋯⋯所以上面物资这么齐全，但后面出事，威利将菲亚号发送到这个星球上来。"

威利应当是将整艘飞船的系统都关闭了，后面发现飞船的人，开始研究它，无意间启动飞船上的通信系统。

这颗星球以前隐蔽，就是因为探测不到任何信号。

菲亚号不一样，它是星舰，发出的信号，会被星际里的其他人捕捉到。

轰隆隆——飞船毫无征兆地一阵摇晃。

几个人都没有站稳，身体大幅度晃动。

初筝面无表情地撑住旁边的操作台，稳住身体，往监控区域看去。

画面里，刚才那些奇怪的长触须的家伙和机器人撞上了，双方明显不是一伙的，直接开打。

但星舰的晃荡，明显不是它们弄出来的。

"上面！"纳冬极快地说道，"有人在攻击星舰。"

晃动并没消失，反而越来越厉害，震感强烈。

纳夏抓着东西，快速地在操作台上按了几下，本来都是监控的屏幕，正不断转换，各种奇怪的数据出现在屏幕上。

纳夏有些激动："星舰的控制权自动登录了。"

不知道是因为这些攻击，还是别的原因。

"我看一下还能不能启动……"

纳夏喜欢研究各种飞船、星舰，菲亚号她只听过，但按照当时的制作水平，纳夏觉得不会太难。

"纳冬，帮我。"

纳冬沉闷地走到纳夏指定的位置，按照她的指挥启动不同的按钮。

整个主舰都浮现各种各样的图案，他们正前方是一幅巨大的星际图，那种震撼无法用言语来形容。

山谷上空的烟雾散开不少，此时上空停着不少飞船，对着山谷里攻击。

树木在炮火中消失，露出下面的金属表面。

被掩埋这么长时间，金属表面却没半点毁坏的痕迹，看上去还和新的一样。

轰隆隆——山体开裂，土石往缝隙里面滚落。整个地面都在晃动，山谷四面的山都在震动分裂。

空中的那些飞船大概没想到他们攻击的对象，会突然动起来，纷纷往上升一段距离。

星舰靠近地面的部分，正一点一点地往上，破土而出。

整艘星舰是立着埋在地里，它露出来的部分，不过是冰山一角。

当星舰彻底从土里出来，星舰逐渐平稳上升，刚才在空中看上去挺壮观的飞船，此时在它面前，就十分不起眼。

星舰内。

纳夏的手逐渐放开，她目光一眨不眨地盯着前方，此时面前显示的是地面的情况——一个巨大的坑。

这就是刚才星舰被埋着的地方。

往前方看去，就只剩下白茫茫的一片。

"真的还可以启动！"纳夏确定星舰飞了起来，这才兴奋地出声。

星舰突然又震动了一下，纳夏毕竟只有一个人，此时她一离开，星舰直往下面掉。

纳夏赶紧扑过去稳住星舰，星舰晃了几下，堪堪稳住。

"在左前方，"纳冬说道，"攻击我们的飞船暂时看见了八艘。"

纳夏眸子发亮，让初笋帮她稳住。

她要去试试菲亚号的武器。

她看过资料，上面记载菲亚号上有最先进的武器系统……虽然可能比不上现在星际里的，但也绝对不容小觑。

当时菲亚号可是星际里最先进的星舰。

纳夏估计是没看懂怎么操作，找了半天，弄出来一个操作流程。

纳冬在调整星舰的高度和平衡，此时还得按照纳夏的话，去旁边操作另外的东西。

这么大的星舰，整个主舰室需要的人至少得百余人，这只是最低配置。

现在他们这么几个人，就想玩转整艘星舰，也不知道谁给的勇气。

纳夏很快就调整好，升起武器，瞄准空中的飞船。

砰——画面上显示出被击中的目标，在空中炸开。

纳夏受到鼓励一般，迅速瞄准其他的飞船。

另外的飞船见此，纷纷退开，有的跑得慢，被纳夏瞄准，转瞬就变成烟花炸开。

菲亚号的武器就算在如今的星际算落后，可对于楼行来说，威力都大得离谱。

看着那些飞船毫无反抗之力，被打得四处逃窜，楼行心情复杂。

如果当初这艘星舰能够使用，他们生活的地方也许就不会变成这样。

围在上空的飞船，被击落的被击落，跑的跑，很快就看不见踪迹。

纳夏意犹未尽地关闭武器系统，接手初筝这边，兴冲冲地说道："殿下，有这星舰，咱们一定可以征服这个星球！"

楼行的目光投向初筝。

初筝镇定地绷着脸，毫不畏惧地对上他的视线。

楼行声音压低："你不是说对征服这个星球没有兴趣吗？"

初筝肯定地说道："嗯。"

楼行眸光复杂："那……"

初筝理直气壮地说道："那话又不是我说的，她说的话不代表我。"你们不是我属下，是来坑我的吧！

楼行语塞。

她是你的人，怎么不代表你？

初筝咬死不承认，楼行能拿她怎么办？

现在他自己都被困在这里……

星舰外面的危险解决，里面还有不少东西。此时监控画面显示，那些东西分布在星舰不同的地方。

"把它们引到一处去，"初筝捏着手腕，"我去解决它们。"

"殿下，这太危险了。"纳冬不同意，"我去。"

"你太慢了。"搞不定最后还得我动手，麻烦不麻烦。

纳冬突然被嫌弃，表情都呆了。

初筝让纳夏将那些东西全部引到一处，她直接过去将它们干掉。

嗞嗞嗞……

画面消失，屏幕暗下去，映出一张女子阴沉沉的脸。

这人不是别人，正是青黛。

青黛此时在一架飞船上，如果从外面看，就会发现这是刚才袭击星舰的飞船之一。

青黛的后面还站着一个外星人，外形和人相似，但脑袋上长了不少触须。

刚才传输过来的画面，是他们放的机器人上去看见的东西，然而现在什么都看不见了。

"你确定宇宙石在那上面？"外星人发声古怪，不是人类的语言。

青黛明显能听懂，斩钉截铁地说道："当然，我亲眼看见的。"

之前青黛从地下河跑掉时，意外遇见这些外星人，他们似乎是意外降落在这里。

于是她仗着自己的天赋，忽悠他们来找初筝抢宇宙石。

青黛本来想回去找初筝，可是中途发现初筝离开了，所以她才一路跟过去。

外星人质问："那这星舰怎么回事？"

青黛也很纳闷儿。

她怎么知道这里会有这么大的星舰。

在上面看着，她以为是一架普通的飞船……

"你差点害死我们！"外星人很生气，"宇宙石我确实很想要，可我不想白白送命。"

"相信我，宇宙石绝对在她手里。"青黛声音低柔，脸色本来不太好看的外星人似乎被她安抚下来，"现在我们要想办法抢到宇宙石，那会让我们成为宇宙主宰。"

外星人大概是被青黛洗脑成功，目光略显呆滞："我们会成为宇宙主宰。"

青黛讽刺地笑了一下。

要成为宇宙主宰那也是我，就凭你也配。

"不好了！我们被锁定了！"旁边的屏幕里忽地传来一声略显尖锐的声音。

外星人本来呆滞的目光，被这声音惊醒。

"怎么回事？"外星人怒吼一声。

他们的飞船现在开启隐身装置，怎么会被锁定？

那头的声音很急："不知道，突然就被锁定了，对方意图攻击我们……"

这声音还没说完，飞船突然颠簸一下。

星舰的攻击，哪里是飞船能够抵抗的。

青黛从画面里看着那艘星舰，越看越觉得眼熟，她在什么地方见过这艘星舰……

可是在什么地方？

青黛有点想不起来了。

直到飞船颠簸，视角变成侧面，青黛看见星舰侧面有些模糊的标志，猛然间想起来。

这是奥塞菲亚帝国的菲亚号！

星际里曾经最厉害的星舰。

奥塞菲亚帝国是传奇一般的存在，然而这个传奇，在某一段时间突然就消失了……连同这艘菲亚号，也不知所终。

它怎么会在这里？

"跑不掉……"

轰隆——

"稳住，稳住！"

"左边……"

青黛从屏幕里看见，有光束从那边过来，眼睛里的光越来越盛，刺得她几乎睁不开眼。

飞船被击落，掉进一片浓雾中。

初筝带着纳冬抵达飞船附近。

青黛能够感知到她不在地下城，初筝自然也能感应到青黛的存在。

她感觉青黛就在这艘飞船上。

飞船大部分都在燃烧，有东西从最下面往外爬，纳冬立即过去将那东西拎过来。

这个外星人半边脸都是黑乎乎的，头顶的触须还断了不少，看着惨不忍睹。

初筝蹲下身体，与外星人平视："青黛在哪里？"

外星人似乎听不懂初筝说的话，初筝换成种族语言又说一遍。

"不……不知道……"外星人摇头。

飞船被击落，大家都乱跑，谁有空去关心别人。

咔嚓——轻微的声音从飞船那边传过来，初筝侧目往飞船看去，一个外星人扒拉着一块金属物，正往这边偷看。

见自己被发现，那外星人立即缩回去，准备逃跑。

纳冬速度更快，闪身过去将外星人拎回来。

"你知道青黛在哪里吗？"初筝语调不急不缓地问。

外星人颤颤巍巍地指了一个方向。

初筝冷冷地说道："带我去。"

青黛从缝隙里爬出来，刚才飞船被攻击到的地方，正好离她不远，她受到的波及不小，身上都是伤。

青黛好不容易从里面爬出来，还没来得及站起来，头顶忽地有阴影落下。

她身体一僵，缓慢地抬头。

映入眼帘的是那张熟悉的脸，此时正面无表情地看着她，眸光里一片平静。

青黛手指抓着地面的泥土，缓慢地收紧。

她本以为那只是艘废弃的飞船，谁能想到那是艘星舰。

偏偏初筝运气还那么好，将那艘星舰启动了！

初筝双手插在兜里，微微偏下头："你想抢宇宙石？"

青黛冷哼一声。

宇宙石放在星际里，谁不想要？她当然也想要！

"可惜那东西不在我这里。"初筝慢悠悠地说道。

抢劫都没找准正主儿，就这业务水平，干什么抢劫，太不专业了。

青黛瞳孔微微一缩："不可能！"

初筝无所谓的态度："你爱信不信。"反正你也打不过我。

地下城。

贺进头疼地揉着眉心，最近地下城不是这里出问题，就是那里出问题。能源晶虽然在正常运转，可是水晶柱不够，许多设备都断断续续地运转。

也不知道楼行他们有没有找到水晶柱。

贺进背着手来回走动，满头愁绪。

"贺先生……"

贺进已经形成条件反射："又出什么问题了？"

没人回答他。

贺进抬头看去，站在门口的人表情惨白，唇瓣都在发抖。

贺进心里咯噔一下："出什么事了？"

那人咽了咽口水："外……外面来了一艘很大……很大的飞船。"

贺进立即去地下城的监控室，这里可以看见地下城的外部环境。

地下城上空常年都有雾气笼罩，不过此时雾气里分明有黑压压的东西。他们通过仪器扫描，最后显示出来的是一艘飞船。

一艘大得离谱的飞船。

贺进立即下令："拉响警报，让普通民众躲进安全避难所，其余人准备迎战。"

地下城各区同时响起警报，大部分的群众不明所以。不过最近隔三岔五警报就会响一次，他们都已经习惯了，迅速前往避难所。

贺进不知道那飞船上是什么，对方目的是什么，一切按照最严重的情况来应对。

然而等了半天，那艘飞船也没任何动静，就安静地浮在上面。

"贺先生，你来看！"有人激动地叫起来。

贺进连忙过去看，画面里浓雾袅绕，但隐约能看见有人从飞船上下来。

而这些人还穿着他们熟悉的衣服……

这是特别行动组的人！

贺进让人拉近画面，可惜雾气太大，那些人又戴着面罩，实在是看不清。

直到贺进看见初筝。

她没戴面罩，站在那群看不清面容的人中，就过于醒目。

"贺先生，好像是楼先生他们回来了……"

楼行带着人回到地下城，贺进已经等在入口，见真的是楼行等人，他表情微微一松。

"外面的那艘飞船怎么回事？"

楼行往初筝那边看一眼："是她开回来的，水晶柱都在上面。"

楼行迟疑了一下，还是说道："那应该是星舰，不是飞船。"

见贺进一脸震惊，楼行继续说："就是我们去找的那艘。"

贺进脑子有点宕机，好一阵才重新运转，弄清楚怎么回事。

他让他们去找水晶柱，他们可好，直接把人家装水晶柱的飞船……哦，不对，星舰给开回来了？

贺进真的怕初筝突然要干掉什么，他们地下城完全不够它轰的。

楼行带人去搬水晶柱，因为之前的事，他们现在都很小心，要挑里面没东西的，搬动还得小心。

关于宇宙石的事，楼行跟贺进说了一遍。

这块宇宙石目前并没有出现什么意外，所以贺进只能叹口气。

"不使用它，整个地下城能支撑多久？"贺进说道，"这是现在唯一的办法，如果真的像你说的那样，那也只能代表，我们人类的宿命如此……"

宇宙石不可能不使用，地下城需要它才能维持下去。

贺进只能保证他在这个位置上的时候，不利用这块石头去做什么，争取保护地下城的人，能够生活下去。

楼行沉思道："也许它不会出什么问题。"

那个威利说过，他们的灭亡是因为贪婪、自私……

可现在他们是为整个地下城的人，并不是为一己之私，所以那块宇宙石真的那么厉害的话，它也许能够知道。

"这段时间辛苦你了。"贺进拍了下楼行的肩膀，"还有之前的事……"

"没事。"楼行打断贺进，明显不想再提之前的事。

贺进沉默下："贾老板怎么样了？"

楼行摇头："他妻子快不行了。这次能找到星舰，多亏他带路，他做这些，也只是为他妻子，所以之前的事，我觉得可以功过抵消。"

"我想想吧。"

星舰上的东西，都是针对奥塞菲亚帝国制造的，贾老板没找到有用的东西，还遇上机器人袭击。贾夫人身体本来就弱，现在已经到弥留之际。

两天后，贾夫人就去世了。

贺进派人去找贾老板，结果发现贾老板又不见了。

这次他只带走了贾夫人的尸体，其余人都留下来了。

贾老板就这么出去，他带的东西能够支撑他走多远？

所有人都以为贾老板是为自己的野心，谁能想到他仅仅是为自己的妻子……

初筝还将青黛抓住，交给了贺进。

贺进之前想抓青黛，可见识过初筝的厉害之后，知道青黛是她同族，可想而知贺进心情是多么煎熬。

但青黛又不能放走。

青黛和初筝可不一样，这个青黛是完全不可控的，谁知道把她放走了，会不会引来什么灾难。

为保证地下城的安全，贺进只能揪着头发想办法。

初筝可不管贺进怎么处理青黛，反正她只要保证青黛不好过就对了。

楼行在星舰上找到初筝，她靠在星舰边缘，正看着下方的白雾。

楼行走过去，站在她旁边，站了一阵，缓慢出声："你接下来打算做什么？"

初筝不假思索地说道："带你去银河之外看风景。"

楼行表情都有些呆滞。

这句话太突然，他有点理解不了。

初筝突然拉着他，两人位置掉转，楼行靠在外面，初筝双手撑着后面的金属栏杆，正好将他圈在里面。

女生的容颜在他面前放大，楼行下意识地往后仰了仰，拉开和初筝的距离。

初筝忽地凑近他，唇瓣微启，颇为严肃地问："你想和我在一起吗？"

在初筝说出那句话的时候，楼行就感觉到一颗心加速跳动起来。

楼行眨了下眼，略显困难地咽下口水，声音干涩："我们不一样……"

初筝眉头轻蹙一下，沉默几秒后，蹦出来一句："你歧视外星人？"

虽然物种不一样，但大家都是同等生命，凭什么歧视我！

我身为外星人，也不是我想的，都是王者号的错！

楼行语塞。

他不是那个意思。

楼行还没想好怎么解释，初筝突然收回手，轻飘飘地道了一句："算了。"

初筝没有任何解释的意思，扔下那两个字直接走了。

楼行愣了一秒，回过神来，初筝已经不见踪迹。

楼行好半晌才吐出一口浊气，心情竟然有些失落……

楼行以为初筝说的算了，是她放弃了。

但是楼行没想到，初筝说的算了，只是不过问他的意见，直接将他绑到星舰上……

纳冬一言不发地拦着楼行，不许他离开这里。

"我要见初筝小姐。"

纳冬闷声闷气地说道："殿下没空。"

楼行深呼吸："那你让她放我下去。"

纳冬看他一眼，替初筝回答："不可能。"

这是殿下的原话，不是纳冬胡说。

任何要求都可以满足楼行，就是不能放他离开。如果楼行跑了，他就得负责。

殿下现在生气很可怕……他惹不起。

楼行在原地转了两圈，脸色逐渐难看："我要见她。"

纳冬一板一眼地回答："殿下有时间自然会过来。"

楼行第二天才见到初筝。

楼行冷着脸："你把我弄到这上面来做什么？"

"你是我的，当然要把你弄上来。"初筝理直气壮。

楼行一头雾水。

我同意了吗？

谁是你的？

"你让我下去。"

"好啊。"

初筝示意楼行跟自己来。

她带着楼行到外面的走廊，让楼行往下面看。入目的不再是白茫茫的雾气，而是浩瀚星空。

不远处，有一颗白色的星球，而他们正在远离那个星球。

初筝指着下面，冷静又漠然地说道："你要想回去，可以从这里跳下去。"我都把你弄上来了，还会让你下去吗？

天真！

楼行没想到初筝会有这种操作，表情变来变去，几次张唇都没说出一个字来。

楼行沉着脸回了自己之前住的地方。

"殿下，您这么做，会不会惹他生气呀？"纳夏弱弱地问。

"生气就生气呗。"初筝说道，"能打我呀。"

纳夏语塞。

殿下，你这样是找不到伴侣的！

纳夏轻咳一声，转移话题："殿下，我们真的就这么走了？"

他们现在可是有星舰在手，拿下一个星球是分分钟的事。

宇宙石殿下放弃了，现在还要放弃这颗星球，那他们这次过来干什么的？

"不然？你要留下帮他们建设家园？"

"殿下，咱们就这么回去，怎么和另外那几位争？"

初筝无所谓地说道："我又没说要回去。"

"哎？"不回去？

初筝压根儿就没打算回去继承星球，有这么一艘星舰，她去哪儿不行？

初筝推开舱门进去，楼行负手站在房间角落，透过玻璃往外面看。

"吃东西。"初筝将托盘放在桌子上。

楼行转过身来："初筝小姐，你知道你这行为叫什么？"

初筝看了下桌子上的食物，又看看楼行："给你送吃的？"送货上门吗？我怎么这么好呢，王者号应该给我颁个"宇宙好人奖"。

楼行噎了一下。

他没说这个。

"你将我弄到这上面来，根本没有经过我的同意。"

楼行严肃地谴责："你这行为就是抢。"

那抢都抢了，我也不能还回去吧？

多掉面子！

初筝无视楼行的问题，将托盘里的东西摆好，凶巴巴地说道："快点吃。"

楼行气急。

你有没有听我说话！

楼行负气地转过身，不打算吃东西。

初筝在后面挠了下头，爱吃不吃，她直接转身走了。

楼行接下来两天都没吃东西，初筝每天只管送，不管他吃不吃。

"殿下，楼先生继续这么下去身体会受不住的。"纳夏一边阅读"人类饲养手册"，一边和初筝说话，"楼先生的身体和我们不一样，他需要每天都吃东西，汲取营养。"

初筝瞄一眼纳夏看的东西："你那个哪里来的？"人类还没冲出星际，哪里来的"人类饲养手册"？

纳夏将初始页翻给初筝看，上面赫然写的是——亚瑟人饲养手册。

"殿下，我研究过，人类和亚瑟人的结构差不多，亚瑟人生活的环境，和以前人类生活的星球也差不多。"

初筝惊悚："你什么时候研究的？"

纳夏调出一些数据："就前几天。您看，这些数据没多大区别，所以这手册对人类应该差不多适用。"

现在研究很方便，只需要收集大量的数据，系统自动就会分析出来。纳夏顺便收集了一下，没想到现在就用上了。

初筝：你是有多无聊。

初筝面无表情地关掉屏幕："好好开船。"

楼行的舱门并没锁，但那是因为所有可以离开这个地方的其他通道都被锁着，他就算出去也只能转一圈。

楼行也懒得出去，每天都在房间里面躺着。

初筝进来的时候，楼行躺着看头顶变换的星空。

初筝过去，拉着他手腕，将他的袖子推到臂弯上。

楼行猛地坐起来："你干什么？"

楼行的话音刚落，就感觉胳膊一痛。初筝手里拿着针管，楼行胳膊刺痛酸胀，但前后时间不过几秒，楼行还没做出反应，初筝已经将针头抽了出来。

楼行皱眉："你给我打的什么？"

"营养针，你十天不吃东西都没事。"

楼行深呼吸口气："你到底想怎样？"

"我说过了。"

"初筝姑娘不觉得这是强人所难吗？"

初筝偏下头，清浅的目光里带着几分认真："你不喜欢我？"

女孩儿目光像是有穿透力，能一眼望见他的灵魂。

楼行心尖忍不住轻颤一下。

喜欢……她吗？

楼行说不清楚。

楼行都不知道自己是生气初筝把自己软禁在这里，还是她不经过自己的同意，擅自做决定。

但是自己讨厌她吗？

不。楼行心底的答案很明确。

可是初筝对他呢？

从最初开始，她对他的态度就有些莫名其妙。

"你就那么喜欢我？"楼行抬眸，目光清冷，"喜欢到要用这种办法将我留在你身边？"

初筝眉梢轻抬一下："你是我的。"

"我没同意！"张口闭口就是你的，他是个人，有思想，不是玩具！

初筝有点失望："哦。"

她稍微顿一下："那你同意一下。"

楼行决定动之以情，晓之以理："在我们人类世界中，两个人在一起需要感情，我不知道在你们那里是怎么理解的，爱情对我们而言，是一件神圣的事，不能随意决定。"

初筝语塞。

我虽然身体是外星人，可我内心是人呀。

楼行继续说："我对你确实有些不一样的感觉，但是我不希望我们是以这样的方式在一起？"

初筝不知道在琢磨什么，好一会儿才说道："那你想怎样？"

"我们可以慢慢了解，我也可以接受你，但是……你不能限制我的自由。"

"比如？"

"先送我回去。"

呵呵！

做梦！

初筝虽然拒绝了楼行回去的要求，但是不再限制他在星舰上活动。

楼行试着去停放飞船的地方看了下，发现那些东西都是他没见过的，楼行不敢随随便便上去。

不过初筝不限制他，楼行就自己研究。

这天，星舰停在一颗星球附近。

楼行从飞船那边出来，没看见初筝有些奇怪，他去主舰室那边看看。

里面只有纳夏，纳冬和初筝不见踪迹。

"初筝小姐呢？"楼行礼貌问了一句。

"殿下下去了。"纳夏随口说道。

楼行透过屏幕看着面前的这颗星球，他转身回房间。

第二天楼行才听见声音，好像是初筝回来了。

楼行打开舱门出去，初筝正好从这边过去，见他开门，侧目看过来。

她看了一眼，直接走了过去。

楼行不知道初筝去干了什么，星舰很快就再次启程，那颗星球离他们越来越远，直到看不见。

晚些时候，纳夏过来敲门叫楼行吃东西。

他不吃东西，初筝就给他扎营养针，所以楼行不得不吃。

楼行感到有些奇怪，之前都是直接送过来，今天怎么让他出去吃。

他走到附近的餐厅，看着桌子上放着的盘子，里面有各种色香味俱全的食物，神情微微一愣。

星舰上的食物基本都是干粮，或者罐头，这样新鲜的食材，几乎看不见。

初筝换了一身衣服，慢吞吞地走过来，直接拉开椅子坐下。

她一只手搭在椅子上，另一只手撑着桌子："尝尝喜欢什么。"

楼行缓慢地坐下去。

食材新鲜，味美肉嫩，在地下城都吃不上这样的食物。

楼行已经很久没吃到这么好吃的东西，他吃了两口后，发现初筝没动，停下来问她："你不吃？"

初筝冷漠地说道："我们外星人不吃这个。"
楼行好像是没看见过初筝吃东西。
"那你们吃什么？"
初筝瞥他一眼："吃人。"
楼行噎了一下。
楼行见过不少外星人，那些外星人确实会吃人。
他们在外星人眼里，就和人类看鸡鸭鱼一样，都是肉质肥嫩的食材。

接下来一段时间，楼行每天都能吃上新鲜的食物。
最基础的食材差不多，但因为做法不一样，所以也吃不腻。
星舰不时会停下，之后他就能吃上不一样的食物。
这些食物哪里来的，楼行心底有数。
楼行没再提离开的事，初筝也没再提别的，两人就像是达成某种默契。
直到有一天——
"我真的好怕殿下把他毒死啊。"这是纳夏的声音。
楼行停下来，没有再往前走，站在旁边听墙脚。
"为什么？"纳冬还是那瓮声瓮气的声音，"殿下那么喜欢他，为什么要毒死他？"
纳夏惊讶地说道："你不知道？那些东西，殿下都没试过有没有毒，楼先生跟我们又不一样，万一有毒呢？"
楼行：他现在还没被毒死，是不是应该谢谢她？
这件事之后，楼行吃东西就谨慎多了。

这艘星舰的资源储备，足够在星际里航行很长时间。
进入星际，楼行大概也明白，他所在的地方，真的只是宇宙中的沧海一粟。
星舰偶尔也会遇见一些星际航行的飞船，或者别的。
大部分看见星舰都会绕行，谁没事去打星舰。
但也有的不信邪，非得招惹一下。
楼行过来的时候，看见对面停着不少飞船。
初筝靠在旁边的操作台上，漫不经心地看着。
楼行没见过她面前的操作台，出于好奇，问了一句："这是什么？"
初筝随口说道："你按一下。"
楼行可没打算按，但初筝直接拉住他的手，按下其中一个按钮。
前方的星海里，猛地闪出耀眼的光芒，肉眼可见的气浪，从那边推过来。
楼行一惊，扭头看初筝，后者面不改色地在旁边按一下，拉着他的手继续按下去。
楼行猛地抽回手，往前面看去。
刚才炸开的地方已经看不见飞船，也没看见残骸，那些飞船应该是躲开了……楼行又看了一会儿，最后觉得初筝应该只是随便按的，并没有瞄准那些飞船。
他不知道自己距离那颗星球多远，回去已经不现实。
在那颗星球上，他其实也没什么挂念的，只是那是自己一直生活的地方，习惯在那里生活，习惯那里的一切。

楼行沉默许久，侧目看向旁边的人。

初筝察觉到楼行的目光，扭头看过来，平静的双眸里映出他的模样，那专注的神情，让楼行心跳莫名漏了半拍。

他心底一慌，下意识移开视线。

楼行垂眸看着面前的操作面板，心底想的却是自己对她是什么样的感情。

讨厌？喜欢？

楼行仔细想想，自己其实并不讨厌她。要说喜欢好像又缺点什么，说不喜欢……好像也不对。

她在自己心里，确实占据着不一样的地位。

不出意外，他可能要一直和她生活下去。

虽然不知道前路是什么，但他好像已经做好准备，迎接未知的旅程。

在这场旅程里，他总有一天，会看清自己的心。